Schon als Kind war Ephraim Kanchellis jüngerer Bruder David der leidenschaftlichere und wachere. Jahrzehnte später, im Jahr 2023, ist Ephraim Präsident einer puritanischen Weltgemeinschaft, der Union, und muß über Leben und Tod des Bruders entscheiden. David ist des Hochverrats an seinem Land für schuldig erklärt, und Ephraim hat eine Nacht lang Zeit, das Todesurteil zu unterschreiben oder aufzuheben. Es beginnt eine Nacht des Nachdenkens und der Zweifel. Mit den Prozeßunterlagen, den Tagebüchern Davids und den eigenen Erinnerungen begibt sich Ephraim auf eine Reise in die eigene Kindheit.

Michael Roes, 1960 am Niederrhein geboren, lebt in Berlin. Für seinen 1996 erschienenen Roman *Rub'al-Khali, Leeres Viertel* wurde er mit dem Bremer Literaturpreis ausgezeichnet. Zuletzt erschien 2000 das Buch *Haut des Südens* im Berlin Verlag.

MICHAEL ROES

DAVID KANCHELLI

Roman

Berliner Taschenbuch Verlag

August 2003
BvT Berliner Taschenbuch Verlags GmbH, Berlin
Für die deutsche Ausgabe

Lektorat: Mathias Gatza
Umschlaggestaltung:
Nina Rothfos und Patrick Gabler, Hamburg
Gesetzt aus der Quadriga
durch die Offizin Götz Gorissen, Berlin
Druck und Bindung: Elsnerdruck, Berlin
Printed in Germany · ISBN 3-8333-0055-8

Eine Vielzahl von Händen im Halbdunkel, eine Wolke
Von Menschen-Palmen, mehr nicht
Kein anderes Bild. Niemand ist da, der sagen kann
Ob das braune, scheue, stille Volk, das tot ist
Religion meinte oder Magie.

ROBINSON JEFFERS

Roger David Casement zum Gedächtnis

I

»Dies sind die Gerichtsakten, Herr Präsident. Und dies ist das Schwarze Buch.«

»Wann soll die Hinrichtung stattfinden, Milles?«

»Sobald Sie das Urteil unterschrieben haben, Sir. David Kanchelli befindet sich bereits im Exekutionstrakt von Fort Kossuth.«

»Lassen Sie mich nun allein, Milles. Ich werde Sie rufen, sobald ich zu einer Entscheidung gekommen bin.«

Vierzig Jahre, ein Leben voller Enttäuschungen, voller Verluste, und die Gelassenheit und Würde des Alters hat sich noch nicht eingestellt, wird sich vielleicht niemals einstellen. Wie oft hat er einfach fortgehen, Familie, Arbeit und Amt verlassen wollen. Wie oft hat er sich bereits dieses Gedankens geschämt. Und was sollte das Weggehen auch nützen. Vierzig Jahre, ein Alter, in dem einem nichts mehr entgegenkommt. In dem man nicht mehr wahrgenommen wird und noch nicht sieht.

Präsident! Hätte der Arzt nicht genügt? Auch er hätte Macht über Leben und Tod. – Vielleicht ist es wie im Märchen oder Traum, in denen sich die vertrauten Alltagsfiguren als Könige, Prinzen oder Ungeheuer maskieren. Vielleicht ist es ein Märchen oder Traum. Der Bruder wird dieses Alter vermutlich niemals erreichen. Dreiunddreißig Jahre. Wen die Götter lieben.

Er sieht gut aus, ist intelligent, selbstbewußt, ja arrogant bis zur Selbstgefälligkeit. Und er weiß, wie er aussieht. Wie er auftritt und sich verhält, jeder Gesichtsausdruck, jede Geste ist wach. Er wirkt furchtlos, von seiner Mission erfüllt, und besitzt einen unwiderstehlichen Charme. »Waren Sie nicht einmal Filmstar? Sie sehen aus wie der Schauspieler, der den Bomberpiloten in *Final Countdown* dargestellt hat, wie heißt er doch gleich –« So wird er immer wieder auf seinen Reisen angesprochen, von Männern wie von Frauen. So hält er es zumindest in seinen Tagebüchern fest.

»Der Film ist vierzig Jahre alt. Wäre ich Elliot Carter, müßte ich mich für mein Alter recht gut gehalten haben, nicht wahr?« erwidert er mit seinem unwiderstehlichen Lächeln.

Diese Stille. Das einsame Licht der Schreibtischlampe zerkratzt die Dinge, schneidet sich ein, in den Schreibläufer, das Papier, die müden Hände, die geröteten Augen. Diese gerötete Stille, die aus dem Dunkeln an die Oberfläche dringt wie Blut in ein Bahrtuch.

Er hat immer gelogen, Rollen gespielt, sich maskiert; und was noch schlimmer ist: Er hat dabei immer die Wahrheit gesagt. – Ephraim hat David dafür gehaßt. Andere haben sich über ihn amüsiert, sie haben das Spiel nicht durchschaut; denn das Spiel war kein Schauspiel, sondern Selbstentblößung, exhibitionistischer Ernst.

Ephraim geht ans Fenster, blickt über die Lichter der Stadt hinweg. Er sieht die Lichter nicht, er sieht nur das Gesicht, das ihn aus dem Fensterglas anblickt. Ohne dieses Gesicht genauer zu betrachten, hätte er einfach gesagt, es sei das seine. Die seit grauer Vorzeit bekannten und doch unvertrauten Züge, denen man viel seltener und somit fremder gegenübersteht als den Verwandten und Mitarbeitern.

Und nun sagt eine innere Stimme höflich, aber kalt wie die eines Grenzbeamten: Ihre Dokumente sind in Ordnung, gewiß, dieses Bild jedoch, schauen Sie selbst! – Ja, er hat recht, ich kann es selber kaum glauben, daß ich es bin, so sehr haben sich diese Züge verändert. Es müssen die letzten drei Jahre gewesen sein, wann habe ich mich das letzte Mal so gesehen, von Angesicht zu Angesicht? Nach der Wahl, der langen schlaflosen Nacht, den Zweifeln, ob ich sie annehmen darf oder nicht. Das ernste, abgearbeitete Gesicht eines vierzigjährigen Landarztes, nicht mehr jung, aber auch nicht alt, müde, sorgenvoll. Wie das Amt einen Menschen verändert –

Aber es ist nicht nur Bürde, dieses Amt, es bringt auch Privilegien mit sich, und sei es nur jenes, sich nicht mehr ausweisen zu müssen. Niemand kontrolliert an den Grenzen argwöhnisch seine Züge und vergleicht sie, Detail für Detail, mit dem Bild in den vorgelegten Papieren. Niemand würde zu urteilen wagen, er sei gar nicht jener, dessen Identität hier behauptet werde, er sei zweifellos ein ganz anderer. Er hat sich den Bart abrasieren und das an den Schläfen schon ergraute Haar färben lassen. Er trägt nun auch zu Hause und in der Freizeit sorgfältig ausgesuchte Kleidung. Auf den ersten Blick wirkt er zehn Jahre jünger; jugendliche Agilität, gepaart mit dem Ernst und dem Verantwortungsgefühl des ehemaligen Arztes.

Und dennoch hat der Grenzbeamte recht, an der Echtheit seiner Dokumente zu zweifeln: Es ist nicht das Alter an sich, es sind aber Spuren darin, die sein Gesicht unendlich älter erscheinen lassen, als es tatsächlich sein kann, als habe der Mensch mit diesem Gesicht die letzten Jahre unter unmenschlichen Umständen verbringen müssen, in einem Gefängnis oder in einer Anstalt, in einer kleinen nackten Zelle, isoliert, ohne Bewegung, vernünftige Ernährung, geistige Anregung, ohne Wärme, frische Luft und Tageslicht.

Dieses Gesicht im Fenster, das ihm den Blick über die Dächer der Hauptstadt in den Abendhimmel verstellt, ist auf eigentümliche Art wächsern und grau. Er muß an Lenin denken, dessen ausgeweideten Körper man ein halbes Jahrhundert lang lebendig geschminkt dem Voyeurismus der Massen ausgestellt hat. – Vielleicht teilt jeder große Staatsmann dieses Schicksal. Und das nicht erst nach seinem Tode, sondern mit Antritt seines Amtes.

Dem Schein nach ist die Eintönigkeit selbst dieses unalltäglichen Lebens entsetzlich. »Doch weise ist«, sagt der Große Versöhner, »wer seine Existenz eintönig gestaltet; denn dann besitzt jeder kleine Zwischenfall den Charakter eines Wunders.« – Der Reisende, der die ganze Welt durchstreift hat, findet nach hunderttausend Kilometern nichts Neues mehr. Derjenige aber, der nie aus den Territorien herausgekommen ist, kommt nach Corpus Christi und fühlt sich in den gläsernen Schluchten wie auf einem fremden Stern.

Natürlich, es gibt schönere Plätze als die Adam-Halfgood-Plaza, doch wie hätte hier, im Niemandsland zwischen einem Rinder- und einem Schafzüchterstädtchen, eine neue Stadt entstehen können, wenn nicht durch die allein auf Gott bauende Kraft eines Visionärs.

Nun der Weg zurück in die Tristesse der Ziegelsteinhäuser und der staubigen Straßen. Die Gebäude sehen alle gleich aus. Holzhäuser mit schmalen Steinfassaden. Maße, Raumaufteilung, Einrichtung, alles entspricht einer vorgegebenen Norm, so daß sich jeder Bewohner überall zu Hause fühlen kann, lebt er nun im Territorium Salem, Wallis, oder Salem, Oregon.

Kleiton, der Chef des Sicherheitsdienstes, warnt ihn: Der Präsident sei in den Territorien kein willkommener Gast. Zwar habe man die Situation fest im Griff; wisse aber um die Unberechenbarkeit einzelner subversiver Elemente. Dazu zählten leider auch einige zweifelhafte Freunde Davids.

»Es wird mir schon niemand ein Messer in den Rücken stoßen; nicht im Hause meines Bruders!«

»Ich bewundere Ihr Vertrauen in Familienbande, Sir.«

»Sie haben Ihre Abhörprotokolle und Agentenberichte; ich habe mein Gottvertrauen. Und vergessen Sie nicht, ich bin dort aufgewachsen. In diesem Milieu von Haltlosigkeit, Faulheit und Tribalismus gedeihen Anarchie und Gewalt natürlich prächtig. Zugleich aber gilt ein strikter Ehrenkodex, der auch die Sicherheit des Besuchers einschließt.«

Der Helikopter bringt sie in weniger als zwei Stunden von der Hauptstadt nach Raas. Dort steigen sie in eine schwarze Limousine mit getönten Scheiben um. Nur von zwei Sicherheitsbeamten in einem zweiten Wagen begleitet, passieren sie den Checkpoint Devil's Crossing. Kanchelli steuert selbst den Wagen, Elizabeth sitzt schweigsam neben ihm. Er gibt sich entspannt: »In gewisser Weise verstehe ich, daß es David hierher zurückgezogen hat. Wir waren zwar arm, und die Gegend ist alles andere als reizvoll, du siehst ja selbst, wie vernachlässigt und heruntergekommen hier alles ist; doch waren wir auf eine ungewisse Art voller Zuversicht.«

Die schwarzen gepanzerten Limousinen sind für die Menschen hier ein ungewohnter Anblick. Mit harten Gesichtern stehen sie am Straßenrand und mustern den Konvoi. Niemand hebt die Hand zum Gruß.

»Wie wenig sich in den vergangenen Jahren verändert hat! Millionen haben wir zur Verbesserung der Infrastruktur in die Territorien gepumpt, doch lediglich die Schlaglöcher im Asphalt, die Autowracks am Straßenrand und die zerbrochenen Fensterscheiben in den schäbigen kleinen Häusern haben sich vermehrt!«

Elizabeth bleibt stumm. Sie fühlte sich bereits zu Beginn des kleinen Ausflugs nicht ganz wohl und hat sich nur durch seine Beharrlichkeit dazu bewegen lassen, ihrer Unpäßlichkeit kein zu großes Gewicht beizumessen. Frauen im allgemeinen und Elizabeth im besonderen neigen dazu, gesellschaftliche Notwendigkeiten allzuoft subjektiven Empfindungen unterzuordnen.

Aber im Grunde ist ihm ihre Schweigsamkeit nur recht. So kann er ungestört den stürmischen, widersprüchlichen Eindrücken nachhängen, die diese Fahrt ins Herz seiner Kindheit in ihm weckt. – Untätig sitzen die Bewohner in den verblichenen Hollywoodschaukeln auf den Veranden ihrer maroden Reihenhäuser oder in den vegetationslosen Vorgärten, in denen nur Staub und Matsch den Wechsel der Jahreszeiten anzeigen. Man könnte glauben, hier sei die Zeit stehengeblieben.

Salem war immer schon ein Nest von wenigen tausend Einwohnern. Obwohl ständig neue Bataillone von Haftentlassenen hierherverbannt wurden, hat sich die Zahl der Bewohner seit seiner Kindheit nur wenig verändert. Die Lebenserwartung ist gering, was niemanden verwundert angesichts der Gewalt. Kaum jemand stirbt hier eines natürlichen Todes.

»Gibt es in dieser Stadt denn gar keine Kinder?« – Sie hat

recht. Obgleich es erst früher Abend ist, sind weder auf der Straße noch in den Vorgärten Kinder zu sehen. »Weiß der Teufel, wie die Frauen es immer wieder schaffen, ihrer Leibesfrucht ein Leben in den Territorien zu ersparen!« – Selbstverständlich sind auch hier Schwangerschaftsabbrüche unter Strafe gestellt. Und niemand kann behaupten, die Frauen täten nicht ihr Bestes, von Kindesbeinen an ihrer reproduktiven Pflicht nachzukommen. – Die Ankunft vor dem Haus seiner Mutter enthebt ihn einer glaubwürdigen Antwort.

In den letzten Jahren stand das schmale, einstöckige Reihenhaus in der Alexisstraße leer. Er hat sie überzeugen können, daß das Leben für eine alte, alleinstehende Dame in der Hauptstadt sicherer und komfortabler sei. Nun lebt sie in einem Seniorenwohnheim in Corpus Christi. Das Haus wirkt auf ihn inzwischen noch kleiner und schäbiger, als er es in Erinnerung hat. David hat nur das Dach notdürftig repariert, so daß es nicht hereinregnet. Diese Halbherzigkeit in alltäglichen Belangen ist typisch für seinen Bruder. Mit dem Argument, es funktioniere doch auch so, ist für ihn die Sache erledigt. »Im übrigen«, fügt er, nur um der Provokation willen, manchmal noch hinzu, »im übrigen gibt es wichtigere Dinge im Leben als die Vervollkommnung des Scheins.« – Als würde die Sorglosigkeit in alltäglichen Dingen nicht dieselbe Sorglosigkeit in den wesentlichen Angelegenheiten unseres Daseins widerspiegeln!

»Bleiben Sie bitte in Ihrem Wagen. Wir sind hier ja gewissermaßen zu Hause.« – In den Gesichtern der beiden C.I.D.-Männer steht der Widerspruch geschrieben. Sie halten ihn zurück und weisen den Präsidenten nur noch einmal auf das Codewort hin. »Sobald es fällt, werden wir zur Stelle sein!« Natürlich, kein Winkel des Hauses bleibt von der hochsensiblen Überwachungstechnik unbeobachtet. Man hat ihn über diese Maßnahme informiert. Andernorts längst eine Selbstverständlichkeit. Und jetzt ist kaum der rechte Augenblick, über den Sinn oder die Angemessenheit derartiger Überwachungen nachzugrübeln.

Hätte er gewußt, daß es sich um das letzte Zusammentreffen

mit seinem Bruder handeln werde, hätte er alles getan, das kommende Unglück zu verhindern. Die Berichte des Sicherheitsdienstes deuteten bereits den Ernst der Lage an, hielten sich aber aus Respekt vor dem Namen des Präsidenten mit Bewertungen zurück. Und er hätte den Warnungen seiner Beamten wohl auch nicht geglaubt.

Er hat ihm die Flasche gegeben und die Windeln gewechselt, wenn die Mutter zum Nachtdienst außer Haus war. Er hat ihn Laufen und Sprechen gelehrt, Schlagball, Fußball und Schwimmen. Er hat sich für ihn geprügelt und ihn mit den ersten Mädchen zusammengebracht. – Und nun sollte gerade dieser letzte gemeinsame Abend in einem Desaster enden.

Er habe schon einige Freunde eingeladen, warnte David ihn bereits am Telefon. Das sei kein Problem, antwortete er dem Bruder. Dann würden sie endlich einmal die Leute kennenlernen, mit denen er verkehre. – Am anderen Ende der Leitung das schon vertraute, Bedeutsamkeit heischende Schweigen Davids, dann ein Laut, der ein Seufzen hätte sein können, wenn er seinem Bruder je eine sorgenvolle Regung zugetraut hätte. »Ich weiß nicht, ob ihr aneinander Gefallen finden werdet.«

»Laß das nur unsere Sorge sein. Wenn du dich zu festlichen Anlässen auch nur halb so umgänglich zeigen würdest wie wir, hätten wir dich wesentlich häufiger zu unseren Gesellschaften eingeladen.«

Er hat die Freunde seines Bruders nie sonderlich geschätzt. Alle bewegten sich auf ihre Weise am Rande der Normalität wie David selbst, ja waren mit einem Fuß bereits auf einem Terrain, das als gefährlich, als infektiös, als pathogen gelten mußte. »Es gibt zwei Dinge, die unsere Herrschaft über die Welt gefährden«, spricht der Große Versöhner, »die Sentimentalität und das analytische Denken«, das letztlich ja nichts anderes als ein Denken unter der Herrschaft der Sentimentalität ist.

Das Kindheitshaus. Er hat es größer und dunkler in Erinnerung. Und die Gerüche strenger. Nun stößt er auf bröckelnden Putz im Flur und einen Geruch nach feuchtem Zement und Zigarettenrauch. David kommt ihnen entgegen, doch gibt ihnen nicht die Hand. Körperliche Berührungen waren immer selten in ihrer Familie. Und wenn es einmal zu einer Umarmung kam, dann war sie unbeholfen und hölzern. Im stillen ist Ephraim ihm dankbar für seine Zurückhaltung. »Die Tür war offen. Und da dachten wir –« »Selbstverständlich. Fühlt euch ganz wie zu Hause.« Er geht ihnen voran die Treppe hinauf. Im Erdgeschoß hatten nur die Küche und das Wohnzimmer Platz. Im ersten Stock befanden sich zwei enge und niedrige Räume, das Schlafzimmer der Eltern und ein kleineres, das die beiden Söhne sich teilten. Ein Doppelstockbett und später, als sie zur Schule gingen, ein schlichter, ausrangierter Küchentisch, der ihnen als Schreibtisch diente, drängten sich darin. Merkwürdigerweise hat David sich diesen klaustrophoben Raum für sein »Fest« ausgesucht. Fünf erwachsene Männer sitzen nun um diesen ehemaligen Küchenschreibtisch, eine zusammengewürfelte Schar unrasierter Bohemiens. Auf dem zerkratzten Furnier geöffnete Bierflaschen und einige ungenutzte Gläser. Trotz des hauptstädtischen Besuchs unternehmen sie nichts, diesen gesetzwidrigen Genuß zu verbergen. Auch hängt noch der Geruch nach Marihuana in der Luft. Seit seiner Jugend ist Ephraim damit nicht mehr in Berührung gekommen, dennoch hat sein Geruchssinn das süßwürzige Aroma in der abgestandenen Zimmerluft augenblicklich identifiziert. – Er will das Fest nicht gleich mit seinem Eintreten verderben. Also enthält er sich jeder Kritik und grüßt die Anwesenden mit einem freundlichen Kopfnikken. David macht keinerlei Anstalten, diese Männer seinem Bruder und seiner Schwägerin namentlich vorzustellen. Ephraim blickt sich, nicht ohne Befremden, in ihrem ehemaligen Kinder- und Jugendzimmer um. Offenbar wohnt, schläft und arbeitet David gegenwärtig hier. Das obere Bett ist ohne Bettwäsche und zweifellos vor kurzem noch benutzt worden. In der unteren Koje liegen Bücher, Papiere und Stifte verstreut. Es scheint, als arbeite er nun auch im Bett. Scherzhaft kündigt Ephraim an, heute nacht in seinem alten Kinderbett schlafen zu wollen. Und tatsächlich hatten Elizabeth und er die Absicht, bis zum Morgen in Salem zu bleiben.

Zwei der Freunde bieten ihm und seiner Frau ihre Stühle an und hocken sich auf das untere Bett. Ephraim und Elizabeth lassen sich am zerkratzten Tisch zwischen den anderen nieder, bemüht, sich von der Enge, dem ungewohnten Körperkontakt mit fremden Menschen und der Formlosigkeit der Zusammenkunft nicht aus der Fassung bringen zu lassen. »Was möchtet ihr trinken?«

»Ich nehme eine Gourada, falls du eine hast.« Zwar kann Ephraim diese süßen Limonaden nicht ausstehen, doch nimmt er an, daß er seinen Bruder mit diesem Wunsch nicht in Verlegenheit bringt, da in jedem Kühlschrank der Union, sollte auch sonst nichts darin sein, zumindest eine Flasche Gourada zu finden ist.

»Und ich nehme dasselbe, was ihr trinkt«, antwortet Elizabeth. Ephraim blickt sie erstaunt an.

»Mit oder ohne Eis?« – Sie lächelt: »Am liebsten mit Eis und Zitrone.« – »Ich hab's nicht vergessen, Lizzy.« – Wie er diese unpassenden Kosenamen für einen erwachsenen Menschen verabscheut. Einmal mehr hält er sich mit Kritik zurück. Und David scheint nicht einmal wahrzunehmen, wie er den älteren Bruder mit jedem seiner Worte und mehr noch mit jedem unausgesprochenen Wort provoziert, er, der sonst so empfindlich auf jeden Mißklang reagiert. Ohne seinem Unbehagen weiteren Raum zu geben, bittet Ephraim die Versammelten, den Einbruch des Familiären zu ignorieren und einfach weiterzufeiern. Trotzdem will kein rechtes Gespräch aufkommen. Und David bemüht sich nicht einmal, ein guter Gastgeber zu sein und die gespannte Atmosphäre ein wenig aufzulockern. David hat nie begriffen, was er seinem älteren Bruder bedeutet. Kam er ihn und seine Familie besuchen, dann eher Elizabeths und der Kinder wegen, die ihn, allen Fehlern zum Trotz, abgöttisch liebten. Nun darf Ephraim von ihnen auch nicht das strenge und nüchterne Urteil eines Mannes erwarten.

Mit Elizabeth konnte David stundenlang reden, und das zweistimmige Gemurmel klang ruhig wie ein Feld- und Wiesenbach. Weder sie noch er sprachen je mit Ephraim auf diese leise, zärtliche Art und Weise. Er ist nicht eifersüchtig auf ihre verständnisvolle Nähe. Dafür gibt es keinen Grund. Sie ist ausschließlich unschuldiger, geschwisterlicher Natur. Ja, zwei Kinder begegnen sich und reden einander ihren naiven Kummer von der Seele. - Sobald Ephraim hinzutritt, verstummt ihr Gespräch, und wenig später geht der eine oder andere von ihnen aus dem Zimmer.

Es sind vor allem die Kinder, die David hartnäckig auffordern, sie endlich wieder zu besuchen, bis ihr Onkel sich schließlich überreden läßt. Sie sind geradezu närrisch in David verliebt. Manchmal kommt er ohne jedes Gastgeschenk, wohl in dem Glauben, seine Anwesenheit sei, zumindest für die Kinder, bereits Geschenk genug. Und während sie sich den Geschenken der anderen gegenüber nicht selten auf geradezu ungehörige Weise undankbar zeigen, scheinen sie von David derlei Gesten nicht einmal zu erwarten. Wirkt sein Gespräch mit Elizabeth ruhig dahinplätschernd, so tobt es mit den Kindern wild wie ein Gebirgsbach, daß Ephraim sie allesamt immer wieder zur Mäßigung rufen muß.

Er kann nicht sagen, daß die Kinder sich ihrem Onkel gegenüber respektlos verhielten. Eher trägt ihre Verehrung für ihn übertriebene, fast schon blasphemische Züge, die ihn schließlich veranlaßt haben, ihren Kontakt einzuschränken und strenger zu beaufsichtigen. Daher auch seine strikte Ablehnung, sie an diesem Ausflug teilnehmen zu lassen. Glücklicherweise, denkt er nun, während sein Blick über die Runde verschwitzter und sorglos gekleideter Männer streift. Er überbrückt die Pflichtvergessenheit seines Bruders durch einige zum Ort passende Kindheitsanekdoten. Die übrigen Gäste hören schweigsam zu, die Gesichter, selbst das seiner Frau, so ausdruckslos wie das jener Passanten am Straßenrand. Diese an Autismus grenzende emotionale Stumpfheit, denkt er, ist offenbar zu einem allgemeinen Merkmal der hiesigen Bewohner geworden.

Unterbrochen wird ihr Schweigen nur von den unzivilisierten Geräuschen, mit denen sie die braunen oder grünen Flaschen an den Mund setzen und ihren bitteren Inhalt in einem tiefen Zug austrinken. Unaufgefordert reicht ihnen David eine neue Flasche, die sie umstandslos mit den Zähnen öffnen und eine geraume Zeit voller Andacht, wie ihm scheinen will, anstarren, ehe sie, zunächst durch einen kleinen, prüfenden Schluck, Besitz von ihr ergreifen. Hören sie ihm überhaupt zu?

Erst als er, eher unabsichtlich, auf die Regierungspläne zur Zukunft der Territorien zu sprechen kommt, stoßen seine Plaudereien auf eine willkommene, wenn auch unangemessen polemische Reaktion: »In Wirklichkeit sind wir zwei vollkommen getrennte und verschiedene Nationen. Eine reiche und eine arme. Eine helle und eine dunkle. Eine freie und eine rechtlose. Zwei Nationen, die nicht mehr miteinander reden, weil sie einander hassen.«

Er kennt diese Polemiken bereits, vielleicht hat er sich als junger Mann sogar ähnlich geäußert. Deswegen antwortet er dem Freund seines Bruders ruhig und besonnen: »Diese Trennung gab es von Anfang an auf unserem Staatsgebiet. Sicher haben sich in den letzten zwanzig Jahren vor allem infolge des Bürgerkriegs und der Neuordnung der Territorien die Gegensätze noch verschärft. Doch sollten wir auf den Großen Versöhner hören: ›Allein der Glaube wird die Brücke sein! Allein der Glaube wird uns einen!‹«

»Wehe aber den Ungläubigen! Sie sollen ausgestoßen sein, damit die eine faule Frucht nicht die ganze Ernte verderbe, jaja, selbst in diesem gottlosen Niemandsland sind wir von den Weisheiten des Großen Versöhners nicht verschont geblieben. Werden uns deshalb die elementarsten Bürgerrechte vorenthalten?«

»Niemand kann erwarten, Verbrechen begehen und zugleich Vertreter in die gesetzgebende Versammlung entsenden zu dürfen.«

»Die wiederum festlegt, was als ein Verbrechen gilt. Welch ein kluges Arrangement. So genügt bereits ein Besäufnis oder ein unehelicher Fick, um für den Rest des Lebens sein Wahlrecht aberkannt zu bekommen und in die Territorien verbannt zu werden.«

»So lautet das Gesetz. So lautete es schon vor der Revolution des Großen Versöhners.«

»Vor welcher Revolution, Herr Kanchelli?«

»Die Unterschiede sind allein sozialer Natur, sagt der Große Versöhner. Im Glauben sind wir alle gleich.«

»Ich verstehe. In unserem Unglauben liegt also das Problem, in der Ablehnung eurer puritanischen Despotie.«

»Zum ersten Mal in der Geschichte dieser Nation haben wir einen Präsidenten aus den Territorien. Das ist die Revolution, für die der Große Versöhner gekämpft hat und gestorben ist.«

»Weiße Maske, schwarze Haut, so sehe ich ihn vor uns, unseren Präsidenten, ja, schwarze Haut, weißes Fleisch.«

»Ist es verwunderlich, daß die Bürger der Union euch als Belastung empfinden? Seit Jahrzehnten alimentieren sie die Territorien mit einem nicht geringen Teil ihrer Abgaben und ernten dafür nur Undankbarkeit und Haß.«

»Niemand bezweifelt, daß sie uns gerne los wären und nur noch nicht genau wissen, wie sie es technisch und moralisch bewerkstelligen sollen, diesen Schandfleck aus ihrem Gottesstaat zu tilgen. Aber ihr seid auf dem besten Weg. Unsere Frauen haben bereits jetzt eine zehn Jahre geringere Lebenserwartung als Frauen in der Union, und unsere Männer bekommen mit siebenmal höherer Wahrscheinlichkeit eine tödliche Krankheit oder werden Opfer eines Gewaltverbrechens als Sie, der Durchschnittsmann der Union, Herr Kanchelli.«

Er wäre über diese Anzüglichkeit wohl großzügig hinweggegangen, hätte Elizabeth sich das Gespräch nicht so zu Herzen genommen und ihn, sichtlich bewegt, gebeten, sofort aufzubrechen und nach Hause zurückzukehren.

Dieses Ende hat sein Bruder nicht gewollt. Als er sie zur Tür begleitet, stammelt er eine verlegene Entschuldigung. »Laß nur!« flüstert Elizabeth, und diesmal hat sie recht, sein Versagen ist unverzeihlich.

Er wünschte sich, er hätte die Geduld der Dinge. Und doch ist ein tadelndes Wort nicht nur berechtigt, sondern notwendig: »Du hast noch nie eine glückliche Hand bei der Wahl deiner Freunde gehabt, David!«

Anstatt sich die Kritik des Älteren zu Herzen zu nehmen, fährt er völlig unerwartet aus der Haut und brüllt Ephraim an: »Mußtest du meine Party in eine Sonntagsschule verwandeln? Konntest du dich nicht einmal wie ein Gast unter Gästen benehmen? Jeder Satz von dir enthält eine Zurechtweisung, einen Tadel, ein Urteil. Nie in meinem Leben ist mir ein so selbstgerechter Mensch wie dir begegnet!«

»Du hast noch nie Kritik vertragen können, David.«

»Von dir habe ich noch nie Kritik vertragen können, da hast du recht. Denn deine Kritik hat mich immer nur klein gemacht!«

So war er immer, leicht verletzlich und in seinem Urteil ungerecht. Schon in seiner Jugend hat er eine schweigsame, melancholische Pose kultiviert, die Ephraim in Rage versetzen konnte. Mit resigniertem Augenaufschlag entzog er sich der Auseinandersetzung und verbarg seine wahren, wenngleich unreifen Ansichten hinter einer altklug bitteren, weltverachtenden Miene. Von Kindesbeinen an verstand er es, sich wichtig zu machen.

Einige Jahre hat er die zu dieser Pose passenden Gedichte geschrieben. Ephraim hat einmal einen Blick darauf geworfen, als David sein Poesiealbum wegzuschließen vergaß. Zwar versteht er nicht viel von Poesie, doch war ihm nach wenigen Zeilen klar, daß sich in ihnen dieselbe Ichbezogenheit und Weltverachtung widerspiegelte wie in seinen alltäglichen Ansichten und Handlungen.

Gern hätte er seinem Bruder versichert, daß er ihn trotz aller Vorbehalte aufrichtig liebe und sich allein aus Sorge zu seiner Kritik habe hinreißen lassen. Die folgenden Ereignisse aber machen ein versöhnliches Ende dieses letzten Zusammentreffens unmöglich.

Das Codewort muß gefallen sein. Dabei kann er sich nicht entsinnen, es ausgesprochen zu haben. Womöglich hat David es verwendet, unwissentlich natürlich. Seine Stimme klingt der seines Bruders zum Verwechseln ähnlich. Früher hat man den einen oft für den anderen gehalten, obwohl sie selber nie eine besonders große Ähnlichkeit haben feststellen können. Erst im fortgeschrittenen Erwachsenenalter, sicher der ganz unterschiedlichen Lebensläufe wegen, wurde auch für entferntere Bekannte die grundsätzliche Verschiedenheit des Bruderpaares unübersehbar.

Als die beiden C.I.D.-Beamten in den dunklen Hausflur stürmen, sind sie genau über die Position jedes Beteiligten orientiert. Sie stoßen das Präsidentenpaar zur Seite und stürzen sich auf David. Alles verläuft so präzise, wie sie es tausendfach trainiert haben. Eine perfekte Ausbildung, das muß er ihnen zubilligen. Ehe wir Ahnungslosen überhaupt begriffen haben, was vor sich geht, liegt David auf dem Boden, den Kopf auf die abgetretenen Dielen gedrückt, den rechten Arm auf den Rükken gedreht, so daß er vor Schmerz aufschreit. Der C.I.D.-Mann, der auf seinen Nieren kniet, erhöht den Druck auf die Gelenke und Knochen noch. Der andere Leibwächter drückt ihm die Mündung seiner Dienstwaffe in die Schädelbasis.

»Wollt ihr ihm den Arm brechen?« schreit Elizabeth hysterisch. Offenbar ist ihr Dasselbe-was-ihr-trinkt-aber-mit-Eis-und-Zitrone zu Kopf gestiegen.

»Und nehmt endlich die Pistole weg!«

»Ein Mißverständnis, Darling. Reg dich nicht auf. Sie tun nur ihre Pflicht.« – Sie ignoriert die beschwichtigenden Worte ihres Mannes, zerrt die beiden Beamten von David fort, die ihre Intervention ein wenig verunsichert dulden, diese unvorhersehbare Wendung kam in den Trainingsprogrammen offenbar nicht vor, und hilft ihrem Schwager auf die Beine. »Haben sie dich verletzt, David?«

Auf seinem schweißnassen Gesicht kleben einige zusammengepappte Staubflocken, an der Stirn und auf dem Nasenrücken ist die Haut ein wenig abgeschürft, ansonsten scheint er mit dem Schrecken davongekommen zu sein. Elizabeth hebt die Hand, wohl um ihm den Schmutz aus dem Gesicht zu wischen, berührt dann aber nur flüchtig mit ihrem Handrücken seine Wangen.

»Alles in Ordnung, Liz.« Seine Stimme klingt so kühl und beherrscht, als habe es dieses Zwischenfalls geradezu bedurft, die streitbaren Gemüter zu beruhigen. »Es ist wohl besser, wenn ihr jetzt geht.«

Müde und zugleich überwach wendet sich Ephraim vom Fenster ab und kehrt an seinen Schreibtisch zurück. Mit Widerwillen zieht er die Gerichtsakten zu sich heran. Er hat den Prozeß genau verfolgt. Jedes Wort, das darin gesprochen wurde, ist ihm aus den Videoaufzeichnungen vertraut. Hier auf dem Papier wird er nichts von den Bemühungen um Verständnis, um Gerechtigkeit wiederfinden. Sätze ohne ein Zögern, ohne Heiserkeit, ohne Pausen, ohne schrillen Mißklang oder falsche Betonungen, Wortwechsel ohne trotzige oder schamlose Blicke, ohne fahrige Gesten oder provozierende Gelassenheit, ein Urteil ohne ein vorangegangenes Gespräch. – Trotzdem schlägt er den ersten der sechs prallen schwarzen Ordner auf.

SORGE David Kanchelli, Sie sind von diesem Hohen Gericht des Hochverrats angeklagt. Ihnen wird vorgeworfen, mit Wissen und Unterstützung eines Staates, der sich gegenwärtig mit der Union im Krieg befindet, Menschen und Waffen ins Land geschmuggelt, eine illegale Miliz aufgestellt und einen bewaffneten Aufstand gegen die rechtmäßige Regierung, die verfassungsmäßige Ordnung und die territoriale Integrität unseres Landes geplant und begonnen zu haben. Bekennen Sie sich dieser Taten für schuldig oder nicht schuldig?

FENICHEL Bevor die Staatsanwaltschaft mit ihrer Anklageverlesung fortfährt, möchte ich einen Befangenheitsantrag gegen den Hauptankläger, Generalstaatsanwalt Frederick Sorge, stellen.

REICH Herr Fenichel, ich muß Ihnen sicher nicht erklären, daß Sie gegen alle Verantwortlichen in diesem Verfahren einen Befangenheitsantrag stellen können, nur nicht gegen die Vertreter der Anklage.

FENICHEL Ich möchte dem Hohen Gericht zu bedenken geben, daß mein Mandant, Herr David Kanchelli, und Generalstaatsanwalt Frederick Sorge sich seit ihrer Studienzeit kennen und viele Jahre gemeinsam für die Unabhängigkeit der Territorien gestritten haben. Erst nach dem Scheitern des Selbstverwaltungsstatuts trennten sich die Wege der beiden Sympathisanten. Und heute stehen sie sich als Gegner in einem Verfahren um Leben und Tod gegenüber.

REICH Wir alle, Herr Fenichel, kennen Ihren Mandanten. Herr Kanchelli ist ein Mann des öffentlichen Lebens. Ich verstünde, wenn das Justizministerium den Generalstaatsanwalt auf Grund seines jugendlichen Engagements für die Loslösung der Territorien von der Union für befangen hielte und seine Ersetzung beantragt hätte. Das Hohe Gericht aber hält seine intime Kenntnis der politischen und sozialen Hintergründe geradezu für den Garanten eines fairen Verfahrens. – Bitte fahren Sie fort, Herr Sorge.

SORGE Ich danke dem Hohen Gericht für sein Vertrauen. – David Kanchelli, bekennen Sie sich der Ihnen vorgeworfenen Taten für schuldig oder nicht schuldig?

KANCHELLI Nicht schuldig!

SORGE Der Tatvorwurf des Hochverrats, Hohes Gericht, ist ein äußerst schwerwiegender. Das Gesetz kennt kein größeres Verbrechen. Der Angeklagte war ein kluger und integerer Mann. Seine Zeugnisse sind herausragend. Er galt als einer unserer besten Diplomaten. Mit zweiundzwanzig wurde er Kulturattaché in Rom, mit vierundzwanzig Vizekonsul in Manila, der jüngste, den es in solch einer Spitzenposition in der Geschichte der Union je gab. Es folgten Einsätze in Yangon, Colombo, Dhaka und Maskat, ehe die Regierung ihn zu ihrem Vertreter in die Untersuchungskommission zur Klärung der Union-Bauxit-Affäre beruft. Sein Einsatz in Songhai ist von tiefem menschlichem Mitgefühl, wenn auch nicht immer von dem erwarteten diplomatischen Geschick geprägt. Dennoch geizt unser Land nicht mit Ehren und Anerkennungen für sein außerordentliches Engagement.

Was ist während seines Aufenthalts in der Liga geschehen, um Geist und Seele dieses Mannes zu korrumpieren? Ich weiß es nicht. Ich weiß nur, daß er wenige Wochen nach seiner Rückkehr den diplomatischen Dienst quittiert, sich in die Territorien zurückzieht und sich einer ganz neuen, alle seine vorangegangenen Bestrebungen konterkarierenden Aufgabe widmet.

Unser Land befindet sich im Krieg. Es kämpft für seine Errungenschaften, seinen Fortbestand. Dieser Krieg ist zweifellos die größte Bedrohung für unsere Nation seit dem letzten Bürgerkrieg. In diesen dunklen Tagen des Kampfes mit den Mächten der Finsternis fällt Herr Kanchelli uns, seinen Brüdern, mit List und Gewalt in den Rücken.

In diesen dunklen Tagen nämlich nutzt Herr Kanchelli seine alten diplomatischen Kontakte und reist in die Hauptstadt der Liga, von unseren Feinden empfangen wie ein gerngesehener Gast. Vergessen ist die Loyalität zu seiner Heimat, vergessen die Unterstützung und die Ehren, die er hier erfahren durfte. Statt dessen buhlt er um die Gunst unserer Feinde, nimmt ihre Waffen und ihr Geld, um in der Heimat eine zweite Front zu eröffnen. Und nicht nur das. Er geht in die Lager, in denen der Feind die tapferen Söhne unseres Landes, unsere jungen Soldaten, gefangenhält, um auch diese zum Verrat zu verführen. Er gibt sich als Anwalt ihrer Interessen aus und tut doch nichts anderes, als auch sie zu verraten und ihre Integrität, ihre Zukunft, ihr Leben aufs Spiel zu setzen. Die meisten unserer jungen Männer fallen auf die billige Propaganda Herrn Kanchellis nicht herein. Er wird ausgepfiffen und mehrmals sogar tätlich angegriffen, so daß er von Wachleuten der Liga geschützt werden muß.

Die wenigen aber, die seinem demagogischen Aufruf folgen, die Waffen, die er in unser Land zu schmuggeln versucht, die Unterstützung, die er bei der Liga für seine Pläne gegen Recht und Ordnung in der Union sucht und findet, genügen, um Herrn Kanchelli für mehr als ein todeswürdiges Verbrechen anzuklagen und, wenn die Anklagevertretung das Hohe Gericht und die Jury zu überzeugen vermag, auch zu verurteilen.

Ich bin, so hoffe ich, bei den nackten Tatsachen geblieben, denn die Beweislast ist, wie sich zeigen wird, so erdrückend, daß es keiner rhetorischen Kunstfertigkeit bedarf, die Evidenz unserer Argumente zu bezeugen. Der Angeklagte hat, geblendet vom Haß auf sein Vaterland, aber im Vollbesitz seiner geistigen Kräfte und seines freien Willens, ein verräterisches Schmierenstück sondergleichen aufgeführt. Er hat mit höchstem Einsatz gespielt – und verloren. Wir sind willens und bereit, diese Schuld nun einzuklagen.

KANCHELLI Hohes Gericht, Gentlemen der Jury, ich möchte, ehe ich meinem Verteidiger, Dr. Fenichel, das Wort übergebe, einige Worte auf die Anklageverlesung des Generalstaatsanwalts erwidern. – Die Anklage lautet auf Hochverrat. Ich sage Ihnen, ich habe mein Land nicht verraten. Ich liebe dieses Land. Wenn ich irgend jemanden aufgefordert habe zu kämpfen, dann nicht gegen dieses Land, sondern für dieses Land, das heißt für eine bessere und gerechtere Zukunft dieses Landes. Ich habe mich nie an eine fremde Nation verkauft, ich habe niemals Geld angenommen oder jemandem für seine Dienste versprochen. Die Überzeugung, daß eine gerechtere Ordnung hier und jetzt erkämpft werden müsse, war die einzige Motivation, das Erreichen dieses Ziels der einzige Lohn.

Ich weiß, das Hohe Gericht und ich haben vermutlich unterschiedliche Ansichten über die gegenwärtigen Verhältnisse in der Union. Sonst würden Sie mich nicht für Dinge anklagen, die allein aus Sorge um die Zukunft meiner Heimat geschehen sind. Der Aufstand war weder eine Initiative der Liga, noch wurde er ernsthaft von ihr unterstützt. Er ist allein aus den inneren Verhältnissen der Union entsprungen. Klagen Sie mich des Aufruhrs oder des versuchten Umsturzes an. Aber Hoch- oder Landesverrat habe ich nie begangen!

FENICHEL Hohes Gericht, Haft, Krankheit und Erschöpfung haben meinen Mandanten so sehr geschwächt, daß Sie ihm die Form seiner Stellungnahme bitte nachsehen. Verständlicherweise ist er aufgeregt und empört. Und aller diplomatischen Erfahrung zum Trotz ist die Situation doch ungewöhnlich; statt ein respektierter Verhandlungspartner zu sein, muß er sich nun in die ungewohnte Rolle des Angeklagten fügen. Die Worte aber, mögen sie auch noch so heftig und aufgeregt vorgebracht worden sein, diese Worte möchte ich Ihnen ans Herz legen. Wir verhandeln nicht über einen Verräter, sondern über einen Ehrenmann, dessen geradezu naiver Gerechtigkeitssinn ihm keine Wahl ließ, als so zu handeln, wie er es tat. Daher appelliere ich auch an Ihren Gerechtigkeitssinn, die wahren Motive zu berücksichtigen und an ihnen die Taten zu messen. Es sind die eigenen Absichten, die unsere Taten rechtfertigen oder verdammen. Sind sie selbstsüchtig oder niederer Natur, oder entstammen sie dem Edelsten, was wir besitzen, der Gewissensnot und unserer Fähigkeit mitzuleiden? Der Anschein ist noch kein Beweis unserer Schuld. Ebensowenig das Gelingen oder Scheitern einer Tat. David Kanchellis Motiv ist tief in der Geschichte und der Kultur unserer Nation verwurzelt: Wenn es einer Regierung nicht gelingt, einen Teil seiner Bürger wirkungsvoll vor körperlichen oder seelischen Verletzungen zu schützen, so haben diese Menschen das Recht – ein wahres Notwehrrecht! –, gegen diese Verletzungen aufzubegehren. Herr Kanchelli trifft den Kern dieses Prozesses, wenn er feststellt, daß es nicht um Hoch- oder Landesverrat gehe, sondern um einen internen Konflikt innerhalb der Grenzen unseres Landes und einen Konflikt innerhalb der Person meines Mandanten.

Geschliffene Monologe. Von allen Unebenheiten des Lebens gereinigte Selbstinszenierungen! – Das Urteil ist ein wenig ungerecht. In der Videoaufzeichnung wirkt der Verhandlungsauftakt wesentlich dramatischer. Allein die Reduktion auf das nackte Wortprotokoll ist schuld. Artemus Fenichel hat seine Kindheit und Jugend immerhin in New York verbracht und dort eine Weile als Journalist gearbeitet. Und ein schwacher Widerschein dieses modernen Babels gibt seinen Auftritten immer noch einen gewissen Glanz.

Unerwartete Hilfe erreicht David – man darf wohl sagen: verhängnisvollerweise – von Eva Ferenczy, Anwältin in Constanza. Das C.I.D. hat ein umfangreiches Dossier über sie in seinem Archiv. Doch was kann Ephraim tun? Er hält sich strikt an seine Entscheidung, sich ganz und gar aus dem Prozeß gegen seinen Bruder herauszuhalten.

Sie hat aus ihrer Sympathie für die Unabhängigkeit der Territorien nie einen Hehl gemacht, auch wenn sie selbst einer gutbürgerlichen Anwaltsfamilie der Union entstammt. Noch am selben Tag, an dem sie von der Verhaftung Davids erfährt, bietet sie Fenichel an, ihm mit ihren Erfahrungen aus vergleichbaren Prozessen zur Verfügung zu stehen. – Ephraim kennt Artemus nun viele Jahre. Sie haben kein Wort über Frau Ferenczys Mitarbeit gewechselt, zweifellos aber ist auch er von diesem unerwarteten Beistand nicht begeistert. Natürlich, unter anderem eilt ihr auch der Ruf ihrer für eine Strafverteidigerin geradezu unanständigen Schönheit voraus, während Artemus eher die traurige Pose eines in die Jahre gekommenen Familienanwalts pflegt –

Und Sorge? Im Grunde kann von einer Jugendsünde keine

Rede sein, denn selbst als engagierter Streiter für die Selbstverwaltung der Territorien blieb er Parteigänger der Konservativen und Militärs, die wie er, aber aus vollkommen anderen Gründen als die Territorianer selbst, diese Gebiete von der Union abgetrennt sehen wollten. – Nach diesem brillant geführten Prozeß wird seiner weiteren Karriere wohl nichts mehr im Wege stehen. Sorgfältig läßt er die Jury von allen Mitgliedern säubern, die territoriale Vorfahren haben oder haben könnten. Einige dieser für befangen erklärten Juroren wundern sich nicht wenig über diese Aussonderung, haben sie sich doch zeitlebens für loyale Unionisten und kompromißlose Anhänger des Großen Versöhners gehalten.

Exakt vierundfünfzig Minuten benötigt die Jury, zu ihrem Urteil zu gelangen. Ephraim hätte sich vom C.I.D. auch eine Aufzeichnung dieser Urteilsfindung vorlegen lassen können, obgleich derlei Jurysitzungen natürlich in absoluter Vertraulichkeit stattfinden sollten. Er kann sich auch ohne dieses Protokoll die knappe Vergegenwärtigung der jeweiligen Argumente vorstellen, wobei die Argumente der Verteidigung von der Art und Weise ihres Vortrags ein wenig in den Hintergrund gerückt werden, findet sich doch keine Frau unter den zwölf Geschworenen, da Weiber, wie der Große Versöhner gebot, nicht wider die Männer Zeugnis ablegen dürften. So fällt denn das Urteil einstimmig.

RAAS Ich sah Herrn Kanchelli zum ersten Mal in einem Wüstencamp nahe Arlit. Er sprach zu uns über die Situation in den Territorien und forderte uns auf, den Volontären beizutreten und für die Unabhängigkeit der Gebiete zu kämpfen. Ich sah darin eine Möglichkeit, aus dem Camp herauszukommen. Das war der einzige Grund, mich freiwillig zu melden. Außer meiner Herkunft verbindet mich nichts mit den Territory Volunteers. Die Freiwilligen wurden mit zwei LKWs zu einer Kaserne in der Nähe des Flusses gebracht. Wir waren vielleicht fünfzig. Eine gräßliche Fahrt. Auf einem wahren Seelenverkäufer ging es weiter. Keine Ahnung, wie sie den Kontrollgürtel durchbrechen wollten. Und es hat ja auch nicht funktioniert.

In der Kaserne erhielten wir Unterricht, wie wir mit dem Sprengstoff und den Maschinenpistolen umzugehen hätten. Wir hatten zwar alle eine umfassende militärische Ausbildung, doch unsere neue Ausrüstung war so altmodisch, daß kaum einer von uns sie zu handhaben wußte. Drei Wochen blieben wir in der Kaserne, bevor unser Schiff ablegte. Wir durften sie kein einziges Mal verlassen. Von den Militärs der Liga wurden wir immer noch wie feindliche Kriegsgefangene behandelt. Wir bekamen nur Übungsmunition ausgehändigt, niemals scharfe Patronen. Herr Kanchelli kam wenigstens einmal am Tag in die Kaserne und redete zu uns. Er fürchtete wohl, der eine oder andere könne es sich noch anders überlegen. Zwei Busse mit verklebten Scheiben brachten uns schließlich zum Pier. Es war schrecklich heiß, und die Fenster ließen sich nicht öffnen. Noch schlimmer waren die vierzehn Tage auf dem Fluß. Ich weiß nicht, wie wir das überlebt haben. Wir fühlten uns wie auf einem dieser Sklavenschiffe von damals. Wir waren alle froh, als unsere Marine den Frachter endlich aufgebracht hatte.

SORGE Herr Raas, ist der Mann, der zu Ihnen im Kriegsgefangenenlager gesprochen hat, hier im Saal?

RAAS Ja, Sir. Dort sitzt er.

SORGE Zu wem hat er gesprochen?

RAAS Zu allen, die ihm zuhören wollten. Vor allem zu denen, die aus den Territorien stammten.

SORGE Was hat er genau gesagt?

RAAS Es ging immer wieder um die Ungerechtigkeiten in den Territorien und deren Befreiung. Er meinte, jetzt sei die richtige Zeit, für deren Unabhängigkeit zu kämpfen. An die genauen Worte erinnere ich mich nicht mehr. Aber das Gerede war mir ohnehin egal. Ich wollte, wie gesagt, nur aus dem Lager raus.

SORGE Ich danke Ihnen, Herr Raas. – Herr Kanchelli, Sie

waren einer der besten Absolventen der Diplomaten-Akademie. Bereits während des Studiums wurden Sie Ausbilder für Konversations- und Verhandlungsstrategien, nicht wahr?

KANCHELLI Damals war ich stolz auf diese Erfolge. Erst viele Jahre später habe ich begriffen, was sie mich gekostet haben.

SORGE Gekostet? Sie wurden doch mit Preisen und Stipendien geradezu überhäuft!

KANCHELLI Ich erinnere mich an die eine Frage, die bei jeder Unterrichtsstunde unausgesprochen im Raum stand: Ist er zur Lehre überhaupt fähig, da er doch aus den Territorien stammt? – Ich war gut, sicher. Um in dieser Welt der Ressentiments aber zu bestehen, mußte ich perfekt sein. Und schließlich war ich perfekt. Meine Aussprache war perfekt. Meine Kleidung war perfekt. Mein Aussehen war perfekt. Meine Ausstrahlung war perfekt.

SORGE Und Sie waren stolz auf diese Erfolge, wenn ich Sie richtig verstanden habe?

KANCHELLI Ich arbeitete so hart an mir, daß mein einziger Makel nur noch diese Perfektion war. Also streute ich mit der Zeit einige territoriale Stereotype in meine Selbstinszenierung ein, gebrauchte ein paar umgangssprachliche Ausdrücke, gab meinem Sprachduktus und meinen Bewegungen eine größere rhythmische und melodische Spannung und so weiter. Dieses Entgegenkommen, diese Bestätigung erwarteter Muster erlaubte es meinen Kommilitonen und Lehrern, sich in meiner Gegenwart wieder etwas selbstsicherer zu fühlen.

SORGE Auch wenn ich Ihren Sarkasmus an diesem Ort für unangebracht halte, so gibt diese kurze biographische Rückblende dem Hohen Gericht immerhin einen Eindruck von Ihren rhetorischen Fähigkeiten. Herr Kanchelli, ein Ergebnis Ihrer – nennen wir es im Augenblick noch »Verhandlungen« – mit Vertretern der Liga bestand in der Zusage von zwanzigtausend Maschinenpistolen, nicht wahr?

KANCHELLI Wie Sie sich unschwer vorstellen können, ist

mit zwanzigtausend Maschinengewehren kein Krieg gegen fünfhunderttausend gutausgebildete und noch besser bewaffnete Soldaten der Union zu gewinnen. Außerdem haben die Gewehre unsere Küsten gar nicht erreicht, da das Schiff in neutralen Gewässern, vermutlich von unserer bestens informierten Abwehr, versenkt wurde.

SORGE Sie haben meine Frage nicht beantwortet!

KANCHELLI Ja, diese zwanzigtausend Gewehre waren das magere Ergebnis wochenlanger Verhandlungen, allen rhetorischen Fähigkeiten zum Trotz. Mittlerweile bin ich davon überzeugt, daß von Anfang an Agenten der Union ihre Hände im Spiel hatten.

SORGE Mag sein, daß unsere Agenten Sie im Auge behielten; das ist ihre Aufgabe. Doch waren es wohl kaum unsere Agenten, die Sie zur Kollaboration mit dem Kriegsgegner, daß heißt zum Landesverrat angestiftet haben.

KANCHELLI Landesverrat? Ich liebe mein Vaterland nicht weniger als Sie, Herr Sorge. Für mich besteht dieses Land aber nicht nur aus der gepflegten Vorgartenidylle in Corpus Christi.

SORGE Ich verstehe nicht ganz. Sie waren in Arlit nicht nur der Waffen wegen?

KANCHELLI Nein, auch meiner Landsleute wegen.

SORGE Ihrer Landsleute?

KANCHELLI Brüder aus den Territorien, die mir von der Liga übergeben werden sollten, um damit eine Brigade von Freiwilligen aufzustellen.

SORGE Eine Brigade von fünfzig Mann.

KANCHELLI Mehr als fünfzig.

SORGE Zweiundfünfzig, um genau zu sein.

KANCHELLI Warum fragen Sie mich noch, wenn Sie ohnehin über jeden meiner Schritte bestens informiert sind?

SORGE Ich frage Sie, Herr Kanchelli, damit Sie nicht den Eindruck gewinnen, daß die Geschworenen und das Hohe Gericht ihr Urteil allein auf Grund der unwiderlegbaren Tatsachen fällen. Zum Akt des Hochverrats gehört eine bewußte, willentliche Entscheidung. Diesen Vorsatz nachzuweisen ist das Anliegen der Staatsanwaltschaft. – Hat der Gang durch die Kriegsgefangenenlager Sie nicht ernüchtert?

KANCHELLI Ernüchtert?

SORGE Nun, offenkundig sind Ihre Rekrutierungsbemühungen für die Territory Volunteers nicht auf die erhoffte Gegenliebe gestoßen. Selbst die Mehrzahl Ihrer »Landsleute« aus den Territorien hielt Sie doch für einen Vaterlandsverräter!

KANCHELLI Ich habe nie mit einer großen Zahl von Freiwilligen gerechnet. Ich hätte aber wohl mehr Erfolg gehabt, wenn meine Bemühungen nicht von Anfang an durch die Dienste der Union sabotiert worden wären.

SORGE Sabotiert? Eine recht drastische Wortwahl für eine Tätigkeit, die den Aufgaben dieser Dienste entspricht. Doch lassen Sie uns am Schluß noch folgendes wissen: Wenn Sie wußten, daß mit fünfzig Freiwilligen und den von der Liga bereitgestellten Waffen kein Krieg zu gewinnen sei, warum sind Sie trotzdem in die Union zurückgekehrt?

KANCHELLI Ich wollte sinnloses Blutvergießen verhindern.

SORGE Die zwanzigtausend Maschinengewehre haben Sie immerhin akzeptiert! Wenn sich damit auch kein Krieg gewinnen läßt, so hätten doch Hunderte oder gar Tausende unserer Soldaten im Kugelhagel dieser Waffen sterben können. Das, Herr Kanchelli, verbirgt sich hinter der Anklage des Landesverrats: das Menschenleben Hunderter und Tausender junger Männer, das aufs Spiel zu setzen Sie bereit waren!

In Wirklichkeit ist David bei weitem nicht so beredt, wie die nackten Worte in den Prozeßakten vermuten lassen. Seine Verteidigung wirkt, soweit die Videos ein authentisches Bild zulassen, sogar ausgesprochen kläglich. Nun hat sich aber auch seit dem Bürgerkrieg kein Diplomat der Union wegen Hochverrats vor Gericht verantworten müssen.

Alle Augen der sich auf den Zuschauerbänken drängenden Menge, überwiegend Militär- und C.I.D.-Angehörige, sind auf diesen Mann gerichtet. Er ist jetzt sorgfältig in einen seiner eigenen sauberen, wenngleich längst aus der Mode geratenen Anzüge gekleidet. Darunter trägt er ein weißes Hemd, und in der linken Brusttasche des Jacketts steckt ein weißes Taschentuch. Dieses Weiß steht in schmerzhaftem Kontrast zu seiner schwarzen Oberbekleidung und seiner düsteren Erscheinung. Er hat den dunklen Bart, der ihm in den Wochen der Untersuchungshaft gewachsen ist, stehengelassen. Er wirkt älter, als er ist, schwächer, ausgemergelter. Andauernd streicht er mit den Händen über diesen Bart, kaut auf den Fingernägeln herum oder sucht mit unruhigem Blick den Boden ab. Hin und wieder fährt seine Hand in die Innentasche seines Jacketts, aber zieht nichts heraus. Vermutlich ist auch nichts darin.

Von Zeit zu Zeit stimmt er in das Gelächter ein, daß die eine oder andere Bemerkung eines Verhandlungsbeteiligten hervorruft, zum Beispiel als der Gerichtsdiener ihn nach seinem Wohnsitz und seinem Arbeitgeber fragt. David: »Zur Zeit wieder wohnhaft im Haus meiner Mutter; ohne feste Anstellung.«

II

FENICHEL Dr. Shanahan, gegen sechs Uhr am Abend des Karfreitag dieses Jahres rief Sergeant Hearn bei Ihnen an und bat Sie zu einem Patienten. Sie erinnern sich an den Vorfall?

SHANAHAN Ja. Sergeant Hearn sagte, sie hätten irgendeinen Handelsreisenden festgenommen, der augenscheinlich ärztliche Hilfe brauche. Ich nahm also meinen Notfallkoffer und fuhr zur Polizeiwache.

FENICHEL Beschreiben Sie, so gut Sie sich erinnern, Ihre Begegnung mit dem Patienten.

SHANAHAN Ich fand auf der Wache einen noch ziemlich jungen, aber zurückhaltenden Mann vor, den ich mir nicht recht als Vertreter vorstellen konnte. Er wirkte angegriffen und erschöpft. Als ich den Mann untersuchen wollte, blickte er verschämt auf die beiden Polizisten, die keinerlei Anstalten machten, den Raum zu verlassen. Ich bat sie, uns während der Untersuchung allein zu lassen. Sobald die Polizisten hinausgegangen waren, flüsterte der Mann mir zu, er sei David Kanchelli, der Bruder des Präsidenten. Es gehe um eine Sache auf Leben und Tod. Ob er auf meine Hilfe rechnen könne. – Es ist meine Pflicht, Leben zu retten, antwortete ich. Daraufhin bat er mich, einen lokalen Vertreter der Territory Volunteers aufzusuchen und ihm auszurichten, sie müßten unter allen Umständen ihre Aktion abbrechen.

FENICHEL Sie sind sicher, daß der Mann, der sich als David Kanchelli vorstellte, ausdrücklich davon sprach, die Aktion abzubrechen?

SHANAHAN Das waren vielleicht nicht exakt seine Worte, das war aber der Sinn der Botschaft, die er mich zu überbringen bat.

FENICHEL Was geschah dann?

SHANAHAN Radjiv Masud Khan, der einzige mir bekannte

Aktivist in Bannastrand, weigerte sich zu glauben, daß der Mann auf der Wache David Kanchelli sei, und wollte nichts weiter unternehmen.

FENICHEL Wie haben Sie auf diese Weigerung reagiert?

SHANAHAN Was sollte ich tun? Heute weiß ich, daß es sich bei der erwähnten Aktion um den Osteraufstand gehandelt hat. Aber damals konnte ich derart dramatische Ereignisse nicht vorhersehen.

FENICHEL Ich danke Ihnen, Dr. Shanahan. Ihr Zeuge, Herr Sorge.

SORGE Wenn ich Sie richtig verstanden habe, Herr Shanahan, waren Sie mit dem Angeklagten allein im Raum, als er Ihnen seinen Auftrag zuflüsterte, nicht wahr?

SHANAHAN Ja, Sir.

SORGE Es gibt also keinen weiteren Zeugen für diese Unterhaltung, oder?

SHANAHAN Nein, Sir.

SORGE Und Herrn Masud Khan können wir leider nicht mehr befragen, weil er bei besagtem Aufstand ums Leben kam. – Gesetzt selbst, es habe sich genau so zugetragen, wie Sie es behaupten, wieso konnte Herr Kanchelli Ihnen, einem für ihn vollkommen Fremden, in einer so wichtigen Frage vertrauen?

SHANAHAN Ich war zu diesem Zeitpunkt sein behandelnder Arzt, Sir. Und möglicherweise der einzige neutrale Verbindungsmann zur Außenwelt.

SORGE Und Sie hatten keinen Augenblick das Gefühl, mit einem mutmaßlichen Verbrecher zu kollaborieren? Immerhin stand er unter Arrest.

SHANAHAN Nein, Sir. Mein erster Eindruck von Herrn Kanchelli war ein ganz und gar positiver.

SORGE Sie stammen selber aus den Territorien, nicht wahr?

SHANAHAN Offenkundig, Sir.

SORGE Keine weiteren Fragen.

FENICHEL Reverend Ryan, am Ostersamstag wurden Sie von Captain Rieding zur Polizeiwache gerufen, da ein Häftling nach geistlichem Beistand verlangte.

RYAN Ja, Sir. Gegen neun Uhr, nach der Karsamstagandacht, kam ich zur Wache und wurde in die Zelle des Häftlings gebracht. Dort ließ man mich mit ihm allein.

FENICHEL Offenbar hielt man den Häftling nicht für einen Gewalttäter.

RYAN Ich habe nicht nach dem Anlaß seiner Verhaftung gefragt. Allerdings begann er von sich aus, über sich zu berichten.

FENICHEL Was hat er Ihnen gesagt?

RYAN Auf jeden Fall nichts, was unter meine priesterliche Schweigepflicht fiele. Nach einem kurzen, sehr kurzen geistlichen Gespräch eröffnete er mir, daß er David Kanchelli sei. Wenn ich meinen Glauben ernst nähme, solle ich Kontakt zu den Territory Volunteers aufnehmen und sie in seinem Namen drängen, Ruhe zu bewahren, da die erhoffte Hilfe ausgeblieben sei.

FENICHEL Was haben Sie geantwortet?

RYAN Ich habe natürlich gegen dieses Ansinnen protestiert. Ich habe ihm gesagt, ich sei Geistlicher und kein Verschwörer.

FENICHEL Und wie hat Herr Kanchelli reagiert?

RYAN Er hat mich weiter bedrängt und belästigt, bis ich Captain Rieding herbeirief und ihn bat, mich aus der Zelle zu lassen, da der Gefangene im Augenblick keines weiteren Beistands bedürfe.

FENICHEL Sie haben das Ansinnen Kanchellis also abgelehnt?

RYAN Er rief mir hinterher, es gehe um Menschenleben. Wenn ich Gott und die Menschen wirklich liebte, solle ich tun, worum er mich bat. – Als der Captain mich fragte, was der Gefangene mit dieser Szene beabsichtigte, dachte ich mir, der beste Weg, ein Blutvergießen zu verhindern, sei sicherlich, ihm die Identität und die Absichten seines Gefangenen mitzuteilen.

FENICHEL Keine weiteren Fragen. Ihr Zeuge, Herr Sorge.

SORGE Wie hat Captain Rieding auf Ihre Mitteilung reagiert, Reverend Ryan?

RYAN Nun, relativ gelassen, will ich meinen. Er wußte bereits, daß es sich bei seinem Gefangenen um Herrn Kanchelli handelt. Und für den Hinweis, daß irgendeine größere Aktion der Terroristen geplant sei oder unmittelbar bevorstehe, sprach er mir seinen Dank aus und hat wohl, wie die schnelle und vollständige Niederschlagung des Osteraufstands zeigt, gleich die zuständigen Stellen informiert.

SORGE Ich danke Ihnen, Reverend. Keine weiteren Fragen.

FENICHEL Herr Thomas, Sie sind Hauptkommissar des regionalen C.I.D. Noch am Ostersamstag haben Sie Herrn Kanchelli von der lokalen Polizei übernommen.

THOMAS Das ist korrekt, Sir.

FENICHEL Was war Ihr erster Eindruck vom Gefangenen?

THOMAS Er sah krank aus, zumindest übermüdet. Athletischer Körperbau; schwarzes krauses Haar, das an den Schläfen bereits grau wird; schmale, nervöse Hände, die ständig über das noch jugendliche Gesicht fuhren –

FENICHEL Sie haben ihn verhört?

THOMAS Ja. Ich habe ihn gefragt: Wie lautet Ihr Name? Er antwortete: Sie kennen ihn doch bereits. – Nun, das Protokoll liegt Ihnen sicher vor.

FENICHEL Geben Sie dem Gericht trotzdem den Inhalt dieses Verhörs wieder, Herr Thomas.

THOMAS Er fragte mich, ob er mit einem Freund sprechen dürfe. Ich sage nein. Er: Es kann hier in Ihrer Gegenwart sein. Ich frage: Wer? – Er: Aaron Tuurk, Staatssekretär im Außenministerium. – Ich antworte: Ich glaube kaum, daß er gerade in der Stadt ist. Warum wollen Sie ihn sprechen? – Weil ich in großer Sorge bin. Nicht meinetwegen. Ich kenne meine Lage sehr genau. Nein, es betrifft andere Leute. Das Leben anderer Leute. - Ich frage ihn ein zweites Mal: Wie heißen Sie? - Laut Taufschein David Lukas Kanchelli. - Jeder kann behaupten, er sei David Kanchelli. - Ich glaube kaum, daß es gegenwärtig jemanden gibt, der das freiwillig von sich behaupten würde. Darf ich fragen, warum Sie mich festgenommen haben?

FENICHEL Soweit, Herr Thomas. Haben Sie Herrn Kanchellis Bitte erfüllt und Aaron Tuurk benachrichtigt?

THOMAS Wir wußten ja bereits, um was es geht. Und da Herr Tuurk nicht als Herrn Kanchellis offizieller Rechtsbeistand benannt war -

FENICHEL Herr Tuurk war David Kanchellis unmittelbarer Vorgesetzter im Ministerium.

THOMAS Wir wollten beim gegenwärtigen Stand der Dinge die Ermittlungen nicht unnötig erschweren.

FENICHEL Danke, Herr Thomas. - Ich sehe Ihrem ungeduldigen Gesichtsausdruck an, sehr verehrter Herr Generalstaatsanwalt, daß auch Sie einige Fragen an den Zeugen der Verteidigung haben.

SORGE Einmal mehr bewundere ich Ihren erstaunlichen Scharfsinn, vom äußeren Schein auf die inneren Motive zu schließen, sehr verehrter Herr Verteidiger. - Hauptkommissar Thomas, Herr Fenichel hat Ihr Gedächtnisprotokoll an einer sehr interessanten Stelle unterbrochen. Würden Sie dem Gericht wohl mitteilen, wie das Verhör weiterging?

THOMAS Selbstverständlich, Sir. Auf die Frage nach dem Grund der Festnahme antwortete ich, daß er noch keiner bestimmten Tat beschuldigt werde. Dann, meinte Herr Kanchelli, würde er gerne gehen. Ich entgegne: Sobald ich auf folgende Fragen zufriedenstellende Antworten erhalten habe: Von woher kommen Sie gerade? - Wieso glauben Sie, daß ich das Land verlassen hatte? - Ist das Ihr Eigentum? - Ich lege ihm eine Geldanweisung für die Filiale der *International Bank of the Liga* in Corpus Christi vor, die wir bei der Durchsuchung seiner

Kleidung gefunden hatten. – Er prüft die Anweisung mit zitternden Händen und erwidert schließlich: Nein. Das ist eine Fälschung. Ich habe nie Geld von der Liga bekommen. – Der Schein steckte in Ihrer Manteltasche, entgegne ich.

SORGE Danke, Herr Hauptkommissar. Ihr Zeuge, Herr Fenichel.

FENICHEL Herr Thomas, Sie beschreiben Herrn Kanchelli eingangs als einen erschöpften Mann mit nervösen Gesten. Warum sollte bei einem Menschen in dieser Verfassung die nervöse Reaktion auf die Vorlage eines ihm fremden Papiers ein besonderes Indiz für seine Schuld sein?

THOMAS Faktum ist, daß ich ihn bei einer Lüge erwischt habe.

FENICHEL Bei einer Lüge?

THOMAS Nun, er behauptete, das Stück Papier nicht zu kennen, obwohl wir es in seiner Manteltasche fanden.

FENICHEL Und es hätte nicht von einem Unbefugten dort hineingeschmuggelt werden können?

THOMAS Das ist sehr unwahrscheinlich, da Herr Kanchelli seit seiner Landung in Bannastrand lückenlos observiert wurde.

FENICHEL Meine Frage lautete, ob es möglich gewesen wäre!

THOMAS Es hätte schon einer unserer Leute gewesen sein müssen, was ja wohl auszuschließen ist.

FENICHEL In einem Prozeß um Leben und Tod des Angeklagten ist nichts auszuschließen, Herr Thomas. – Hohes Gericht, Gentlemen der Jury, am Ostersonntag besetzen, wie wir alle wissen, Milizionäre der Territory Volunteers das Hauptpostamt in Salem. Der Osteraufstand beginnt und wird binnen Stunden blutig niedergeschlagen. – Am Samstag, im achtstündigen Verhör Kanchellis durch den Chef des regionalen C.I.D., Herrn Basil Thomas persönlich, kommt es laut Protokoll zu einem interessanten Wortwechsel. – Bitte korrigieren Sie mich, Herr Hauptkommissar, falls sich in das Protokoll ein Fehler eingeschlichen hat. – Thomas: Stimmen Orts- und Zeitangaben in diesem Notizbuch, Herr Kanchelli? – Kanchelli: Dies ist ein privates Memorandum. Der Inhalt geht niemanden etwas an. – Thomas: Der Hinweis auf eine Aktion, die morgen, am Ostersonntag, starten soll, ist also rein privaten Charakters? – Denken Sie, was Sie wollen! – Nun, wir sind auf Ihre Mithilfe bei der Deutung Ihrer privaten Notizen nicht angewiesen. Wir besitzen noch andere Quellen! – Hauptkommissar Thomas, verstehe ich Ihre letzte Aussage in diesem Protokoll richtig, und Sie waren über den bevorstehenden Aufstand bereits umfassend informiert?

THOMAS Dieser Satz war eher zur Einschüchterung des Befragten gedacht, Sir.

FENICHEL Ist es falsch, von der raschen und effektvollen Niederschlagung des Aufstands auf eine gute Vorbereitung der Sicherheitsdienste zu schließen? Immerhin stehen den über siebzig Toten auf seiten der Rebellen vier Leichtverletzte in den Reihen unserer Truppen gegenüber.

THOMAS Die Verteidigungsorgane dieses Staates sind ständig einsatzbereit, Sir.

FENICHEL Würden Sie vor diesem Gericht überhaupt zugeben, daß Sie über Ort und Zeit der Rebellion bestens unterrichtet waren und sie hätten verhindern können –

SORGE Einspruch, Euer Ehren. Die Verteidigung ist nicht autorisiert, von Angehörigen unserer Sicherheitskräfte die Offenbarung von Dienstgeheimnissen zu verlangen.

REICH Sofern die Offenlegung dem hier verhandelten Fall dient und nicht die legitimen Sicherheitsinteressen des Staates verletzt, sollte der Zeuge zu antworten versuchen.

FENICHEL Ich danke Ihnen, Euer Ehren. – Herr Thomas, hat Ihre Dienststelle bereits vor Herrn Kanchellis Festnahme von der bevorstehenden Rebellion gewußt?

THOMAS Es gab Andeutungen und Gerüchte, ja.

FENICHEL Haben die Behörden von Herrn Kanchellis Mission, vielleicht sollte ich besser sagen, von seiner gescheiterten Mission und seiner Rückkehr, gewußt?

THOMAS Ich bin nicht befugt, darüber Auskunft zu geben.

FENICHEL Hat die Verhaftung Herrn Kanchellis möglicherweise einen Abbruch der Aktion, für den sich mein Mandant so verzweifelt eingesetzt hat, verhindert?

THOMAS Seine Botschaft hat trotz der Verhaftung die Verantwortlichen erreicht. Sie hat die Verantwortlichen nicht zur Vernunft gebracht.

FENICHEL Was die Mittelsmänner nicht geschafft haben, hätte Herr Kanchelli vielleicht persönlich erreicht.

THOMAS Das weiß Gott allein.

FENICHEL Hatten die Sicherheitsdienste womöglich gar kein Interesse daran, den Aufstand zu verhindern?

SORGE Einspruch, Euer Ehren. Diese Unterstellung ist ungeheuerlich!

REICH Einspruch stattgegeben. Sie müssen auf diese offenbar rein rhetorische Frage nicht antworten, Hauptkommissar Thomas.

FENICHEL Ich danke Ihnen für diesen philologischen Nachhilfeunterricht, Euer Ehren. Keine weiteren Fragen.

Sein Blick löst sich von den Akten und schweift über die Lichter der Stadt. Er weiß, daß vor ihm immer noch die Sümpfe liegen, in deren weichen Leib die Stahlträger bis zu fünfzig Meter tief gerammt worden sind. – War es ein Dichter oder Philosoph, der sagte, jeder seelische Zustand sei wie eine Landschaft? Schaut er aus dem Fenster, ist es, als blicke er in sich hinein: Stahl und Glas dieser neuen Metropole, Tag und Nacht vom gleißenden Strahl der Protonlampen erhellt, der Himmel schwarz unter den Aluminiumsegeln, die Gebäude von vorgetäuschter Leichtigkeit, und Menschen wie kleine schmutzige Zaunpfähle auf den zugebauten Weiden.

Der Regen hört auf. Vergißt er ihn, so ist er nie gewesen. Ein feiner Diamantenstaub auf dem Asphalt, ein leichter Wind, und nur noch die zarte Schmutzkruste auf dem polarisierten Glas.

Er war ein Arzt in den Territorien. Nun ist er ein Gefangener dieser Stadt. Der Erste Gefangene dieser Stadt.

Bäuche hat er aufgeschnitten, das Innere nach außen gestülpt, das Wesen der Dinge, die Seele, Gott, auf das alles hat er nicht einen Gedanken verschwendet. Und nun grübelt er, anstatt gesund zu sein, über Gesundheit nach, über Krankheit, Verletzbarkeit, das Böse, die Sünde, den Wahnsinn. Das alles ist so falsch, es führt zu nichts. Wer ist dieser Gott?

Natürlich, längst ist er Gesetz. Ganz gleich, wer er ist, längst beherrscht er ihrer aller Denken und Handeln. »Wer über Gott nachzudenken beginnt, hat ihn bereits verraten!« lehrt der Große Versöhner. So einfach ist das.

Wann haben sie das letzte Mal allein miteinander gesprochen? Am Heiligen Abend des letzten Jahres muß es gewesen sein. David war gerade aus Songhai zurückgekehrt, wollte aber nicht viel erzählen. »Warte meinen Bericht ab«, sagte er nur, »und du wirst verstehen, daß meine Erlebnisse keine erbaulichen Weihnachtsgeschichten sind.«

An den Festtagen blieb er meist im Ausland; und kam er einmal für einen kurzen Heimaturlaub zurück, begab er sich sofort in die Territorien und verbrachte die Tage mit der Mutter. Nun hatte Ephraim die alte Frau nach Corpus Christi geholt und sie und ihn gemeinsam zum Fest eingeladen.

Ein seltsam freudloses Fest. Ihm schien es, als hätte sich die ganze Familie gegen ihn verschworen. Magdalena brachte ihren neuen Freund zum Weihnachtsessen mit, einen zweifelhaften Burschen, der für seine Fußballerkarriere die Schule abgebrochen hat. Ephraim mußte ihn bereits mehrfach des Hauses verweisen. Nun legt Elizabeth ein zusätzliches Gedeck für diesen unpassenden Gast auf. Um eine unerfreuliche Szene an diesem Freudentag zu vermeiden, läßt er sich das Essen in sein Arbeitszimmer bringen. – Am nächsten Morgen aber stößt sein Tadel auf taube Ohren. Unter den übrigen Familienmitgliedern beginnt gar ein Lobeswettstreit über die besonderen »Vorzüge« dieses Freundes. Magdalena besitzt die Frechheit, vor den Ohren ihrer Großmutter und ihres Onkels zu behaupten, er würde den Freund seiner Tochter nur deswegen nicht ausstehen können, weil Carlos ein so großartiger Liebhaber sei. Und David ist sich nicht zu schade, ihr ein verständnisvolles Lächeln zuzuwerfen.

Natürlich handelt es sich nur um das pubertäre Geschwätz einer Vierzehnjährigen. Sie weiß so wenig von wahrer Liebe und Sexualität wie David. Aus verständlichen Gründen bleibt keine ihrer Bewegungen unbewacht. Und die Sicherheitsbeamten sind ausdrücklich angewiesen, bei jeder unkontrollierten Intimität einzuschreiten. Uneinsichtigerweise hat sie bereits gedroht, mit Carlos durchzubrennen. Nur weil ihr Vater Präsident sei, habe sie keine Lust, das Leben einer Strafgefangenen zu führen.

Als ginge es ihm selber anders. Doch nicht zur Freude sind wir geschaffen. Und das Leben versprach nie, erträglich zu sein. – David und er wuchsen in größtem Respekt vor ihrem Vater auf. David würde sagen: in größter Angst. David vergaß nicht; er war nicht eigentlich nachtragend, aber er erinnerte sich an zuviel, auch an das Unerfreuliche und Nebensächliche. Wie kann jemand leben, ohne zu vergessen? Oder glücklich sein?

Ihr Vater war ein vielbeschäftigter Mann. Sie bekamen ihn nur selten zu Gesicht. Und dann war er meist müde und gereizt. Es gab keinen Ort zum Spielen in dem kleinen Arbeiterhaus. In ihrer Schlafkammer fanden gerade einmal die Betten, der große Kleiderschrank und der Küchenschreibtisch Platz. Und in jedem anderen Zimmer galt ihr Spiel als Störung der heiligen Kleinbürgerordnung. Ihr eigentlicher Spielraum war »draußen«. Solange das Wetter es irgendwie zuließ, hielten sie sich außerhalb des Hauses auf, im Hof, in den Gärten der Nachbarhäuser, auf den alten Gleisanlagen. Und das Wetter ließ es fast immer zu. Weder Regen noch Eis und Schnee waren ein Hindernis, hinausgeschickt zu werden. »Schlechtes Wetter gibt es nicht«, sagte Vater dann, »es gibt nur unpassende Kleidung!«

Im Sommer wurde die große Zinkwanne in den Hof gestellt und mit kaltem Wasser gefüllt. Nie konnten sie abwarten, bis die Sonne das Wasser auf ein erträgliches Maß erwärmt hatte. Blaugefroren saßen sie darin, der »Kleine« und der »Große«, und maßen sich im Wettkampf, wer am längsten den Kopf unter Wasser halten konnte. So brachte er David das Zählen bei. Denn bald hatte er es satt, immer zu verlieren, nur weil der Kleine über die Zwölf nicht hinauskam.

Im Haus war es ihre Schlafkammer, die sich in der Erinnerung am engsten mit der Kindheit verbindet. Vielleicht, weil sie manchmal auch am Tag ins Bett geschickt wurden, da sie etwas angestellt hatten, den Erwachsenen im Weg waren oder die eine oder andere Kinderkrankheit ihnen nicht erlaubte aufzustehen. – Im Schlafzimmer, so scheint es ihm heute, war es immer dunkel, selbst an wolkenlosen Sommertagen. Wenn Mutter das grüne Plastikrollo vor dem kleinen Nordfenster am Morgen nicht hochzog, blieb es den ganzen Tag über heruntergelassen, selbst später, als sie am Tisch vor dem Fenster ihre Hausaufgaben zu erledigen haben. In diesen Jahren betreten die Eltern nur noch selten ihre Kammer. Selbst für die Sauberkeit sind sie nun selber verantwortlich.

Die Dunkelheit verströmt einen starken körperlichen Geruch nach Erregung und Angst. Natürlich denken sie ebensowenig an frische Luft wie an Sonnenlicht. Das Fenster bleibt geschlossen, wie Tag und Nacht das Rollo heruntergezogen bleibt. – David hat oft Alpträume. Dann muß Ephraim ihn aufwecken, weil das Stöhnen und Schreien selbst ihn um den Schlaf bringt, wo man ihn doch sonst nicht wach bekommt, vor allem am Morgen nicht. Alpträume! Ephraim träumt nie. Zumindest erinnert er sich nicht an seine Träume. Und mit heimlichem Neid lauscht er Davids Erzählung von dem Riesen, der mit seiner großen, haarigen Hand das Kammerfenster eindrückt und nach dem zarten Knabenfleisch in den Betten tastet. Das Zimmerchen ist so klein, daß man sich darin kaum verstecken kann. Zunächst kriecht David unter das Bett. Dort sucht der Riese, mit der Einrichtung ihrer Kammer bestens vertraut, zuerst. Im allerletzten Augenblick entwischt David der dunklen, schwieligen Riesenhand. Die schmutzigen Fingernägel, berichtet er, seien groß und scharf wie Spaten.

Nun schlüpft er in den Kleiderschrank und verbirgt sich zwischen Mutters alten Röcken, Blusen und Mänteln, die sie hier, neben den Kindersachen, die den großen alten Schrank kaum zur Hälfte füllen, aufbewahrt, falls die Zeiten mal schlechter werden, wie sie meint, oder die Mode sich wiederholt.

Der Riese hat das Knarren der Schranktür gehört. Das letzte noch verbliebene Versteck ist zur ausweglosen Falle geworden. Zeigefinger und Daumen des Riesen rupfen die Kleider von der Stange, wie man einem Spatz die Federn auszupft. Und er zerreibt und zerquetscht die einzelnen Kleidungsstücke zwischen den Fingern, damit darin nicht das kleinste Klümpchen lebendes Fleisch unentdeckt bleibt. Zweifellos sind ihm die Listen des Odysseus eine Lehre gewesen. Und hätte Ephraim David nicht geweckt – er erlaubt dem Kleinen, den Rest der Nacht im Bett des älteren Bruders zu verbringen. Er legt beschützend seinen Arm um David, auch wenn er nun selber keinen Schlaf mehr finden wird.

Seltsam, welche Metamorphosen dieser Körper durchgemacht hat. Ist es noch derselbe, der einmal das Kind barg? War er dieses Kind?

Er hatte nie Freude an seinem Körper. Als junger Mensch überfiel ihn manchmal das Gefühl, als ginge er schon zu Lebzeiten in Verwesung über, Zartheit, Entzündung, Selbstverdauung, das Versagen der Schleimhäute, der Geruch nach Fäulnis und Kot, den er auszudünsten glaubte – erst in den Pathologieseminaren lernte er, was der Tod dem Körper wirklich antut. Pathologie war das einzige Fach in seiner medizinischen Ausbildung, für das er eine gewisse Leidenschaft aufbrachte. Er war eher phantasielos, und ist es bis heute geblieben. Obgleich er einige Jahre älter als David ist, hat nicht er dem jüngeren Bruder, sondern der jüngere Bruder ihm die Gutenachtgeschichten erzählt. Woher nahm er nur die unendlichen Geschichten, da doch weder Vater noch Mutter ihnen je vorgelesen haben. Auch war er noch zu jung, das eine oder andere aufgeschnappt zu haben und nun eigenhändig weiterzuspinnen. – Nein, es kam aus seinem Innersten, eine unerschöpfliche Quelle von Bildern, Geschöpfen, Ereignissen – ist es möglich, daß derlei unergründliche Geschichten aus sich selber geboren und gespeist werden?

Damals war David der reichere von ihnen. Denn an allen materiellen Dingen waren sie arm. Selbst am Essen wurde gespart. Vor allem am Essen. In der Erinnerung kommt es ihm vor, als hätten sie ständig Hunger gehabt. Sicher, es ist keine Entschuldigung, aber dieser Hunger erst hat sie zu Dieben und Lügnern werden lassen. Waren die Eltern aus dem Haus, durchstöberten sie die Küche nach Eßbarem. Natürlich blieben ihre Raubzüge nicht unentdeckt. Eine gute Hausfrau kennt die Menge ihrer Vorräte so gut wie das Kleingeld in ihrem Portemonnaie. Ihnen aber kam es wie Hexerei vor, wenn jede fehlende Scheibe Brot, jeder fehlende Schluck Milch bemerkt wurde. Sie leugneten hartnäckig, die Täter gewesen zu sein. War die Welt nicht voller geheimer Mächte und Wesen? Warum sollten nicht auch sie einmal Hunger haben? Davids phantastische Geschichten und ihrer beider Wort gegen den gesunden Menschenverstand der Mutter.

Hat dieser Mangel Spuren hinterlassen? Er selber ist ein Asket geworden und geblieben, während er bei David wohl eher den Sinn für besondere Genüsse geschärft hat. Nicht, daß David verschwenderisch wäre. Seine Behausungen glichen eher kargen Mönchszellen als die Wohnungen Ephraims. Seine Ernährung war einfach, seine Kleidung allein der Notwendigkeit untergeordnet. Selten ging er essen, nie kaufte er etwas allein um des Besitzes willen. Aber immer wenn er sich oder anderen etwas schenkte, war es ein großzügiges oder gar maßloses Geschenk.

In ihrer Kindheit ist es immer ein Alptraum gewesen, zum

Geburtstag oder anderen feierlichen Anlässen bei Freunden eingeladen worden zu sein. Nie hatten sie genug Geld für ein angemessenes Geschenk. Selbstverständlich wurden von ihnen auch keine großartigen Geschenke erwartet. Aber welche Scham, mit leeren Händen dazustehen, oder einem gebrauchten, ihrem ohnehin bescheidenen Haushalt entwendeten Gegenstand, einem Buch, das sie selber einmal geschenkt bekommen, oder einem Spielzeug, das sie auf der Straße gefunden oder aus einem der Vorgärten gestohlen hatten!

David hat bis heute nicht das richtige Maß gefunden. Er gibt jedem Bettler etwas, und beim Trinkgeld ist er auf geradezu obszöne Weise verschwenderisch. »Derjenige, dem man gibt, ist nicht derjenige, von dem man es zurückerhält«, sagte David ihm einmal, als er bei einem Abendessen, zu dem Ephraim ihn eingeladen hatte, zu seinem Trinkgeld noch einmal das Zweifache dazulegte. Das war mehr als eine grobe Taktlosigkeit, das war eine schallende Ohrfeige für den älteren Bruder, die er ihm lange nachgetragen hat.

Mehr noch als die Liebe macht das Mitleid uns zu Narren. Nur die Selbstbeherrschung legitimiert ihn für sein Amt. Aber selbst der disziplinierteste Mensch wird müde, selbst er muß einmal schlafen dürfen. Und Schlaf heißt die Herrschaft über sich selbst verlieren. Sich den Dämonen der Haltlosigkeit ausliefern. Träume sind maßlos. Die Bilder folgen roh, wild, überschäumend, Erregung schlägt in Angst um, Angst wird zum Stupor, die Hilflosigkeit lallt wie ein Neugeborenes, die Lache warmen Urins brandet an die Ufer, ein sardonisches Gelächter ist Gottes einziger Trost.

»Ein Anruf Ihrer Frau, Sir. Soll ich Sie verbinden?« Die sanfte Stimme seines Sekretärs schreckt ihn aus seinen Gedanken. Er vermag nicht gleich zu antworten. – Sie ruft ihn nur selten in seinem Büro an, vor allem nicht dann, wenn er ihr bereits angekündigt hat, daß es wieder einmal spät werden könne. Gemeinsame Zeit verbringen sie eigentlich nur noch auf Staatsbesuchen. In den ersten Monaten nach seinem Amtsantritt hatte es einige ernsthafte Auseinandersetzungen gegeben, weil sie sich vor allem mit der Kindererziehung allein gelassen fühlte. Ein Kindermädchen aber wollte sie nicht im Hause haben. Es würde die Kinder nur verziehen. Nein, sie brauchten eine strenge Hand, und schließlich gebe es ja einen Vater.

Nun sind es nicht nur diese zwei Kinder, denen er ein guter Vater zu sein hat. Er bezweifelt, daß Elizabeth seine neue Verantwortung wirklich versteht. – Es ist fast Mitternacht, und sie sollte längst schlafen. »Warum bist du noch nicht zu Bett gegangen, Elizabeth? Ich habe dir doch gesagt, es könne heute abend später werden.«

Ihr ungeschminktes Gesicht wirkt auf dem kleinen Bildschirm des Televisors kindlich verstört. Es scheint, als fände sie nicht gleich die richtigen Worte. In ihrer Jugend hatten sie wohl nur deshalb mit so großer Leidenschaft und Ausdauer telefoniert, weil sie auf Grund der beschränkten Technik das Gesicht des Gesprächspartners nicht sahen.

»Ist es wahr, daß er morgen früh hingerichtet werden soll?« Nun fehlen ihm die rechten Worte. Er fühlt sich leer und unendlich müde. »Geh schlafen, Elizabeth. Du siehst erschöpft aus. Wir reden morgen darüber.«

»Wenn es zu spät ist? – Warum hast du mir nichts davon gesagt?«

»Es handelt sich nicht um eine Familienangelegenheit.«

»Natürlich handelt es sich um eine Familienangelegenheit. Er ist dein Bruder, Ephraim!«

»Ich kann und will jetzt nicht mit dir darüber sprechen.«

»Du mußt jetzt mit mir darüber sprechen!«

»Wie hast du überhaupt davon erfahren?«

»David ist nicht nur dein Bruder, er ist auch mein Schwager, der Onkel deiner Kinder und der Sohn deiner Mutter. Hätte ich es erst erfahren sollen, wenn es schon im Netz steht?«

Der Tod, sagte einmal der Große Versöhner, sei ein Pfeil, der im Augenblick unserer Geburt abgeschossen werde und uns irgendwann im Leben treffe. Ein Problem sei der Tod nur für die Überlebenden. Wie recht er hat. Der einzige, der seine Lage verstehen würde, wäre vermutlich David selbst. Er hat seine Mitmenschen immer schon besser und tiefer verstanden, als es ihnen selber möglich war. Lange hat er diese Gabe Davids nicht zu schätzen gewußt.

Warum macht die Welt nun ihn verantwortlich? Elizabeth müßte es besser wissen: Er kann, er darf nichts tun. Er steht nicht über dem Gesetz. Wenn David ein Fremder wäre, dürfte er sich vielleicht die Schwäche einer Begnadigung erlauben.

»Ich möchte dieses Gespräch jetzt beenden, Elizabeth.«

»Hättest du es mir noch rechtzeitig erzählt, habe ich dich gefragt, Ephraim!«

»Welchen Sinn hätte das haben sollen. Ich kann nichts für ihn tun, das weißt du so gut wie ich. Und in einer so ausweglosen Situation ist eine Auseinandersetzung mit dir nicht gerade hilfreich.«

»David ist kein Verbrecher, was immer man ihm auch vorwirft.«

»Im Gegenteil, er ist ein Moralist, wie wir alle wissen, wenn auch ein zutiefst amoralischer.« – Ein sittenloser Moralist, das kennzeichnet ihn wohl besser, oder ein gesetzloser. Das Gesetz aber steht über der Moral. Das Gesetz wurde uns gegeben, Moral hat man.

»Glaube nicht, daß deine Untätigkeit folgenlos bleibt. Alles ist mit allem verknüpft.«

»Nimm eine Schlaftablette. Aber vergiß nicht, die Kinder rechtzeitig zur Schule zu schicken. Gute Nacht, Elizabeth. – Milles, bitte stellen Sie heute nacht keine privaten Anrufe mehr durch. Vielen Dank.«

SORGE Auch der Staatsanwaltschaft geht es vor allem um die Feststellung der persönlichen Schuld, das heißt um den

Nachweis einer willentlichen und absichtsvollen Tat, womöglich aus niedriger Gesinnung. Und tatsächlich sind wir in der Lage, diesen Nachweis zu führen, und zwar durch ein unmittelbares Zeugnis aus der Hand des Angeklagten selbst. Lassen Sie mich, Hohes Gericht, Gentlemen der Jury, mit folgendem Zitat zunächst den von der Verteidigung beschworenen Mythos seines heroischen Charakters und seiner moralischen Integrität zum Einsturz bringen: »Er ist nicht einmal schön. Ein durchschnittliches Gesicht mit feinen Narben von irgendeiner Tropenkrankheit in der Haut. Die Lippen eher schmal, die Zähne vollständig, aber unregelmäßig und gelbfleckig, das Haar zur Stirn hin bereits etwas gelichtet. Er mag zehn Jahre älter sein als ich, vielleicht weniger, wenn man Klima und Ernährung berücksichtigt. Er trägt nur eine knielange, weißgrau gestreifte Leinenhose und ein altes verwaschenes T-Shirt, das nicht einmal den Bauchnabel bedeckt. Seine Füße sind nackt und seine Fußsohlen so verhornt, daß er keine Schuhe braucht. Ein ganz gewöhnlicher Mann. Ein bißchen muskulöser vielleicht als der Durchschnitt, Fischer oder Landarbeiter. Das einzige, was mich irritiert: daß es ein Mann ist, der vor mir steht. Ganz nahe, so daß ich seinen Atem spüre. Daß seine Hände, die noch immer meinen Seesack umschlossen halten, mich fast im Schritt berühren. Die Augen groß und ruhig auf mich gerichtet, als wäre nichts ungewöhnlich an dieser Situation.

Wenn eine dieser langbeinigen käuflichen Frauen Manilas vor mir gestanden hätte – ich hätte mich einfach abgewandt. Sein Blick aber ist ohne Absicht. ›Auch ich hätte dieses Zimmer gewählt.‹ – Seine Stimme klingt alltäglich, gleichgültig der Situation gegenüber. Er setzt sich neben mich auf das Bett mit der Vertrautheit eines alten Freundes. Gesehen habe ich dich täglich, gegrüßt erst seit kurzem, von dir geträumt schon immer. Nun atme ich neben dir, und mein Atem paßt sich deinem an. Du drehst mich um. Ich sträube mich. Der Widerstand gehört zum Spiel. Ich sehe dein teilnahmsloses Gesicht nicht mehr, deine klaren kalten Augen. Ich habe dir den Rücken zugekehrt, mich ganz deinen Händen ausgeliefert. – Du sitzt regungslos da, als habest du bereits alles geboten. Als läge es nun an mir, die Gabe anzunehmen. – Niemand hat mich vor diesem Songhai gewarnt: Dem Land der Selbstauslöschung. Der Gottlosigkeit. Der Menschwerdung Gottes.«

Da liegen sie, die Tagebücher seines Bruders. Keinen Augenblick zweifelt er an ihrer Authentizität. Welche Dummheit, überhaupt ein Tagebuch zu führen! Die geheimen Phantasien behält man besser für sich. Und die Nichtigkeiten des Alltags gehören erst recht nicht dokumentiert.

Er selbst hat dem Impuls, ein Tagebuch zu führen und seinem Leben damit einen gewissen Sinn zuzuschreiben, immer widerstanden. Jedes Tagebuch ist eine Fälschung, schlimmer noch: eine Anmaßung. Nicht wir sind es, die dem Zufall, der Banalität und Vergeblichkeit unseres Daseins einen Sinn geben könnten. Um wieviel weniger dürfen wir diese Lügen und Selbstentblößungen anderen zumuten. Allein dafür gehört jeder Tagebuchschreiber bereits gnadenlos bestraft.

SORGE Ich glaube, die soeben zitierte Episode aus dem Songhai-Tagebuch Herrn Kanchellis spricht in ihrer geradezu blasphemischen Schamlosigkeit für sich und bedarf keines weiteren Kommentars.

FENICHEL Einspruch, Euer Ehren. Die Verteidigung beantragt, daß dieses angebliche Zitat aus den Gerichtsprotokollen getilgt wird, bis die Staatsanwaltschaft bewiesen hat, daß die von ihr als Tagebücher David Kanchellis bezeichneten Schriften tatsächlich von seiner Hand sind.

SORGE Wir hätten dieses zentrale Beweismittel der Anklage wohl kaum in den Prozeß eingebracht, wenn wir Herkunft und Authentizität nicht lückenlos belegen könnten, Herr Fenichel. Auch wir haben das allergrößte Interesse, jeden Zweifel an der Beweiskräftigkeit dieser, das darf ich Ihnen jetzt schon versichern, außerordentlich aufschlußreichen Dokumente auszuräumen.

FENICHEL Gesetzt selbst, Herr Generalstaatsanwalt, diese intimen Aufzeichnungen stammten wirklich von der Hand meines Mandanten, es wäre Ihnen noch nicht gestattet, sie dem Gericht als einen Tatsachenbericht vorzustellen. Womöglich sind es gedankenlose Kritzeleien fiktiven Charakters, geheime Phantasien, poetische Versuche, wenn auch gewagter oder fragwürdiger Natur, und darüber zu urteilen steht dem Gericht wohl nicht zu.

SORGE Verzeihen Sie, daß ich Ihnen widerspreche, Herr Verteidiger. Aber diese, wie Sie es zu recht nennen, »fragwürdigen« poetischen Versuche sind alles andere als fiktiv. Bei den Aufzeichnungen von Herrn Kanchelli handelt es sich um Tagebücher im strengsten Sinne des Wortes.

FENICHEL Beweise, Herr Generalstaatsanwalt, Beweise!

SORGE Ich bitte Kommissar Quinn in den Zeugenstand. – Herr Quinn, wie sind diese Tagebücher in die Hände des C.I.D. gelangt?

QUINN Unsere Abteilung wurde beauftragt, Herrn Kanchellis Apartment in der Hauptstadt zu durchsuchen.

SORGE Sie haben diese Hefte in Herrn Kanchellis eigener Wohnung gefunden?

QUINN Wir fanden dort einen verschlossenen Schrank. Ich wurde ins Hauptquartier geschickt, um Herrn Kanchelli nach dem Schlüssel zu fragen. Herr Kanchelli antwortete, wir sollten den Schrank einfach aufbrechen, da sich ohnehin nur alte Kleider und Gerümpel darin befänden. Das haben wir dann getan.

FENICHEL Gestatten Sie mir eine Zwischenfrage an den Zeugen, Herr Sorge?

SORGE Selbstverständlich, Herr Fenichel. Ihr Zeuge.

FENICHEL Herr Quinn, wann haben Sie den Auftrag erhalten, Herrn Kanchellis Privatwohnung zu durchsuchen?

QUINN Am Morgen des Ostersamstag, Sir.

FENICHEL Zu einem Zeitpunkt also, wo Herr Kanchelli zwar festgenommen, aber noch keine Anklage gegen ihn erhoben war.

QUINN Es ging dem Hauptquartier um eine schnelle und umfassende Beweissicherung, Sir.

FENICHEL Um Beweise für welches Verbrechen, Herr Quinn?

QUINN Das hat uns Hauptkommissar Thomas nicht mitgeteilt, Sir. Aber persönliche Aufzeichnungen sind in jedem Fall ein wichtiges Beweismittel.

FENICHEL Und ist es üblich, daß Sie bei einer Wohnungsdurchsuchung den Wohnungsinhaber um Erlaubnis bitten, diesen oder jenen Schrank öffnen zu dürfen?

QUINN Das kommt auf die jeweiligen Umstände an.

FENICHEL Sie sind also ohne Erlaubnis, ja Wissen Herrn Kanchellis in seine privaten Räume eingedrungen, aber haben für die Untersuchung eines einzigen verschlossenen Schrankes um den Schlüssel gebeten?

QUINN Ja, Sir.

FENICHEL Warum so viel Respekt in diesem besonderen Punkt, wo die viel größere Eigenmächtigkeit der Sicherheitskräfte doch schon in der Verletzung des Wohnraums meines Mandanten lag?

QUINN Nun, Sir, der Schrank war verschlossen, es hätten darin ja sehr persönliche Dinge liegen können –

FENICHEL Die Sie dann ja in der Tat darin gefunden haben.

QUINN Ja, einen Karton mit mehreren Notiz- oder Tagebüchern, alten Briefen und Fotografien.

FENICHEL Und Herr Kanchelli war nicht überrascht, als Sie ihn um den Schlüssel baten?

QUINN Nein, Sir.

FENICHEL Er hat Sie nicht gefragt, was Sie in seiner Wohnung zu suchen hätten?

QUINN Nein, Sir.

FENICHEL Und er persönlich hat Ihnen die Erlaubnis gegeben, seinen privaten Schrank aufzubrechen?

QUINN Ja, Sir.

FENICHEL Und Sie sind sicher, daß Sie den Schrank nicht schon im Rahmen Ihrer »schnellen und umfassenden Beweissicherung« geöffnet haben?

SORGE Einspruch, Euer Ehren. Herr Fenichel vergißt offenbar, daß er mit einem Vertreter der Exekutive, einem Angehörigen unserer Sicherheitsdienste spricht.

REICH Einspruch stattgegeben.

FENICHEL Keine weiteren Fragen. Ihr Zeuge, Herr Sorge.

SORGE Können Sie die in Herrn Kanchellis Wohnung gefundenen Hefte oder Bücher genauer beschreiben, Kommissar Quinn?

QUINN Ja. Das erste Buch ist ein Militärdienstbuch, wie das Kriegsministerium es an Offiziere ausgibt. Es ist in braunes Lederimitat gebunden. Die Hälfte der Seiten, ungefähr dreißig, sind mit kurzen Tagebucheintragungen gefüllt. Sie betreffen vor allem diplomatische Verabredungen Herrn Kanchellis vom 6. bis zum 10. August in Manila und vom 11. August bis zum 5. September, dem Tag seiner Abreise nach Songhai, in Corpus Christi.

SORGE Handelt es sich um dieses Buch, Kommissar Quinn?

QUINN Ja, Sir. – Das zweite, ebenfalls recht aufschlußreiche Heft ist das Schwarze Buch, das Herr Kanchelli während seiner Songhai-Reise führte.

SORGE Das Schwarze Buch?

QUINN Wir nennen es so, weil es in schwarzes Leinen gebunden ist, Lett's Pocket Diary & Almanac für das Jahr 23. Es finden sich darin etliche interessante Episoden, die mit ziemlicher Sicherheit im offiziellen Untersuchungsbericht fehlen.

SORGE Handelt es sich um dieses Buch?

QUINN Ja, Sir. – Das dritte Heft ist ein Ministeriumskalender für das Jahr 19, recyceltes Altpapier, Klebebindung, weißer Kunststoffeinband. Es beginnt mit dem Eintrag »Untersuchungsprotokolle« und hält stichworthaft Herrn Kanchellis Arbeit in der Kommission fest, die den Praktiken der Union Bauxit nachgehen sollte. Das vierte Buch, von uns das Grüne Buch genannt, ist offenbar eine Sonderanfertigung. Es besteht aus handgeschöpftem Papier, die Deckel sind aus mit chinesischer Seide bespanntem Hirschleder. Auf dem Vorsatzblatt steht eine Widmung mit dem Wortlaut: »für David von Elizabeth in tiefer Freundschaft, Corpus Christi, Weihnachten 21«. Die engbeschriebenen Seiten enthalten Eintragungen Herrn Kanchellis, die er auf seiner letzten Reise in die Liga anfertigte. – Wenn Sie mich fragen, ein lückenloses Geständnis seines Verrats.

SORGE Handelt es sich um diese Bücher?

QUINN Ja, Sir. – Das letzte Heft ist eine Art Rechnungsbuch, ein übliches Schulheft mit kariertem Papier, in dem Herr Kanchelli seine dienstlichen und privaten Ausgaben vom Jahr 19 bis zum Jahr 24 dokumentiert hat. Interessant scheinen mir darin die fast täglichen Zahlungen für Produkte oder Dienstleistungen, die Herr Kanchelli mit weiblichen und männlichen Vornamen zu verschlüsseln pflegt.

FENICHEL Einspruch, Euer Ehren. Bereits zum zweiten Mal maßt sich der Zeuge persönliche Wertungen und Urteile an, die nur dem Gericht zukommen. Herr Quinn möge bitte bei den nackten Tatsachen bleiben!

REICH Einspruch stattgegeben.

SORGE Die »nackten Tatsachen«, verehrter Kollege, sprechen für sich, ohne daß es noch der gutgemeinten Hinweise vom Chronisten Quinn bedurft hätte.

FENICHEL Mag sein, daß ich in Fragen der Nacktheit weniger beschlagen bin als Sie, Herr Sorge, allerdings wäre ich ein wenig enttäuscht, wenn sich Ihre angekündigten Enthüllungen allein auf diese eher dürftige und fadenscheinige Vorstellung Herrn Quinns stützten!

SORGE Vielleicht sparen Sie sich Ihren Spott für das Schlußplädoyer auf, Herr Fenichel, wenn Ihnen dann noch der Sinn danach steht. Ich rufe erneut Hauptkommissar Basil Thomas in den Zeugenstand. – Hauptkommisssar Thomas, sind das die Bücher, die Kommissar Quinn Ihnen vorgelegt hat?

THOMAS Ja. Kommissar Quinn kam noch während des Verhörs von Herrn Kanchelli mit einem Karton voller Papiere in mein Büro. Ich war ein wenig ungehalten über die erneute Unterbrechung. Doch Quinn nahm keine Rücksicht auf meinen sichtbaren Unwillen. Im Gegenteil, sein weiteres Benehmen hätte mich fast veranlaßt, ihn barsch vor die Tür zu setzen. Auf Zehenspitzen schlich er zu meinem Schreibtisch, obgleich Herr Kanchelli davor saß und der Auftritt des Kommissars nichts Geheimnisvolles haben konnte. Augenzwinkernd flüsterte Quinn mir zu, daß mich diese Papiere interessieren könnten. Mir war der Auftritt des Kollegen so peinlich, daß ich mich bei Herrn Kanchelli dafür entschuldigte. Doch war mir sofort klar: Der alte Quinn hat recht, es handelte sich um einen ausgesprochenen Glücksfund. Ich fragte Herrn Kanchelli, ob es sich dabei um seine persönlichen Unterlagen handle. Ja, antwortete Herr Kanchelli, das sind meine Notizbücher.

SORGE Ihr Zeuge, Herr Fenichel.

FENICHEL Hauptkommissar Thomas, haben Sie die Unterlagen Herrn Kanchelli ausgehändigt, so daß er einen genaueren Blick darauf werfen konnte?

THOMAS Nein, Sir. Herr Kanchelli war sich bereits auf Grund des Augenscheins sicher.

FENICHEL Das Eingeständnis Herrn Kanchellis, es handle sich um seine Notizbücher, bezog sich also allein auf die ihm offenbar vertrauten Einbände, aber nicht auf deren Inhalt?

THOMAS Ich verstehe Ihre Frage nicht, Sir.

FENICHEL Wenn ich der Argumentation der Staatsanwaltschaft korrekt gefolgt bin, so bezieht sich die Beweislast dieser Tagebücher nicht auf den weißen, schwarzen, grünen oder braunen Einband, sondern auf den Inhalt. Bewiesen scheint mir, die Wahrheit Ihrer Aussage vorausgesetzt, lediglich, daß Herr Kanchelli Bücher mit denselben Einbänden sein eigen genannt hat.

SORGE Die Staatsanwaltschaft teilt die verständliche Skepsis der Verteidigung, Euer Ehren. Auch die Anklage gibt sich nicht mit dem Augenschein zufrieden. Da sie indessen nicht auf ein klärendes Wort des Angeklagten hoffen darf, bittet sie Dr. Harr, Graphologe am Institut für Forensik der Staatsuniversität Corpus Christi, in den Zeugenstand. – Dr. Harr, Sie haben die handschriftlichen Aufzeichnungen in den beiden für unseren Prozeß maßgeblichen Notizbüchern, dem in schwarzes Leinen gebundenen Pocket Diary & Almanac der Firma Lett und dem mit grüner Seide bespannten Hirschlederbüchlein, untersucht und mit den Ihnen zur Verfügung gestellten handschriftlichen Notizen und Briefen Herrn Kanchellis verglichen. Zu welchem Ergebnis sind Sie gekommen?

HARR Alles mir zur Verfügung gestellte Material stammt mit nahezu hundertprozentiger Sicherheit von derselben Hand, wenn auch durch verschiedene Schreibgeräte und Papierqualitäten marginale Unterschiede im Wortansatz oder der Linienführung festzustellen sind.

SORGE Können Sie diese »marginalen Unterschiede« etwas genauer beschreiben, Dr. Harr?

HARR Im sogenannten Schwarzen Buch finden sich drei leicht voneinander abweichende Schreibstile, je nachdem, ob die Aufzeichnungen mit einem altmodischen Füllfederhalter, einem billigen Kugelschreiber, die es in der bereisten Region offenbar noch zu kaufen oder tauschen gibt, oder einem modernen Fineliner ausgeführt wurden. Die mit Füllfederhalter oder Kugelschreiber verfaßten Passagen sind inzwischen ein wenig verblaßt, die Linien ausgefranst. Die Finelinerpassagen wirken kontrastreicher und konturierter. Das aber sind technische Unterschiede, die sich allein aus dem verwendeten Material erklären lassen. Die Handschrift ist zweifellos dieselbe.

SORGE Ihr Zeuge, Dr. Fenichel.

FENICHEL Könnten die Unterschiede im Kontrast nicht auch daher rühren, Dr. Harr, daß die entsprechenden Passagen zu einem späteren Zeitpunkt verfaßt wurden und deshalb weniger stark ausgeblichen sind?

HARR Theoretisch ja. Dann müßte der Tagebuchverfasser genügend Raum in seinen Aufzeichnungen gelassen haben, damit ein anderer die leeren Seiten hätte füllen können. Warum aber hätte er das tun sollen? Die Heftung der von mir untersuchten Bücher ist nicht beschädigt. Es sind keine Seiten hinzugefügt, allerdings einige Blätter herausgerissen worden, wie das durchaus mit einem Notizbuch geschehen kann, wenn der Besitzer sich verschrieben hat oder einen Zettel benötigt, um eine Nachricht zu hinterlassen.

FENICHEL Könnten versierte Handwerker wie Mitarbeiter Ihres Instituts oder unsere Polizeidienste nicht neue Seiten so geschickt hineinheften, daß selbst einem Spezialisten die manipulierte Bindung nicht auffiele?

SORGE Einspruch, Euer Ehren!

REICH Einspruch abgelehnt. Bitte beantworten Sie die Frage, Dr. Harr.

HARR Auch das wäre theoretisch möglich. Wir haben allerdings Blatt für Blatt einer genauen Analyse unterzogen. Sie stammen nicht nur alle aus demselben Papierblock, sie weisen auch ähnliche Verunreinigungen mit Staub, Pollen, Fettresten et cetera auf, wie sie, sagen wir, in einem Geheimdienstlabor nicht simuliert werden könnten. – Darüber hinaus gibt es inhaltliche Details, die gegen eine nachträgliche Fälschung sprechen. So finden sich zum Beispiel abrupte Übergänge inmitten eines Satzes vom Füllfederhalter zum Fineliner, wenn dem Schreiber unterwegs plötzlich die Tinte ausgegangen ist. Auch wirkt die Handschrift in sich so inhomogen, wie zu schreiben sich ein Fälscher vermutlich nicht erlaubt hätte: manche Passagen sind schulmeisterlich in akkurater Schönschrift verfaßt, andere wüst hingeschmiert oder expressiv und dramatisch zu Papier gebracht.

SORGE So schreibt nur jemand, der sein unmittelbares Erleben und Empfinden festhält. Und selbstverständlich haben wir auch den Inhalt genauestens geprüft. Personen, Orte und Handlungen sind präzise rekonstruierbar.

FENICHEL Das mag für die diplomatische Tätigkeit Herrn Kanchellis zutreffen, doch wohl kaum für die von Ihnen fahrlässig ins Spiel gebrachten erotischen Phantasien. Wer könnte da noch Dokumentation von Fiktion unterscheiden!

SORGE Wir, Herr Fenichel, können es, glauben Sie mir.

FENICHEL Sie werden sicher verzeihen, Herr Sorge, wenn die Verteidigung im Glauben an die Staatsanwaltschaft zurückhaltend ist. Wir ziehen es vor, überzeugt zu werden. Und im Augenblick genügt es anzuzweifeln, daß die von Ihnen vorgelegten Dokumente auch nur annähernd ein reales Geschehen reflektieren.

KANCHELLI Herr Fenichel, Herr Sorge, ersparen Sie dem Gericht und mir jeden weiteren Streit über die Authentizität dieser Tagebücher. Sie sind von meiner Hand verfaßt und enthalten die aufrichtigsten und genauesten Schilderungen meiner Erlebnisse und Befindlichkeiten. Natürlich hat der Verfasser niemals daran gedacht, daß jemand anderes als er selbst an diesen seinen Selbstentäußerungen teilnehmen oder gar darüber richten würde. Ich fürchte nicht, mit irgendeiner meiner Taten mich unrecht oder unehrenhaft verhalten zu haben. Ich fürchte allerdings, daß von dem, was ich für mich in meinen eigenen Worten festgehalten oder, weil es für mich selbstverständlich schien, verschwiegen habe, für einen Außenstehenden un- oder zumindest mißverständlich sein könnte. Ein privates Tagebuch ist kein Polizeibericht.

SORGE Wir sind durchaus offen für Erläuterungen und Korrekturen, Herr Kanchelli. Ihr Eingeständnis wird uns zweifellos helfen, unser Bild von Ihrer Persönlichkeit, Ihren Motiven und Zielen mit Ihren eigenen Worten zu ergänzen und zu vervollständigen.

KANCHELLI Wenn das wirklich Ihre Absicht ist, dürfen

Sie nicht willkürlich einzelne, für Sie nützliche Passagen aus ihrem Kontext reißen. Wenn Sie tatsächlich einen umfassenden Eindruck von meinen Motiven erhalten wollen, müssen Sie sich mit dem ganzen Dokument auseinandersetzen. Deswegen beantrage ich, man möge dem Gericht und den Juroren das Schwarze Buch vollständig zu Gehör bringen.

III

Manila 6.8. »Nach Songhai! in das Land, wo aufgedunsene Leiber die Flüsse hinuntertreiben. Bis zu 2 Leichen pro Minute. Entsetzlich verfärbt. Hände & Füße zusammengebunden. Manchmal unbekleidet, ohne Arme, Beine, Geschlechtsteile« – so erzählt es mir Dan Wheeler am Abend in der Carnivore Bar, schäbiger Treffpunkt der ausländischen Diplomaten & Journalisten in der Stadt. War einer der letzten, der aus Okamba ausgeflogen wurde. Letzter Stützpunkt der Union, nachdem bereits die ganze Liga zwischen Kap und Wüste in vorkoloniale Barbarei zurückgefallen war.

Ist nun fast 40 Jahre her, der Fall Okambas, und die Nachrichten aus der Liga sind nahezu versiegt. Hin & wieder Reiseberichte von lebensmüden Abenteurern oder fanatischen Missionaren, doch lassen sich darin Mythen & Fakten kaum auseinanderhalten.

Dan schaut mich zunächst ungläubig, dann wehmütig an. Ist längst pensioniert, hatte aber keine Lust, nach Corpus Christi zurückzukehren. Also versäuft er hier in Manila, seinem letzten Posten, die Altersversorgung. Die jungen Kollegen machen ihre Witze über diesen Gestrandeten. Für wichtige Informationen aber, vor allem unzensierte, ist er ihre (& meine) wichtigste Quelle. Dem Netz ist ja nicht zu trauen.

»Nach Songhai«, wiederholt er. »Eine Geheimmission, was?«

»Eine offizielle Untersuchung der Machenschaften von Union Bauxit.«

»Und da schicken sie dich Windbeutel? Den Auftrag hast du wohl deinem Bruder zu verdanken!«

»Ihm habe ich überhaupt nichts zu verdanken. Er traut mir noch weniger zu als Sie, Dan.«

»Versteh mich nicht falsch, Junge. Du bist jung & unerfahren. Du paßt ziemlich gut nach Songhai.«

Ich bestelle Dan ein weiteres Bier. Sitze selber immer noch vor dem ersten Glas. Bin kein Trinker, doch wenn Ephraim von diesem einen Bier wüßte – Auslandsdienst ade!

Wie ich diese heruntergekommene Bar liebe, die trinkfesten Unionisten irischer oder deutscher Herkunft, die hier einen Rest an Zügellosigkeit genießen & das ungeniert. Ihre Gespräche über Frauen, die mich erröten lassen & die Frauen selbst, hochgewachsen, spärlich bekleidet & grell geschminkt, wie es sie nicht einmal in den Territorien gibt. Hier kann ich noch atmen.

»Songhai ist ein grausames Land!« fährt er mit schwerer Zunge fort, nunmehr ein Selbstgespräch. »Grausam vor allem für jene, die mit guten Absichten kommen. Es nimmt dir alles, was du hast & zum Schluß frißt es dich selber auf. Ich kenne viele, die nur helfen wollten & in einem Plastiksack die Region verließen. Valerie war nur eine von ihnen, Krankenschwester der Union Charity, unendlich heiter, unaufgeregt, den Mitmenschen zugewandt. Sie hielt mich noch für zu jung, um zu heiraten. Dabei war ich kaum jünger als sie. Vielleicht leichtsinniger, verantwortungsloser, aber nicht jünger. Weiß nicht, ob sie mich je geheiratet hätte. War wohl die Realistischere von uns beiden. Ich hätte es getan, ohne auch nur einen Augenblick zu überlegen.

Nun, die Entscheidung hatte sich bald erledigt. Wenige Tage vor der geplanten Evakuierung. Irgendwelche Milizionäre fanden Gefallen an ihrem Einsatzwagen. Erschossen kurzerhand den Fahrer & vergingen sich an ihr. Dann verlangten sie ein hohes Lösegeld von Union Charity. Eine unverschämte Summe, gemessen am Durchschnittseinkommen in der Region. Und warfen für das ausgehändigte Geld ihren verstümmelten Leichnam vor das Tor des Lazaretts.

Willst du noch mehr hören, Junge? Ich kenne einige Dutzend solcher Geschichten von den letzten Tagen der Intervention. Jeder, der sich noch retten konnte, kennt einige Dutzend solcher Geschichten.«

Es war wohl das letzte Mal, daß Angehörige der Union offen

diesen dunklen Kontinent betraten, junge, blaßgesichtige, pikkelige Städter, schwitzend unter ihrer viel zu schweren Kampfausrüstung, erdrückt von der giftigen Schwüle & der brutalen äquatorialen Sonne, aufmarschiert mit der Gelassenheit von Schuljungen, um die letzten Unionisten aus dieser Hölle herauszuholen –

Damals war auch Dan fast noch ein Kind. Seine Eltern stammen zwar aus der Union, er selber aber wurde in Songhai geboren & ist dort aufgewachsen. Er spricht die lokalen Dialekte ebenso gut wie unsere Sprache, ist ebenso selbstverständlich zu Gast im Hause songhailesischer Clanführer wie in den Villen westlicher Diplomaten. Wird von den Einheimischen womöglich noch mehr geliebt als von den Kollegen aus der Union. Arbeitete damals noch für die Corpus Christi Post, ehe der Bürgerkrieg begann & das Netz sie übernahm, und versprach, ein brillanter Journalist zu werden.

»Wir waren selber schuld an der Eskalation, Junge. Als Howe dem verrückten Plan zustimmte, das Hauptquartier der Warlords zu bombardieren, waren unsere Tage in der Liga gezählt. Gestern noch unsere Verhandlungspartner, heute unsere Mordopfer. Klar, daß die Clans uns diese Heimtücke nicht verzeihen würden. Klar zumindest für jeden, der ein wenig von der Mentalität der Menschen dort versteht. Ein Dutzend Cobras pumpten 20 TOM-Raketen & 20.000 Geschützsalven in die Villa von al-Rachid. Als erstes schossen sie die Treppe weg, damit niemand mehr entkommen konnte. Dann richteten sie ihre zielgenauen Geschütze direkt ins Obergeschoß des Hauses, wo das Treffen der Clanführer stattfand. Ich durfte unmittelbar nach dem Angriff fotografieren, zerfetzte Körper, die bei der Attacke im wahrsten Sinne des Wortes explodiert sind, die religiösen Führer & die Stammesältesten & die Frauen, die in ihren farbenfrohen Gewändern Tee & Gebäck servierten. Beim Verlassen dieses Schlachthauses wurden mir Film & Kamera abgenommen. Die Militärführung hatte offenbar neue Instruktionen erhalten.

In der Tat war es ja kein mediengerechter Showdown, kein ehrenhafter Kampf, Mann gegen Mann, auf der staubigen Straße eines namenlosen Städtchens. Keine Warnung, sich zu ergeben. Kein Aufruf, mit erhobenen Händen ins Freie zu treten. Einfach nur ein kaltes, präzises Massaker.

Immer noch Lust rüberzufahren, Junge? Das Beste, was dir passieren kann, ist: Die Leute dort halten dich für einen der Ihren, denn sie vergessen nicht so schnell wie wir, und es sind ja immer noch einige Rechnungen offen. Und das Schlimmste, was dir passieren kann, ist: Die Leute dort halten dich für einen der Ihren, denn sie gehen miteinander nicht schonender um als wir mit ihnen. Das einzelne Menschenleben zählt gar nichts. Der Wert eines Menschen hängt allein von seiner Bedeutung für die Gemeinschaft ab. – Niemand weiß genau, wie viele Menschen an jenem Morgen im Hause al-Rachids starben. Unser Militär ließ die Ruine mit Bulldozern einreißen & den Platz einebnen, ehe das Internationale Rote Kreuz oder die Angehörigen die Opfer bergen konnte. Und meine Fotos hat man mir bis heute nicht zurückgegeben.«

Manila 8.8. Abschiedsbesuch bei Botschafter Helmstedt. Auch er ein Zyniker, obgleich er mich mag: »Nach Songhai? Da sollten wir wohl ernsthaft Lebewohl sagen!«

Kein Lächeln erscheint auf seinem rotwangigen & ein wenig aufgeschwemmten Gesicht. Die Zähne fest aufeinandergebissen, Zeichen seiner Zuneigung, die rotblauen Lippen von einem weißen hemingwayschen Bart gesäumt, um die femininen Züge zu kaschieren, drückt er mir übertrieben kräftig die Hand: »Sie hätten es weit bringen können, David. Und niemand hätte Sie getadelt, wenn Sie diesen Auftrag abgelehnt hätten. Sie sind Diplomat & kein Hasardeur. Wir haben zwischen der Wüste und dem Kap keine einzige diplomatische Vertretung. Und ich wüßte auch nicht, wem gegenüber wir was vertreten sollten. Wie gedenken Sie überhaupt, dorthin zu kommen, ins Herz eines Kontinents ohne Straßen, Schienenwege, Flughäfen, elektrischen Strom, ohne die primitivsten Kommunikationseinrichtungen & jede Verbindung zum Netz?«

»Ich weiß es nicht. Die Vorbereitungen der Mission wurden in Corpus Christi getroffen. Und ich bin sicher, das Ministerium wird alles Menschenmögliche tun, sie zu einem Erfolg zu führen.«

»Natürlich, das Menschenmögliche. Sie werden ja sehen & so Gott will mir von Ihren Erfahrungen berichten.«

Corpus Christi II. 8. Zurück in der Hauptstadt. Schreite das Schachbrettmuster der Straßen ab wie ein erstaunter Buschmann, der plötzlich in dieser Fremde erwacht: Welche Absichten, Hoffnungen, Vorstellungen von sich selbst führen Menschen dazu, eine derart kalte, präzise Umwelt zu schaffen? Bin kaum eine halbe Stunde in meinem Apartment, ruft Sommer an: »Gut, daß ich dich mal zu Hause antreffe. Weiß zwar nicht, wo du dich wieder herumgetrieben hast, aber bei deinem letzten Besuch hast du deinen Pullover vergessen. Würde mich freuen, wenn du ihn gelegentlich abholst.« – Der letzte Besuch ist 2 Jahre her.

Ich verabrede mich mit ihr zur »Baaza ahamaziba«, zur Stunde, wenn die Hirten ihre Krüge & Schläuche an der Wasserstelle füllen, ehe das Vieh dort getränkt wird & das Wasser trübt. Zuvor erwartet mich noch eine Audienz beim Chef.

»Warum haben Sie gerade mich für diese Mission gewählt?« frage ich Tuurk gleich zu Beginn meines Besuchs im Ministerium. »Nun, Sie sind einer unserer besten Diplomaten, Kanchelli. Sie sind jung, loyal, belastungsfähig – und ledig. Sie müssen wissen, es wird keine ungefährliche Reise sein. Und wir können wenig für Ihre Sicherheit tun.«

»Werden wir uns überhaupt verständigen können? Soviel ich weiß, ist die Region nicht einmal mit dem Netz verbunden.«

»Wir haben vorgesehen, Sie – Ihre Zustimmung vorausgesetzt – ans Globale Ortungsnetz, kurz GON genannt, anzuschließen. Wir können Sie dann durch unsere Satelliten an jedem Ort der Welt lokalisieren & wissen so zumindest, wo wir Sie zu suchen haben.«

»Was heißt: anschließen?«

»Bei unseren Sträflingen pflanzen wir den Sender normalerweise unter die Schädeldecke. Dort ist er vor äußeren Eingriffen am besten geschützt. Doch ist der Chip so klein & geschmeidig, daß wir ihn prinzipiell unter jedes Hautstück setzen können.«

»Und wenn Sie ein halbes Jahr kein Lebenszeichen von mir erhalten haben, schicken Sie unsere Schnelle Eingreiftruppe auf den Weg, um mich oder das, was von mir noch übrig ist, herauszuholen?«

»So ähnlich, ja. Ich habe es bereits zu Beginn unseres Gesprächs angedeutet: ein Himmelfahrtskommando.«

»Ich danke Ihnen für Ihr Vertrauen in meinen jugendlichen Leichtsinn. Darüber hinaus fehlt mir jedes Wissen über den Bauxitabbau & die Aluminiumgewinnung.«

»Es geht bei der Untersuchung nicht um Bergbaufragen, sondern um Menschenrechtsverletzungen. Im übrigen wird ein Ingenieur der Union Bauxit der Untersuchungskommission angehören & Ihnen mit seinem Wissen zur Verfügung stehen.«

»Erlauben Sie, daß ich zunächst das Dossier studiere, bevor ich diesen Auftrag annehme?«

»Viel Zeit zum Nachdenken kann ich Ihnen nicht lassen. Morgen sind Sie bereits für einen Behandlungstermin in der Universitätsklinik vorgemerkt.«

»Ich bin doch vollkommen gesund.«

»Leider ist es das Gebiet nicht, das Sie bereisen werden. Das Tropeninstitut der Universität empfiehlt Ihnen eine ganze Batterie von Impfungen: Hepatitis, Tetanus, Typhus, Tollwut & so weiter.«

»Tollwut?«

»Soviel ich weiß, soll es dort noch eine Menge streunender

Hunde geben. Und noch etwas: Auch unsere Kritiker sind an den Machenschaften von Union Bauxit interessiert. Sie sollten also auf Sabotageakte jeder erdenklichen Art gefaßt sein.«

Corpus Christi 12.8. Am Morgen ein Treffen mit Norman Heuler, Ligareferent des Ministeriums. Ein kleiner, untersetzter Mann mit einem Knabengesicht. Dick nicht auf Grund seiner Konstitution, sondern seiner ministeriellen Trägheit. Als junger Mann war er wohl einmal in Songhai. Fotografien zeigen ihn mit bloßem Oberkörper, während er Fischern hilft, ihre Boote ans Flußufer zu ziehen. Auf anderen ist er vollständig nackt, von Kopf bis Fuß mit Lehm beschmiert & von der äquatorialen Erde kaum zu unterscheiden. Nicht ohne Sentimentalität erklärt er, daß diese Reise für ihn gleichsam eine Heimkehr gewesen sei: »Eine Heimkehr an die Geburtsstätte der Menschheit!«

Die Fotos sind anschaulicher als seine Erzählungen: Sie zeigen eine rotbraune vegetationslose Kraterlandschaft, deren Bewohner dem Betrachter leid tun können.

Komme seinetwegen fast zu spät zur Klinik. »Was ist denn das?« frage ich Dr. Chin.

»Das ist Ihr Jahresvorrat an Malariatabletten. Von den blauen nehmen Sie täglich 2, von den roten & grünen je 1 wöchentlich.«

»Genügt denn nicht ein Moskitonetz?«

»Wenn Sie Tag & Nacht in ein solches Netz gehüllt herumlaufen wollen! Die Mücken stechen nicht nur Schlafende, sie stechen jeden & alles, wann immer sie Lust haben. Ligamükken! Ein halbes Dutzend verschiedener Erregertypen. Und gegen die tödlichste Form der Malaria – die Tropica – hilft die Prophylaxe nicht einmal. Sollten Sie den Verdacht haben, an einer Tropica erkrankt zu sein, nehmen Sie innerhalb von 6 Stunden 12 dieser violetten Kapseln. Denn der Erreger muß binnen weniger Stunden behandelt werden. Sonst frißt er sich ins Gehirn & führt unweigerlich zum Tod.«

»Man wird mich wohl ans Globale Ortungsnetz anschließen.«

»Sehr gut. Dieses System hat sich in vielen Krisensituationen bewährt. Es kann zwar nicht unter allen Umständen Ihr Leben retten, es kann Ihnen aber auf jeden Fall ein christliches Begräbnis in heimatlicher Erde garantieren.«

»Wir haben gegen die schlimmsten Krankheiten Impfstoffe oder Heilmittel entwickelt. Warum nicht auch gegen Malaria?«

»Malaria hat in unseren Breiten nie eine Rolle gespielt. Und da in der Liga unsere Hilfe nicht weiter erwünscht war – die Gründe sind Ihnen ja bekannt –, sahen unsere pharmazeutischen Institute keinen Grund mehr, in die Malariaforschung zu investieren. – Wenn Sie gewisse Grundregeln beachten, werden Sie womöglich vom Schlimmsten verschont. Durchfall & Erbrechen lassen sich ohnehin nicht vermeiden. Allein schon des Klimas & der fremden Küche wegen. Die Staaten der Liga waren ja immer schon Brutstätte & Tummelplatz unzähliger Viren, Keime, Pilze, Würmer & Seuchen, von deren Existenz wir hier nicht einmal wissen. Während meines Studiums hörte ich von meinem Professor, der noch leibhaftig in der Liga praktiziert hat, vom Ausbruch der Schlafkrankheit in einigen abgelegenen Dörfern Songhais. Schlafkrankheit – das klingt wie eine märchenhafte Verhexung. Und doch legen sich ganze Dorfgemeinschaften einfach hin, schlafen ein & sterben. Und was noch unglaublicher klingt: Kaum jemand im Lande schien sich wegen dieser Epidemie Sorgen zu machen. Ein paar vereinzelte Dörfler, die in tödlichen Schlaf verfallen, sind auf einem Kontinent, wo schlimmere & schmerzhaftere Arten des Sterbens an der Tagesordnung sind, offenbar kein Grund zur Panik.«

Am Abend mit Sommer im Theater, in einem der kleinen, halb illegalen Theater in Cruishank. Obwohl es dem Ruf & damit der Karriere schaden könnte, sich in diesem überwiegend von ehemaligen Territorianern bewohnten Stadtteil blicken zu lassen, sehen wir im Publikum nicht wenige bekannte Gesichter.

Es bleibt bei einem fernen, flüchtigen Gruß, als habe man sich eher zufällig an diesen gottlosen Ort verirrt.

Die Show ist in der Tat so erbärmlich, daß sie verboten gehört. Provokationen des absurden & obszönen Theaters, mit denen man bereits vor 30 Jahren das Publikum nicht mehr schockieren konnte. Autodidakten, die nicht wissen, daß ihre Kunst in einer 3000jährigen Tradition steht. Revoluzzer, die glauben, sie hätten das Theater erst erfunden. Alles undiszipliniert, nicht zu Ende gearbeitet, uns als rohen Entwurf vorgeworfen. Einige Zuschauer verlassen vorzeitig den schäbigen Saal. Vielleicht genügen in einer Zeit der von aller Verführungskraft des Bösen gereinigten Unterhaltungskultur ja bereits einige obszöne Worte & Verrenkungen zur Provokation.

Corpus Christi 13. 8. Überall das Antoniuskreuz des Großen Versöhners, über Türstürzen, an den Rückspiegeln der Automobile, als Platinanhänger um den Hals. Mit der Großen Umkehr zum Glauben ist ein noch tiefer liegender Aberglaube wiedererweckt worden, die Furcht vor Hexen, Bösen Blicken, Flüchen & Verwünschungen. – Man muß wohl länger außer Landes gewesen sein, damit dieser Atavismus in einer ansonsten schmucklosen Welt ins Auge fällt.

Und wie mit jedem neuerwachten religiösen Wahn geht auch dieser mit einer wachsenden Misogynie einher. Als seien in Wahrheit die Frauen Träger der Rationalität & alles Weibliche eine Bedrohung von Tugend und Glaube. Alle führenden Positionen sind bereits von ihnen gereinigt. Und bald wird es sicher wieder die zur Volkserziehung so nützlichen Autodafés geben. Niemals in der Geschichte der Union haben so viele Vergehen wider das Sittengesetz als todeswürdiges Verbrechen gegolten. Und mit der Verhängung der Todesstrafe waren unsere Richter & Geschworenen ja noch nie zögerlich.

Ein großgewachsener, hagerer Mann, auffällig große, schmale Hände mit äußerst langen Fingern, zurückhaltendem Händedruck – hier in der Vorstandsetage des Konzerns zerquetscht man einander nicht die Finger als Zeichen männlicher Vertrauenswürdigkeit.

Das Gesicht von unschätzbarem Alter, das Haar bis auf ein spärliches Flies von den Schläfen bis in den Nacken gelichtet, das Schädeldach nacktglänzend wie eine Mönchstonsur. Die Mundpartie zeigt den spöttischgelangweilten Enthusiasmus eines Jugendlichen. Die Augen hingegen blicken so hart, daß sie das Gesicht fast sprengen. Julius Kern, Chef der Auslandsabteilung von Union Bauxit. Redet voller Wärme von Songhai. Wenn er dort sei, gebe er sich der Fremdheit einfach hin. Die Dinge, die man sich vorgenommen habe, ließen sich ohnehin nicht wie geplant erledigen. Nein, er sei nie besonders vorsichtig. Achte nicht auf jeden seiner Schritte & jedes seiner Worte. Die anderen sähen ja, daß er ein Fremder sei. Eher fühle er sich wie ein Schwamm, der sich einfach vollsauge mit Eindrücken, Farben, Gerüchen, Klängen.

Auch die Stimme wirkt widersprüchlich, brüchig. Schließe ich die Augen, höre ich den älteren, souveränen Konzernmanager. Schaue ich dem Erzählenden in die Augen, wird die Stimme unsicher, kippt in eine höhere, schrille Tonlage. Hat Mühe, die rechten Worte zu finden & die Sätze zu beenden, als würde er bei einer beschämenden Tätigkeit beobachtet.

Zurücklassen müsse man das Gebot Carpe diem! Nutze deine Zeit! oder es modifizieren, fährt er fort: »Wenn es um die Erfüllung eines gewissen Lebenssolls pro Zeiteinheit geht, wird Ihr Aufenthalt in der Liga frustrierend sein. Wenn Ihnen Leben aber Zeit haben anstatt Zeit nutzen bedeutet, dann werden Sie in Songhai ein reicher Mann sein!«

Corpus Christi 14.8. Einladung Tonys zu ihrer Wohnungseinweihung. Habe keine große Lust. Doch da ich schon mal in der Stadt bin, gibt es keine Entschuldigung. Auch wenn mir derartige »Feste« wie die Fortsetzung der Arbeit mit besonderem Unterhaltungszwang erscheint. Ich bin schon auf dem Weg, das Büro von Tuurk zu verlassen, als sie den Raum betritt. Habe bereits die üblichen Abschiedsfloskeln mit dem Chef gewechselt, werde ihn ohnehin am Abend auf Tonys Party wiedersehen. Es gibt also keinen Grund, mich noch länger in seinem Vorzimmer aufzuhalten. Doch es ist mir egal, wenn Tuurk, der noch in der Tür zu seinem Büro steht, oder Yara, die Herrscherin des Vorzimmers, meine Verstörung bemerken.

Habe sie nie zuvor gesehen. Sie ist keine Frau, die man im wirklichen Leben zu treffen erwartet. Sie besitzt eine knabenhafte Schönheit, die einem Mann den Atem raubt. Die ihn womöglich impotent macht, wenn sie sich ihm denn hingäbe. Und da tritt sie nun in dieses nüchterne, nach Preßspan riechende Zimmer, in einem unerhörten Kleid, das die Schultern frei läßt, das lange schwarze Haar hochgesteckt, der Teint dunkel, aber von einer anderen Bräune als der meine, etwa so rehfarben wie die Haut Kains auf Tintorettos Brudermordgemälde.

Sie sieht mich nicht an, und ich bin unfähig, durch irgendeine linkische Aktion ihre Aufmerksamkeit auf mich zu lenken. Sie geht nahe an mir vorbei. Ich nehme einen Geruch wahr, den ich hier, im Regierungsviertel von Corpus Christi, noch nie gerochen habe, den Geruch von Schweiß. Sie trägt eine kleine blaue Tätowierung auf dem Oberarm, einem arabischen Schriftzeichen gleich. Sie begrüßt Tuurk ernüchternd korrekt, doch mit ausländischem Akzent. Vermutlich ist sie eine Diplomatin aus der Liga –

Niemand in der Union würde es wagen, sich so zu kleiden, so zu bewegen, so zu riechen. Und trotzdem wirkt ihr Auftritt in keiner Weise unzüchtig. Vielleicht, weil ihre Haut nicht in einem blendenden Kontrast zum changierenden schwarzen Stoff steht, sondern wie ein noch zarter gewebtes Untergewand wirkt.

Ich gehe. Hoffe, daß mir niemand etwas von meiner Erregung angemerkt hat. An Tonys Empfang werde ich nicht teilnehmen können. – Laufe ziellos durch die hellen, sauberen

Straßen des Regierungsviertels, ein Fremder hier, allenfalls wie ein Dazugehörender verkleidet. Unwillkürlich führt mein Schritt mich an den Stadtrand, in die Quartiere der Immigranten. Irgend etwas muß heute noch passieren, etwas aufregenderes als eine Wohnungseinweihung.

Die einzige Frage, die gestellt werden könnte, die einzige, die irgend etwas bedeuten würde, stelle ich nicht. Eine Tänzerin? eine Kriegerin? eine Königin? eine Hure? Kehr mir den Rücken zu, daß ich dein Gesicht nicht sehe. Es stört nur, stellt sich zwischen uns. Zuviel Gesellschaftliches ist darin enthalten.

Wenn ich dich von hinten umschlinge, ist unsere Begegnung rein. Nur glattrasierte Scham & animalische Erregung. Nichts unterscheidet uns, nichts trennt uns. Alles ist bereits gesagt.

Corpus Christi 17.8. Zu Hause fällt mir jede Notiz schwer. Sicher nicht, weil mir hier alles zu vertraut ist. Nichts könnte mir fremder sein als der Alltag in C.C. Eigentlich müßte alles Routine sein, die Vorbereitung auf den nächsten Einsatz, die Gespräche & Schulungen, das Warten. Und doch ist diesmal alles anders. Mir fällt kein besseres Wort ein als »unauthentisch«. Bin ich ein anderer, oder ist es meine Umwelt, die mir etwas vorspielt.

Aber was bedeutet das schon, Authentizität, in einer Gesellschaft, in der alle Menschen gut sein wollen, gut sein müssen.

Corpus Christi 20.8. Viele Treffen, keine Begegnungen. Am Abend frage ich mich, war da jemand? Stadt der Funktionäre. Hochinfektiös. Bin bereits angesteckt. Verliere meine Immunität gegen Reibungslosigkeit & Effizienz. In Manila & selbst in Rom gab es das nicht: rasch zur Sache kommen, die Dinge auf den Punkt bringen, strategisch Denken, pragmatisch handeln. Wohl das Erfolgsrezept für unsere einzigartige Stellung in der Welt. Wohl ihr Preis!

Corpus Christi 21.8. Nur fort, bald fort aus dieser Nekropole aus Chrom. Vor lauter Wohlbehagen ist mir bereits übel. Hautausschläge breiten sich aus, Pigmentschäden, lepröse weiße Flecken. – Alle sind makellos, alle durchsichtig, glänzend, unversehrt. Für die Unversehrtheit jedes einzelnen Bürgers würde die Union einen Weltkrieg beginnen. Niemand wird mehr umschmeichelt, niemand mehr gehaßt in der Welt als ein Angehöriger dieser glorreichen Nation.

Schweigsam rasen sie unter dem lichtlosen Himmel dahin, allein auf dem rissigen Asphaltband. Die Landschaft hier hat nichts organisch Gewachsenes mehr. Alles scheint von Menschenhand oder von der Natur selbst verunstaltet und verletzt, schuppige Ausläufer von Magmaströmen, Schieferbuckel, Basaltwülste, Schlackensäulen, Felsgerippe, versteinerter Saurierkot.

Die Flora auf den verhornten Bergrücken, die den Horizont verbarrikadieren, teerschwarz vor dem transparenten Schwarz des Nachthimmels. Dunkle keulenartige Ungetüme mit rostrotem Laub säumen den Straßenrand. Das Laub klirrt wie zersplittertes Glas unter Ledersohlen in den Lichtkegeln des Wagens, als wäre das Licht ein scharfer Wind, der in das Blattwerk einfällt.

Hier wuchsen einmal Mohnblumen und Klee, erinnert er sich, und streunende Hunde scheuerten ihr räudiges Fell an den Schutt- und Kalksandsteinen blank. Nun haben sich Wohnmobile auf den Vorstadtbrachen zu einer Wagenburg geschlossen. Wir Menschen kommen und gehen. Unsere Bauwerke werden zerfallen, und die Witterung wird die ursprüngliche Schönheit des unbekleideten Eisens und des rohen Steins wieder herauslösen.

Sie passieren das Stahlskelett einer stillgelegten Fabrik, Säulengänge, Innenhöfe, Hallen mit der Erhabenheit einer verfallenen Klosterruine, die glaslosen Bleistege der Fenster zart wie ein Spinnennetz, große gußeiserne Maschinenteile, zum Sterben zurückgelassene Elefantenkühe.

Er bittet den Fahrer, am Fabrikportal zu halten. Früher haben sie hier gespielt, in den zerfallenden Werkshallen Wackerhodes, zwischen den Tentakeln dieses Riesenkraken, die sich um die Städte und Siedlungen geschlungen hatten und nun verwesen, Nacktwürmer, Maden ohne Sinnesorgane, ohne Jahreszeiten, kein Werden, Wachsen, nur träge stetige Zersetzung.

Der Wagen bremst, rollt vorsichtig über die schlaglochzernarbte Zufahrt zum Werkstor. Ephraim steigt aus. Die ganze Kindheit war eingeschnürt von diesen zähen kaltblütigen Tentakeln, eine fürsorgliche Gewalt.

Die Lichtkegel der Limousine verlieren sich haltlos in dem verlassenen Raum dahinter. Sobald er aus dem hartbegrenzten Lichtstrahl tritt, umgibt ihn tiefe Finsternis. Er hätte es gerne vergessen, das Gefühl ständiger Bedrohung. Einmal griff die Mutter zum Fleischmesser. Diese Szene ist wie eine Traumsequenz, ohne Anfang und Ende. Das Entsetzen greift auf den Alltag über, infiziert auch die harmlosen, auch die liebevollen Gesten mit dem Gift des Mißtrauens.

Er bittet den Fahrer, die Scheinwerfer auszuschalten. Seine Augen brauchen eine Weile, um sich an die Dunkelheit zu gewöhnen. Sternenlicht fällt durch einzelne Löcher in den Tonnengewölben der Werkshalle. Ein Reigen grellweiß flackernder Gespenster tanzt vor seinen Augen. Er schließt sie für einige Sekunden. Er weiß nicht mehr, woran der Streit sich entzündet hatte, vermutlich war es derselbe Grund wie immer: mangelndes Geld. Er muß sie geschlagen haben. Denn als sie in die Küche treten, ist ihr Gesicht nicht nur von Tränen verquollen. Sie steht vor der Spüle, das große funkelnde Fleischmesser in der Hand, die stählerne Spitze auf Vaters nackte Brust gerichtet. Er steht einfach da, die Arme locker in die Hüften gestemmt, lächelnd: Nur zu, Alte, stich dieses Schwein ab, am besten vor den Augen der Kinder. – Vielleicht ist es auch sie, die gerade spricht: Einen Schritt weiter, und ich steche dich ab, du Schwein, vor den Augen der Kinder! – Nur dieses Wort »Schwein« für den Vater gräbt sich in die Erinnerung ein, dieses ungeheuerliche Wort, das Ephraim nicht einmal zu denken wagt, neun oder zehn Jahre alt, doch bereits erfahren genug, was er von seinem Vater zu halten hat. David hingegen ist erst drei. Er versteht die Szene noch nicht, spürt allenfalls das Bedrohliche in ihr. »Schein«, plappert er lachend nach, »Papa Schein!« und stürmt freudestrahlend auf seinen Vater zu, der ihn amüsiert auf den Arm nimmt. Immer noch hält Mutter das Messer auf ihn gerichtet.

Er geht einige Schritte in die Halle hinein. »Soll ich Sie begleiten, Sir? Ich habe eine Taschenlampe im Wagen.«

»Nein, warten Sie hier, Ike.« Keine verbrannten Stoffetzen, weiße käfigartige Gebilde hängen an den Stahlstreben der Gewölbekonstruktion, Käfige aus einem eigenartigen Metall, das Tausende kleiner trüber Spiegelbilder zurückwirft, quecksilbrig, ein Dickicht mattglänzender Gitternester, in denen schneeweiße, eisig funkelnde Skelette gefangen sind, mißgestaltete Gerippe mit eingedrückten Brustkörben, zu Flügeln aufgefächerten Gliedmaßen, zahnlosen, äffchenartigen Schädeln. Er muß an das Fratzenmaßwerk alter Kathedralen denken. Wenn es etwas gibt, für das wir Gott dankbar sein müssen, dann ist es die Gnade, uns zu verkennen, uns selber und einander. – Hier irgendwo war die Treppe zu den Kellerräumen. An diesem gottlosen Ort glaubten sie, jene Dinge tun zu dürfen, für die es in der Sprache der Kinder nur erfundene und in der Sprache der Erwachsenen überhaupt keine Worte gibt.

Der Kellereingang verschlingt ihn. »Sir!« hört er die Stimme seines Fahrers. Er antwortet nicht. Der letzte große Streit ereignet sich einige Jahre später. David ist gerade eingeschult worden. Und er ist voller Stolz, endlich zur Schule gehen zu dürfen. Als er vom ersten Schultag nach Hause kommt, fragt Mutter ihn, was er denn schon gelernt habe. Alles! antwortet er. Von heute an werde ich dich beschützen! – Er sagt nicht, statt wessen oder vor wem, doch ist allen klar, was er meint.

Dabei verstehen sie sich recht gut, der Vater und sein jüngster Sohn. Nie hat er gegen David die Hand erhoben, während er beim Ältesten an Prügeln nicht gespart hat. In mancher Hinsicht sind sie einander sogar ähnlich, in ihrer Sorglosigkeit, in der selbstverständlichen Inanspruchnahme unserer Großzügigkeit, in ihrer Selbstüberschätzung. Zwar fehlen David der Jähzorn und die Gewalttätigkeit seines Vaters, vielleicht aber verbirgt sich ja hinter seinem moralischen Rigorismus und seiner intellektuellen Unduldsamkeit dieselbe geheime Wut.

In diese Zeit des kindlichen Rittertums fällt der letzte große Streit. Was David den ganzen Tag trieb, weiß er nicht. Mit dem Schulbeginn hat er seinem Bruder unmißverständlich klargemacht, daß er von nun an kein Kindermädchen mehr brauche. Mit den Gefahren, die das Schülerleben bereithalte, müsse er ja auch allein fertig werden. – Vermutlich fährt er einfach mit seinem Fahrrad herum. Seit ihm Ephraim sein Kinderrad überlassen und das Fahren darauf beigebracht hat, besteht sein größtes Vergnügen darin, Streifzüge in unbekannte Gegenden zu unternehmen, bis er vollständig die Orientierung verloren hat, um dann ganz allein, ohne fremde Hilfe, nach Hause zurückzufinden. Ephraim versteht nicht recht das Vergnügliche an diesen Abenteuern, denn die Geschichten, die er von diesen Expeditionen heimbringt, sind natürlich alle frei erfunden, Entführungsversuche, Verfolgungsjagden, Rettungsaktionen ... Vielleicht aber ist das ja der eigentliche Sinn dieser Ausflüge: das Ausdenken von Geschichten. – Immerhin ist er zum Abendessen meistens rechtzeitig zurück. Ephraim hätte auch nicht gewußt, wo er den Bruder andernfalls hätte suchen müssen.

Da weckt sie ein Hilferuf der Mutter. Noch nie hat sie in einem Streit mit dem Vater die Söhne zu Hilfe gerufen. Im Gegenteil: meist hat sie die Kinder aus dem Zimmer geschickt, damit sie nicht Zeugen der Handgreiflichkeiten würden. – Doch nun ist er dreizehn Jahre alt, mächtig in die Höhe geschossen, wenn auch noch schmalschultrig und flachbrüstig. Die Fremdheit des eigenen Körpers wird durch den Stolz auf den ersten

Flaum im Gesicht und unter den Achseln und die tiefere Stimme gemildert. Sie wenigstens kann inzwischen mit der Virilität des Vaters konkurrieren.

Sofort ist er hellwach, springt aus dem Bett und stürzt die Treppe hinunter. Im engen Wohnzimmer zwischen Couchtisch und Sofa wälzen sich Vater und Mutter wie zwei raufende Schuljungen. Ihm wird bei diesem Anblick speiübel. Er nimmt den schweren Marmoraschenbecher vom Couchtisch und schlägt damit seinem Vater auf den Kopf. Für einen Augenblick verliert er die Besinnung, Ephraim selbst ist einer Ohnmacht nahe. Tränen der Scham treten ihm in die Augen. Erschrocken erhebt sich die Mutter, streicht ihren Rock glatt.

Ephraim stürzt sich mit blinder Wut auf den Mann am Boden, der bereits wieder zu sich kommt und mit einem Ausdruck des Erstaunens oder Unglaubens den Kopf schüttelt. Daß er nicht tot ist, vergrößert Ephraims Scham noch. Und seine Wut. Er setzt sich auf ihn, wie er es bei einem Spielkameraden gemacht hätte, seine Knie auf den Oberarmen des Vaters, mit seinen Fäusten dessen Handgelenke an den Dielenboden nagelnd: Gibst du auf? Gibst du endlich auf! –

Seine Kraft kommt zurück, die Überraschung weicht einem tiefen elementaren Zorn. Voller Haß, seinen halbwüchsigen Sprößling mit den unproportionierten pickeligen Zügen eines Vollidioten auf sich kniend zu finden, bäumt er sich auf. Die Beine! David, halte ihm die Beine fest! ruft Ephraim, während er sein ganzes Gewicht auf seine Knie legt, damit der Vater seine Arme nicht befreit.

David bewegt sich nicht. Nun könnte er einmal wirklich ein Held sein, nun könnte er den Riesen aus seinen Alpträumen endlich in Ketten legen. Statt dessen setzt er sich neben dem Vater auf den Boden, streicht ihm das verschwitzte Haar aus dem wilden Gesicht und sagt: Es ist gut. Nun ist alles gut.

Er ist noch ein kleiner Junge, ja, dennoch fühlt Ephraim sich von ihm verraten. Er spricht mit einem unangemessenen Ernst, der nicht zu einem Sechsjährigen paßt, auch wenn er Ephraim bereits früher mit seiner sporadischen Altklugheit auf die Nerven fiel. In diesem Augenblick haßt er David mehr als den Vater, haßt seine ruhige Stimme, seine tröstende Geste, seine greisenhafte Reife und kindliche Unschuld, während ihm selber Tränen und Rotz über das Gesicht laufen und das Gesicht seines Vaters beflecken.

Es ist gut, Ephraim, sagt nun auch die Mutter. Geht wieder ins Bett, ihr beiden, geht schlafen! – Sie faßt ihn leicht an der Schulter. Immer noch drückt er den Mann unter sich mit aller Gewalt zu Boden, obgleich dessen Widerstand so rasch, wie er aufgeflammt war, wieder erloschen ist und seinem typischen ironischen Lächeln Platz gemacht hat. Ihre Berührung bricht den Bann. Aber sie erlöst ihn nicht. Das Verbrechen ist bereits geschehen.

Die Stufen sind mit Laub, Glassplittern und Abfällen bedeckt. Bei jedem Schritt verletzt ein splittriges Knirschen die Ohren. Es ist vollkommen finster, ein scharfer Geruch erfüllt die Schwärze, Essig, Ammoniak, Urin, ein Gestank von organischem Material, das von hochprozentigen Säuren zerfressen wird. Seine Hand fährt an der wasen- und spinnwebbeflaumten Wand entlang. Seine Beine verfangen sich in einem Knäuel dünner scharfer Stahlbänder. Während er sich zu befreien versucht, huschen struppige Wesen aus dem Metallbüschel, als hätten sie darin ihr Nest gebaut. Er spürt ihr borstiges Fell an den Händen, die vom Versuch, die Stahlbänder abzustreifen, aus mehreren Schnittwunden bluten.

Plötzlich flammt das Licht einer Taschenlampe auf. Ike steht am Kellereingang und leuchtet die Treppenstufen hinab. Ephraim tritt aus dem Metallgestrüpp zurück auf die unratbedeckten Stufen. Unter seinen Schuhen die Skelettreste kleiner Vögel und Säuger, wer weiß, ob als Überrest nächtlicher Jagden oder kindlicher Rituale, die nur nichtsahnende Erwachsene noch »Spiele« zu nennen wagen.

Der Fahrer kommt ihm entgegen, hilft ihm hinauf. »Sie haben sich verletzt, Sir!«

»Es ist nichts, Ike. Ein paar oberflächliche Kratzer.«

»Ich habe Verbandszeug im Wagen.« – Im Licht seiner Taschenlampe wirken die Tonnengewölbe wie große ausgefaltete Krähenflügel. Die Käfige sind in der Tat nur Stoffreste, Kunstfasern, die von irgend jemandem angezündet wurden und zu phantastischen aschweißen und quecksilbrigen Skulpturen verschmolzen sind.

Sie hatten daraus Fackeln hergestellt. Nicht immer dienten sie nur zur Beleuchtung ihrer unerlaubten Exkursionen: manchmal benutzten sie das blasenwerfende Plastik auch als Waffe bei ihren kindlichen Kriegen, bis einmal eine Fackel ein Bandenmitglied an den nackten Beinen traf. Sofort krallt sich der brennende Kunststoff in die Haut. Sie versuchen, die Flamme zu ersticken, doch läßt sich der schwelende Brand nicht löschen. Er frißt sich glutheiß ins Fleisch. Alle schreien und weinen auf dem schrecklichen Heimweg, nur der brennende Junge nicht. Ein kaum älterer Bursche aus der Nachbarschaft mit einem runzeligen Gesicht, in dem alles eingesunken war. Ein Gesicht ohne Augen, ohne Nase, ohne Mund. – Vergeblich versucht er sich zu erinnern, was aus ihm geworden ist. In seiner Phantasie schwelt der Brand noch immer ungelöscht weiter. – »Lassen Sie uns bitte umkehren, Ike.«

»Sie wollen nicht mehr zum Haus Ihrer Eltern gefahren werden?«

»Nein. Bitte bringen Sie mich nach Corpus Christi zurück.«

IV

Corpus Christi 23. 8. Dies wird keine Reise wie die anderen. Alpträume bringen mich um den Schlaf. Und Tagträume, die alle den Tod umkreisen. Ich nehme Abschied von den Freunden, als sei es ein Abschied für immer. Bringe mein Testament auf den neuesten Stand, ordne meinen Nachlaß, treffe alle Vorkehrungen, nicht nach Hause zurückkehren zu müssen. Ich fühle eine Beklemmung in der Brust, Vorbote eines hämorrhagischen Fiebers, das die inneren Organe zersetzt & verbluten läßt. Mein Atem verliert seinen autonomen Rhythmus. Noch vor dem Aufstehen hole ich tief Luft, um mich der Funktion meiner Lungen zu versichern. Das Gefühl der Beklemmung will nicht weichen.

Dies wird keine diplomatische Reise. Dies wird eine Bewährungsprobe. Nicht ohne einen grausamen Impuls: Laßt den jungen Spund mal machen. Er wird schon sehen, daß die Welt ihm nicht immer & überall entgegenkommt. Laßt ihn eine Weile zappeln & behaltet die Fäden in der Hand.

Das Ministerium fordert vom Schatzamt alte Geldscheine für mich an, da mir meine Universalkarte dort nichts nützen werde. Mit welchem Recht nennen wir sie dann »Universalkarte«?

»Fehlen nur noch Truhen mit Glasperlen & Kaurimuscheln auf den Höckern meines Lastkamels«, spotte ich.

»Gut, daß du selber daran gedacht hast«, meint Almássy ganz im Ernst. Der einzige wirkliche Ligakenner im Ministerium des Äußeren. Leider hat die besondere Leidenschaft für diesen Kontinent abseits der Weltpolitik seine Karriere nicht gerade gefördert.

»Nimm eine Handvoll billiger Uhren & Taschenrechner mit. Sie sind das ideale Bestechungsmittel in Regionen, wo man selbst den eigenen Banknoten mißtraut!«

Letzte Instruktionen vom Chef persönlich:

»Wir haben Ihre Reise so weit vorbereitet, wie unser Einfluß reicht. Und das ist nicht gerade weit in Songhai. Am Montagmorgen nehmen Sie den Hyperjet nach Paris. Dort müssen Sie leider in eine veraltete Düsenmaschine umsteigen, weil der Flughafen in Okamba nicht für unsere modernen Jets ausgebaut worden ist. In Okamba wird Sie unser Honorarkonsul, Colonel Reginald Bertie, in Empfang nehmen. Konsul Bertie ist der nominelle Leiter der Untersuchungskommission. Doch Sie sind ihm keinerlei Rechenschaft schuldig. Konsul Bertie wird einen gesonderten Bericht verfassen. In seiner Verantwortung liegt auch das weitere Vorgehen. Denn die Reise in die Hauptstadt ist von so unterschiedlichen Faktoren wie dem Wetter & der Passierbarkeit der Autorouten & dem Wohlwollen der Stämme abhängig. Im Land selbst können wir also nichts mehr für Sie tun.

Die Firmenzentrale von Union Bauxit befindet sich zwar in der Union, aber die Operationen in Songhai hat der Konzern durch gesonderte Verträge mit der einheimischen Regierung geregelt. Unsere Kontrollmöglichkeiten sind ebenso wie unsere Untersuchungsvollmachten begrenzt. Daher empfehlen wir Ihnen, die Kooperation mit den Konzernmitarbeitern vor Ort zu suchen, da sie seit langem mit Land & Leuten vertraut sind. Ein überhebliches oder gar konfrontatives Auftreten von Ihrer Seite würde vermutlich jeden Blick hinter die Kulissen vereiteln. Halten Sie die Augen offen, aber seien Sie verbindlich. Damit werden Sie Ihrem Untersuchungsauftrag am besten dienen!«

Corpus Christi 24.8. Vielleicht waren die letzten Jahre zu aufregend, zu anstrengend. Vielleicht habe ich darin soviel Leben verbraucht wie andere in der doppelten Zeit. Deshalb diese tiefe Müdigkeit. Keinesfalls kann es in den kommenden Jahren mit derselben Intensität weitergehen. Leben häuft sich nicht an, es verbraucht sich. Verdaut sich, verbrennt. Wie unsere Gelenke, die nur für eine begrenzte Anzahl von Bewegungen geschaffen sind. Ist diese begrenzte Anzahl in kürzerer als der allgemeinen Lebenszeit ausgeführt, muß man sich den Rest seiner Tage mit Arthritis und Spondylose abplagen.

Eine vergleichbare Begrenztheit gibt es auch im Bereich der Erfahrungen, die wir in einem Leben verarbeiten, der Worte, die wir sprechen, der Gedanken, die wir denken können. Der Zahnschmelz nutzt sich mit jeder Kaubewegung ab, die Hornhaut wird mit jedem Lidschlag trüber. Die Kniegelenke knirschen bei jedem Schritt, die Bandscheiben fallen nach Gutdünken vor & zurück. Jede neue Wunde braucht mehr Zeit zur Heilung als die vorangegangene & hinterläßt häßlichere Narben.

Corpus Christi 25.8. Was weiß ich von der Aluminiumherstellung? So gut wie nichts. Die Ingenieure von Union Bauxit könnten mir auch eine Zuckerrübenfabrik als Hochofen vorführen, ohne daß ich den Schwindel bemerken würde.

Die kurzen Artikel im Netz helfen mir auch nicht weiter. Oberflächliches Stückwerk. Sehne mich nach altmodischen Büchern zurück. Aluminium, zu lateinisch »alumen«, Alaun, magische Anklänge zu Alraun & Alchimie: Doppelsalze, Ätzstein, blutstillendes Mittel, Augenwasser, Beizstoff in der Färberei, ältester mineralischer Gerbstoff, Weißgerberei …

Rohstoff für die Aluminiumgewinnung ist Bauxit, ein Gemenge verschiedener Mineralien. Als reines Aluminiumoxid kommt es in Form von Korund & Schmirgel vor, Rubin, Saphir & Diamantspat, Rosenkranz & Güldenstern, Magnetit, Hämalit & Ilmenit & der künstlich hergestellte kleegrüne Quarz Amaryl, wie die von Vergil besungene Hirtin, wie die Belladonnalilie mit ihren karmesinroten trichterfingrigen Blüten.

In dem vom österreichischen Chemiker Bayer entwickelten Prozeß wird diesem edlen Gemenge im Autoklaven Natronlauge zugesetzt & nach dem Filtrieren wird aus der Lauge das Aluminium ausgefällt & durch Glühen in Wirbelschichtöfen kalziniert. Die ausgefällten Wörter Kalvaria Kalyptra Kalumet Kaluga, eingeschmolzen abgestochen Wirbel um Wirbel bis zur Schädeldecke, der Bergenden die uns Schiffbrüchige gefangen hält.

Habe ich irgend etwas begriffen, außer daß die Metallgewinnung ein mythenstiftendes Handwerk darstellt?

Er marschiert brüsk in den Lesesaal. Ein energiegeladener, bulliger Mann. Mitte 20, mit einem dichten schwarzen Schnurrbart, der ihm ein türkisches oder arabisches Aussehen verleiht. Kann ihn mir nicht recht hinter einem Schreibtisch, in Tabellen & Kalkulationen vertieft, vorstellen.

»Edmund Morell!« stellt er sich vor. Supervisor der Union-Atlantic-Line. Regelmäßig schickt ihn die Konzernzentrale in Corpus Christi nach Bannastrand, um die Frachtbriefe der Ligatransporte zu überprüfen. Er soll nach Auskunft des Chefs die ganze Affäre ins Rollen gebracht haben.

»Warum sind gerade Sie mit dieser Aufgabe betraut worden?«

»In meiner Firma gelte ich als harter & zuverlässiger Arbeiter. Außerdem spreche ich 2 Sprachen fließend, da meine Mutter aus Südamerika stammt. Wie die meisten Quaiarbeiter & Besatzungsmitglieder der UAL.«

»Weiß Ihr Arbeitgeber von Ihrer Anzeige?«

»Selbstverständlich nicht! Ich würde sofort gefeuert.«

»Warum setzen Sie sich dieser Gefahr aus?« – Er zögert mit der Antwort.

»Nun, ich bin in den Territorien aufgewachsen. Sie wissen, was das bedeutet. Mit 15 die Schule verlassen, um meine Eltern & Geschwister zu unterstützen. 10 Jahre bin ich nun bei der UAL angestellt. Vom Laufburschen zum Supervisor habe ich es gebracht. Aber die Kindheit in den Territorien vergißt man nicht.«

»Was haben Sie beobachtet, Herr Morell?«

»Ich kontrolliere nicht nur die Frachtbriefe, sondern stichprobenhaft auch die Fracht selbst. Ich lasse Container öffnen oder mich in die Frachträume führen. Unsere Schiffe bringen normalerweise Rohstoffe aus der Liga, vor allem Bauxit, in die Union & liefern dafür technische Güter zurück. Doch die offiziellen Frachtbriefe stimmen nicht mit den tatsächlichen Lieferungen überein.«

»Sie wollen damit behaupten, Ihr Unternehmen sei in illegale Geschäfte verwickelt?«

»Diese Praxis zu bewerten steht mir nicht zu. Aber es sind vor allem 3 Dinge, die mir aufgefallen sind: Die ›technischen Güter‹, die als Gegenwert der Rohstoffe geliefert werden, bestehen nahezu ausschließlich aus Handfeuerwaffen & Munition. Zu welchem Zweck? Gewehre sind nicht gerade die Art technischer Entwicklungshilfe, die wir vertraglich vereinbart haben. Zum zweiten fällt auf, daß die Gegenlieferungen in keinem Verhältnis zum Wert der Rohstoffe stehen. Allein das wöchentlich geschürfte Bauxit hat einen Wert von circa 10 Millionen. Unsere Gegenlieferungen abzüglich der Exportsteuern & Frachtgebühren betragen nicht einmal ein Fünftel dieses Wertes. In welchen Taschen landet die Differenz?

Drittens: Unsere Verträge mit der Union Bauxit Company erlauben uns nur, die Rohstoffe mit Gütern zu bezahlen. Wenn diese Güter allein aus Waffen – & diese nicht einmal in angemessenem Gegenwert – bestehen, wie bezahlt Union Bauxit dann seine Arbeiter in der Liga?«

»Was glauben Sie?«

»Die Union-Atlantic-Line hat das Monopol auf den Ligahandel. Alle transportierten Güter erscheinen auf unseren Frachtbriefen. Und wie Sie wissen, gibt es keinen Geldverkehr zwischen der Liga & der Union. Da Union Bauxit seine Arbeiter kaum mit einem Gewehr & der dazugehörenden Munition bezahlt, nehme ich an, daß Union Bauxit sie überhaupt nicht bezahlt!«

»Sie glauben, die Waffen dienen dazu, die Eingeborenen zur Arbeit zu zwingen?«

»Ich wünschte, ich hätte unrecht! Die Bauxitgewinnung ist

härteste Knochenarbeit. Und um die uns gelieferten Mengen zu gewinnen, müssen einige 10tausend Menschen dafür schuften. Niemand tut diese Arbeit freiwillig & umsonst.«

»Ich verstehe. Wenn Sie recht hätten – Wer weiß von Ihrer Entdeckung?«

»Die Statistiken sind jedem zugänglich. Sie liegen seit langem auch den Finanzbehörden vor. Warum niemand bisher dieselben Schlüsse aus diesen Zahlen gezogen hat, verstehe ich nicht.«

Corpus Christi 26.8. Allen Berichten über Songhai ist gemein, daß sie die aride Fauna, die beeindruckende Landschaft, die nie gesehenen Farben & nie gehörten Geräusche bewundern, aber die Bewohner, ihre Sitten & ihr Aussehen nicht mögen.

Die unberührte Natur erinnert an das verlorene Paradies, es stören nur die Menschen, die dieses Paradies als ihre Heimat reklamieren.

Corpus Christi 28.8. Nach dem Streß der vergangenen Woche ziehen sich die letzten Tage vor meiner Abreise nun zäh dahin. Endlose Stunden Zeit zur Schwermut & zur Sentimentalität. Von wem muß ich noch Abschied nehmen, wen noch einmal treffen. Was muß noch vorbereitet oder erledigt werden. Es ist doch nicht mein erster Auslandsaufenthalt mit ungewissem Rückkehrdatum. Warum ist diesmal alles anders?

Dabei hat das Außenamt alles so gut vorbereitet, wie es unter diesen besonderen Umständen möglich ist. Col. Bertie wird mich am Nachmittag vom Flughafen abholen & im Konsulat einquartieren. Es folgen ein paar freie Tage zur Akklimatisierung. Dann das Treffen mit den anderen Kommissionsmitgliedern, Vorbereitung unserer Reise in die Hauptstadt, Vorgehen in Sachen Union Bauxit. – Und trotzdem ein diffuses Unbehagen, als sei etwas an diesem Unternehmen von Grund auf falsch.

Am Morgen ist mir der GON-Chip unter die Haut des linken Oberarms gepflanzt worden. Diese Nabelschnur zum Mutterland hätte mich eigentlich beruhigen sollen. Ich lasse mir von Dr. Chin noch einmal die genaue Funktionsweise erklären. Er versichert mir, daß unsere Satelliten nicht nur auf wenige Meter genau meine Position auf jedem Fleck der Erde orten können, sondern daß durch den Mikrosender auch jede besorgniserregende Veränderung meines vegetativen Systems übermittelt werde. Nur Gedankenlesen könne der kleine, fingernagelgroße Neurotransmitter noch nicht, fügt er lächelnd hinzu.

Corpus Christi 1. 9. Dürr, schmalschultrig, mit großen tiefsitzenden Ohren & kalten grauen Augen sitzt er mir im Konferenzraum des Ministeriums gegenüber. Besser hätte kein Regisseur den Bösewicht in seinem Film besetzen können. Mit schnellen, heiseren, fast geflüsterten Worten gibt er mir eine Einführung in die Aluminiumgewinnung, ohne mich aus den Augen zu lassen. Leicht könnte eine paranoidere Natur auf den Gedanken kommen, Union Bauxit habe mir statt ihres Chefingenieurs den Chef ihres Sicherheitsdienstes für diesen Schnellkurs gesandt.

»Aluminium übertrifft an Häufigkeit alle anderen Metalle«, doziert er. »Es kommt vor allem als Oxid & Silicat vor. Doch nicht alle Verbindungen lassen sich für die Aluminiumgewinnung nutzen. Gewonnen wird Aluminium aus einem Verwitterungsprodukt des Feldspats, dem Bauxit, das in der Union nur in geringen Mengen vorkommt. 90 % der abbaufähigen Bauxiterden befinden sich im Äquatorialgürtel, in Guinea & Ghana zum Beispiel & vor allem in den Provinzen der Liga, das heißt auf dem Territorium von unterentwickelten Stämmen & Völkern, die kein Interesse an der Ausbeutung der Bodenschätze haben, ja dem Abbau gelegentlich sogar Widerstand entgegensetzen.«

»Nun geht mit dem Bauxitabbau allerdings auch ein schwerwiegender Eingriff in die natürliche Umwelt einher: Die Lagerstätte muß großflächig von Pflanzen, Ackerboden & Siedlungen freigeräumt, Straßen & Schienenwege müssen angelegt & Wasch- & Trockenanlagen gebaut werden et cetera et cetera.«

»Die Interessen der verschiedenen Beteiligten sind zugegebenermaßen nicht immer dieselben. Aber bedenken Sie« – seine Stimme wird kindlich hoch & weich & mit einem Blick so unbezweifelbarer Unschuld starrt er mir in die Augen, daß es mir kalt über den Rücken läuft – »bedenken Sie, 3/5 unserer verarbeiteten Metalle sind Aluminiumlegierungen. Sie lassen sich walzen, prägen, zu feinem Draht ausziehen & zu dünnen Blättchen hämmern. Sie haben eine gute Leitfähigkeit, sind wärme- & korrosionsbeständig, belastbar & widerstandsfähig. Vor allem unsere modernen Transportsysteme sind ohne den Werkstoff Aluminium & seine Verbindungen undenkbar.« Er lächelt: »Sie könnten natürlich auf einer hölzernen Barke bis an die Küste Songhais gelangen, müßten den Rest des Weges nach Bir Schinn aber wohl zu Fuß gehen.«

»Was geschieht mit den Abfällen aus der Bauxitverarbeitung?«

»Die Residuen Eisenoxid, Titanoxid & Kieselsäure werden in große Auffangbecken, die Rotschlammseen, abgeleitet. Sie werden sicher einige davon auf Ihrer Reise sehen.«

»Und diese Seen stellen keine Gefahr für die Umwelt dar?«

»Der Rotschlamm ist natürlich kein geringes Problem. Auf eine Million Tonnen Aluminat fallen 700.000 Tonnen Rotschlamm an.«

»Und wie schützen Sie das Grundwasser vor den giftigen Schlämmen aus diesen offenbar riesigen Seen?«

»Normalerweise werden Rotschlammseen in Senken mit einer von PVC ausgekleideten kompakten Tonschicht angelegt.«

»Normalerweise?«

»Ich gehe davon aus, daß auch dort die internationalen Standards eingehalten wurden.«

»Was geschieht, wenn durch undichte Stellen oder Überschwemmungen Rotschlamm in Flüsse & Seen gelangt?«

»Das Kontaminat sollte nicht mehr zum Waschen, Baden oder Trinken benutzt werden. Aber es ist in der Regel schnell fortgeschwemmt. Und zur weiteren Minimierung von Umweltstörungen haben wir Deiche & Wälle anlegen lassen.«

»Gibt es denn keine Techniken zur Abfallvermeidung?«

»Theoretisch könnte man zum Beispiel die Natronlauge zurückgewinnen & wiederverwenden. Diese modernen Recyclingverfahren würden die Produktionskosten aber so drastisch steigern, daß wir die Union gar nicht hätten verlassen müssen. Bedenken Sie, allein unsere Transportkosten –«

»Und was passiert mit dem Staub? Man hat mir erklärt, daß im Verarbeitungsprozeß auch eine große Menge an Luftschadstoffen emittiert wird.«

»Wir haben bei der Planung unserer Anlagen darauf geachtet, daß ein gewisser Abstand zu den nächstgelegenen Siedlungen eingehalten wird.«

»Es gibt keine Filter?«

»Die Luft um Arlit ist ständig voller Staub, Herr Kanchelli. Der Staub gehört in dieser Wüstenregion zum natürlichen Klima wie die unerträgliche Luftfeuchtigkeit zum tropischen Regenwald.«

Corpus Christi 2. 9. Das unvermeidliche Abschiedstreffen mit Tony. Sie hat im Hyatt einen Tisch bestellt. Das Essen dort ist vorzüglich. Doch wie ich die abschätzenden Blicke der Ober auf uns hasse! Tonys von Natur aus aschblondes Haar geht strähnenweise bereits in aschweiß über. Trotzdem hütet sie ihre Jungfernschaft wie das C.I.D. sein Geheimarchiv. Manchmal glaube ich, sie spielt nur mit mir & es gibt gar kein Geheimnis: Warte, bis wir verheiratet sind! – Das klingt wie: Warte, bis du dir die Hände gewaschen hast. Ich darf meine Hand auf ihren Bauch legen, sie aber nicht von der Stelle rühren. Ich darf mein

Ohr darauf legen & seinem Knurren lauschen, aber nicht meine Lippen. Stundenlang kann sie so liegen, mein Ohr auf ihrem Bauch & mit ihren langen weißen Kammfingern durch mein Drahthaar fahren, bis alle Flechten & Verschlingungen gelöst sind & Locke neben Locke ruht.

Wir haben es wohl nur unserer augenscheinlich exquisiten Kleidung zu verdanken, daß der Ober uns zu einem Tisch neben dem Eingang zur Küche führt, ein wenig abseits von den anderen Gästen, mit einem Bein schon an den Spültischen. Demonstrativ ergreift Tony meine Hand & bettet ihre in die dunkle stumme Mulde, daß sie wie aus Elfenbein geschnitzt in meiner schimmert. Ist es das, was sie aus unserer Beziehung zieht: Ihre weiße Haut erstrahlt noch reiner, makelloser durch meine Nähe, ihr platinblondes Haar ist kein Haar mehr, sondern ein glänzender Helm aus haarfein ausgewalztem Edelstahl. Zweimal hatten wir bereits einen Tag für unsere Hochzeit ins Auge gefaßt, zweimal kamen dringende Auslandseinsätze dazwischen, auf die sie mir nicht folgen wollte oder konnte. Die Akquisitionstätigkeit für ihr Auktionshaus hätte einen längeren Auslandsaufenthalt durchaus erlaubt. Aber sie hatte wohl recht: Hitze, Staub & Dreck in Ouagadougou oder Chittagong hätten ihrem Teint womöglich einen irreparablen Schaden zugefügt. Unsere Haut vergißt nicht.

Ich bringe sie nach Hause. Male ihr mit recht drastischen Worten die Gefahren der kommenden Mission aus. Vergebens! Sie bittet mich nicht mit hinauf, sondern verabschiedet sich vor dem Haus von mir. Songhai scheint sie nicht zu beeindrucken. Liegt es an ihren mangelnden Geographie- & Geschichtskenntnissen? »Du wirst es den Leuten da unten schon zeigen, Dave!« sagt sie, drückt mir mit spitzen Lippen einen Kuß auf die Wange & legt ihre Hand auf den Identifikator. »Ruf mich an, wenn du wieder im Lande bist. Und vergiß nicht, mir einen kleinen Schrumpfkopf für die Anrichte mitzubringen.« Und verschwindet wie die Schneekönigin auf einer alten Spieluhr in der Tür ihres Apartmenthauses.

Habe wenig Lust, in meine eigenen 4 Wände heimzukehren. Schaue noch im Roses vorbei. Ob sie den Predigten gegen voreheliche Unzucht & Unzucht überhaupt glaubt? Wozu dienen denn die neuen Gesetze, wenn nicht dazu, uns die Grenze aufzuzeigen, an der die gesellschaftliche Pflicht endet & die religiöse Lust beginnt.

Als Student bin ich oft hiergewesen. Jetzt sollte ich mich eigentlich nicht mehr in diesem Etablissement blicken lassen. Könnte mich kompromittieren. Doch wenn der Dienst wüßte, wie wir es auf unseren Auslandseinsätzen treiben! Der ramponierte Ruf des Roses ist nicht recht zu verstehen, in einer Gesellschaft, wo Maria Magdalena wieder zu Ehren gelangt ist! Sie heißt nicht Maria Magdalena, sondern Jessica. Hat mit mir auf der Diplomatenschule studiert. Mußte sie dann aber eines unehelichen Kindes wegen verlassen. Seither arbeitet sie hier. Das große warme Herz des Lokals. »Dein letzter Abend?« – Ich nicke. »Immer noch nicht verheiratet?«

»Wäre ich sonst hier?« – Sie gibt mir einen sanften Klaps auf die Wange: »Warte hinten auf mich, Honey.«

»Du bist dick geworden, Jessy.« – »Seit dem dritten Kind, ja.« – »Du hast dich nicht operieren lassen?« – »Hätte ich es tun sollen?« – »So schreibt es das Gesetz doch vor, oder?«

Nur ihr Gesicht ist noch schmaler, blasser geworden, als ich es in Erinnerung habe. Eher müde, zerbrechlich als revolutionär. Sie wirkt ein wenig abwesend, als wüßten ihre Gedanken nicht, was ihre Hände tun. Ich küsse ihren Nacken, um diese großen melancholischen Augen nicht mehr zu sehen. Schiebe meine Hände unter ihre Bluse, umfasse ihre großen, teigigen Brüste, ziehe sie mit hartem Griff an mich heran, beuge sie gewaltsam herunter auf den Tisch, presse mich an sie, die harte Schwellung in meinem Schritt an ihrem breiten Hintern. Sie liegt regungslos da. Ein Tier auf der Schlachtbank, denke ich. Nein, nicht Schlachtbank. Auf dem Altar. Mir dargeboten, daß ich das Opfer annehmen werde. Und ich nehme es an, eifersüchtig auf ihren Part in diesem Ritual.

Corpus Christi 3. 9. Heute morgen mit flauem Gefühl im Magen aufgewacht. Gestern Abend wohl zuviel getrunken. Doch will der Druck auch nach dem Frühstück nicht weichen. Dasselbe dumpfe Unbehagen wie damals, als ich mich vor dem Schulweg fürchtete. Eine Bande Gleichaltriger hatte es sich zur Gewohnheit gemacht, ihrem Kameraden aufzulauern & einen Wegezoll von ihm zu erpressen. Oder ihn einfach nur ein wenig zu demütigen & zu quälen. Aus Vergnügen an seiner Schwäche & seinen Tränen. Habe monatelang trainiert. Nicht nur meinen bisher vernachlässigten Körper, auch meinen Gesichtsausdruck, meine Gesten, meine ganze Körperhaltung, das Auftreten, den Gang. Und rücksichtslos gegen meine Angst bin ich nun erst recht jeden Morgen & jeden Mittag diesen Weg durch die kleine verkommene Grünanlage zwischen unserer Siedlung & der Schule gegangen. Das bevorzugte Revier der Dserschinskibande. Denn hierher trauten sich selbst die Erwachsenen nicht allein. Nicht einmal bei Tage, so daß sie sich ungestört mit ihren Opfern amüsieren konnten.

Dieses fast vergessene Gefühl also, das ich noch nie vor einer Auslandsreise verspürt habe. Immer galt ich als ein besonders unerschütterlicher Draufgänger, der Besonnenheit mit Wagemut zu vereinen weiß. Sah mich bisher wohl auch selbst so: ein Abenteurer mit Kalkül. Was ist auf dieser Reise plötzlich so unkalkulierbar, daß ich mich wie ein 10jähriger Schüler fühle?

Ich bin kein Ingenieur, kein Wissenschaftler, kein Spezialist. Warum werde gerade ich in die Untersuchungskommission entsandt? Habe mich gerade einmal mit unbekümmerter, ja undiplomatischer Direktheit profiliert. Und soviel habe ich immerhin verstanden: Es geht um keine geringe Sache. Wäre die Angelegenheit eine Nummer kleiner, wäre es die ideale Gelegenheit, mich, den großmäuligen Aufsteiger aus den Territorien, einmal ordentlich auf die Schnauze fallen zu lassen.

Corpus Christi. Letzter Tag. »Für uns war ein Besuch in der Wüstenstadt mit dem verheißungsvollen Namen immer eine Enttäuschung«, erklärt er mir. Gottlieb Mutter ist einer der letzten Unionisten, der die Königsstadt noch hat betreten dürfen. Ein behäbiger, kahlköpfiger Mann nun, seit 30 Jahren Mitarbeiter der National Geography & Journalist für das Netz. Das heißt, Inhaber einer Firma mit angestellten Jungjournalisten, die ihm das Material für seine Reiseberichte liefern. Kritisch redigiert & um den Mutterschen Touch bereichert, speist er diese Gesellenstücke dann unter seinem Namen ins Netz ein.

Doch in Bir Schinn ist er noch leibhaftig gewesen. Als junger schlanker Mann, allerdings mit schon damals stark gelichtetem Haar, was ihm als Schüler den Spott seiner Klassenkameraden eingetragen hat.

»Ein armseliges Nest«, fährt er fort. »Nicht mal 20tausend Einwohner. Die Gassen stinken nach Kameldung & Urin, die Hitze ist unerträglich & die Luft so sandig, daß jeder Atemzug die Schleimhäute wundscheuert.«

»Woher hat die Stadt dann ihren legendären Ruf?«

»Was weiß ich. Womöglich ist sie nur dafür berühmt, diesen legendären Ruf zu haben. Schon damals war es schwierig hinzukommen. Und Unerreichbarkeit ist sicher die beste Voraussetzung, sich den Ruf eines Mysteriums zu bewahren.«

Er schenkt mir Wein nach, füllt mein Glas bis zum Rand. Bin den vielen Alkohol nicht mehr gewöhnt. Die dritte durchzechte Nacht seit meiner Rückkehr nach C.C. Doch halte mich tapfer. Will mir meine Übelkeit nicht anmerken lassen. War vermutlich nicht einfach, diese Kisten alten Bordeaux ins Land zu schmuggeln. Diese Geschichte aber soll er mir ein anderes Mal erzählen.

»Nach 3 Tagen in dieser Wüstenstadt war ich völlig erschöpft. Als ob sie mir jeden Lebenssaft aus dem Leib gepreßt hätte. Ganz zu schweigen von der Gier seiner Bewohner: Keinen Schritt konnte ich gehen, ohne daß ein Heer von Händlern hinter mir her war & mir irgendeinen häßlichen selbstgebastelten Schmuck unter die Nase hielt. Am schlimmsten aber waren die Kinder: Gib mir deinen Kugelschreiber! Gib mir deine Uhr! Gib mir ein wenig Geld! Gib mir ein Geschenk! Kein Besucher kann dieser Gier entkommen. Sie sind wirklich arm, ja, aber nicht mittellos. Es ist eher wie ein Pawlowscher Reflex auf den Fremden. Oder wie ein Spiel, bei dem Kinder gedankenlos ein gefangenes Insekt quälen.«

Es ist dunkel geworden. Offenbar hat er die Photozellen ausgestellt. So sitzen wir im grauen Streulicht, das durch die Polarisationsfenster von der Straße ins Zimmer dringt. Das Allahu akbar gellt metallisch durch die Häuserschluchten, irgendwo schreit ein Esel, unten auf dem Gehweg schlurft ein alter Mann zum Nachtgebet zur Moschee.

»Wie sind Sie nach Bir Schinn gelangt, Gottlieb?«

»Ich bin auf dem Fluß gereist. Auf einer Pinasse, einem aus Eisenteilen zusammengeschweißten & wild bemalten Kahn, 30 Meter lang, angetrieben von einem ölverlierenden LKW-Motor. Mit 100 weiteren Passagieren & genug Fracht an Bord, um auch ein doppelt so großes Schiff zu versenken. Im Frachtraum sind ständig 2 Matrosen damit beschäftigt, das eindringende Wasser eimerweise in den Fluß zurückzuschütten. Man hätte es auch gleich dabehalten & zum Kochen benutzen können. Denn dazu wird ebenjenes Wasser verwendet, in das alle 100 Passagiere und 1000 andere Flußreisende mangels zivilisierterer Möglichkeiten ihre Notdurft verrichten. Das darf Sie in Songhai nicht stören. Auf die Katzenwäsche kann man ja gut & gerne mal 5 Tage verzichten, aber nicht auf das Essen & Trinken, da der Körper ohnehin schon vom chronischen Durchfall geschwächt & auf das Unentbehrlichste abgemagert ist. Ungefähr 10 Tage dauert die Passage von Okamba nach Bir Schinn. Wenn alles gutgeht. Meine Reise war eher ereignisarm. Bis auf den Durchfall natürlich. Einmal sah ich ein badendes Nilpferd.«

Sternklare Nacht. Der Staub hat sich gelegt. Die Lehmwände strahlen die Backofenglut des Tages ab. Unter meinem Schritt knirscht heller weicher Sand. Reflektiert das Mondlicht wie frisch gefallener Schnee. Ich gehe auf diesem lunaren Staub den Weg vom Fluß zur Stadt. Die bei Tage schäbiggrauen Lehmkuben schimmern nun wie mit Weißgold überzogene Paläste. Das ist die legendäre Stadt von Mansa Moussa, der Salz in Gold zu verwandeln verstand. Der auf seiner Pilgerfahrt nach Mekka in Kahira so viel Almosen verteilte, daß der Goldpreis für Jahrzehnte zusammenbrach. Das sind die prächtigen Bauten Bir Schinns mit den goldenen Mauern und Dächern.

»Ganze Stadtviertel liegen in Ruinen«, ernüchtert mich die Stimme Mutters. »Von den Sturzregen weggewaschen. In alle Räume dringt der Sand, in jede Pore. Der vielgerühmte Markt ist farblos & ärmlich. Die Geschäfte sind leer. Die jungen Leute gehen fort, wenn sie können.«

»Doch nun ist der Ort wieder Haupt- & Königsstadt!«

»Ja, neben der Moschee ein holzgespickter Lehmpalast, im königlichen Schloßgarten ein paar magere Bäume & jenseits der Palastmauern stampfen die Frauen immer noch das Getreide, hocken die Männer weiterhin schwatzend im Sand, untätig, doch malerisch in ihren blauen & weißen Boubous, meckern die Ziegen, krähen die Hähne, schreien die Kinder, rattern die Generatoren & plärren die Radios.«

»Und waren Sie auch in Arlit?«

»In der Bauxitstadt? Damals gab es nur einige Baracken, jenseits der Rundhütten der Bela, der ehemaligen Sklaven der Wüstenkrieger, im Osten der Stadt. Die wenigen Angestellten der Union Bauxit wohnten in Zelten. Damals hätte ich diesem Unternehmen keine Zukunft gegeben. Weiß der Teufel, wie sie es geschafft haben. Inzwischen soll Arlit bereits mehr Einwohner haben als die Hauptstadt.«

»Mich wundert, daß so wenig Informationen über die Tätigkeit von Union Bauxit aus dem Land dringen.«

»Wundern Sie sich nicht! Derartige Großkonzerne werden inzwischen strenger geführt als mancher nationale Geheimdienst.«

FERENCZY Hohes Gericht, ich bedaure, Ihnen mitteilen zu müssen, daß Dr. Artemus Fenichel, Hauptverteidiger von Herrn Kanchelli, nicht in der Lage ist, seine Arbeit in diesem Prozeß fortzusetzen. Auf dringenden Rat seiner Ärzte hat er sich zur Erholung in ein Sanatorium begeben. Daher bitte ich das Hohe Gericht, mir als bisher zweitem Rechtsbeistand die Führung der Verteidigung zu erlauben.

REICH Ihrer Bitte wird selbstverständlich stattgegeben, Frau Ferenczy. Es tut mir sehr leid, daß Dr. Fenichel gesundheitlichen Schaden von den rhetorischen Gefechten in diesem Saale davongetragen hat. Es war für alle offenkundig, daß er das Äußerste an Konzentration und Feinsinnigkeit in diesen Prozeß eingebracht hat.

FERENCZY In Übereinstimmung mit Dr. Fenichels konziser Argumentation möchte ich beantragen, daß der Vorwurf des Hochverrats fallengelassen wird. Denn nach allem, was die Staatsanwaltschaft bisher vorgebracht hat, ließe sich allenfalls eine Anklage wegen versuchten illegalen Waffenschmuggels rechtfertigen.

SORGE Hätte Herr Kanchelli seine Verbrechen vor dem Ausbruch des Krieges begangen, wäre es selbst für die Staatsanwaltschaft ein akzeptabler Schritt, die Anklage auf Unterstützung einer terroristischen Gruppe und bewaffneten Umsturzversuch zu konzentrieren. Diese Anklagepunkte allein würden immerhin schon die allerschwerste Bestrafung nach sich ziehen, die unser Gesetzbuch kennt. Aber ich erinnere Sie daran, Frau Ferenczy, daß die umstürzlerischen Aktivitäten Herrn Kanchellis stattfanden, als das Land sich bereits in einen grausamen Krieg verstrickt sah.

FERENCZY Natürlich, der Krieg. Mir ist im Augenblick zwar nicht gegenwärtig, worum es hauptsächlich geht, aber es stand ja wohl auf allen Bildschirmen, nicht wahr?

SORGE Es geht um unsere legitimen Interessen in der Liga, verehrte Kollegin.

FERENCZY Selbstverständlich, unsere Regierung würde

die Bevölkerung nie ohne ein legitimes Interesse zu den Waffen rufen.

SORGE Glauben Sie nicht, ich hätte Ihren Spott überhört, Frau Ferenczy.

FERENCZY Spott? Ich bin äußerst empfindlich gegen jede Art von Spott. Solange das Unglück andere betrifft, nennt der Spötter es eigene Schuld. Trifft es ihn selbst, heißt es plötzlich Schicksal.

SORGE Das hört sich äußerst klug an. Können Sie uns auch sagen, was es bedeutet? Nicht, daß die Bedeutung in diesem Falle wichtig wäre.

FERENCZY Mein Mandant, Herr David Kanchelli, möchte dazu eine Stellungnahme abgeben.

KANCHELLI Ich höre Ihr albernes Geschwätz, meine Herren, und auch das Ihre, Frau Ferenczy, und glaube immer weniger, daß Ihr Urteil meinen Taten gerecht werden könnte. Ich glaube so wenig an Gerechtigkeit in meinem Fall, wie ich es für gerecht halte, Männer aus den Territorien in diesem Krieg kämpfen zu lassen. Kämpfen und sterben für den Exportmarkt der Union, den Profit von Konzernen, der sich ebenso auf die Ausbeutung der Territorien wie auf die des vermeintlichen Kriegsgegners gründet. Kämpfen für einen Staat, der ihnen die elementarsten Bürgerrechte verweigert. – Die Selbstverwaltung ist gescheitert, vielleicht zu Recht. Sie war ohnehin eine Lüge, ein Ablenkungsmanöver. Die Regierung hätte nie eine wirkliche Unabhängigkeit zugelassen.

SORGE Einmal mehr erstaunt uns Ihre Hellsicht, Herr Kanchelli. Warum haben Sie uns nicht mit ebendieser Hellsicht zu überzeugen versucht, anstatt die dunkle Sprache der Waffen zu wählen? Was auch immer jeder von uns über die Widerstandsbewegung in den Territorien dachte, im Augenblick des Kriegsausbruchs war nur noch eine Loyalität denkbar: die Loyalität zu unser aller Heimat, der Union. Sie aber, Herr Kanchelli, sind der Heimat in den Rücken gefallen. Und es war offenbar nicht Sprachlosigkeit, die Sie zum Verräter werden ließ.

KANCHELLI Wir wollten die Menschen in den Territorien bewaffnen, wie Carson und Redmond im letzten Bürgerkrieg den Truppen des Großen Versöhners die Waffen organisiert haben. Was Recht ist, diktieren zweifellos die Sieger der Geschichte.

SORGE Sie hingegen gehören zweifellos zu den Subjekten, die sich anmaßen, mit dem Recht umgehen zu dürfen, als sei es ein Teil ihrer Autobiographie. Dem Recht aber erwächst keinerlei Schaden, wenn es sich fernhält von den sozialen Problemen des Tages.

FERENCZY Herr Kanchelli sagt nicht immer das, was seiner Sache dient. Zumeist sagt er, was er denkt. Das ist in einem Strafprozeß natürlich ein großer Fehler.

SORGE Jedermann darf gerne einen dreibändigen Roman über seine innersten Abgründe schreiben. Er darf sie nur nicht leben!

FERENCZY Bevor wir mit der Verlesung des Kanchelli-Romans fortfahren –

SORGE Die Staatsanwaltschaft stellt den Antrag, den Prozeßbeteiligten die weitere, zunehmend ermüdende Verlesung der Tagebücher zu ersparen. Ich glaube, die Konfessionen, deren wir bereits teilhaftig werden durften, genügen vollauf, um eine den Taten entsprechende Gesinnung Herrn Kanchellis zu bestätigen.

FERENCZY Ich kann diese Bestätigung bisher nirgendwo erkennen, verehrter Kollege.

SORGE Muß ich Sie ausdrücklich an die Szene im Roses erinnern, in der sich auf eine für Ihren Mandanten charakteristische Weise Obszönes mit Blasphemischem vereint?

FERENCZY Ich gebe gerne zu, daß ich Herrn Kanchellis Geschmack in diesem Bereich nicht teile. Ebensowenig aber teile ich Ihren Abscheu. Ich habe nicht ohne Vergnügen zugehört, obwohl ich im allgemeinen keine Freundin von Tagebüchern bin. Gewöhnlich werden sie von Leuten geschrieben, die entweder wie Buchhalter leben oder wie Buchhalter schreiben. Um so dankbarer bin ich Herrn Kanchelli für seinen erfrischenden Stil.

SORGE Wer den Stil betont, läuft allerdings Gefahr, die Wahrheit zu vernachlässigen.

FERENCZY Sie haben recht, die Wahrheit hat selten Stil. Wenn wir genau hinschauen, finden wir sie sogar eher in den Dingen als in der Form.

SORGE Wenn Sie mir eine persönliche Bemerkung gestatten, Frau Kollegin, so scheint mir Ihr Berufsethos eher auf einem gewissen Ästhetizismus als einer tieferen Moral zu gründen.

FERENCZY Wenn Sie damit sagen wollen, daß auch die Rechtsprechung letztlich nur eine Form unter anderen ist, die Welt als ein ästhetisches Phänomen sichtbar zu machen, Herr Sorge, will ich Ihnen nicht widersprechen. Denn nicht um Wahrheit und schon gar nicht um Gerechtigkeit geht es ihr dabei. Und wenn es vor allem um Form geht, sehe ich meine Aufgabe darin, einen gewissen Grad an Stil, ja an Schönheit einzuklagen.

REICH Würden die Herren und Damen Anwälte so höflich sein und sich wieder auf die Inhalte unseres Prozesses konzentrieren! Herr Generalstaatsanwalt, fahren Sie bitte mit der Begründung Ihres Antrages fort.

SORGE Hohes Gericht, einen wirklichen Gefolgsmann des Großen Versöhners erkennt man an zweierlei: an Disziplin und Charakter. Hier aber begegnet uns ein Mann, der nicht nur dieses Land, sondern auch sich selbst verrät, sich und sein Geschlecht. Denn der in seinen intimen Aufzeichnungen eingestandene Wunsch nach Unterwerfung verrät nicht nur die Würde eines Diplomaten, sondern auch die eines Mannes!

KANCHELLI Verzeihen Sie, aber das ist ja vollkommen lächerlich! Was Sie als eines Mannes unwürdig diffamieren, ist doch Teil meiner diplomatischen Qualifikation: meine Fähigkeit, mich selber zurückzunehmen, den anderen in mich aufzunehmen. – Wenn Offenheit und Empathie in unserer Kultur vor allem Frauen zugeschrieben werden, so ist eben eine »weibliche« Haltung notwendig.

SORGE Sie reden von weiblichem Einfühlungsvermögen und meinen damit doch nur Ihre Unkeuschheit, Ihre Schwäche, Ihren Masochismus.

KANCHELLI Nicht alle Menschen halten Hingabe für Schwäche!

SORGE Der Geschlechtsverkehr ist zu heilig, als daß man ihn mit Hemmungslosigkeit und Gier beschmutzen dürfte. Der Geschlechtsverkehr wurde nicht zu unserem Vergnügen geschaffen. Das Zeitalter der Freizügigkeit hat uns gelehrt, wohin zügellose Hingabe führt.

FERENCZY Dieser recht konventionelle Einwand überrascht mich nun doch bei einem Mann Ihres Geschmacks, verehrter Generalstaatsanwalt. Ich hätte eher vermutet, daß Ihnen jede Form der Passion gefällt, da sie Ihrem Mangel an Phantasie wunderbar entgegenkommt.

SORGE Passionen sind ein weites Feld, verehrte Kollegin, und ich selber bin nicht frei davon; ich denke da nur an meine Leidenschaft für die Fuchsjagd, wenn Sie mir dieses persönliche Geständnis erlauben. Hier aber handelt es sich nicht um eine vielleicht fragwürdige, jedoch entschuldbare Leidenschaft, sondern um eine zutiefst verabscheuenswürdige Perversion. Gelebter Masochismus ist grundsätzlich ein Scheitern, nicht nur in gesellschaftlicher Hinsicht. Es ist ein ganz und gar asozialer Versuch, seine gesellschaftliche Identität aufzugeben, ja zu vernichten!

FERENCZY Könnte es nicht auch sein, daß gerade das masochistische Begehren ein vielleicht esoterisches, aber auch fruchtbringendes Mittel darstellt, das Mysterium der Transzendenz zu berühren? Und an seiner äußersten Grenze, wo Folter zur Ekstase wird, begründet diese extreme Erotik vielleicht sogar eine neue Theologie.

SORGE Bitte disqualifizieren Sie sich durch dieses absurde Plädoyer nicht für Ihr Amt, geschätzte Kollegin.

FERENCZY Sie selber haben doch die Tagebücher Herrn Kanchellis in den Prozeß eingebracht. Sie selber haben Herrn

Kanchellis Innerstes in den Mittelpunkt Ihrer Anklage gestellt. Allerdings haben Sie eine recht selektive, wenn auch nicht willkürliche Auswahl getroffen. Natürlich ist es für alle Beteiligten angenehmer, wenn man das Ganze unberücksichtigt läßt. Es würde unseren beschränkten Verstand nur unnötig verwirren. Nun ist es aber die Pflicht des Hohen Gerichts, die ganze Wahrheit zu kennen!

SORGE Ich bin der letzte, Frau Kollegin, der dieser Wahrheit im Wege stehen will. Ehrwürden, ich ziehe den Antrag der Staatsanwaltschaft zurück.

FERENCZY Ich danke Ihnen für Ihr Entgegenkommen. – Bevor wir jedoch mit der Verlesung der Tagebücher fortfahren, bitte ich noch einmal Herrn Basil Thomas in den Zeugenstand. – Herr Thomas, ist es wahr, daß Sie gestern morgen, während wir die Authentizität der angeblichen Tagebücher Herrn Kanchellis noch diskutierten, eine kleine Gruppe ausgewählter Medienvertreter in Ihrem Büro empfingen und ihnen Fotokopien gewisser Passagen aus diesen Tagebüchern aushändigten?

THOMAS Darf ich fragen, wie Sie an diese Information gelangt sind?

FERENCZY Ihre Auswahl war offenbar nicht sorgfältig genug, Herr Thomas, denn unter den von ihnen eingeladenen Journalisten befand sich doch tatsächlich ein Mann, der zwar keinerlei Sympathie für die Aktivitäten der Territory Volunteers, dafür aber einen ausgeprägten Sinn für Fairneß besitzt.

THOMAS Wahr ist, Frau Ferenczy, daß das C.I.D. eine gewöhnliche Pressekonferenz abhielt, wie sie zum Abschluß erfolgreicher Ermittlungen üblich ist. Möglicherweise waren in der Informationsmappe, die im übrigen nicht ich zusammengestellt habe, auch Hinweise auf die Tagebücher, die ja, wie es im Augenblick aussieht, vom Gericht als Beweismittel zugelassen und nun sogar öffentlich verlesen werden.

FERENCZY So sieht es im Augenblick aus, ja. Aber gestern konnte davon noch keine Rede sein.

THOMAS Immerhin dürften sie von einem nicht geringen Wert für die Wahrheitsfindung sein. Trotzdem haben wir den Medienleuten natürlich gesagt, daß es sich nur um Indizien und keinesfalls um Beweise handelt.

FERENCZY Leider aber haben alle Medien bei der Veröffentlichung dieser Tagebuchpassagen Ihren diskreten Hinweis unterschlagen.

THOMAS So sind sie nun einmal, die Medien. Veröffentlichen, was die Öffentlichkeit hören will.

FERENCZY Bitte halten Sie mich nicht für naiv, Herr Thomas. Ich kann nur hoffen, daß Ihre Intrige das Gegenteil von dem bewirkt, was Sie beabsichtigten.

THOMAS Ich habe ein gewisses Verständnis für Ihre Parteilichkeit, Frau Ferenczy. Doch verwahre ich mich entschieden gegen Ihre Unterstellung, das C.I.D. hätte sich nicht korrekt verhalten.

FERENCZY Der Verteidigung liegt ein persönliches Memorandum des Generalstaatsanwalts, Herrn Frederick Sorge, an den Leiter des regionalen C.I.D., also Sie, Hauptkommissar Thomas, vor. Dieses Memorandum besagt folgendes: Die Einbringung der Tagebücher Herrn Kanchellis in den Prozeß könnte dazu führen, daß die Verteidigung in ihrem Bemühen, Herrn Kanchellis Leben zu retten, auf Unzurechnungsfähigkeit plädieren könnte. Die pornographischen Details sind in erster Linie natürlich ein bestechender Beweis für die moralische Korruptheit des Angeklagten. Doch wäre es zumindest theoretisch denkbar, sie auch als Symptom einer seelischen Erkrankung zu interpretieren. Halten Sie es für möglich, diese naheliegende Strategie der Verteidigung gleich im Ansatz zu unterlaufen? – Darf ich Sie, Herr Thomas, im Namen meines Mandanten und des Hohen Gerichts um Auskunft bitten, ob Ihre kleine Pressekonferenz möglicherweise eine Antwort auf die Frage der Staatsanwaltschaft darstellt?

THOMAS Wenn Sie meine persönliche Meinung hören wollen: Ich vermag aus diesen besagten Notizen keine Schlußfolgerungen auf den Geisteszustand Ihres Mandanten zu ziehen.

FERENCZY Ich stimme Ihrer Ansicht vollkommen zu, Herr Thomas. Moralische Korruption ist auch in meinen Augen nicht dasselbe wie eine seelische Erkrankung.

V

Die Farblosigkeit all dieser Erinnerungen besänftigt ihn. Alle grellen Töne, alle extremen Empfindungen sind eingeschmolzen in diese erstarrten grauen Panoramen wie die Schauplätze berühmter Schlachten auf vergilbten Kupferstichen. Von den vielen Farben der Kindheit sind nur das schmutzige Weiß der Kochwäsche auf den Nylonleinen im Hof und das verschorfte Schwarz der Schlacke auf den Rhabarberbeeten geblieben, die von der benachbarten Aluminiumfabrik täglich wie schwarzer Sommerschnee niederrieselte und alles mit der traurigzähen Farbe harter körperlicher Arbeit überzog.

Und die Gerüche in den Territorien? Damals unterschieden sie sich vor allem durch ihre elementare Körperlichkeit von den desodorierten Düften im Gebiet der Union. Schweiß, Urin, Zwiebel- und Knoblauchausdünstungen, vermischt mit Motoröl, Chlorgas, Schwefelwasserstoff, Ammoniak; Zumutungen für die Schleimhäute, die man in den klinisch sauberen Haushalten von Corpus Christi schon lange nicht mehr kennt und zu Recht mit den nachlässigen, verschwitzten, unkultivierten Bewohnern der Territorien verbindet. Diese Gerüche wurden geradezu in die Territorien verbannt, waren sie zu einem großen Teil doch höchst erregend, wenn sich mit ihnen der nackte Oberkörper eines Hüttenarbeiters oder der fadenscheinige Morgenmantel einer Stadtteilschönen verband. Jede Tageszeit hatte ihren bestimmten Geruch wie jede Tätigkeit, jede Stimmung, jedes Gefühl.

Jede Straße, jedes Haus, das man betrat, konnten sie bereits an seinem Geruch erkennen, jeden Bekannten, Freund wie Feind, und nicht nur ihn, sondern auch das, was er am Tage getrieben, gegessen, versäumt hatte, seine Lügen blieben ihnen ebensowenig verborgen wie seine geheimen Wünsche, seine verheimlichten Laster, seine verborgenen Krankheiten. – Natürlich war dieses Kaleidoskop der Düfte auf Dauer unerträglich, so daß der Große Versöhner gut daran tat, diesen animalischsten unserer Sinne zu domestizieren oder zumindest aus den Grenzen der Union zu verbannen.

In seiner Erinnerung sind alle diese eintönigen Bilder still. Dabei gab und gibt es in den Territorien keinen einzigen stillen Ort. Überall dünsten die Bewohner so selbstverständlich wie ihren Schweiß ihren persönlichen Lärm aus, singen, pfeifen, trommeln auf die Kühlerhaube ihres Autos oder einen Mülltonnendeckel, schnauzen ihre Frau, ihr Kind oder einen Straßenköter an, schimpfen alleine vor sich hin, lachen unmotiviert, lachen zu laut, höhnisch, unbeherrscht, vulgär, rülpsen um die Wette, dilettieren auf ererbten Musikinstrumenten, quälen Passanten mit sogenannter Straßenmusik, lassen ihre frisierten Motoren aufheulen, erschrecken die Nachbarschaft mit abgesägten Auspüffen, von den täglichen Schußwechseln, Polizei- und Ambulanzsirenen, Kirchenglocken, Schulklingeln, den Megaphonen von Eisverkäufern, Politurvertretern, Laienpredigern und Parteienwerbern, den Trillerpfeifen von Baseballfans, Demonstranten und Ordnungshütern, den Tag und Nacht plärrenden Radio- und Fernsehgeräten einmal abgesehen.

Kindheit in den Territorien ist ein Prozeß der Desensibilisierung.

Verklärt er die Vergangenheit? Nein, er will diese Kindheit nicht noch einmal verleben. Es gab keinen Augenblick, in dem er sich behütet gefühlt hätte. Selbst der Schlaf war unruhig. Beim leisesten unvertrauten Geräusch war er hellwach und jeder Muskel seines Körpers gespannt. Bei all der Unmittelbarkeit und Ausgelassenheit im Alltag der Territorien war doch eine wirklich reine, unbeschwerte Freude selten und geradezu verpönt. Jedes noch so kleine Glück wurde geheimgehalten, weil es nur Neid und Mißtrauen hervorgerufen hätte. Es gab nichts wirklich Schönes, nichts wirklich Vollkommenes, und hätte es derartiges gegeben, sie hätten es nicht ertragen. Jeder wußte das, und mancher fügte sich lieber selber einen Makel zu, als durch zu angenehmen Schein seinen guten Ruf zu gefährden.

»Hardy Show ist in der Leitung, Sir.«

»Hardy Show?«

»Der Moderator von Hardy Show Today, Sir. Darf ich ihn durchstellen?«

»Muß das wirklich sein, Fräulein Haynes?«

»Ich glaube schon, Sir. Nach Ihnen, Herr Präsident, ist er der bekannteste Mann der Nation. Weil Sie jede Unterhaltung aus Ihrer Umgebung verbannt haben, wofür Ihnen die ganze Nation natürlich Respekt zollt, haben Sie möglicherweise noch nichts –«

»Danke, Fräulein Haynes, ich habe schon verstanden. Verbinden Sie mich bitte mit diesem Herrn Show.«

»Herr Präsident, verzeihen Sie bitte die Störung zu dieser Stunde. Ich habe erst nach der Sendung von dem bevorstehenden Unglück erfahren und dann gleich meinen Bekannten- und Kollegenkreis kontaktiert. So liegt mir nun eine erste Liste prominenter Künstler und Entertainer vor, die sich für eine Begnadigung Ihres Bruders einsetzen.«

»Sie reden von David Kanchelli, Herr Show?«

»Selbstverständlich.«

»Dann möchte ich Sie bitten, diesen Fall nicht als ein Familiendrama darzustellen. Es ist nicht der Bruder David Kanchellis, der das Urteil zu bestätigen hat, sondern der Präsident der Union.«

»Ich verstehe Ihre Differenzierung voll und ganz, Herr Präsident. Und nichts steht mir ferner, als diese beiden Rollen miteinander zu vermischen. Wir Bittsteller appellieren allein an den Großmut des Präsidenten, dem es obliegt, die Einheit der Union zu wahren. Und zweifellos würde eine Hinrichtung Herrn Kanchellis die Konflikte mit den Territorien noch verschärfen.«

»Sie stammen selbst aus den Territorien, Herr Show?«

»Wie Sie und Ihr Bruder, Herr Präsident. Deswegen seien Sie meiner umfassenden Solidarität versichert.«

»Wenn mein erster flüchtiger Blick auf Ihre Petition nicht trügt, so steht kein einziger politischer Führer aus den Territorien auf der Liste der Unterzeichner.«

»Das ist leider wahr, Herr Präsident. Schuld daran ist allein die unselige Veröffentlichung der Tagebücher. Selbst jene, die das politische Engagement von David Kanchelli uneingeschränkt unterstützten, fühlen sich von dem Schatten, den diese Kampagne auf die moralische Integrität des Verurteilten wirft, verunsichert. Selbst nahe Freunde fürchten bei einem zu großen Einsatz für eine Begnadigung Kanchellis um die eigene Reputation.«

»Und Sie, Herr Show, fürchten nicht, daß man Ihren Einsatz für David Kanchelli als ein Engagement in eigener Sache auffassen könnte?«

Auf dem kleinen Bildschirm des Televisors wirkt der Anrufer plötzlich wie ein gestürzter Torero. Eben noch stand er stolz in der Arena, volles schwarzes Haar, blitzende schwarze Augen in dem alterslosen Gesicht eines Unterhaltungskünstlers, und schon liegt er da im vom Stierblut und -urin getränkten Manegendreck.

»Wenn Sie damit auf mein Privatleben anspielen, Exzellenz, so gibt es darin nichts, dessen ich mich schämen müßte.«

Das größte Desaster für den Torero ist der banale anonyme Allerweltstod. Eine Intervention in eigener Sache, die Schleifspuren bereits im Gesicht, Stierblut, Menschenblut, am Ende gibt es keinen Sieger, sondern nur Kadaver.

»Senden Sie mir die Liste, Herr Show. Ich versichere Ihnen, daß ich Ihr Gesuch bei meiner Entscheidung angemessen berücksichtigen werde.«

»Ich weiß, Worte sind zu schwach. Doch habe ich volles Vertrauen in die Gerechtigkeit Ihrer Entscheidung, Herr Präsident. ›Wenn mein Volk, das nach meinem Namen genannt ist, sich demütigt und betet‹, so verhieß uns der Große Versöhner, ›dann wird es im Himmel gehört werden, und ich werde ihnen das Land zur Herrschaft übergeben.‹«

»Amen. Schlafen Sie in Frieden, Herr Show.«

»Und Ihnen eine gute Nacht, Herr Präsident.«

Man schämt sich für das Eigene, das einen vom anderen unterscheidet. Gleichgültig, ob das Eigene nun besser ist als alles andere, man will den anderen gleichen, zumindest als Kind. Und er war, so gut er es vermochte, den anderen ähnlich. Geschämt hat er sich für David, für dessen zweifelhaften Ruf, der auch den eigenen nicht unbeschädigt ließ.

Jugend in den Territorien hieß, einer Gruppe anzugehören, sich ihrem Kodex zu unterwerfen, jede Ambivalenz, jede Unentschiedenheit, wie sie zur Adoleszenz gehört, zu vermeiden oder zu überspielen. Man war ganz und gar, also übertrieben das, was von einem erwartet wurde, man war vollkommen loyal seiner Bande gegenüber, man führte, geriet man in Streit, sogleich den totalen Krieg, man betrank sich bis zur Bewußtlosigkeit, man versagte nicht nur in der Schule, man trieb es bis zum Rauswurf, man haßte Lehrer, Polizisten, Mädchen in ihrer kollektiven Form, jüngere Geschwister. Man liebte in diesem Alter so recht eigentlich gar nichts mehr, weder sich selbst noch seine Gang, die einem nicht selten mehr angst machte als je ein prügelnder Vater zuvor. Jugend in den Territorien war ein Alptraum.

Und als wären die üblichen pubertären Qualen noch nicht Hölle genug, gab es da noch diesen Bruder, der alles ignorierte, was heiliges und unantastbares Gesetz in den Territorien war. Er gehörte keiner Bande an, nicht einmal einem spezifischen Geschlecht, trank und rauchte nicht, gab nicht an, war weder hochnäsig noch demütig, ein androgynes Wesen zwischen den Fronten, ein unbedarfter Träumer, der nicht einmal merkte, wenn er auf seinen schlafwandlerischen Streifzügen alle gültigen Grenzen verletzte.

David kam erst spät in den Stimmbruch, und auch das nicht

mit dem für andere typischen abrupten Wechseln zwischen den Stimmlagen, seine Stimme wandelte sich eher unmerklich und behielt auch im Bariton ihren kindlich-erstaunten Klang.

Das erste Barthaar sproß ihm erst als erwachsener Mann, und auch dann noch genügte es, das eine oder andere einzelne Haar wie ein Wilder gelegentlich auszuzupfen, anstatt sich jeden Morgen zu rasieren.

Sein Haar trug er entgegen der damaligen Mode nicht militärisch kurz, aber auch nicht provozierend lang, sondern sorglos unmodisch. Schlimmer noch, er ließ es sich gelegentlich von seiner Mutter schneiden! – Mit einem Wort, mit Dreizehn verkörperte David exakt alles das, was ein normaler dreizehnjähriger Bursche in den Territorien auf keinen Fall zu sein bemüht ist. Er wollte den jüngeren Bruder nicht mehr um sich haben, wollte nicht mit ihm zusammen gesehen werden. Waren sie in früher Kindheit ein nahezu unzertrennliches Geschwisterpaar, so leugnete Ephraim nun jede familiäre Bande.

Nicht nur sein äußeres Erscheinungsbild provozierte. Ebenso seine Nachgiebigkeit im Streit, sein Achselzucken bei Meinungsverschiedenheiten, seine Weigerung zurückzuschlagen, seine Tränen, vielleicht das Unerträglichste überhaupt für den Älteren: daß er sich nicht schämte, in aller Öffentlichkeit zu flennen, wenn er, was nicht selten geschah, einen Fausthieb auf die Nase bekam. Dann liefen Blut und Tränen über sein Gesicht, und er ließ seine Arme gesenkt, bis die Raufbolde die Lust an ihm verloren.

Manchmal hat er sich für David geprügelt, wenn er den Jüngeren in einer solchen beschämenden Lage antraf. Das waren die seltenen Augenblicke, in denen blanker Haß aus Davids Augen sprühte, der nicht den ihn demütigenden Gegnern, sondern ihm, dem älteren Bruder und Beschützer galt. Ephraim schickte ihn nach Hause, damit er sich das verquollene Gesicht wasche und das blutige Hemd wechsle, doch David blieb mit diesem so plötzlich hart gewordenen Gesicht stehen und sah untätig zu, wie die drei, vier Burschen der Dserschinskigang nun seinen Bruder verprügelten, diesmal mit aller Lust und Brutalität.

Und trotzdem war später er, Ephraim, bei allen Verwandten und Bekannten der Fremde, bei dessen Eindringen die Gespräche verstummten und Beklommenheit sich über den Schauplatz legte. Man begegnete ihm nicht ohne Respekt, immer aber fehlte die Wärme und Zuneigung, die man David entgegenbrachte, auch wenn dieser ihnen in jeder Hinsicht fremder, seltsamer, fragwürdiger erscheinen mußte.

David durchlebte seine religiöse Phase bereits in der Jugend, während Ephraim und seine Kameraden noch in spärlich dekorierten Werkzeug- und Vorratskellern ihre ersten Partys mit Mädchen feierten. Das Verhältnis zu ihnen war anderer Natur als die an erotisches Begehren grenzende Liebe Davids zum Gekreuzigten und seiner schmerzensreichen Mutter. Jede Form schwärmerischer Zuneigung war dem Älteren zuwider. Die Mädchen wurden eher als Dekoration denn als Objekt ihrer pubertären Sehnsüchte betrachtet. Insgeheim dachte jeder, daß sie im Grunde nur den Zusammenhalt einer verschworenen Jungenbande korrumpierten. Jeder, der sich wirklich einmal in einen dieser fremden schwerbrüstigen Anthropoiden verlieben sollte, wurde von seinen Kameraden gnadenlos der Lächerlichkeit preisgegeben. Daß man sie trotzdem zu den gelegentlichen Partys einlud, entsprang allein der Furcht, ein ausschließlich männliches Zusammensein bei dämmrigem Licht und ekstatischer Musik könne zu leicht Mißverständnisse provozieren.

David baute sich indessen einen kleinen Hausaltar in seiner Ecke des gemeinsamen Zimmers. Ephraim pflasterte daraufhin Tür und Wände mit schwitzenden, halbnackten, in obszönen Posen fotografierten Stars der Jugendkultur. David schien die Herausforderung nicht zu spüren: »Auch die Musik, der Sport und der Sex sind Teil der Schöpfung«, teilte der Vierzehnjährige mit ernstem, liebevollem Gesichtsausdruck seinem älteren Bruder mit. Nun, die Aufnahme seines Medizinstudiums würde ihn ohnehin bald von zu Hause fortführen.

Lange versuchte Ephraim sich einzureden, David sei durch und durch ein Heuchler. Mehr als einmal entweihte er dessen Altar, indem er eine überfahrene Straßentaube an das kleine Holzkruzifix band oder das Madonnenbild mit einer pornographischen Darstellung vertauschte. Wer Liebe schenkt, verliert Liebe, dachte er angeekelt. – Nun aber ist er überzeugt, daß es dem Bruder so ernst war, wie Jugendliche nur in diesen Jahren Ideen und Ideale ernst nehmen.

Sie hatten sich weit voneinander entfernt. Er wußte inzwischen kaum noch etwas von dem, was in dem Jüngeren vor sich ging. David hörte zu, er gab bereitwillig auf jede Frage Auskunft, doch von seinem Innersten berichtete er Ephraim sowenig wie dieser ihm. Nun hatte er David aber auch nicht viel zu verheimlichen, weil seine Gedanken sich in ziemlich ausgetretenen Bahnen bewegten. In jenen Jahren war er wohl ein eher stumpfer als feinsinniger, ein eher jähzorniger als rebellischer junger Mann, bis er sein eigenes Damaskus erlebte.

So heftig, wie David in Liebe zu Gott entbrannte, so groß war letztlich auch die Enttäuschung, daß Gott ihn in keiner Weise bevorzugte oder auszeichnete. Immer wollte David etwas Besonderes sein. Dieser Gott seiner Jugend aber ließ seine Seele verhungern, so daß er ihn heute mit ebenjener Inbrunst bekämpft, mit der er ihn einst umarmt hat.

Fast scheint Ephraim des Bruders religiöse Besetzung seiner sexuellen Obsessionen so etwas wie die Parodie der brüderlichen Verhöhnung: Die Liebe zu den Märtyrern wird ersetzt durch die eigene Erniedrigung und Verhöhnung, die Verehrung des Kreuzes durch die Hingabe an die eigene körperliche Verletzung und seelische Qual.

Okamba 5.9. Verspäteter Abflug in Paris. Das Frachtgut muß noch einmal ausgeladen & identifiziert werden. 2 Passagiere haben sich eingecheckt & ihr Gepäck aufgegeben, sind aber nicht an Bord gegangen. Lästige Verzögerung.

Und auch der Flug selbst quälend langsam. Kahle, rötlich-violette Gebirgszüge, graugelbe Ebenen. Dann, mit einem scharfen Messer abgeschnitten, der Tag an der Kante des Dunkels. Die alte Düsenmaschine braucht 6 Stunden für die 2.700 Meilen, doppelt so lange wie der vorangegangene Flug von Corpus Christi nach Paris, obgleich es sich nur um ein Drittel jener Strecke handelt.

Bei unserer Landung verstehe ich den Grund: eine Landebahn, irgendwo in der Savanne, von einigen Baracken gesäumt, die zwischen dem Buschwerk erst sichtbar werden, als die Maschine schon zur Landung ansetzt. Kaum hat das Fahrwerk den schwitzenden Asphalt berührt, bremst der Pilot so heftig, daß uns nur noch die Sicherheitsgurte in den Sitzen halten. Und das nicht aus Übermut: Wenige Zentimeter vor dem Ende der viel zu kurzen Landebahn bringt er die Maschine zum Stehen.

Der erste taumelnde Schritt aus dem Flugzeug: in die heißen, erstickenden Schwaden eines Teerkochers. Kein Bus holt uns ab. Schwitzend & keuchend schleppen wir uns über das Vorfeld zu einer der Baracken. Mir die Kleider vom Leib reißen! Songhai! Der ganze Körper zittert, steht kurz vor der Explosion. Vor dem Förderband drängen sich die Leiber & geben ihre Hitze, ihre Ungeduld, ihren Zorn zur Bitumenglut.

Konsul Bertie hat einen Fahrer geschickt. Verstehe seine Worte nicht. Womöglich eine Entschuldigung, warum Bertie mich nicht persönlich willkommen heißt. Kaum haben wir mein Gepäck verstaut, muß ich feststellen, daß mein angeblich so praktischer Tropenanzug bereits voller Teer- & Rostflecken ist. Resigniert nehme ich neben dem Fahrer Platz. Wie schafft er es, daß seine elfenbeinfarbene Treviralivree immer noch wie frisch gewaschen & geplättet aussieht?

Er bedeutet mir, die Fenster geschlossen zu halten, da der Wagen über eine Klimaanlage verfüge. Binnen Sekunden ist es kalt wie in einem Gefrierguttransporter. Der Schweiß vereist auf meiner Stirn.

Mit atemberaubender Geschwindigkeit rasen wir die unasphaltierte Piste entlang zu einem noch imaginären Ort. Eselskarren kommen uns entgegen, Frauen in bunten Tüchern, mit Lasten auf dem Kopf. Hin & wieder, silbriggrau im grellen Aufblendlicht, ein Tierkadaver am Straßenrand.

Holzverschläge, vor denen, um rauchende Holzkohle- oder Petroleumherde geschart, Gestalten wie Kleiderbündel kauern. Ein Markt, sagt der Fahrer. Erkenne beim besten Willen nicht, was an den einzelnen Ständen, wenn es denn Marktbuden sind, verkauft wird. Alles wirkt flüchtig zusammengezimmert, ärmlich & leer. Flüchtlinge auf einer kurzen Rast.

Rostrote Pfützen, rostroter Schlamm: der Boulevard vor unserem Konsulat. Die Regenzeit hätte längst vorbei sein sollen. Benommen von der mörderischen Fahrt, öffne ich die Wagentür. Zittere vor Kälte. Endlich der Geruch dieser Stadt. Finde in meiner Sprache keine passenden Worte: feucht, modrig, schwer riecht sie. Nach erhitzten Leibern, Maultierurin & gedörrtem Fisch. Nach Dieselruß & Holzkohlenglut, nach brennenden Gewürzen & faulendem Obst. Ein substantieller, körperlicher Geruch, in dem ich, halte ich einen Augenblick inne, einen eigenen, charakteristischen Abdruck hinterlasse.

Okamba 6. 9. Anstatt zu arbeiten, liege ich schwitzend & schwer atmend auf dem Bett. Unser Konsulat ist ein leerer weißgetünchter Raum im 1. Stock über einem Kaffee- & Teegeschäft. Glaube nicht, daß Col. Bertie hier je irgendeine seiner konsularischen Aufgaben verrichtet hat. Weder für die Arbeit noch zum Übernachten finde ich das Notwendigste vor. Kein Schreibtisch, kein Bett, nur ein Aktenschrank mit vergilbten Formularen & einem ausgetrockneten Stempelkissen.

Schlage in dieser konsularischen Einöde mein Lager auf. Hamadou schafft ein Bett herbei, dessen »Lattenrost« aus 3 weit auseinanderklaffenden Eisenbahnschwellen besteht. Mit jeder einzelnen durfte ich heute nacht hautnahe Bekanntschaft schließen. Man habe so viel Raum zwischen den »Streben« gelassen, damit die Matratze gut belüftet werde. Wen wundert es da, daß ich noch nicht meine Arbeit als offizieller Gesandter des Auswärtigen Amtes aufgenommen habe, sondern mich als Putzfrau, Tellerwäscher & Kammerjäger in diesen Rang erst emporarbeite.

Wollte eigentlich meine Proviantreste zum Frühstück verzehren & dann nach so etwas wie einem Supermarkt Ausschau halten. Muß nun entdecken, daß sich bereits Myriaden winziger roter Ameisen über mein Frühstück hergemacht haben. Ich hoffe, dieses Gastgeschenk hat sie so weit versöhnt, daß sie nun wenigstens mich in Frieden lassen. Mit stoischer Miene nimmt Hamadou meine lächerliche Empörung zur Kenntnis & erzählt mir dann von den winzigen Insekten in seiner Heimatregion, die eine ausgewachsene Antilope oder auch einen unachtsamen Menschen binnen Minuten skelettierten. Milliarden zugleich würden angreifen & winzige Fleischbröckchen aus dem Körper beißen. Das Opfer sei ihnen rettungslos ausgeliefert. – Ich sehe keinen Grund, an seiner Geschichte zu zweifeln.

Abend. Der Tag ungeheuer anstrengend. Der Himmel blieb bedeckt. Die Hitze größer als erwartet. Will mich nicht von Hamadou herumchauffieren lassen. Will allein die Stadt erkunden. In der Nähe des Konsulats liegt ein Mann. Fliegen bedecken seinen Mund. Vielleicht ist er krank, denke ich. Die Fliegen sitzen auch auf seinen Augen & kriechen aus seinen Nasenlöchern. Ich gehe schnell weiter.

Stehe wie die anderen an der Straße, die zur einzigen Brücke über den Strom führt. Warte auf ein Sammeltaxi, das mich ins Zentrum auf der anderen Flußseite bringt. Offenbar eine ungünstige Stelle, da die Wagen alle zum Bersten voll sind. Man staunt mich zwar unverhohlen an, da ich offenkundig ein Fremder bin, aber hält meinetwegen nicht.

Gehe bis zur Brücke zu Fuß. Werde schließlich mitgenommen, sehe aber, eingepfercht zwischen einem Dutzend weiterer müder Leiber, nichts von der Route, die das Taxi nimmt. Als ich es an seiner Endstation verlassen muß, habe ich vollkommen die Orientierung verloren. Finde mich im Menschengedränge eines großen Marktes wieder. Werde angesprochen, junge Leute, die sich als Fremdenführer anbieten, Straßenverkäufer, Bettler. Meine Zurückweisung wird immer brüsker. Fühle mich bedrängt, Hitze, Lärm, hautnahe Körper. Was habe ich erwartet? Nicht derart viele Menschen. Überhaupt keine Menschen. Habe natürlich Geschichte & Gegenwart der hiesigen Stämme studiert, damit aber keine Alltagsszenen verbunden, keine physische Präsenz. Und nun ist mir dieser Alltag viel zu nah, zu laut, zu roh, Frauen in grellbunten Tüchern, Männer in der einfallslosen Mode, die vor 50 Jahren in der Union üblich war, alle geschäftig, ohne etwas zu tun. Geschäftiger Leerlauf. Zumindest fehlt mir das Raster, in dieser lethargisch-hysterischen Unordnung ein Ziel zu sehen. Will von diesem die Sinne abstumpfenden Treiben auch nichts verstehen. Was habe ich hier zu suchen? Das ist kein Land, das ich gewählt hätte. Keine Stadt, mit der ich mich hätte vertraut machen wollen. Sehne mich nach der Stille meiner kargen Unterkunft zurück. Abgase aus Diesel- & Benzinmotoren stehen als blaue Giftwolken sichtbar neben dem rostroten Staub aus Fäkalien & Verwesung.

Okamba 7. 9. Obwohl todmüde, wälze ich mich die ganze Nacht schlaflos auf meinem harten Eisenbahnschwellenlager. Stehe mehrmals auf, mache mir Wadenwickel, als hätte ich hohes Fieber, gieße schließlich das ganze Wasser aus dem Kanister über meinen erhitzten Körper, ohne daß es mir Kühlung brächte.

Am Morgen erhalte ich überraschend Besuch: Amanta, eine Angestellte Col. Berties, die mir während meines Aufenthalts in O. zur Hand gehen soll. Eine offenbar unkomplizierte Frau in mittlerem Alter mit einem gutmütigen Gesicht, tiefschwarzer Haut, stämmigem Leib & einem mark- & beinerschütternden Gelächter. Sie stammt aus diesem Viertel, das einmal ein eigenständiges Dorf war, in den letzten Jahren aber mit O. zusammengewachsen ist.

Ich bitte sie, mir bei der Besorgung einiger Lebensmittel zu helfen. Habe im Flugzeug die letzte Mahlzeit zu mir genommen. Der Mann liegt noch immer da, das Gesicht von einer lebendigen schwarzen Fliegenmaske bedeckt. Jemand hat ein Stück Pappe über seinen Bauch gelegt, damit man die Blähung nicht sieht.

Natürlich habe ich keinen Supermarkt erwartet. Doch für jedes Nahrungsmittel müssen wir endlose Märsche von einem Straßenmarkt zum nächsten zurücklegen. Und am Ende haben wir nicht einmal etwas erstanden, in dessen Nährwert & Verträglichkeit ich irgendein Vertrauen setzte. Die Unterschiede zwischen den Kulturen, so mein erstes anthropologisches Urteil, sind vor allem Unterschiede in der Effizienz ihrer Organisation.

Wie selbstverständlich nimmt Amanta meine Hand, um mich sicheren Fußes durch die Seen- & Morastlandschaft, hier »rue« genannt, zu führen. Was indessen nicht verhindert, daß ich an diesem Tag neben meinem Tropenanzug auch mein angeblich tropentaugliches Schuhwerk ruiniere. Vielleicht hätte ich, wie sie, barfuß gehen sollen.

Okamba 8.9. Der große Markt im Zentrum der Stadt hieß einmal Marché du 27 Octobre, dem Tag, an dem Songhai der Freihandelsvertrag aufgezwungen wurde. Dann, nach der Vertreibung der Kolonialisten, wurde er in Marché du 15 Mars, dem Datum der Unabhängigkeitserklärung, umbenannt. Jetzt heißt er einfach Marché Central, ein Ausdruck des gegenwärtigen Pragmatismus. Denn die Preise sind inzwischen auf das 4fache gestiegen, das Angebot hingegen ist auf ein Viertel dessen, was der Markt in der Freihandelszeit zu bieten hatte, gesunken.

Schlendere ich über den Markt, bin ich plötzlich nichts mehr. Das Besondere meiner Aufgabe, meiner Position, meiner Persönlichkeit hat hier keinerlei Bedeutung. Im übrigen habe ich bisher noch nichts für den Fortgang meiner Mission getan. Nicht einmal mit unserem Konsul habe ich gesprochen. Hat mich eingeladen, ihn morgen in seiner Residenz aufzusuchen. Am 4. Tag meines Aufenthalts in Songhai.

Nun wimmelt eine unüberschaubare Menschenmenge um mich herum. Und jedem ist die besondere Ungerechtigkeit ins Dasein gebrannt. Mein Stigma ist, unter ihnen allein zu sein. Hier hat ein einzelner keine Macht. Hier ist jeder nur so stark wie seine Familie, seine Sippe, sein Clan.

Sie nehmen mich mit erstaunlicher Gleichgültigkeit hin. Ganz ihren trägen alltäglichen Beschäftigungen hingegeben. Es ist mein Mangel an Orientierung, der mich verwundbar macht. Die Aufmerksamkeit, die jeder einzelne Schritt erfordert, da sich Erhebungen, Schlaglöcher & Pfützen abwechseln, Fahrzeuge unerwartet in die Reihen der Fußgänger ausweichen, scharfe, spitze Gegenstände auf Augenhöhe in den öffentlichen Raum ragen. Es ist diese ständige Bedrohung meiner körperlichen Unversehrtheit.

In der Union gilt jede Narbe als ein Makel, als Entstellung, die es mit allen schönheitschirurgischen Mitteln zu beseitigen gilt. Und mit ihr die Erinnerung an die Verletzung. Hier bestehen die Menschen aus Narben. Sie sind ihr Schmuck, ihre Identität, ihre ins Fleisch geschriebene Biographie. Wen wollen wir hier vor etwas retten?

Einer jener Kerle, vor denen man mich gewarnt hat, spricht mich an: »Hallo! erinnerst du dich an mich? Wir haben uns gestern auf dem Markt getroffen. Habe dir den Weg zur Post gezeigt.« Habe mit dem jungen Mann nie zuvor gesprochen. Und sicher habe ich seit meiner Ankunft niemanden nach der Post gefragt. Ich wußte nicht einmal, daß es hier eine Post gibt. Kann mir in dieser Stadt, in der kaum jede 10. Straße einen Namen trägt & der Rest aus ungepflasterten Wegen & Baracken besteht, den Dienst eines Postboten auch nicht recht vorstellen. Trotzdem kommt mir sein Gesicht bekannt vor. Doch was heißt das schon, in den ersten Tagen auf einem fremden Kontinent, wo sich noch alle Gesichter gleichen. Versuche, ihn loszuwerden, weil seine Absichten nur zu offenkundig sind. Ruft mir hinterher, man habe uns vollkommen zu Recht herausgeworfen, was ich hier überhaupt zu suchen hätte – dieser Ausbruch gekränkter Ganovenehre ist mir aus den Territorien bestens vertraut.

Am Abend, auf dem Weg zurück zum »Konsulat«, verstellt er mir mit einem älteren Mann den Weg. Freundlich geben sie mir zu verstehen, daß sie mit mir noch einen Schlummertrunk zu sich nehmen wollten. Geflissentlich überhören sie meine Einwände, ich hätte in der vergangenen Nächten kaum geschlafen & sei nun todmüde.

Ich will uns Tee bestellen, sie aber bevorzugen »schu gon«, ein berauschendes lokales Getränk, das für meinen Gaumen wie eine Mixtur aus Mundwasser & Abflußreiniger schmeckt. Der Ältere sei ein Stellvertreter des »Ha«, stellt er sich vor. »Ha« heißt der traditionelle Chef des Stadtteils. »Du kommst einen weiten Weg hierher«, konstatiert er, durchaus korrekt, nachdem er das Teeglas voller schu gon in einem Zug geleert hat. Er wartet mit der Fortsetzung des Gesprächs, bis ich ihm ein weiteres Glas bestellt habe.

»Du willst ins Landesinnere, nicht wahr? In die Königsstadt!« Ich nicke stumm. »In Bir Schinn spielen die Hunde nur mit den menschlichen Gliedmaßen, weil es selbst für sie zuviel verwesendes Fleisch gibt.«

»Na, gefällt dir Songhai noch?« – Wir liegen im dunklen Zimmer & fächeln uns mit einem Strohwedel Luft zu. »Verdammt heiß hier«, seufze ich. »So heiß ist es selten«, antwortet Amanta träge. »So heiß ist es erst, seitdem du ins Land gekommen bist.«

»Willst du damit sagen, ich hätte die Hitze mitgebracht?«

»Nein nein. Doch wenn dir deine Knochen lieb sind, sage nie zu einem Songhailesen, daß mit deiner Ankunft diese Hitze zu uns gekommen ist.«

Wir schweigen eine Weile. Ich verstehe ihre Worte nicht, ihre Gesten, ihr Gesicht. Es ist vollkommen ausdruckslos.

»Wenn ich wiedergeboren werde, dann nur als Eskimo am Nordpol«, sagt sie mit ernster Stimme. »In unserem vorangegangenen Leben müssen wir verdammt böse gewesen sein, dieses Leben in Dreck & Armut & höllischer Hitze verdient zu haben.« Ich schaue sie aufmerksam an, doch nichts in ihrem Gesicht, in ihrer Stimme deutet auf Ironie hin. »Eskimo sein, ein Loch ins Eis schlagen, eine Leine hineintauchen & Fische fangen!« Beim Wort »Leine« nimmt sie mein Glied & steckt es zwischen ihre großen schwitzenden Schenkel. Vergebens warte ich auf ein erlösendes Gelächter. »In einem Paradies aus Eis begraben sein, die Ewigkeit im ewigen Eis verbringen, das wäre mein Traum!«

Okamba 9.9. Ich gehe zum Großen Strom hinunter. Ein junger Mann wäscht sich im Fluß. Bis zu den Oberschenkeln steht er im gelben Wasser. Er sieht mich. Ich entschuldige mich & will gehen. Doch er winkt mir, ich solle warten. Er steigt aus dem Wasser. Lädt mich zu einem Tee vor seiner Hütte ein. Ist vielleicht schon ein Euphemismus: Hütte! Ein Bretterverschlag mit Wellblechdach, in dem gerade seine schmale Schaumgummimatratze & ein kleiner Spirituskocher Platz finden. Er macht sich nicht die Mühe, sich etwas überzuziehen. Die nassen knielangen Shorts läßt er auf der Haut trocknen.

Auf dem Weg zum Konsulat stoße ich auf Hamadou. Scheint auf mich gewartet zu haben: »Sie sollten nicht wildfremden Menschen in ihr Haus folgen!«

»Du hast mich beobachtet?«

»Ich habe mir Sorgen gemacht! Man weiß ja nie.«

»Ich danke dir für deine Fürsorge, Hamadou. Aber ich glaube nicht, daß ich einen Leibwächter brauche.«

Offenbar hat er ein wenig mehr Dankbarkeit erwartet. Er

schweigt mürrisch. Und sein Schweigen ist Antwort genug: Du wirst schon noch sehen, wohin deine Selbstüberschätzung führt!

Vor dem Konsularsbüro verabschiede ich mich von ihm. »Der Boß hat mir aufgetragen, Sie zu seiner Residenz zu fahren!«

»Ich nehme ein Sammeltaxi, Hamadou. Hüte du nur das Konsulat.« Er setzt zu einer Entgegnung an, ich drücke meinen Sonnenhut in die Stirn, tippe zum Abschied kurz an die Krempe & marschiere auf die Hauptstraße zu.

Kurze Szenen im Matsch vor den flachen Lehmhäusern. Die Straße ist offenkundig noch Teil des Hauses: Werkstatt, Friseursalon, Waschplatz, Kinderstube - hier wird geschlachtet, gekocht, gegessen, hier werden Kinder gebadet, Männer rasiert, Kleider geflickt, Motoren repariert, Bänke gehobelt, Geländer geschweißt - Leute grüßen mich. Scheinen sich schon ein Bild von mir gemacht zu haben, während ich mich noch vergeblich abmühe, die vielen neuen, überwiegend jungen Gesichter zu unterscheiden. Ja, im Vergleich zu den Territorien finde ich hier keinen einzigen Alten im Schatten seines Hauses sitzen. Wo sind die Alten?

Vor dem Tor zur Residenz beladen 2 Landsleute aus der Union einen Lastwagen. Genauer: Sie lassen ihn beladen. Geben in nüchternem Ton die Befehle, wie die 4 einheimischen Arbeiter die schweren Kisten auf der Ladefläche zu verstauen haben. Es sind die ersten Landsleute, denen ich in dieser Stadt begegne. Sie sehen mich schon von weitem die schlammige Zufahrt hinaufstapfen, aber machen keinerlei Anstalten, mich zu grüßen oder gar ihre Arbeit zu unterbrechen. Selbst den Einheimischen scheint dieses Verhalten unter Landsleuten in der Fremde merkwürdig. Sie unterbrechen die Schufterei & weisen die beiden Aufseher auf den Besucher hin. Endlich geruhen sie, mich mit einem abschätzenden Blick von Kopf bis Fuß zu mustern.

Wie vertraut mir dieser Blick ist! Überall, wo mich zunächst nur meine Zeugnisse & Referenzen empfahlen, begegnete mir dieser Blick: Das kann doch unmöglich derjenige sein, den man uns empfohlen hat.

»Der Konsul erwartet mich!« – Grußlos lassen sie mich passieren. Nur die 4 verschwitzten Arbeiter nicken mir mit spöttischem Wohlwollen zu.

Ich treffe Colonel Bertie am Swimmingpool. Ein Pool, der einem Fünfsternehotel alle Ehre machen würde. Eine kleine Armee einheimischer Angestellter in tabakbrauner Postbotenuniform verrichtet auch hier ihren Dienst. Mixt unsere Cocktails, fischt Blätter aus dem Becken, hält Handtuch & Bademantel für den Konsul bereit, bringt das Zigarrenkistchen an das Rauchtischchen. Vermutlich brauchte ich meine Wünsche nicht einmal auszusprechen. Kein Wunsch wäre zu verwegen oder ausgefallen, meinen Gastgeber in Verlegenheit zu bringen. In meiner ganzen Jugend wollte ich ein solcher Mensch werden. Auch wenn Typen wie er in den Filmen jener Zeit immer die Bösewichter darstellten. Doch soviel hatte ich schon begriffen: Im wirklichen Leben schicken sie ihre Doubles in den Showdown.

Er ist freundlich & aufgeräumt. Ein seltsames Wort: aufgeräumt. Erinnert mich daran, wie Mutter das Haus in Ordnung brachte, wenn wir Besuch erwarteten. Selbst jene Räume, in denen die Besucher gar nichts zu suchen hatten. Er trägt nur eine schon vor längerer Zeit aus der Mode geratene Badehose & fordert auch mich auf, es mir bequem zu machen. Ich belasse es dabei, den obersten Knopf meines Hemdes zu öffnen.

Auf dem Nasenrücken sind die Narben einer schweren pubertären Akne zurückgeblieben. Trotz der wohl 50 Lebensjahre wächst das Barthaar noch ungleichmäßig. Bartschatteninseln auf grau & schuppig gewordenen Kinderwangen und vereinzelte spärliche Haarbüschel um die kirschgroßen Brustwarzen.

Ein ganz & gar harmloses Gesicht. Nur von diesen pubertären Empfindlichkeiten gezeichnet. Denn immer noch neigt die Haut dort zu Entzündungen, wo das Haar nach der Epilation oder Rasur erneut durch die oberen Hautschichten dringen muß.

Seine Stimme hingegen ist geschmeidig, glatt, entzündungsarm. Die Worte klingen besonnen & ausgewogen, mit spürbarer Sympathie für die Armen & Unterdrückten dieser Welt: »Sicher, die Informationen über die Welt nehmen zu«, konstatiert er in jovialem Ton, »das Wissen über die Welt aber nimmt dramatisch ab!« – Ich pflichte ihm uneingeschränkt bei.

Er fragt, ob ich schon zu Mittag gegessen hätte. Ansonsten würde er mich gerne ins L'Olympien einladen. Er entschuldigt sich kurz, um sich anzukleiden. Wenig später kehrt er in hellem, leichtem Freizeitanzug zurück. Während der kurzen Muße am stillen Pool taucht unerwartet die Frage auf, wie unser Honorarkonsul in diesem armen Land wohl zu seinem Wohlstand gelangt sei.

Das L'Olympien liegt ein wenig abseits, in einer ruhigen Querstraße des Boulevard du Fleur. Allein hätte ich es nie gefunden. Beim Überschreiten der Schwelle verlasse ich Songhai & betrete ein vollklimatisiertes Etablissement der Union. Die Gäste sind ausschließlich Landsleute. Die Einrichtung entspricht derjenigen, die vor 10 Jahren einmal in Corpus Christi oder Banastrand modern war. Hätte nicht gedacht, eine derart große Zahl von Unionisten in dieser Stadt zu finden.

»Glücksritter, Spekulanten, Kriegsgewinnler, Agenten«, erklärt Bertie.

»Kein einziges dieser Gesichter habe ich bisher auf der Straße gesehen.«

»Man bleibt lieber unter sich.« – Die Angestellten des L'Olympien sind ausnahmslos in weiße Hemden, schwarze Krawatten, dunkle Hosen & Schuhe gekleidet. Die hier speisende Halb- oder Schattenwelt, ausschließlich Männer, trägt hingegen ihre ältesten Kleider auf. Die Hose für die Gartenarbeit oder Autoreparatur scheint für einen Lunch in Songhai gerade gut genug.

Der Konsul ist hinsichtlich seines Alters & seiner Kleidung eine Ausnahme. Er läßt uns vom Patron des Restaurants einen ruhigen Tisch fern der Bar anweisen. Auf dem Weg durch das Lokal stellt er mir kurz Walter Fox vor, einen Ingenieur der Union Bauxit. »Fox ist der Konzernvertreter im Untersuchungsausschuß.«

»Sollten wir uns nicht zu ihm setzen?«

»Gott bewahre! Statt das Mittagessen zu genießen, würden wir über die Arbeit reden. Sie werden noch oft genug das Vergnügen seiner Gesellschaft haben, junger Freund.« – Er läßt sich die Weinkarte bringen.

»Obwohl es keine diplomatischen Beziehungen zwischen Songhai und der Union gibt, leben doch erstaunlich viele Landsleute hier.«

»Jene, die von den inoffiziellen Beziehungen profitieren, ja.« Er bestellt als Aperitif einen trockenen südafrikanischen Weißwein. Schon beim Betreten dieses Lokals ist mir klar, daß ich nicht hierhergehöre. Müßte nicht auch meinem distinguierten Konsul diese lärmende Gesellschaft schlechtgekleideter Hasardeure zuwider sein? Vielleicht beantwortet seine Vertrautheit mit dieser Halbwelt ja einen Teil meiner müßigen Fragen.

VI

FERENCZY Herr Morell, Sie waren viele Jahre Angestellter bei der Union-Atlantic-Line, die das Monopol auf alle Gütertransporte aus der und in die Liga besitzt?

MORELL Ja.

FERENCZY Ihre Firma schickte Sie einmal im Monat nach Bannastrand, um dort die Frachtbücher der Schiffe Ihrer Linie zu überprüfen?

MORELL Das ist richtig.

FERENCZY Im Laufe dieser Kontrollen fallen Ihnen merkwürdige Dinge auf. Können Sie dem Gericht diese Merkwürdigkeiten mit einfachen Worten schildern?

MORELL An den Docks von Bannastrand legten unsere Frachter mit Rohstoffen beladen an, auf dem Rückweg aber fuhren sie fast leer, allenfalls mit einigen Gewehr- und Munitionskisten an Bord.

FERENCZY Das heißt, hier fand offenkundig kein echter Warenaustausch statt?

MORELL Mit diesen Waffen wird man kaum die Arbeiter bezahlt haben, die man in den Minen und Gruben schuften ließ.

FERENCZY Welche Schlüsse haben Sie daraus gezogen?

MORELL Es konnte nur eine Erklärung geben: Zwangsarbeit!

FERENCZY Herr Morell, nachdem Sie den Behörden von Ihren Entdeckungen berichtet hatten, trafen Sie David Kanchelli, der vom Außenministerium mit der Untersuchung der Hintergründe beauftragt worden war. Welchen Eindruck hatten Sie von Herrn Kanchelli?

MORELL Wir trafen uns das erste Mal in der Kongreßbibliothek. Vor mir stand ein großer junger Mann. Er machte den Eindruck von jemandem, der lange im weiten offenen Raum gelebt hat. Damals trug er noch nicht diesen Bart. Sein Gesicht war sonnengebräunt. Er sei gerade aus Manila zurückbeordert worden, sagte er mir. Von dem Augenblick an, in dem wir einander begrüßten, wußte ich, daß dieser Fall in verantwortungsvollen Händen ist.

Er war ein guter Zuhörer. Ich sah, wie meine Zahlen und Statistiken in seinen Augen zu Schicksalen wurden. – Kurz vor seiner Abreise besuchte er mich und meine Frau noch zu Hause in Hawarden. Auch meine Frau mochte ihn von Anfang an. Er war nachdenklich, redete wenig und wohlüberlegt, und wenn er redete, war seine Stimme wie Musik, die jeden Zuhörer verzauberte.

FERENCZY Sie hielten also sehr viel von Herrn Kanchelli?

MORELL Wenn ich meinen ersten Eindruck von Herrn Kanchelli mit einem Wort wiedergeben müßte, fielen mir nur altmodische Begriffe wie Edelmann, Aristokrat oder Gentleman ein.

FERENCZY Und sind Ihre Erwartungen in die Integrität Herrn Kanchellis von seiner Kommissionsarbeit bestätigt worden?

MORELL Wenige Tage nach seiner Rückkehr aus Songhai stattete er mir einen privaten Besuch in Hawarden ab. Diesen Abend werde ich nie vergessen. Ich sitze mit ihm am Kamin. Seine Stimme ist leise, zurückhaltend, während sie Geschichten von unerhörter Grausamkeit und Menschenverachtung schildert. Mir war bereits klar, daß Union Bauxit sich in Songhai aufführen müsse, als sei das Land nichts anderes als ihr privater Industriebesitz, wenn auch von einer Größe, in der wohl alle Territorien der Union bequem Platz fänden. In dieser Hinsicht verhält der Konzern sich nicht anders als die vielen Unternehmen vor der Revolution, die über die Staaten der Liga verfügten, als gäbe es dort keine Einheimischen, sondern nur einen endlosen menschenleeren Raum, der darauf warte, von unserem Geschäftssinn besiedelt und ausgebeutet zu werden. Wie dieser Geschäftssinn allerdings in der Praxis aussehen würde, konnte ich mir nicht recht vorstellen.

Weigerte sich ein Dorf, dem Landraub der Union Bauxit zu weichen, wurde es einfach planiert. Leisteten die Bewohner Widerstand, überfielen Truppen das Dorf und erschossen alle, die ihnen vor die Gewehrläufe kamen, so daß für die Nachbarorte kein Zweifel blieb, was ihnen im Fall der Weigerung drohte. – Als Entschädigung wurde den Familien ein Wohncontainer in der Bauxitstadt Arlit angeboten, für dessen Nutzungsrecht die Bewohner zwölf Stunden am Tag in der Mine schuften mußten. Die Truppen bestanden aus lokalen Mannschaften und von Union Bauxit ausgebildeten und bezahlten Offizieren. Da die Offiziere den einheimischen Soldaten naturgemäß wenig Vertrauen schenkten, verlangten sie handfeste Beweise für den Erfolg jeder dieser Strafaktionen. Die genau abgezählten Kugeln hätten ja auch zum reinen Vergnügen, auf einer fröhlichen Jagd zum Beispiel, verschossen oder, noch schlimmer, unterschlagen und gehortet werden können. – Das übliche Beweismittel, erfuhr ich von Herrn Kanchelli, ist in Songhai die rechte Hand des Opfers. »Manchmal«, erzählte er mir, »wenn die Soldaten ihre Munition tatsächlich aus Vergnügen oder Langeweile verschossen hatten, überfielen sie ein Dorf nur mit ihren Macheten und sammelten die nötige Anzahl rechter Hände von den lebenden Bewohnern ein!« –

Das wichtigste aber war, David Kanchelli nannte Namen: Fievez, der Sektionschef von M'Bima, übte sich gewöhnlich im Schußwaffengebrauch, indem er auf die Ohrmuscheln der Einheimischen zielte und sie mitunter sogar traf. Raoul de Premorel, ein Union Bauxit-Ingenieur am Kasai-Staudamm, bestrafte Arbeiter, die ihr Soll nicht erfüllten, am liebsten damit, sie große Mengen Maschinenöl trinken zu lassen. Wenn Einheimische in den Militärlagern nicht auf der für sie eingerichteten Latrine, sondern in der freien Natur ihre Notdurft verrichteten, befahl Truppenkommandant Jean Verdussen, daß die Delinquenten mit kotverschmierten Gesichtern vor der Mannschaft paradierten. Denn immerhin hatte man den Eingeborenen gegenüber ja auch eine zivilisatorische Pflicht zu erfüllen.

Für alle diese Greuel gibt es unwiderlegbare Beweise. So war Kanchelli inzwischen sehr verbittert, daß die Regierung auf seinen Bericht noch nicht reagiert hatte. Er spielte bereits mit dem Gedanken, seinen Dienst aus Protest zu quittieren. Jede Woche der Untätigkeit kostete viele Dutzend Menschen das Leben. Und ich mußte ihm recht geben.

FERENCZY Was taten Sie, nachdem Sie Ihre Vermutungen bestätigt fanden?

MORELL Ich konfrontierte meinen Chef mit diesen Entdeckungen. Am nächsten Tag reiste er nach Corpus Christi ab, offenbar um mit Vertretern der Union Bauxit über die Sache zu sprechen. Sofort nach seiner Rückkehr bestellte er mich zu sich. Er habe mit der Konzernleitung geredet, sagte er mir. Man habe ihm versprochen, daß sich die Arbeitsbedingungen in Songhai verbessern würden. Allerdings brauche der Sprung von der Steinzeit ins moderne Industriezeitalter eben seine Zeit.

Dann bot er mir unsere Firmenrepräsentanz in Santiago de Chile und ein höheres Gehalt an. Ich lehnte ab und sagte, ich wolle an dieser Sache dranbleiben. Daraufhin kündigte er mir.

FERENCZY Vielen Dank, Herr Morell. Ihr Zeuge, Herr Sorge.

SORGE Herr Morell, Sie sind in den Territorien aufgewachsen?

MORELL Ja, Sir. Mein Vater starb sehr jung, und da er meiner Mutter keinerlei Vermögen oder Rente hinterließ, brach ich mit fünfzehn die Schule ab, um durch Gelegenheitsjobs das Familienbudget aufzubessern.

SORGE Würden Sie dem Hohen Gericht mitteilen, woran Ihr Vater in so jungen Jahren plötzlich verstarb?

MORELL Ich war sechs Jahre alt, Sir. Ich weiß nur, daß er bei einem Schußwechsel ums Leben kam.

SORGE Bei einem Schußwechsel mit der Polizei, ja, die ihn wegen Alkoholschmuggels festzunehmen versuchte. Ihr Vater war, wie sich nach seinem Tod herausstellte, ein illegaler Einwanderer, der sich mit gefälschten Papieren in der Union aufhielt. Und Sie, Herr Morell, waren Sie in Ihrer Jugend oder später Mitglied irgendeiner Partei oder Bewegung?

MORELL Für kurze Zeit war ich Mitglied der Territory Volunteers, das aber zu einer Zeit, wo ich die Schule abgebrochen hatte und nicht mehr recht weiterwußte. Eine Freundin hatte mich zur Mitgliedschaft überredet.

SORGE Eine Freundin?

MORELL Ja.

SORGE Wenn ich mich nicht irre, ist sie heute Ihre Frau.

MORELL Ja.

SORGE Herr Morell, Sie haben in relativ kurzer Zeit und offenbar ohne jede Protektion eine erstaunliche Karriere bei der Union-Atlantic-Schiffahrtslinie zurückgelegt. Zweifellos schätzte man Ihre Intelligenz, Ihr Engagement. Mit 26 Jahren waren Sie bereits Supervisor in der Hauptverwaltung. Das Unternehmen konnte Ihnen vertrauen?

MORELL Gewiß.

SORGE Ist es richtig, daß Sie, bereits als Sie noch Angestellter bei Union-Atlantic waren, als Journalist für das Netz gearbeitet haben?

MORELL Ja.

SORGE Ist es richtig, daß Sie, ehe Sie das Ministerium und später Ihren Chef über Ihre Mutmaßungen unterrichteten, diese bereits anonym im Netz veröffentlicht hatten?

MORELL Woher wissen Sie davon?

SORGE Ist es richtig, daß Sie, ehe Union-Atlantic Ihnen einen besser bezahlten Posten anbot, sich bereits entschlossen hatten, hauptberuflich für das Netz zu arbeiten?

MORELL Der Vertrag war noch nicht unterschrieben.

SORGE Ist es richtig, daß die Indiskretionen Herrn Kanchellis, immerhin handelte es sich um einen als geheim eingestuften, amtlichen Untersuchungsbericht, als Startguthaben für Ihre neue Profession dienen sollten?

MORELL Das ist eine bösartige Unterstellung, Sir. Jedes Detail war von mir persönlich genauestens recherchiert, bevor ich es veröffentlicht habe. Jeder hätte aus diesen zum größten Teil öffentlich zugänglichen Informationen dieselben Schlüsse ziehen können.

SORGE Ist es richtig, daß gegen Sie wegen Industriespionage und Geheimnisverrat ermittelt wird und das Netz deswegen die Zusammenarbeit mit Ihnen aufgekündigt hat?

MORELL Nur suspendiert. Solange das Verfahren läuft. In der Zwischenzeit setzen andere meine Arbeit fort.

SORGE Daran habe ich keinerlei Zweifel. Keine weiteren Fragen.

»Generalstaatsanwalt Frederick Sorge, Herr Präsident.«

»Stellen Sie ihn durch, Fräulein Haynes.«

»Der Generalstaatsanwalt ist persönlich hier, Sir.«

»Heute nacht bleibt mir aber auch gar nichts erspart. Schikken Sie ihn herein!«

»Herr Präsident, ich bin gleich persönlich hergekommen, um Ihre Akten mit unseren neuesten Erkenntnissen zu vervollständigen und womöglich das unterzeichnete Urteil an mich zu nehmen.«

»Das Urteil ist noch nicht unterzeichnet, Herr Sorge. Ich werde Ihnen das Dokument per Boten zukommen lassen.«

»Ich verstehe und respektiere Ihr Zögern, Sir. Indessen bekleiden Sie ein Amt, das dem höchsten und edelsten Prinzip dieser Nation Ausdruck zu verleihen hat: Gerechtigkeit.«

»Ich entnehme Ihren Worten, Herr Generalstaatsanwalt, daß Sie meine Entscheidungsfindung, die Sie als zögerlich zu interpretieren liebten, weder verstehen noch respektieren.«

»Verzeihen Sie, Herr Präsident. Es steht mir nicht zu, Sie, allem persönlichen Schmerz zum Trotz, an Ihre Verantwortung zu erinnern. Ich bin mir gewiß, daß Sie Amt und Person zu trennen wissen und Ihre Entscheidung allein dem Wohle der Nation entsprechend treffen.«

»Wem soll denn nun meine Entscheidung dienen, Herr Generalstaatsanwalt: dem Wohle der Nation oder der Gerechtigkeit? Sie stimmen mir doch sicher zu, daß das eine mit dem anderen Ziel nicht immer identisch, ja nicht einmal vereinbar ist.«

»Gerechtigkeit ist niemals naiv, Herr Präsident. Letztlich ist auch sie nur Dienerin.«

»Ich bin da anderer Meinung. Wahre Gerechtigkeit ist immer naiv. Jemand, der wissentlich und absichtsvoll gerecht ist, überzeugt uns in der Regel wenig. Wir nennen ihn zu Recht ›selbstgerecht‹.«

»Dies ist sicher nicht die Stunde für die Austragung eines rechtsphilosophischen Disputs. Wie ich sehe, habe ich Sie beim Aktenstudium gestört. Vielleicht beziehen Sie das neue, wohl entscheidende Beweismittel in Ihre Entscheidungsfindung ein: Wir haben die Verhandlungsprotokolle aufgespürt, in denen Herr David Kanchelli mit Vertretern der Liga die Rekrutierung von Truppen und Waffen für den geplanten Aufstand in den Territorien aushandelt. Ich verbürge mich für die Echtheit des Dokuments.«

»Gibt es darin neue Aspekte, die in der Verhandlung noch nicht zur Sprache kamen?«

»Im Prinzip nicht. Es bestätigt aber die Argumentation der Anklage, daß es sich nicht um einen internen Konflikt, sondern tatsächlich um Hoch- und Landesverrat handelt. In Punkt 8 der erzielten Vereinbarung zum Beispiel sagt der Bey von Songhai den Aufständischen nicht nur seine Unterstützung im Kampf um Autonomie zu, sondern bietet auch Hilfe beim Aufbau einer zivilen Verwaltung und einer funktionstüchtigen Infrastruktur an.«

»Ich verstehe.«

»Ich weiß, es klingt geradezu absurd, dieses Entwicklungshilfeangebot eines Entwicklungslandes an unser hochentwikkeltes Gemeinwesen. Doch hätte das Gericht noch irgendeinen Zweifel am zu fällenden Urteil gehabt, diese Protokolle hätten ihn ausgeräumt. Mögen Sie nun Ihnen bei der Überwindung der Zweifel helfen!«

»Ich danke Ihnen für die Mühe. Sie werden rechtzeitig von mir hören. Gute Nacht.«

Er ist nicht ratlos, nicht verzweifelt. Er ist vollkommen ruhig. Es sei denn, äußerste Verzweiflung entspräche vollkommener Ruhe.

Eher melancholisch als überrascht registriert er, wie wenig sich geändert hat. Die Haut grauer, die Stimme heiserer, die Sätze kürzer, weil sie sich wiederholen; weil alles gesagt ist. Alles bereits gesehen, gewußt, zu Ende gedacht, vor vielen Jahren schon. Mit dem ersten Samenerguß wußten wir bereits. Von nun an drehen sich die Gedanken im Kreis, ein Strudel, im Zentrum die Frage nach dem Sinn des Ganzen. Sobald wir uns diesem Zentrum nähern –

Er hat sich nie als Hirte begriffen, wie der Große Versöhner es tat. Er hat dieses Amt nicht angestrebt, das ihm ohne eigenes Wünschen und Wollen zufiel als ein Erbe. Als Adam Halfgood in seinen Armen starb, hätte er ihm alles versprochen. Wer hätte in einer solchen Situation seine Worte gewogen und bedacht.

Hätte die Kugel statt den Führer nur ihn selbst getroffen. Er war entsetzt über sein Überleben, und ist es noch. Im entscheidenen Augenblick hatte er versagt. Ein Sekundenbruchteil zu langsam, zu unaufmerksam, und all die Jahre des Dienens und Sichaufopferns waren ein Nichts. In diesen letzten Minuten, als blutiger Schaum aus Mund und Nase des Propheten quoll und er nur noch mit allergrößter Mühe einige Worte aus seiner zerfetzten Lunge preßte, entschied sich auch sein eigenes Schicksal, bis dahin ein namenloser Funktionär der Bewegung, ein Spätberufener, ohne jede Begabung, andere zu begeistern, zu überzeugen, zu führen.

Hätte er einen Mantel getragen, hätte er jetzt den Kragen hochgeschlagen. Den Mantel der Demut. Er friert. Der Glaube ist eine einfache Sache. Mit dem Grübeln aber schleichen sich unweigerlich Häresien ein. Das Nachdenken an sich ist bereits die größte Häresie, wie der Große Versöhner warnte, selbst wenn es im Ergebnis den Glauben bekräftigt.

Er tastet nach dem Metall unter seinem Hemd, der Kette mit den Bleiperlen, sein Taufband, sein Glaubensbekenntnis, seine Fessel. Er tastet sich Perle für Perle an dieser Kette entlang, an ihr zurück, jede Perle ein Gebet, jede Perle ein Verlust, den ganzen Weg vom Herzen bis in den Nacken, dem zugeschweißten Verschluß.

Hochgewachsen, mager, asketisch steht der Bruder vor ihm. Er weiß nicht, ob David je zu wahren und tiefen Beziehungen fähig war. Seine Freundschaften kamen ihm immer eher abstrakt vor, künstliche Legierungen, ohne wirkliche Anteilnahme und Verantwortung. Sicher, es gab stets so etwas, was man einen besten Freund oder eine beste Freundin nennt. Im Grundschulalter waren es ausschließlich Freundinnen, soweit er sich erinnert. Damals hat er sich dem älteren Bruder noch gelegentlich anvertraut. Die erste Auserwählte hieß Barbara und kam in den Genuß dieser Auszeichnung, weil sie das große A statt mit einem Sattel- mit einem Flachdach versah. So zumindest begründete David seine Wahl. Nicht so sehr den anarchistischen Mut als vielmehr die ästhetische Freiheit bewunderte er an diesem Hang zur Extravaganz, versuchte er dem Älteren zu erklären, wenn auch nicht mit diesen Worten. Dessen Eindruck von Davids erster Freundin bestand vor allem darin, daß sie für ihr Alter zu dick und zu entwickelt war. Sie wirkte mit ihren sechs oder sieben Jahren wie eine frühreife Zwölfjährige, was allerdings nicht untypisch für Kinder in den Territorien ist. Kein Wunder also, daß sie ihr breites einem spitzen A vorzog.

Die nächste vorpubertäre Weggefährtin hieß Dorothee. Nahe kamen sie sich auf einer Schultheateraufführung, in der sie zwei verirrte Kinder spielten. Vermutlich ist es das einzige Mal, daß David sich von einem weiblichen Wesen außer seiner Mutter umklammern läßt, wenn auch nur auf Grund der angsteinflößenden nächtlichen Situation. – Eine Weile nimmt er sie auf seinen Irrfahrten mit. Sie finden einige Male nicht rechtzeitig zum Abendessen nach Hause, so daß Dorothees besorgte Eltern dem homerischen Treiben ihrer Tochter ein prosaisches Ende bereiten.

In der Oberschule heißt die beste Freundin Andraś, wohl weil es sich um eine reine Jungenschule handelt. Andraś scheint auf seine Art nicht weniger bedauernswert als David. Er ist mit Abstand der häßlichste Junge, den man sich vorstellen kann, zumindest der häßlichste, der sich in Davids Klasse finden läßt. Er ist nicht im eigentlichen Sinne verunstaltet, doch macht sein ganzes Auftreten und Gebaren den Eindruck einer schweren körperlichen und geistigen Behinderung. Dabei ist er keinesfalls dumm. Manchmal erweckt er sogar den Eindruck, er mache sich einen Spaß daraus, Mitleid, Spott oder Verachtung bei seinem Gegenüber zu provozieren.

Diese für einen Zwölfjährigen völlig unangemessene Selbstironie erscheint Ephraim bereits Grund genug, ihn aus Rücksicht auf die eigene seelische Gesundheit auf Abstand zu halten. Dieser bemitleidenswerte Klassenkamerad also ist der ständige Begleiter des Bruders in den Jahren seiner Adoleszenz, was womöglich die eine oder andere Entwicklungsstörung erklärt, wenn auch nicht entschuldigt. Dabei sind sie so unterschiedlich wie Tag und Nacht, genauer noch: wie Sonne und Mond; David ganz und gar ernst, kalt, kontrolliert, unnahbar und Andraś heiß, verschwitzt, grimassierend, voller abrupter, unvorhersehbarer Gesten, distanzlos, taktlos, mit sicherem Gespür für die lächerlichste und beschämendste Bloßstellung seiner selbst. Sie ergänzen einander aber nicht, sie heben einander auf wie der Mond die Sonne bei einer Sonnenfinsternis; ihr Beisammensein versetzt ihre Mitmenschen in Panik. Man bleibt in respektvollem Abstand, und die Prügeleien und Schikanen hören auf. Wer weiß, über welche magischen Kräfte dieses unheimliche Dioskurenpaar verfügt.

Er bringt Andraś nie zu ihnen nach Hause. Dabei mag Mutter

ihn sogar, vielleicht gerade auf Grund seiner mitleiderregenden Häßlichkeit. In gewissem Sinn ist sie wie David ein Nacht-, ein Mondwesen, ernst, kühl, weniger melancholisch vielleicht, doch dafür um so bitterer und enttäuschter. Und wie er fühlt sie sich zu Sonnenwesen hingezogen, wie zum Beispiel Vater eines war, heiß, brutal, selbstverliebt, eine Affinität, die nur in Verbrennen oder Vereisen enden kann.

Eigentlich ist eine Balance zwischen diesen ungleichen Himmelskörpern schwer vorstellbar. David und Andraś halten ihre merkwürdige Beziehung trotzdem recht lange im Gleichgewicht. Das Geheimnis dieser Dauer ist vermutlich Davids absolute Passivität. Er bringt in diese Beziehung allein seine Oberfläche ein, er läßt sich vom anderen einfach anstrahlen und wirft das Licht und die Wärme seines Freundes auf ihn zurück. Andraś initiiert, brennt, strahlt aus, David reflektiert. Später gründet Andraś eine kleine Tanzkapelle, die wohl heute noch existiert. Er bleibt in den Territorien, während David in die Welt hinauszieht. Fixstern, Trabant. Womöglich ein schiefes Bild. Überhaupt eine fragwürdige Vereinfachung, der Gebrauch von Metaphern: Flucht in die blumige Ungenauigkeit, die absichtsvolle Unschärfe. So sollte ein Arzt einmal eine Gürtelrose oder einen grauen Star diagnostizieren!

Bis in die letzten Wochen vor der Tragödie sind sie noch in Kontakt. Offenbar können sie immer wieder mühelos an ihre Jugendfreundschaft anknüpfen, obgleich zwei Lebenswege kaum unterschiedlicher hätten verlaufen können. Andraś scheint sich in den vergangenen zwanzig Jahren eigentlich überhaupt nicht bewegt zu haben. Auf dem Televisor eine lange chaotische Nachricht vom ihm. Adoleszente Sentimentalitäten. Wie hat er überhaupt vom Prozeß gegen David erfahren? Und wer hat ihm die geheime Durchwahlnummer ins Präsidentenbüro zugesteckt? Die einzigen Territorienbewohner, denen diese Nummer bekannt ist, sind David und die Mutter. David befindet sich seit Wochen im Hochsicherheitstrakt von Fort Kossuth, und seine Mutter lebt nun schon einige Jahre in der Hauptstadt.

Andraś' sicher gutgemeinter Einsatz für den Freund wirkt so linkisch, peinlich und kontraproduktiv wie alle seine Aktionen in der Jugendzeit. Sein Haar ist zwar ergraut, doch ständig wühlen seine langen mageren Finger darin herum. Und während er nach den treffenden Worten für sein herzergreifendes Flehen um Gnade sucht, bricht er immer wieder in ein bacchantisches Kichern aus, als bitte er den Facharzt einer Mädchenzeitschrift für ein lächerliches pubertäres Problem um Hilfe.

Überdruß. Ekel. Willenlosigkeit. Seelische Erstarrung. Er will mit dieser Tragödie nichts zu tun haben. Er will nichts unterschreiben, nichts besiegeln, nichts aufheben. Der Fall ist längst entschieden. War schon entschieden, bevor es zum Prozeß kam. Er spielt keine Rolle in diesem Prozeß. Sein Anteil daran ist rein zufällig und unerheblich. Das, was ihm noch zu tun bleibt, ist zwar trostlos, im Grunde aber nur eine Formalie. Er ist nicht seines Bruders Hüter. Wie viele Urteile hat er unterschrieben. Wie viele hätten mit ungleich größerem Recht seine Brüderlichkeit beanspruchen dürfen. Er ist niemandes Bruder. Er ist nur der Diener eines höheren Willens. Ein Werkzeug der Gerechtigkeit.

Okamba 10. 9. Erste Sitzung der Kommission. Ein Dutzend mir unbekannter Gäste. Der Konsul spricht die Begrüßungsworte. Vom »Geist der Kooperation« & »Respekt vor den unterschiedlichen Interessen« ist die Rede. Henry Lex Gielgud, Vertreter der Union Bauxit, schlägt sogleich in die ihm gereichte Hand ein & verspricht die »unnachgiebige Verfolgung aller unrechtmäßigen Handlungen«. Obgleich nichts Substantielles gesagt wird, machen sich einige der anwesenden Männer eifrig Notizen. Nehme an, es handelt sich um Abgesandte der hiesigen Regierung. Niemand von ihnen ergreift das Wort. Allerdings ist auch niemand von ihnen Mitglied der Kommission. Man betrachtet die Vorgänge im Norden womöglich als Privatangelegenheit der Union Bauxit.

Erspare den Anwesenden die obligatorischen Grußworte der Regierung. Beantrage nur, daß wir endlich mit unserer eigentlichen Arbeit beginnen, unter Ausschluß der Öffentlichkeit. Colonel Bertie erwidert scharf, wir alle seien Gäste in seinem Haus & noch nie sei in diesem Haus ein Gast vor der Zeit hinauskomplimentiert worden. Ich entschuldige mich für meine undiplomatische Ungeduld.

»Wenn Sie es so eilig haben, junger Mann, können Sie mit dem ersten Wagen vorfahren. Ich gebe Ihnen Hamadou als Fahrer & Dolmetscher mit. Wir treffen uns dann in Bir Schinn.«

Okamba 11.9. Erschien mir die Stadt am Anfang unübersichtlich & chaotisch, so ist sie jetzt auf ein kleines provinzielles Raster schmutziger Straßen geschrumpft. Es gibt hier nichts zu tun. Der Alltag der Menschen ist armselig, die Straßenszenen sind von einer lethargischen Tristesse. Ich will nur noch meinen Auftrag erfüllen & so schnell wie möglich von hier fort. Das ganze diplomatische Hin & Her macht mich krank. Wenn ich noch länger hier herumsitze, krepiere ich allein an der Untätigkeit.

Den Menschen in diesem Land hat die technische Revolution keinen Segen gebracht. Der Preis für die Beschleunigung des Alltags ist das Gift in den Straßen. Und Beschleunigung scheint hier gar keinen Sinn zu haben. Wenn das Land über eine Ressource im Überfluß verfügt, dann ist es Zeit. Bleibt nur das Gift. Als graublaue Wolke steht es sichtbar in den Straßen. Zähe, beißende Schwaden, die meine Lunge einzuatmen sich weigert. Lieber ersticken! Die Augen tränen, die Schleimhäute bluten, das Herz rast & schreit: Frische Luft! – Während Frauen vor ihren armseligen Häufchen gerösteter Maiskolben oder Kochbananen sitzen, von morgens bis abends am vergifteten Straßenrand. Keine sehe ich am Steuer irgendeiner dieser hoffnungslos veralteten Dreckschleudern. Fängt nicht hier schon der Skandal an! Was kann denn Schlimmeres noch kommen?

Okamba 12. 9. Die Menschen – immer wieder kommen mir Gesten, Gesichtsausdrücke, Sprachmelodien vertraut vor, immer wieder fühle ich mich an Freunde oder Bekannte aus den Territorien erinnert. Wäre es möglich, daß nach so vielen Generationen die kulturelle Verwandtschaft zwischen den Einheimischen hier & ihren verschleppten Brüdern & Schwestern noch sichtbar ist?

Da wir nichts Besseres zu tun haben, gehen wir ins Kino. Amanta kennt den Filmvorführer. Wir dürfen umsonst hinein. Allerdings wäre der Eintrittspreis kaum der Rede wert gewesen. Die Plakate in den Schaukästen kündigen den Streifen »Invasion der Raketenwürmer« an. Seit meiner Kindheit habe ich derart verwaschene Bilder nicht mehr gesehen. Und schon damals galt das Kino in den Territorien als technisch überholt. »Früher war das anders!« erklärt mir Amanta. »›Rio Grande‹ habe ich mindestens 50mal gesehen. Trotzdem ist der Film nie langweilig geworden. Jedesmal habe ich etwas Neues entdeckt. Wenn wir kein Geld hatten, sind wir einfach über die Mauer geklettert.«

Vier mannshohe Ziegelwände. Und auch im Innern des Gevierts kein falscher Glanz: Das Dach ist der Sternenhimmel, die Leinwand die weißgetünchte Stirnwand. Keine Klimaanlage, keine Polstersessel & natürlich kein Vorhang, Relikt einer Zeit, in der man das Kino noch als eine Art Theater verstand.

Das Parkett besteht aus einem Dutzend rostender Eisenbänke. »Für die Eingeborenen!« erklärt Amanta. »Sie bezahlen am wenigsten, sie grölen am lautesten & sie müssen die Beine in die Hand nehmen, wenn es zu regnen beginnt. Ganz oben, unter dem Wellblechdach, saßen früher die Ausländer.« Amanta zeigt auf eine alte Theke: »Die hatten dort alles. Für sie gab es sogar Wein & Bier zu trinken.«

Der Film läßt kein Klischee aus: Frauen, die Teufel gebären, Babys, die sich statt von Milch von Blut ernähren, Pflanzen, die Autos samt ihren Insassen verspeisen, Untote, die marodierend durch nächtliche Straßen ziehen, um Menschen das Herz aus dem lebendigen Leib zu reißen. Obgleich dieser Film wie eine

Collage zusammenhangloser Horrorszenen erscheint, die sich gegenseitig »totschlagen«, weil jeder Spannungsbogen fehlt, ist der Saal binnen weniger Minuten menschenleer. Alle haben offenbar Angst bekommen. Nur Amanta ist neben mir sitzen geblieben.

»Ihr wißt vielmehr von Teufeln, Untoten und Hexern, als ihr zugebt«, sagt sie.

»Aber das ist doch nur zur Unterhaltung gedreht! Niemand glaubt daran.«

»Und warum sind diese Filme bei euch verboten?«

»Nun, weil sie schlechte Unterhaltung sind. Weil sie unsere Kinder verderben & auf dumme Gedanken bringen.«

»Wenn das kein Glaube an Magie ist!«

Okamba 13. 9. Den ganzen Tag nichts Vernünftiges getan. Die Haare geschnitten, mich rasiert, Kleider gewaschen. Kaum habe ich mir saubere Sachen angezogen, sind sie schon wieder fleckig, verschwitzt, eingerissen. Vergeude meine Zeit. Doch verlangt es mich nach Alleinsein. Hier ist niemand allein. Hier erträgt es niemand, jemanden allein zu lassen. Hier muß man sich radikal wegschließen.

Seltsam schüchterner Austausch von Zärtlichkeiten mit Amanta. Wie am Anfang unserer Bekanntschaft. Des nahenden Abschieds wegen?

Sitzen im Hof, halten uns bei den Händen, während Hamadou direkt neben uns den Wagen für die bevorstehende Reise vorbereitet. In der Nacht von ihm geträumt. Sintflutartige Regenfälle. Der Landrover steckt im Morast der überschwemmten Piste fest. Wir müssen aussteigen, einen Kanal hauen, damit das Wasser abfließt, und eine Rampe aus Buschwerk. Am Ende ist der Wagen freigekämpft, wir aber sind nicht wiederzuerkennen: Von Kopf bis Fuß schlammverschmiert & zu Tode erschöpft. Sie lächelt verschmitzt, als hätte sie meine Gedanken gelesen: »Es ist nicht gut, allein zu sein!«

»Um nachzudenken, muß man aber hin & wieder allein sein.«
»Hier sind die Leute nur mit bösen Gedanken allein!«

Okamba 14. 9. Letzter Tag in O. Wenn nicht noch etwas Unvorhergesehenes passiert. Endlich, endlich geht es morgen früh los. Packen. Überflüssiges Aussortieren. Für Reiseproviant sorgen: Beuteltee, Trockenmilch, Salzgebäck –

Voller Zweifel, ob diese Mission zu irgendeinem Ergebnis führt. Was immer die Kommission aufdeckt & den Behörden in Corpus Christi vorlegt, für die Leute hier wird es keine Bedeutung haben. Befürchte, wir führen die Untersuchung vor allem unser selbst wegen durch.

»Wenn ich dir erzählen würde, wie das Leben hier wirklich ist!« Amanta liegt neben mir. Versucht eine der Zigaretten, die man mir als Gast- oder Bestechungsgeschenk mitzunehmen empfahl. »Mein Bruder war Musiker & hatte eine eigene Band. In der Umgebung von Nara waren sie sehr berühmt. Dann kam er hierher. Am 2. Tag seines Besuches wacht er auf & fühlt sich nicht wohl. Er fühlt sich sterbenskrank, will aber nicht zum Arzt gehen. Er sagt, das habe keinen Sinn. Jemand habe einen Zauber über ihn gesprochen. Jemand, der ihm den Erfolg nicht gönnt. Und am Abend ist er tot.«

»Und du glaubst, daß ein Zauber daran schuld ist?«

»Der Neid der Leute hier ist furchtbar!«

»Ich mag nicht, wenn du schlecht über dein Land redest!«

»Ich mache es nicht schlechter, als es ist. Wir machen uns hier gegenseitig das Leben zur Hölle. Wenn bei euch einem etwas Gutes gelingt, sagen die anderen: Das ist ja wunderbar! Und loben & unterstützen dich. Wenn hier jemand etwas Besonderes tut, was glaubst du, was dann geschieht?«

»Sie holen einen Marabut, damit er ihnen einen bösen Zauber gibt, um den Verstand des Erfinders zu verwirren.«

»Ja, genau so ist es!« sagt sie ernst. »Oder um seine Erfindung verrückt zu machen, daß sie von nun an genau das Gegenteil von dem bewirkt, für das sie eigentlich gemacht war. Wie erklärst du dir sonst, daß wir alles mit den besten Absichten beginnen, schließlich aber immer nur das Gegenteil von dem erreichen, was wir wollten?«

Inzwischen ist es vollkommen dunkel geworden. Ich lasse das Licht noch gelöscht. »Schau, das Flugzeug in deine Heimat!« Wir schauen der aufsteigenden Maschine nach, die träge eine Diagonale durch den Fensterrahmen zieht.

»Das ist schon die dritte in dieser Woche. Das ist ungewöhnlich.« Ihre Stimme klingt ein wenig besorgt. »Das war keine Wumba-Wumba-Maschine unserer eigenen Fluggesellschaft. Was für eine lächerliche Angeberei, wir könnten eines Tages eigene Flugzeuge bauen! Wir hätten euch im Land behalten sollen, dann brauchten wir jetzt nicht euren zurückgelassenen Schrott zusammenzuflicken, bis er in Einzelteilen vom Himmel fällt.«

Sie zündet sich eine 2. Zigarette an. Scheint Gefallen an unserem Territorienkraut zu finden. »Nicht einmal vernünftige Streichhölzer können wir produzieren. Wenn man sie benutzt, ist es besser, man ruft zuerst die Feuerwehr. Takala-Hölzer! Merk dir den Namen, damit du gewarnt bist! Du mußt sie weit von dir weghalten, damit sie dir nicht das Gesicht versengen.«

In der kleinen Streichholzflamme wirkt ihr Gesicht jünger, weicher. Es will nicht so recht zur bitteren Stimme passen. Es ist, als spräche eine andere. »Und manchmal entzünden sie sich in der Hosentasche von ganz allein. Sie haben eine Menge Menschen auf dem Gewissen, glaub mir!«

»Schenk sie mir zum Abschied.«

»Ich dachte, du rauchst nicht. Egal. Sie sind ohnehin nur zur Brandstiftung nütze. Deswegen ist es zum Beispiel nicht erlaubt, mit Takala-Hölzern in der Tasche ein öffentliches Gebäude zu betreten oder einen Bus zu benutzen. Wir hatten auch einmal versucht, eigene Zigaretten herzustellen. Bei euch in der Union ist das Rauchen verboten, nicht wahr? Wie du siehst, hat hier die Tabakindustrie selber das Suchtproblem gelöst.«

Makala 15. 9. Überstürzter Aufbruch. Der Wagen ist früher startklar als erwartet. Hatte mich auf den Mittag eingestellt. Nun reicht die Zeit nicht mal mehr zur Versorgung mit dem nötigen Proviant. Begnüge mich mit ausreichendem Wasservorrat & Amantas Notration an Trockenmilch & Salzgebäck.

Bin froh, O. endlich verlassen zu können. Eine Stadt ohne sichtbare Vergangenheit & ohne erkennbare Zukunft. Eine Stadt ohne jeden Zauber. Nur Waschküchenschwüle, Matsch & Ruß, Atemnot, Fieber, Durchfall & Erschöpfung.

In wenigen Minuten ist alles verstaut. Hamadou lächelt über meine leichte Sommerjacke. »Im Norden ist es über 40 Grad heiß!« – »Aber die Regenzeit ist noch nicht zu Ende«, antworte ich. »Und die Malaria, so hat mir Colonel Bertie mitgeteilt, grassiert entlang des Flusses, wie er es in all den Jahren seines Aufenthalts nicht erlebt hat.«

Nach kurzer Fahrt ist von einem sorgfältig gewaschenen & auf Hochglanz polierten Landrover nichts mehr zu sehen. Die Wege sind zum größten Teil noch von den nächtlichen Regenschauern überschwemmt. Der Wagen wird ein Teil der Erde, die hier überall eine rostrote Farbe hat. Sie schwitzt & sättigt die Luft weiter mit Feuchtigkeit. Jede noch so kleine Bewegung führt trotz des Fahrtwinds zu einem alles durchnässenden Schweißausbruch.

Hamadou erklärt nicht, warum wir so früh aufgebrochen sind. Die steigenden Temperaturen sprechen für sich. Er redet überhaupt wenig & nur, wenn ich ihn direkt anspreche. Er trägt ein besonders elegantes oder zumindest auffälliges Hemd, vielleicht zu Ehren des Gastes. Aber mit dem offenkundigen Makel, daß es aus synthetischen Fasern besteht & dem Klima entsprechend streng riecht.

Hamadou nutzt den Zustand des Fahrwegs, mir die Kraft, die Eleganz & Solidität des Wagens vorzuführen. Selbst knietiefe Löcher im Asphalt überfliegt er mit Höchstgeschwindigkeit, ehe Räder & Achsen des Geländefahrzeugs das ganze Ausmaß der Straßenschäden ermessen haben. Ich staune über diesen unglaublichen Flug über die vorstädtische Kraterlandschaft & bleibe entgegen der Landessitte während dieser Akrobatenstücke brav angeschnallt.

Das Land ist nahezu eben & von faszinierender Eintönigkeit: Savanne mit verstreutem, kaum mannshohem Gesträuch. Das Gras wegen der anhaltenden Regenfälle von frischem hellem Grün. In den ersten Fahrtstunden sehen wir noch hin & wieder ein Dorf, flache graubraune Lehmgevierte, in denen das Leben vor allem in den Höfen stattfindet. Und Holzverschläge & einfachste Binsenunterstände direkt am Pistenrand, die als Marktstände dienen.

Am späten Vormittag trübt es sich ein. Dichter Nebel liegt auf der Savanne. Sehe nichts mehr von der Landschaft, die wir durchfahren. Bin ganz auf den Weg unmittelbar vor uns konzentriert. Eine Schlammpiste, die zum größten Teil unter Wasser steht. Nicht immer ist genau abzuschätzen, wie tief der Regen den Weg ausgespült hat. Mehrfach tauchen wir über die Kühlerhaube hinaus in die rotbraunen Schlammgruben.

»Wir nähern uns der Brücke«, sagt Hamadou. Alles ist in dichten Nebel gehüllt. Ich spüre nur, die Fahrt über die enge, einspurige Stahlkonstruktion will nicht enden. Der Fluß muß eine Breite haben, daß selbst bei klarem Wetter das gegenüberliegende Ufer wohl nicht zu sehen ist. Kein einziges Fahrzeug kommt uns entgegen. Überhaupt sind wir auf der inzwischen fünfstündigen Fahrt keinem anderen Wagen begegnet.

Am Zustand der Lehmhäuser wirst du die Lage ihrer Bewohner erkennen, gab mir Amanta mit auf den Weg. Nun verstehe ich, was sie damit meinte. Wird die gemeinsame Instandsetzung der Gebäude vernachlässigt, sind Haus & Hof binnen kurzer Zeit vom Regen fortgeschwemmt. Nicht einmal Ruinen, nicht einmal Fundamente bleiben zurück. Das Haus existiert nur, solange die Bewohner sich um den Erhalt kümmern.

Auf unserer Fahrt sehe ich immer mehr verfallene Häuser & brachliegende Felder am Wegrand. Vielleicht ist einfach die nicht enden wollende Regenzeit daran schuld. Und ist dieser

Kontinent in unserem Bewußtsein nicht ohnehin mit Katastrophen assoziiert? Seuchen, Bürgerkrieg, Hungersnot, Landflucht, das ganze Panorama möglicher Gründe durchzieht beim Anblick der verfallenen Höfe meinen Sinn.

Die Nacht bricht an. Nicht einmal die Hälfte unserer geplanten Tagesetappe haben wir geschafft. Bin vollkommen erschöpft. Wir finden schließlich ein Campment bei Kilometer 312,5. Die Häuser & Gehöfte entlang der Straße sind nicht nach den Namen ihrer Besitzer benannt. Dazu sind die Zeiten zu unsicher. Sie werden einfach durch ihre Distanz zur Hauptstadt gekennzeichnet. Es sind also noch über 300 Kilometer bis Bir Schinn. Die Markierungssteine sind allerdings längst im Schlamm versunken oder von den Fluten fortgeschwemmt worden. Auch die alten Straßen gibt es womöglich nicht mehr. Die Entfernungsangaben gehören inzwischen zum reichen Schatz der mündlichen Überlieferungen.

Im Campment sei kein einziges Bett mehr frei, teilt man uns mit. Wir sind überrascht. Die Herberge liegt still & einsam da. Und zur Not gäben wir uns auch mit einem Behelfslager zufrieden. Doch der Wirt zeigt keinerlei Bereitschaft, uns aufzunehmen. Ein wenig ratlos über diesen ungewöhnlichen Mangel an Gastfreundschaft, finden wir uns auf der Straße wieder. Es ist stockfinster. Kein Mond, kein Stern, obwohl sich mit dem Anbruch der Nacht der Nebel aufzulösen beginnt.

Hamadou beschließt weiterzufahren & heute nacht noch unser eigentliches Etappenziel zu erreichen. Ich füge mich seiner Entscheidung, auch wenn uns nun, je nach Straßenverhältnissen, weitere 7, 8 Stunden Fahrt bevorstehen. Der Weg führt über einen breiten Deich entlang des Flusses. Auf der Landseite hin & wieder kleine offene Feuer oder glimmende Petroleumlampen vor den Häusern, um die sich still die Bewohner geschart haben. Der Geruch nach brennendem Holz liegt beißend über dem Land.

Die Piste ist barbarisch. An Schlaf ist nicht zu denken. Ich muß mich mit beiden Händen festhalten. Muß ebenso konzentriert auf den Weg vor mir achten wie der Fahrer, damit die plötzlichen Erschütterungen mich nicht unvorbereitet treffen. Auch so prügeln die Schlaglöcher unbarmherzig auf mich ein. Jeder Körperteil schmerzt. Und jeden Augenblick wird ihnen ein weiterer heftiger Schlag erteilt.

Die Büsche & Sträucher am Wegrand drängen sich zunehmend an uns heran. Wegen der Überschwemmungen müssen wir große Umwege fahren. Ich frage mich, wie Hamadou sich in dieser düsteren Seenlandschaft orientiert. Äste peitschen, schaben & kratzen an den Wagenseiten entlang. Die Vegetation wird faunisch. Das Dornengestrüpp gleicht einem zottigen Raubtier. Aufgerissene Mäuler & erhobene Pranken stürzen auf uns zu. Mit raubtierhafter Wut schlagen sie auf die Kühlerhaube oder das Wagendach ein. Hamadou erhöht das Tempo noch. Der Motor keucht & knurrt & heult mit der bestialischen Vegetation im Scheinwerferlicht um die Wette.

Ich denke an die alte Frau auf dem Eselskarren. Wir sind ihr gegen Mittag begegnet. Überraschend tauchte sie auf dem schmalen Fahrdamm auf. Hamadou fuhr so schnell, daß er sie angefahren hätte. Im letzten Augenblick lenkt sie ihren Karren vom Damm. An der steilen Böschung schlägt er um & wirft die Frau in den Dreck. Ein Teil der Ladung gerät unter unsere Reifen, ein anderer begräbt die Alte am Fuß des Dammes. Gemüse für den Markt. Nur ihre Geistesgegenwart bewahrte sie vor einem noch größeren Unglück.

Nun taucht sie aus dem nächtlichen Dunkel wieder auf, die Alte auf ihrem Eselskarren. Genauso unerwartet wie beim ersten Mal. Nicht auf dem Damm, sondern in diesem von dichtem Dornengestrüpp eingefaßten Hohlweg. Das Strauchwerk verflochten & undurchdringlich wie eine Kakteenhecke. Verzweifelt lenkt sie ihren Karren in die Hecke. Doch der schwere, schlammüberkrustete Geländewagen rammt den zerbrechlichen Karren mit der ganzen Kraft seiner 200 Pferdestärken. Dem Esel reißen die Schutzgitter vor der Kühlerhaube den Bauch auf.

Schreiend liegt er auf der Seite. Die Hinterreifen erfassen die alte Frau. Die heftige Erschütterung signalisiert uns, daß wir ein größeres Hindernis überfahren haben.

Wir halten an, gehen die wenigen Meter zur Stelle zurück, wo die Frau & der Esel liegen, beide in das tiefrote Licht der Rückstrahler getaucht. Die Frau blutet aus Mund und Ohren. »Wir müssen etwas tun«, flüstere ich. »Hier gibt es nichts mehr zu tun«, sagt Hamadou. Während der Esel jämmerlich schreit, ist die Alte stumm. Nur ihr Atem geht schwer, schnell & keuchend. Das Blut aus ihrem Mund ist nun hell & schaumig. Hamadou geht zum Wagen zurück. Schweigsam nehme ich neben ihm Platz. Er gibt Gas. Nach wenigen Minuten betäubender Fahrt erscheint mir diese Episode bereits wie ein Nachtmahr. Ohne Verwunderung registriere ich, daß ich hohes Fieber habe. Ein heftiger Knall aus dem Motorraum erschüttert das Fahrzeug, ein dumpfer Schlag in Kopf und Magengrube. Der Wagen rollt aus, bleibt auf freier Strecke stehen, irgendwo zwischen Debugu & Diabali. Es ist etwa 10 Uhr in der Nacht.

Hamadou öffnet die Motorhaube. Der Schaden ist unübersehbar: Ein faustgroßes Loch klafft im Ventilatorengehäuse. Die Rotoren haben sich verbogen & verkantet & Kabel & Zuleitungen zerrissen. An eine Weiterfahrt ist nicht zu denken. Wir müssen die Ankunft des 2. Wagens abwarten, Col. Bertie & den Rest der Kommission, damit sie uns abschleppen. Vielleicht morgen, vielleicht übermorgen.

Hamadou baut im Scheinwerferlicht auf dem Schlammbett vor dem Wagen ein Moskitonetz für mich auf. Er selbst macht es sich im Wagen bequem. Er läßt nur die Rücklichter brennen. Wenige Meter vom Wagen entfernt verrichte ich mitten auf dem Weg meine Notdurft. Traue mich nicht ins hohe harte Gras & die dunklen Dornbüsche am Wegrand. Dann lege ich mich ins Zelt, verbrauche unseren letzten Trinkwasservorrat & lausche in die nächtliche Savanne. Mein Puls pocht laut in meinem fiebernden Kopf. Habe Mühe zu atmen & weigere mich hartnäckig einzuschlafen.

Dann höre ich sie, ganz deutlich, Schritte in unmittelbarer Nähe meines Zeltes. Die Nacht ist von einem milchigen Grau. Ich höre das Schmatzen der Füße auf dem nassen Grund, doch sehe niemanden. Hamadou liegt in unruhigem Schlaf über das Steuer gebeugt. Hin & wieder dringt ein fernes gebetshaftes Gemurmel herüber. Die Schritte aber sind ganz nah an meinem Ohr.

Ich bleibe wach, habe Durst, atme, atme & warte den Morgen ab.

Nampala 16. 9. Hamadou hat 2 Kanister mit unbehandeltem Wasser im Wagen. Zuvor müssen sie, dem Geruch nach, Benzin enthalten haben. Ich fülle 2 Liter in meine Wasserflaschen & gebe das Entkeimungsmittel dazu. Muß mich eine Weile gedulden, bis das Wasser für mich trinkbar ist. Hamadou trinkt direkt aus dem 10-Liter-Kanister.

Wir sitzen im Schatten des Landrovers, warten auf den 2. Wagen, damit er uns abschleppt. Inzwischen sind alle Lebensmittelvorräte verbraucht. Habe ohnehin keinen Hunger. Das Fieber ist leicht gesunken, die Atemnot aber geblieben. Hamadou hat ein Mankalebrett hervorgeholt & erklärt mir die Regeln. Ich verliere ein Spiel nach dem anderen, aber es vertreibt uns die Zeit.

Sein kostbares Synthetikhemd hat er am Morgen gegen traditionelle Kleidung getauscht. Mit einem dünnen Baumwolltuch um den Kopf & die untere Hälfte des Gesichts sitzt er mir gegenüber. Aus dem Chauffeur ist ein Krieger geworden. Das Spiel ist vermutlich eine Konzession an meine Ungeduld, denn Zeiten des Wartens, so habe ich bereits gelernt, überbrückt man hier in der Regel einfach durch Untätigkeit.

Am späten Nachmittag trifft der Wagen mit Col. Bertie & Walter Fox, dem Ingenieur der Union Bauxit, bei uns ein. Bertie ist trotz der Reisestrapazen bestens gelaunt: »Wir wären 2 Stunden früher hiergewesen, wenn der Herr Ingenieur unsere Reise nicht minutiös hätte dokumentieren müssen. Elf Uhr fünfundvierzig, stop Kilometer dreihundertachtundfünfzig komma sechs wegen einer Fahrbahnabsenkung durch regenbedingte Erosion – Derlei Unsinn hat er während der ganzen Fahrt in sein Diktaphon gemurmelt, als gelte es, das Land neu zu kartographieren!«

Ein kurzer prüfender Blick unter die Kühlerhaube unseres Landrovers & Fox stimmt unserer Diagnose zu, daß es hier nichts mehr zu reparieren gibt. »Ich befürchte, Sie müssen Ihre Reise nun mit dem Schiff fortsetzen«, merkt Bertie an. »In Nampala gibt es eine kleine Anlegestelle.«

Der Wagen des Konsuls nimmt uns ins Schlepptau. Bis zur nächsten Ortschaft, dem Militärposten Nampala, sind es noch ca. 3 Stunden Fahrt. Der heutige Tag ist klarer. Strauchsavanne wechselt mit Grassteppe oder leichtem niedrigem Baumbestand ab. Bis auf Bussarde & Bartgeier sehen wir keinerlei Tiere.

Die Sonne nutzt den klaren Tag, um uns ihre ganze äquatoriale Kraft vorzuführen. Ich verhänge mit Hamadous Kopftuch das Seitenfenster. Dennoch sind in kurzer Zeit der rechte Arm & die rechte Gesichtshälfte sonnenverbrannt. Und immer wieder stößt das sich abrupt straffende Abschleppseil unsere müden Körper hart in die Sitze zurück.

Kurz vor Sonnenuntergang erreichen wir endlich den Ort, eine Siedlung mit wenigen niedrigen Lehmhäusern inmitten einer baumlosen, sandigen Einöde. Vom Fluß ist nichts zu sehen. Einige Männer in olivgrünen Uniformen & hohen schwarzen Schnürstiefeln hocken im Schatten einer Hütte am Ortseingang & mustern mit trägem Argwohn unseren kleinen Konvoi. Hamadou winkt ihnen zu. Sie bleiben im Schatten sitzen, lassen uns aber nicht aus den Augen.

Ich kann mich kaum auf den Beinen halten, als ich aus dem Wagen steige. »Sie sollten sich ein wenig ausruhen, Herr Kanchelli«, bekundet Bertie mit munterer Stimme seine Anteilnahme. Hamadou läßt eine kleine fensterlose Kammer in einem der einfachen Lehmhäuser für mich herrichten, wo ich bis zur Ankunft des nächsten Schiffes bleiben kann. Die Enge & Abgeschiedenheit des Raumes bedrücken mich. Lieber sitze ich an die heiße Lehmwand gelehnt vor dem Haus, am Rand des staubigen Dorfplatzes, obgleich es auch hier nichts zu sehen gibt. Wegen der noch anhaltenden Tageshitze ist das Dorfleben gänzlich erstorben oder findet noch zurückgezogen in den Häusern & schattigen Höfen statt.

Dann aber entdecken die Kinder mich. Und schon bin ich von ihnen umringt. Sie bitten um ein Geschenk. Rasch werden es mehr & ich sage ihnen, es seien zu viele. Nun bricht ein erbitterter Streit unter ihnen aus, wer zuerst dagewesen sei & damit ein besonderes Vorrecht auf ein Geschenk habe. Die ersten Ankömmlinge versuchen, die Nachzügler fortzuschicken & schimpfen wild, als es statt weniger immer mehr werden.

Schließlich kommt Hamadou, vom Geschrei alarmiert, herüber, schickt die Kinder fort & führt mich über den nun wieder menschenleeren Platz zum Haus von Freunden oder Verwandten. Seine Familie stammt aus dieser Region.

Eine junge Frau winkt mir vom Nachbarhof zu. Er ist nur durch einen niedrigen grauen Holzzaun vom Dorfplatz abgegrenzt. Ihre Geste ist mehr als ein Gruß. Fast schon eine Art lockendes Heranwinken. Hamadou wirft ihr einen mißbilligenden Blick zu. Sie antwortet mit einem bezaubernden spöttischen Lächeln.

Die dicken Lehmwände an der Stirn des großen diwanähnlichen Raumes sind von ornamentalen Öffnungen durchbrochen, so daß beständig ein leichter Wind den Raum durchweht. Hier breitet Hamadou eine Decke auf dem gestampften Lehmboden für mich aus. Dann gesellt er sich zu der Gruppe Männer, die sich in der Mitte des Raumes um einen offenen Herd geschart hat. Der Militärchef des Garnisonsstädtchens & die Honoratioren des Ortes. Auf dem Herd steht ein Wasser- oder Teekessel. Eher widerstrebend hat er mich hierher geführt. Bin weder Gast noch Freund & in meinem gegenwärtigen Zustand, eher eine Bürde. Die zweitägige Fahrt hat uns nicht nähergebracht.

Neben meinem Lager baumelt von einem der Deckenbalken, die das Lehmdach tragen, an den Hinterbeinen aufgehängt ein mageres enthäutetes Schaf. Eine alte Frau schneidet schmale Streifen von dem sonnengedörrten Fleisch & stapelt die Brokken auf einem großen kupfernen Tablett. Mehr als 1 Stunde ist sie damit beschäftigt, bis das ganze Fleisch restlos von den Knochen gelöst ist. Zu einer einen halben Meter hohen Pyramide türmt es sich nun auf dem Tablett. Die Frau hebt die Fleischplatte auf den Kopf & balanciert sie hinaus, wohl in Richtung der Küche oder eines größeren Herdes, um die Brocken dort zu garen. Die übriggebliebenen Knochen sind nun schwarz vor Fliegen. Die Männer trinken ungerührt ihren Tee. Endlich kehrt die Frau zurück, schneidet die Hinterläufe vom Balken los & trägt das Schafsgerippe samt seinem Fliegenkleid aus dem Raum, ich weiß nicht, ob für die Dorfhunde oder eine markige Suppe.

Ich liege fiebernd auf meiner Matte. Der Kopf ist klar, aber gedankenleer. Die Teerunde unternimmt keinen Versuch, mich in ihr leises stockendes Gespräch einzubeziehen. Die junge unverschleierte Frau aus dem Nachbarhof, die mir zugewinkt hat, huscht durch den türlosen Eingang herein. 2 Schritte vor meinem Lager bleibt sie stehen & schaut mich lange an. Schließlich sagt sie etwas zu den Männern, die ihren Kommentar mit harten, mürrischen Gesichtern aufnehmen & unerwidert lassen. Ich frage Hamadou, was sie gesagt hat. Er wirkt verlegen. Nun lächeln die anderen. »Was für ein schöner Mann!« sagt Hamadou endlich. »Man solle ihn in ihren Hof bringen!« Ich lächle ihr zu, bevor sie mit demselben spöttischen Lächeln wie bei unserer 1. Begegnung wieder hinaushuscht. Durch das Maßwerk sehe ich sie über den Platz gehen, zu einer Gruppe von Frauen, die nun im Freien die Kühle der Nacht erwarten. Vergebens lausche ich auf ein kokettes oder spöttisches Gelächter der Frauen. Ihr Gespräch bleibt auch nach der Ankunft der jungen Nachbarin ruhig & ernst.

Nampala 17. 9. Tamtam tamtam, das Stampfen der Stößel, mit denen die Dorffrauen die Hirse mahlen, den ganzen Tag, von morgens bis abends. Nur unterbrochen vom Geratter altersmüder Generatoren & vom barschen Befehlston der Offiziere. Doch das Gestampfe gibt den Rhythmus vor. Ein langsamer, schleppender Rhythmus, um in der Hitze nicht zu ermüden.

Der Rest ist Warten. Nichts funktioniert. Oder es funktioniert nicht auf unsere Weise. Es funktioniert nicht, es passiert. Was kann man tun. Überbrücken wir die Zeit in Teilnahmslosigkeit. Schonen wir die Ressourcen, bis das Ereignis uns einholt.

Bertie, Fox & Hamadou sind am Morgen abgefahren. Da der Wagen nur 2 Sitze hat, wurde für Hamadou ein Notsitz auf der Handbremse gebaut. Er soll mit einem Automechaniker aus Bir Schinn hierher zurückkehren.

Ich lasse meine Wasserflasche am örtlichen Brunnen auffüllen, gebe das Entkeimungsmittel hinzu. Nun warte ich auf das Schiff. Das Fieber gibt meinem Gesicht eine gesunde Bräune. Nehmen sie etwas von meinem Zustand wahr? Überall in diesem Land ist der Tod gegenwärtig. Ich gehe, ohne Abschied zu nehmen. Niemand erfährt, wohin ich reise. Ich bin unerreichbar.

Ab 8 Uhr steigt die Hitze. Niemand hat mehr Lust zu reden. Schaffe ich es, den staubigen Dorfplatz zu überqueren, ist es wie ein Lauf durchs Feuer. Jeder bleibt im Schatten. Regungslos, gleichgültig. Nur die flimmernde, aschweiße Luft. Sie schneidet die Haut in Streifen, bis die Nacht kommt. Und der Regen. Schwer legt er sich um die Wunden wie ein essiggetränktes Tuch.

Und die Schlangen & Spinnen, die das Dunkel lieben. Und die Fliegen, Mücken, Schaben & Kakerlaken, so groß wie Schildkröten. Alle suchen Zuflucht in meiner Lehmhütte, nachtaktiv, hungrig, vom Regen angewidert oder ermuntert. Ich liege wach. Ich weiß, ich werde nicht mit ihnen fertig. Zittere & atme & halte die Augen offen. Schlaflos, bis der Tag anbricht. Erschöpft, zerstochen, wund. Und nun von der Hitze erneut in ihre glühenden Arme genommen.

VII

Es gibt Momente in unserem Leben, wo uns alles vollkommen erschöpft, selbst das, was uns zur Erholung dienen sollte, die Muße, die Erinnerung, der Schlaf. – Müde fährt er sich mit beiden Händen über das Gesicht. Einer rituellen Waschung gleich, ohne Wasser, ohne Überzeugung. Einmal, als er David seines unmännlichen Verhaltens wegen zur Rede gestellt hatte, kam es zu einem fürchterlichen Streit. Er war fast mit seinem Studium fertig, und David beendete gerade die Oberschule. Er blickte seinen Bruder erstaunt an, als habe er die Attribute männlich/weiblich nie zuvor gehört, zumindest nicht im Zusammenhang mit ihm selbst.

»Ich meine die Art, wie du sprichst, wie du dich bewegst, wie du deine Kameraden anschaust!«

»Was stört dich daran?«

»Alles, David, alles! Man macht sich über dich lustig, verbreitet Lügen über dich –«

»Na und?«

»Mag sein, daß es dir nichts ausmacht. Aber mir macht es was aus, kleiner Bruder.«

»Du schämst dich für mich?«

»Du sagst es. Ich schäme mich, wenn man mich fragt, wie es meiner kleinen Schwester geht.«

»Erinnerst du dich noch, wie du früher in mein Bett gekrochen bist?«

»Ich weiß nicht, wovon du redest.«

»Ich rede von deinen nächtlichen Besuchen, deinem engagierten Unterricht, wie es Männer und Frauen miteinander treiben –«

»Was redest du für einen Unsinn!«

»Du warst fünfzehn oder sechzehn, ich war neun. Ich erinnere mich noch sehr gut an diese Lehrzeit. Ich hatte dich lange nicht mehr nackt gesehen, und dein groß gewordener Schwanz und das dichte, mir noch unbekannte Schamhaar faszinierten mich. Du warst sehr besorgt um meine Jungfräulichkeit, immer fragtest du, ob du mir auch wirklich nicht weh tätest. Doch meinetwegen hättest du ruhig kräftiger zustoßen können –« Er wollte ihm nicht die Nase brechen. Nein, das ist nicht wahr, er wollte mehr als ihm nur das Gesicht zerschlagen, aber das Blut, das aus seiner Nase spritzt, bringt ihn rasch wieder zur Besinnung. »Du hast mich doch selbst dazu gedrängt!«

»Sonst hättest du dich doch nie getraut, Bruderherz!«

Es sieht schlimmer aus, als es ist, ein riesiger roter Fleck wie nach einem Lungenschuß hat sich auf Davids weißem Hemd ausgebreitet. Er tut nichts, um die Blutung zu stillen, nicht einmal den Kopf legt er in den Nacken. Er läßt das Blut über Mund und Kinn laufen und auf das Hemd tropfen. »Und das war nun wohl die noch ausstehende Lektion in Männlichkeit, nicht wahr? Ich werde sie mir zu Herzen nehmen, Ephraim.«

Er hat ihn laufen gelehrt und schwimmen, Schlagballspielen und Radfahren, Lesen, Schreiben und Rechnen, Raufen, Zurückschlagen, seinen Mann stehen, ja, er hat ihm auch gezeigt, wie es Männer und Frauen miteinander treiben, na und? Gibt es einen Grund, sich dessen zu schämen? Beschämend ist allein, daß es ihm offenbar Spaß gemacht hat, seinen Arsch hinzuhalten! – Zur Feier des Tages besorgt er sich den besten Stoff, den die Dealer in den Territorien zu bieten haben, verzieht sich in den kleinen Park vor dem Fakultätsgebäude, setzt sich einen Schuß und legt sich dann auf eine der Parkbänke in die Sonne. Das Seminar in Psychopathologie läßt er wegen dieser privaten Anatomielektion ausfallen.

Eine kräftige Stimme weckt ihn: »Und es geschah, als Er sich Jericho näherte, saß ein Blinder an dem Wege und rief: Sohn Gottes, erbarme Dich meiner! Da blieb der Herr stehen und fragte ihn: Was willst du, daß ich dir thun soll? Er aber sprach: Herr! Daß ich sehend werde!«

Er muß den ganzen Vormittag verschlafen haben. Die Sonne steht bereits im Zenit und blendet ihn, als er die Augen öffnet.

»Wir leben, als wäre uns der Tod sicher, und unser Dasein ist eine Illusion. Jeden Tag erneuern wir unseren Vertrag mit dem Tod. Doch öffne die Augen, und dir ist das Leben verheißen. Denn Sehenden ist das Leben sicher. Nur der Blinde lebt in ständigem Versagen.« – So sprach der Prediger Adam Halfgood, den die Welt heute den Großen Versöhner nennt, vor einer Handvoll Anhänger, auf der kleinen Rasenfläche vor dem Louis-Pasteur-Denkmal. Und Ephraim erhebt sich, tritt zur Menge, und die Menge teilt sich und gibt den Blick auf den kleinen zierlichen Mann mit der mächtigen Stimme frei, und ihre Blicke treffen sich. Nach einem Augenblick des Schweigens und Verstehens spricht er, leise, ohne jeden Predigertonfall, als seien die Worte allein für ihn persönlich bestimmt: »Wenn du das Warum des Lebens kennst, kannst du auch das Wie des Lebens aushalten. – Im Dienen liegt die Macht!«

Wenn er sich nun, nach fünfzehn Jahren, diese Szene wieder vergegenwärtigt, klingen die Worte so klar wie damals in seinen Ohren. Aber er findet in ihnen nicht mehr den Ton unerschütterlicher Wahrheit wieder. Damals ist er von einem Augenblick zum anderen ein Sehender geworden. Die folgenden Jahre, in denen er zunächst der Bewegung, dann der Politik gedient hat, haben sein Augenlicht wieder getrübt.

Immer wieder hast du uns aufgefordert, Visionen zu entwickeln. Ohne Visionen gingen wir zu Grunde. Ohne Visionen seien wir kraft- und hoffnungslos. Erst unsere Visionen schärften unseren Blick für die Wirklichkeit.

Wo ist die Vision, die uns in dunkler Zeit den Weg weist? Wo ist die Vision, die verhindert, daß die Wirklichkeit uns blind macht?

Du hast gelehrt, daß Leiden Charakter erzeugt, Charakter Glauben und Glaube die Gerechtigkeit auf Erden. Ich leide, ja, doch zehrt das Leiden an meinem Glauben, und mein Unglauben weckt Zweifel an der Gerechtigkeit. Wo ist die Vision, der Weg aus den Übeln, der klare Blick?

Du hast gelehrt, der beste Anhänger Gottes sei jener, der dem Weg der Lehre folgt, auch wenn er ihm ungehbar erscheine. Sünde heiße, vor der Gerechtigkeit zurückschrecken. Ich sehe den Weg nicht. Ich finde ihn nicht vor mir, ich finde ihn nicht in mir.

Deine Lehre klang immer klar, ließ keinen Raum für Zweifel: gut - böse, gerecht - ungerecht, gläubig - ungläubig - Unerbittlichkeit ist der Zeuger der Welt, der Zeuger ihrer Erlösung. Wer zeugte in Jesus den Christus, wenn nicht Herodes, wenn nicht Pontius Pilatus. Unerbittlichkeit. Unbestechlichkeit. Unschuld.

Nächtliche Wolken. Einbildung. Am künstlichen Firmament von Corpus Christi gibt es keine Wolken. Das Kondenswasser speist die Trinkwasserspeicher. - Sie hängen in trauriger Aufgelöstheit über dem Parade- und Gebetsplatz vor dem Präsidentenpalais. Als Kinder glaubten wir, Gottes Tränen tropften aus diesen schmutziggrauen Wattebäuschen. Gottes Tränen! Kinderglaube.

Massina 21. 9. Extrem heißer Morgen. Den 3. Tag auf dem Fluß. Die Fahrt geht langsam voran, wegen der vielen Untiefen & Sandbänke.

Kopfschmerzen. Die Luft in der Kabine ist zum Ersticken. Bin aufs Deck gezogen. Unsäglicher Gestank nach Urin, Kot & Kombüse. Nur 1 Bad & Klo für alle Passagiere. 27 an der Zahl. Die Einheimischen hängen ihren Hintern einfach über Bord & verrichten ihre Notdurft in den Fluß. Auf der anderen Seite schöpft der Koch unterdessen Wasser für die Suppe oder den Abwasch. Leider sind meine eigenen Vorräte erschöpft. Meide zumindest den Abort & mache es wie die Einheimischen.

Diatarabé 22. 9. Heller klarer Morgen. Wir schaffen 30 Meilen am Tag. Noch 150 Meilen bis Bir Schinn. Der Fluß: eine gelbbraune, verschlammte Kloake. Ein weiterer Tag ohne ein Bad. Fühle mich krank vor Bewegungsmangel & Langeweile. Ohnehin das Fieber der letzten Tage noch nicht ganz ausgeschwitzt. Immer noch Atembeschwerden.

Ein Junge aus dem Norden, allein unter den Männern, Frauen & Kindern, hellhäutiger, mit den ernsten Gesichtszügen des Wüstenbewohners. Würde ihn gerne ansprechen. Doch alle beobachten mich. Kontrollieren jede meiner Bewegungen. Still, aufmerksam, ohne Abneigung, ohne Sympathie. Wie man ein wildes Tier beobachtet, das zwar Angst vor den Menschen hat & sie meidet, aber in die Ecke gedrängt gefährlich werden kann.

Kuakuru 23. 9. Wir legen in K. an, einem weiteren staubigen Militärposten. Der Strom träge, keine 20 Fuß tief, aber wohl 2 Meilen breit.

Der Kommandeur kommt an Bord. Für was ist dieser verlorene Posten gut? Sie tun nichts. Mit Ausnahme dieser überflüssigen Kontrolle. Lange beschäftigt er sich mit meinen Papieren, ohne ein Wort zu sagen. Ich biete ihm eine Zigarette an. Er nickt, nimmt die Zigarette aber nicht, gibt mir die Papiere zurück, ohne ein Lächeln, ein junges dunkles ausdrucksloses Gesicht.

Der Kapitän teilt uns mit, daß wir den ganzen Tag hier ankern werden. Es sei ein Feiertag. Die Gläubigen sollten Gelegenheit haben, die Moschee zu besuchen. Ärgerlicher Zeitverlust.

Von einer Moschee ist in diesem öden Nest nichts zu sehen. Vielleicht irgendwo hinter den staubgrauen Lehmwänden versteckt ein schäbiger Gebetsraum. Niemand von den Passagieren fragt danach. Und das einzige Hotel der Stadt unbeschreiblich: die rostenden stickigen Kabinen unseres Schiffes in der

Landversion. Der Wasserhahn im einzigen Waschraum der Herberge spuckt nur lehmfarbenes Brackwasser aus. 5. Tag ohne ein Bad.

Nachmittagsspaziergang. Das Garnisonsstädtchen liegt auf einer kleinen Anhöhe. Hübscher Blick über den Fluß. Der Ort selbst aber, bis auf die Kaserne, völlig verwahrlost. Dutzende Soldaten in altmodischen & schlimmer noch: unpraktischen Uniformen aus der Kolonialzeit lungern untätig vor der einzigen Teestube herum. Sie halten leere Teegläser in den öligen Händen, weil der Sold für mehr als ein Glas am Abend offenbar nicht reicht.

»Nacktheit wäre erträglicher als dieser Mummenschanz, nicht wahr? Wir hätten als Kleiderhändler herkommen sollen. Wir hätten in kürzester Zeit ein Vermögen verdient.« – Der Mann, der mich auf dem kleinen Bellevue des Ortes anspricht, trägt den klassischen weißen Tropenanzug der ehemaligen Kolonialherren. Es fehlt nur die Nilpferdpeitsche.

»Es müßten ja nicht einmal neue Kleider sein. Wir brauchten nur die abgelegten Konfirmandenanzüge & ausgemusterten Armeeuniformen aus der Union herzuschaffen & die Wilden würden sich für unsere Lumpen gegenseitig die Köpfe einschlagen.«

Endlich scheint er die Verstörung, die sein Erscheinen & vielmehr noch seine Verkleidung in mir ausgelöst hat, zu bemerken: »Ich komme ihnen doch nicht näher, wenn ich mich wie sie kleide! Ich bin für klare, eindeutige Gesten. Übrigens, mein Name ist Morton, Henry Morton, Auslandskorrespondent des Corpus Christi-Chronicle. Und Sie sind David Kanchelli, wie ich vermute?«

»Ja.«

»Ich danke Gott, daß er uns bereits hier zusammenführt. Rasch, Selim, bring uns die Flasche, du weißt, welche, und die Gläser.« Nun erst sehe ich die beiden Einheimischen, die in respektvollem Abstand zu ihrem Herrn auf ihre Anweisungen warten.

»Herr Kanchelli, auf Ihr Wohl! Zwar nicht eisgekühlt, doch bester Sillery-Champagner, den ich für diese Begegnung durch halb Songhai schleppen ließ!«

Was soll ich von diesem Auftritt halten? »Dieser ganze koloniale Mummenschanz irritiert Sie noch immer, Herr Kanchelli? Aber es ist gar kein Mummenschanz, lieber Freund. Ich habe nicht die Absicht, hier in der Wildnis auf gewisse Annehmlichkeiten der Zivilisation zu verzichten. Und sollte sich dadurch die Kluft zu den Eingeborenen noch vergrößern, so ist es mir nur recht. Ich habe absolut nichts übrig für die Rohheit, die Armseligkeit, die Lethargie und den Dreck hier. Es sind nicht die Eingeborenen, es ist nicht ihre mir vollkommen unverständliche Kultur, derentwegen ich mich diesem unerträglichen Klima aussetze. – Selim, bring uns nun den Wein & die Pastetchen!«

Kann nicht behaupten, daß ich über diese Begegnung mit einem Landsmann erfreut wäre. Was will er von mir?

»Darf ich Ihnen die Mitfahrt auf meiner bescheidenen Dau anbieten? Zufällig bin auch ich auf dem Weg nach Bir Schinn. Wenn Sie allerdings den hautnahen Kontakt mit der einheimischen Bevölkerung meiner Gesellschaft vorziehen –«

Ich kehre frühzeitig ins Hotel zurück. Im Ort gibt es keinen elektrischen Strom, mit dem Anbruch der Nacht wird es vollkommen finster sein. Bereits jetzt finde ich meine Kammer verdunkelt vor: Wände, Boden, Bett, Tisch & Stuhl sind schwarz von einem Millionenheer handtellergroßer Schaben. Mein Eintreten läßt sie unbeeindruckt. Anstatt panisch das Weite zu suchen, beobachten sie mich träge aus ihren unter dem Halsschild verborgenen Kakerlakenaugen. Nur die langen, borstenförmigen Antennen peilen nervös in meine Richtung. In diesem Heer dunkelbrauner nachtaktiver Allesfresser mein eigenes Lager aufschlagen? Wie soll ich mir mein Bett zurückerobern. Sie einfach vom Laken zu schütteln ist unmöglich, da es kein Laken gibt. Und die hilflos wedelnden Hände könnten ihnen deutlich machen, daß ich bei einem kollektiven Angriff ihrer Beißwerkzeuge rettungslos verloren wäre.

Wie haben sie binnen so kurzer Zeit mein Zimmer so vollständig okkupieren können? Gut, die Tür läßt sich nicht verschließen, aber immerhin gibt es eine Tür, und das Fenster ist mit einem Fliegengitter versehen.

Sie bewegen sich gerade einmal so weit von der Stelle, daß ich Platz finde, mich auf der Matratze auszustrecken. Ich spüre ihre schnuppernden Antennenborsten am Hals & an den Ohren. Ich wage nicht, mich auf die Seite zu legen, aus Furcht, ein grün-gelbes oder tiefrotes Blutbad anzurichten.

Kuakuru 24. 9. »Das ist alles an Gepäck, was Sie haben? – Patron, schicken Sie einen Jungen mit unserem Gepäck zur Yacht!« – Er drückt dem Wirt eine Münze in die Hand.

»Dann soll er eben zweimal gehen. Ich bezahle jedenfalls nur einen dieser Kerle!«

Selim & Ulimengo sind bereits mit den Champagner- & Pastetenkistchen vorausgegangen. Nun schleppt sich der Hoteldiener mit den restlichen Schrank- & Tropenkoffern Mortons & meinem Seesack ab. 20 Millimes. Dafür bekommt man in der Union nicht einmal das Stückchen Zucker für den Tee. Wie zuwider mir dieses Gefeilsche ist.

Und der Hoteldiener, ein alter Mann, den Morton weiterhin »Junge« ruft, steht nun mit offenen Händen da, als könne er nicht glauben, daß Morton es bei diesem lausigen Trinkgeld belassen werde. Doch macht Morton keinerlei Anstalten, auch nur einen Millime daraufzulegen. Er schiebt mich vor sich her, über den schmalen Laufsteg, an Bord seiner schlanken Dau, und würdigt den Alten keines Blickes mehr.

Das Passagierschiff hat K. bereits am frühen Morgen verlassen. Morton & ich hingegen haben lange & ausgiebig gefrühstückt. Nun ist es bereits später Vormittag, und der Ort liegt immer noch still & verschlafen da. Einige junge Frauen baden im

Fluß. 2 Soldaten sitzen auf dem nun verlassenen Landungssteg. Sie haben ihre Uniformjacken ausgezogen & sitzen mit bloßen Oberkörpern da. Sie sehen den Frauen zu, mit gelangweilten Gesichtern, kleine Holzstücke im Mundwinkel, mit deren ausgefransten Enden man sich hier gemeinhin die Zähne putzt. Einer der Soldaten hat, der gelangweilten Miene zum Trotz, eine so starke Erektion, daß er sie beiläufig mit seiner ausgebleichten Jacke bedeckt.

Morton ist meinem Blick gefolgt & lächelt spöttisch. »Ich möchte Ihnen ein Geschäft anbieten, Kanchelli. Für Kopien Ihrer Berichte & eine exklusive Auswertung, natürlich unter Wahrung absoluter Diskretion, zahle ich Ihnen –« Er kritzelt eine Zahlenreihe auf seine Serviette, als würde die Nennung einen unangenehmen Geschmack zurücklassen. Die vorgeschlagene Summe läßt mich erröten.

»Sie glauben wohl, alles ließe sich kaufen, Herr Morton.«

»In der Tat, alles hat seinen Preis, mein Freund, Informationen, Entgegenkommen, Gastfreundschaft, Lebensart –«

»Das, was Sie von mir erwarten, ist kein Freundschaftsdienst, sondern schlicht Verrat.«

»Verrat ist nicht immer & niemals nur böse oder zynisch, verehrter Herr Kanchelli. Verrat ist zunächst einmal ein Akt der Großzügigkeit, ja der Nächstenliebe.«

»Ich möchte Ihnen nicht widersprechen. Im privaten Leben ist Liebe ohne Verrat wahrscheinlich ebenso trivial wie Verrat ohne Liebe.«

»Ich rede nicht nur von privaten Vorlieben. Union Bauxit hat eine nahezu kostenlose Konzession über ein Gebiet von 4000 Quadratkilometern erworben. Landwirtschaftliche Flächen von der Größe Nebraskas sind abgetragen & zur Bauxitgewinnung aufgerissen worden. 50.000 Menschen schuften in den Minen wie Sklaven auf den Baumwollfeldern Louisianas. Und in der Tat hat Union Bauxit einen Großteil seiner Minenarbeiter über Mittelsmänner, sprich Menschenhändler, aus benachbarten Stammesgebieten rekrutiert.

Die Rückzahlung eines großzügig gewährten Kredits, den Union Bauxit dem Emir von Bir Schinn für die abgetretenen Rechte einräumte, verschlingt nun die Hälfte des Staatshaushaltes. Als der königliche Rat den Schuldendienst einseitig kündigen wollte, rüstete Union Bauxit eine Privatarmee aus & erklärte das gepachtete Land zu seinem Pfand. Nun läßt sie auch die letzten Reste der bisher noch verschonten Savanne roden. Die Umgebung Arlits gleicht mit ihren häßlichen Kratern & Halden einer Mondlandschaft. Boden & Luft sind vergiftet. Kein Grün wächst hier noch.«

Kona 25. 9. Hohes Byrgusgras bedeckt die Oberfläche des Flusses, so dicht, daß unsere Dau auf einer grasbewachsenen Ebene dahinzugleiten scheint. Dazwischen breiten sich Teppiche von weißen Wasserlilien aus.

Häßliche Episode gegen Mittag. Selim, Mortons Leibdiener, Sekretär, Buttler & Koch, serviert uns als Vorspeise eine Fischsuppe, laut Anweisung eine Soupe de poisson à la bourguignonne. Statt dazu den Inhalt einer der mitgeschleppten Lachskonserven zu verwenden, hat sich Selim aus dem reichhaltigen Angebot unserer Wasserstraße bedient. Kaum hat Morton eine Löffelspitze gekostet, wirft er den Sèvresteller samt der Suppe über Bord & beschimpft den erschrockenen Selim, er wolle uns wohl vergiften. Er befiehlt den beiden Bootsleuten, Selim zu fesseln & dann das Ufer anzusteuern.

Wir ankern in der Nähe einiger Hütten. Es gibt weder eine Anlegestelle noch einen Steg. Die beiden Bootsleute müssen Selim im kleinen Beiboot ans Ufer rudern. Selim protestiert. Er kennt in diesem armseligen Nest niemanden. Und nicht einmal den ausstehenden Lohn hat Morton ihm ausbezahlt.

Die Bootsleute legen ihn am Ufer ab & überlassen es den Dorfbewohnern, seine Fesseln zu lösen. Unter den Männern, die scheu aus einiger Ferne dieses seltsame Schauspiel beobachten, greifen sie einen heraus & fordern ihn auf mitzukommen & Selims Stelle als Leibdiener Mortons einzunehmen.

Und tatsächlich folgt der Mann widerspruchslos. Er heißt Ambari. Morton wendet sich gleichgültig ab. Er überläßt es Ulimengo, den scheuen Neuankömmling mit seinen zukünftigen Aufgaben vertraut zu machen. »Von Wahrheit, wirklicher, nachprüfbarer Wahrheit wissen die Menschen hier nichts. Selbst Ehrlichkeit ist ihnen völlig fremd. Blickst du ihnen in die Augen, siehst du, daß die vielen Lügen in ihrem kurzen Leben schon den jungen Leuten alle Unschuld daraus geraubt haben.«

Bir Schinn 26.9. Sobald wir in Kabara, dem Hafenvorort Bir Schinns anlegen, verabschiede ich mich höflich, aber kühl von Henry Morton, in der Hoffnung, nie wieder auf seine Großzügigkeit angewiesen zu sein.

Er gibt mir Ambari als Führer & Gepäckträger mit auf den Weg. »So kurz die Strecke zwischen Kabara & Bir Schinn auch sein mag, so unsicher ist sie auch«, begründet er seine Fürsorge. »Immer wieder werden Reisende überfallen, ausgeraubt oder verschleppt. Nicht von ungefähr nennt man diese Straße ›Ur-imman-dess‹: sie hört es nicht.«

Unspektakulärer Einzug in die Stadt. Kein Raubüberfall, keine Entführung, nur die Dunkelheit überrascht uns auf dem staubigen, menschenleeren Weg. – Auch ohne Ambaris Hilfe hätte ich das Haus sofort gefunden. Vom Bab el-Dschebli am Wehrkloster vorbei bis zur Moschee Sauja Sakkak. Das älteste, gleichwohl gepflegteste Haus in der Gasse. Das einzige Gebäude, an dem sich eine üppig blühende Bougainvillea bis zur Dachterrasse rankt. Der Eingang befinde sich an der Seite des Hauses, eine Freitreppe führt hinauf in den ersten Stock. – Genauso finden wir es vor. Im Parterre zur Gasse hin wird vermutlich der Laden liegen. Um diese Zeit sind die Türen mit Eisenjalousien verschlossen. Kein Schild weist darauf hin, was hier feilgeboten wird. Und Col. Bertie hat kein Wort darüber verloren, welchen Geschäften der Mieter des Erdgeschosses nachgeht.

Ich könnte Ambari nun zu Morton zurückschicken. Statt dessen lade ich ihn ein, über Nacht zu bleiben. – Im ersten Stock brennt Licht. Ich vermute, Moldi, der Hausmeister, erwartet mich. Dennoch klopfe ich zunächst an, bevor ich die schwere hölzerne Haustür aufschließe, falls ich mich aller Gewißheit zum Trotz doch im Haus geirrt haben sollte.

Der Konsul habe mich bereits gestern mit dem Schiff von Nampala erwartet, begrüßt mich der Hausmeister mürrisch. Den ganzen Tag habe er hier untätig herumsitzen müssen. – Er ist ein noch nicht alter, aber kleiner, feister Mann mit einem dichten schwarzen Schnurrbart in seinem Basarhändlergesicht. Den immer noch wahrnehmbaren Geruch nach Alkohol hat er mit dem Konsum einer Unzahl von Zigaretten & einem schweren süßen Parfum zu überdecken versucht. – Ich gebe ihm keine Erklärung für meine verspätete Ankunft. Statt dessen bitte ich ihn, mich kurz mit den Gegebenheiten des Hauses vertraut zu machen. Dann dürfe er sich gerne wieder seinen vernachlässigten Pflichten widmen. – Widerwillig führt er mich durch das Haus. »Hier im ersten Stock befinden sich die persönlichen Räume des Konsuls. Sie können sich eines der Gästezimmer im zweiten Stock oder die Mansarde auf dem Dach für Ihren Aufenthalt wählen.« – Ich schenke ihm ein Päckchen Tabak & sage, ich fände mich nun allein zurecht. Er wirft einen abschätzenden Blick auf Ambari: »Von einem 2. Gast hat der Konsul nichts gesagt!« Noch immer höflich gebe ich ihm zu verstehen, ich sei von der Reise erschöpft & würde mich nun gerne zur Ruhe begeben. »Colonel Bertie ist immer dankbar gewesen, wenn ich in den ersten Tagen seines Aufenthalts die Nächte hier im Haus verbracht habe.«

»Ich kenne die privaten Gepflogenheiten des Konsuls nicht. Ich selber bin es allerdings gewohnt, die Nächte alleine zu verbringen.«

»Es ist zu Ihrer eigenen Sicherheit. Fremde sind in Bir Schinn nicht gern gesehen.« Er mustert erneut mit unverhohlenem Mißtrauen, ja Verachtung in den Augen, Ambari, der bisher kein einziges Wort gesagt & nicht einmal einen Blick mit Moldi gewechselt hat. Ich bin diese Anmaßung leid & öffne ihm die Tür: »Ich danke Ihnen für Ihre Fürsorge, Moldi, und wünsche Ihnen nun eine gute Nacht.« Mit der Würde des in seinem Stolz gekränkten Großwesirs ermahnt er mich noch einmal, alle 3 Schlösser sorgfältig zu verschließen, sobald er das Haus verlassen habe, und läßt uns endlich allein.

Ich wähle die kleine Kammer auf dem Dach. Eine gesonderte schmale Stiege führt zu ihr hinauf. Ein schlichter, weißgekalkter Kubus auf dem Terrassendach, nur mit einem Bett & einem Tisch möbliert. Vor allem fehlt in ihr die falsche Patina, die alle anderen, im geschmackvoll folkloristischen Stil des Konsuls dekorierten Räume prägt. Außerdem scheint es der stillste Raum zu sein. Die anderen Zimmer gruppieren sich um das Atrium, alle Fenster gehen, wenngleich vergittert, zu den schmalen, umlaufenden Gassen hinaus.

Er ist nicht einmal schön. Ein durchschnittliches Gesicht mit feinen Narben von irgendeiner Tropenkrankheit in der Haut. Die Lippen eher schmal, die Zähne vollständig, aber unregelmäßig & gelbfleckig, das Haar zur Stirn hin bereits etwas gelichtet. Er mag 10 Jahre älter sein als ich, vielleicht weniger, wenn man Klima und Ernährung berücksichtigt. Er trägt nur eine knielange, weißgrau gestreifte Leinenhose & ein altes verwaschenes T-Shirt, das nicht einmal den Bauchnabel bedeckt. Seine Füße sind nackt & seine Fußsohlen so verhornt, daß er keine Schuhe braucht. Ein ganz gewöhnlicher Mann. Ein bißchen muskulöser vielleicht als der Durchschnitt, Fischer oder Landarbeiter.

Das einzige, was mich irritiert: daß es ein Mann ist, der vor mir steht. Ganz nah, so daß ich seinen Atem spüre. Daß seine Hände, die noch immer meinen Seesack umschlossen halten, mich fast im Schritt berühren. Die Augen groß & ruhig auf mich gerichtet, als wäre nichts ungewöhnlich an dieser Situation. Wenn eine dieser langbeinigen käuflichen Frauen Manilas vor mir gestanden hätte – ich hätte mich einfach abgewandt. Sein Blick aber ist ohne Absicht. »Auch ich hätte dieses Zimmer gewählt.« – Seine Stimme klingt alltäglich, gleichgültig der Situation gegenüber. Er setzt sich neben mich auf das Bett mit der Vertrautheit eines alten Freundes. Gesehen habe ich dich täglich, gegrüßt erst seit kurzem, von dir geträumt schon immer. Nun atme ich neben dir & mein Atem paßt sich deinem an. Du drehst mich um. Ich sträube mich. Der Widerstand gehört zum Spiel. Ich sehe dein teilnahmsloses Gesicht nicht mehr, deine klaren kalten Augen. Ich habe dir den Rücken zugekehrt, mich ganz deinen Händen ausgeliefert. – Du sitzt regungslos da, als habest du bereits alles dargeboten. Als läge es nun an mir, die Gabe anzunehmen. – Niemand hat mich vor diesem Songhai gewarnt: Dem Land der Selbstauslöschung. Der Gottlosigkeit. Der Menschwerdung Gottes.

FERENCZY Hohes Gericht, ich beantrage die Anhörung von Herrn X, dem Generaldirektor des C.I.D.

SORGE Dieser Antrag ist pure Effekthascherei, verehrte Kollegin. Sie wissen genau, daß der Leiter des C.I.D. aus Sicherheitsgründen geheim zu bleiben hat.

FERENCZY Ich weiß nur, daß das Leben meines Mandanten auf dem Spiel steht. Und das C.I.D. spielt in dem hier verhandelten Fall eine Schlüsselrolle.

SORGE Beweise, Frau Ferenczy, Beweise!

FERENCZY Sie wissen so gut wie ich, daß die Beweise nur das C.I.D. selber liefern kann. Doch will ich Ihnen Indizien nennen. Warum hat es bisher keine Anklage gegen Union Bauxit gegeben? An den Verbrechen des Konzerns in Songhai können doch keine ernsthaften Zweifel bestehen. Warum stehen nicht die Manager des Konzerns vor Gericht, sondern ihr schärfster Kritiker, David Kanchelli? Hat er sich vielleicht zu sehr engagiert, hat er mehr herausgefunden, als er hätte herausfinden sollen? Fanden die Machenschaften des Konzerns womöglich mit Wissen oder gar der Duldung höchster Regierungskreise statt? Hat man Kanchelli nur seiner Jugend und Unerfahrenheit wegen gewählt, damit die Untersuchung ja nicht zu ernsten Ergebnissen gelangt?

SORGE Würden Sie die Güte haben, Frau Ferenczy, Ihren rhetorischen Fragen vielleicht auch das eine oder andere Faktum folgen zu lassen?

FERENCZY Wie Herr Kanchelli am Beginn seiner Untersuchung noch nicht wissen konnte, ja, nicht wissen durfte, aber der Journalist Henry Morton herausgefunden hat, gehören höchste Regierungsbeamte zu den Hauptaktionären der Union Bauxit. Leider können wir Henry Morton nicht mehr in den Zeugenstand rufen. Er hat seinen Wahrheitshunger mit dem eigenen Leben bezahlen müssen.

SORGE Soweit ich informiert bin, litt Herr Morton an einer schweren Paranoia und hat Selbstmord begangen.

FERENCZY Unabhängige Sachverständige halten die Vielzahl tiefer Messerstiche in den rechten Arm bei einem Selbstmord für völlig untypisch, wenn nicht gar für objektiv undurchführbar.

SORGE Möglicherweise war Herr Morton nicht nur paranoid, sondern auch noch Linkshänder.

FERENCZY Die Polizei ließ den Leichnam vom Tatort wegschaffen, ohne die Angehörigen benachrichtigt zu haben. Und nach der Obduktion wurde der Leichnam ohne Wissen und Auftrag der Angehörigen eigeäschert.

SORGE Verehrte Kollegin, Sie konstruieren hier geradezu ein Komplott, doch darf ich Ihnen versichern, daß alles mit rechten Dingen zuging. Ich war seinerzeit mit dieser Angelegenheit betraut. Wir konnten nur einen einzigen Verwandten ausfindig machen, einen Neffen Herrn Mortons, der gegenwärtig eine zehnjährige Haftstrafe wegen Urkundenfälschung und betrügerischen Bankrotts verbüßt.

FERENCZY Und der Tatort selbst wurde eilends von einer Reinigungsfirma so gründlich gesäubert, daß sich weitere kriminologische Nachforschungen erübrigten.

SORGE Soviel ich weiß, ist der Antrag zur Reinigung des Apartments nicht von der Polizei erteilt worden.

FERENCZY Und ebensowenig vom Hausbesitzer. Von wem also dann? Bei der lückenlosen Überwachung des Netzes dürfte es für die zuständige Staatsanwaltschaft doch kein Problem gewesen sein, den Auftraggeber zu ermitteln.

SORGE Selbstverständlich nicht, wenn es dazu einen Grund gegeben hätte. Nur sind allein Sie es, die hinter einem offenkundigen Sachverhalt böse Mächte am Werke glauben.

FERENCZY Die »bösen Mächte« sind durchaus irdischer Natur, Herr Sorge. Am Abend vor dem ominösen Selbstmord trafen Henry Morton und mein Mandant sich in einer Bar in den Territorien. Herr Morton war nach Zeugenaussagen alles andere als niedergeschlagen. Er hatte eine wichtige Entdekkung gemacht. Nun wollte er sich mit Herrn Kanchelli über das weitere Vorgehen beraten.

SORGE Territorienklatsch, für den womöglich der Angeklagte der einzige Zeuge ist!

FERENCZY Sie wollen nicht wissen, was Morton herausgefunden hat?

SORGE Ich kann es mir schon denken. Die Ressentiments der Territorianer gegen die staatlichen Organe allgemein und unsere Sicherheitsdienste im besonderen sind uns durchaus vertraut.

FERENCZY In der Tat, wenn die Anschuldigungen stimmen, sind sie wirklich geeignet, das Vertrauen in das C.I.D. gründlich zu zerstören. Und sie wären geeignet, die Motive meines Mandanten in einem anderen Licht erscheinen zu lassen.

REICH Würden Sie dem Gericht endlich sagen, was Ihr toter Zeuge herausgefunden zu haben glaubt?

FERENCZY Henry Morton hat herausgefunden, und eingehende Recherchen der Verteidigung haben die Erkenntnisse Herrn Mortons bestätigt, daß unter dem Decknamen Union Trust der C.I.D. selbst einer der Hauptaktionäre der Union Bauxit ist. Union Trust dient offenbar dazu, illegalen Operationen unserer Dienste den Anschein von Legalität zu geben.

SORGE Sie wollen doch nicht allen Ernstes behaupten, das C.I.D. hätte von den Verbrechen der Union Bauxit gewußt!

FERENCZY Es hat nicht nur davon gewußt, es hat sich logistisch und personell an ihnen beteiligt!

(Tumult)

SORGE Sie beschuldigen unseren eigenen Sicherheitsdienst der Menschenrechtsverletzung? Warum hätte er dann die Untersuchung dieser Praktiken zulassen oder gar fördern sollen? Das ist doch vollkommen absurd!

FERENCZY Das C.I.D. hat diese Farce erst inszeniert, als sie öffentlich bekannt zu werden drohte, dann aber mit allen legalen und illegalen Mitteln versucht die Untersuchung scheitern zu lassen. Selbst dieser Prozeß scheint mir inzwischen ein konsequenter Teil dieser Strategie zu sein.

SORGE Vielleicht ließe sich aus Ihrem abenteuerlichen Plot ja noch ein spannender, wenn auch realitätsferner Thriller drehen. Aber für unseren Prozeß, verehrte Kollegin, einen Hochverratsprozeß, sehe ich in diesem gewagten Exkurs keinerlei Entlastung für Ihren Mandanten.

FERENCZY Das zu beurteilen, überlasse ich vertrauensvoll dem Hohen Gericht. – Unabhängig von den Tatsachen, die hinter diesen Indizien stehen, mußte Herr Kanchelli davon ausgehen, von seiner eigenen Regierung mißbraucht worden zu sein. Gerade sein Ruf als ein integrer und ehrenhafter Mann zu gelten, machte ihn für unsere Dienste zu einem nützlichen Instrument. Um so infamer erscheint in diesem Licht die Kampagne der Staatsanwaltschaft, unterstützt von den fragwürdigen Dossiers des C.I.D., ebendiesen Ruf meines Mandanten zu zerstören.

SORGE Dazu mußte weder die Staatsanwaltschaft noch das C.I.D. irgendwelche kompromittierenden Geschichten inszenieren, wie die freimütigen Aufzeichnungen Herrn Kanchellis uns bestätigt haben.

FERENCZY Ihr Versuch, private Vorlieben oder meinetwegen auch Verfehlungen mit der öffentlichen Person zu vermischen, während es hier um kriminelle Machenschaften unerhörten Ausmaßes geht, ist grotesk. Das Urteil über Herrn Kanchellis private Sünden sollten wir unseren Geistlichen oder ihrem Vorgesetzten überlassen.

SORGE Ich gebe gerne zu, daß das, was Sie als private Sünde bezeichnen, ein offenbar unvermeidliches Element des gesellschaftlichen Fortschritts ist.

FERENCZY Oh, sagen Sie jetzt nur nicht, daß Sie mit mir übereinstimmen. Ich müßte dann ja befürchten, unrecht zu haben.

SORGE Nein, nein, verehrte Kollegin, Ihre Furcht ist grundlos. Sie haben absolut recht. Nur ist das in diesem Fall vollkommen irrelevant. Herrn Kanchellis private Sünden stehen hier nicht zur Verurteilung an. Sie interessieren uns nur so weit, wie sie ein besonderes Licht auf seinen Verrat werfen.

FERENCZY Seinem angeblichen Verrat ist ein erster Verrat an ihm selbst vorangegangen, an ihm selbst und den ihm Anbefohlenen.

SORGE Es wäre für Herrn Kanchellis Verteidigung zweifellos klüger, würden Sie weiter, wie anfänglich der geschätzte Kollege Fenichel, einen inneren Konflikt des Angeklagten zum Kern Ihres Plädoyers machen und das Hohe Gericht mit Ihren kruden Verschwörungstheorien verschonen, die auf Dauer nicht nur ermüden, sondern nicht einmal der Entlastung des Angeklagten dienen.

FERENCZY Ich danke Ihnen für Ihren kollegialen Rat, Herr Generalstaatsanwalt, doch verzeihen Sie, wenn ich Ihre vorgeschlagene Argumentation für banale Laienpsychologie halte. Sie wissen besser als jeder andere, wie wenig unsere alltäglichen Handlungen von inneren Konflikten bestimmt sind. Im wesentlichen sind wir doch nur ein Spielball äußerer Mächte.

VIII

Bir Schinn 27. 9. Erfahre am Morgen, daß die Bewohner B.s bereits von meiner Ankunft unterrichtet sind. Einige hätten angedroht, mich für die Verbrechen meiner Landsleute zur Rechenschaft zu ziehen. – Moldi versichert mir, daß ich auf seinen Schutz vertrauen könne. Natürlich sei dieser Schutz nicht umsonst zu haben. Er rät mir, angeblich zu meiner eigenen Sicherheit, das Haus nicht zu verlassen. – Nun fühle ich mich von der Reise noch so angeschlagen, daß ich kaum in der Lage bin, schon auszugehen.

Wirklich beunruhigt mich nur, daß Moldi einen Schlüssel hat & sich jederzeit hier ins Haus des Konsuls Eintritt verschaffen kann. Bei jedem unvertrauten Geräusch schrecke ich zusammen. Und davon gibt es viele. Habe ich deswegen die Dachmansarde gewählt, den am besten zu verteidigenden Raum in diesem festungsartigen Gebäude, der nur über eine schmale hölzerne Stiege zu erreichen ist?

Die ganze Nacht ertönt von irgendwelchen nahe gelegenen Gleisen das Signalhorn einer Lokomotive. Der Zug bewegt sich nicht fort, was dieses andauernde warnende Geheul gerechtfertigt hätte, über den 1000 Kilometer langen ungesicherten Schienenweg durch Wüste & Savanne, eine endlose Reihe mit Aluminiumerde beladener Loren, die alles überrollen, was ihnen nicht rechtzeitig aus dem Weg springt. So ein Zug ist durch keine Notbremsung zu stoppen. – Hier aber steht er am Stadtrand, heult & warnt & bringt mich um den Schlaf.

Ich verlege meine Rekonvalszenz auf das luftige Dach des Hauses & beginne mit einigen Notizen & der Ordnung meiner Gedanken, ohne mich weiter darum zu kümmern, was man von dem Fremden hält. Wenn man tatsächlich einen Anschlag auf mich plante, böte ich hier auf dem Dach das trefflichste Ziel. Mir ist es gleich.

Frei schwebt der Blick über die Häuser der Stadt, die sich von hier oben als eine gut erhaltene darstellt. Nur die Türme der Moscheen überragen die flachen Dächer der ein- & zweistöckigen Häuser. Aus dieser Perspektive könnte es durchaus noch jene märchenhafte Oase sein, die Ibn Battuta beschreibt, die Stadt der Sehnsüchte, in der die Karawanen aus dem Inneren des Landes haltmachen, überladen mit Salz, Seide, Gold & Edelsteinen, Gewürzen & Sklaven, die Stadt des Wissens, in denen Gelehrte die Namen für Tiere, Pflanzen, Kontinente & Sterne erfinden, Operationen am offenen Herzen vornehmen, nach dem Ursprung der Wörter suchen & die Ziffer 0 in die Mathematik einführen. – Schon früher riskierte mancher sein Leben, um hierherzugelangen, in diese schattenlose Stadt, die unter der Sonne Blasen wirft. Staubblasen. Um ihr Geheimnis zu entdecken. Aber ihr Geheimnis sieht man nicht. Zerbröselnde Lehmkuben, aus denen die Sonne jegliche Farbe gesogen hat. Hütet euch vor den Sehnsüchten, warnt Mallarmé.

Bir Schinn 28. 9. Die Versorgung mit Lebensmitteln gestaltet sich schwieriger, als ich angenommen habe. Natürlich habe ich keine Feinkostläden erwartet. Aber doch ein ausreichendes Angebot an Grundnahrungsmitteln. – Der Markt befindet sich außerhalb der Stadt: Salz aus Taudonni, Decken aus Gundam, Lederarbeiten der Imuhar, filigraner Schmuck aus goldgelbem Stroh als Ersatz für das unglückbringende Gold, schwarzglänzende Wachspuppen, papageienrote Kanarienvögel in winzigen Käfigen aus Akazienholz, blauschwarze Krieger mit Lederschilden & mannshohen Speeren, die Gesichter hinter indigogefärbten Schleiern verborgen.

Die Stadt selbst besteht aus mehreren engbebauten Vierteln, in denen die verschiedenen Ethnien abgesondert voneinander leben. Überall sieht man durch die geisterhaften Staublaken das harte Blau des Himmels & die senkrecht stehende, lehmzermahlende Sonne. Fast unsichtbar in den zerstäubenden Lehmwänden fein ausgesägte maurische Rundbogenfenster & Holztüren mit Eisenbeschlägen. Die Frauen starren mich auf dem Markt & in den Gassen unverhohlen an, streifen mich gelegentlich mit ihren langfingrigen Händen, nicht zufällig, sondern mit höchster Bewußtheit. – Die Männer hingegen schleichen sich in meinen Schlaf. Dort liegen sie dann, lang ausgestreckt in ihrem strengen Geruch. Es sind vor allem ihre staubbedeckten Füße, die meine Lippen streifen. Anders als bei den unverschleierten Frauen ist ihre Haltung nicht herausfordernd, sondern eher eine des scheuen Gewährenlassens. Zumindest bei jenen 2, 3, die ich während meiner ersten Stadterkundung genauer beobachten konnte; die mir, aus welchen Gründen auch immer, näher kamen als die gesichtslose Menge der Händler. Jene 2 oder 3, bei denen mir Einzelheiten aufgefallen sind, eine helle Narbe auf dem Fußrücken oder ein phantastisches Element ihrer Frisur. Männer wie Frauen legen sehr viel Liebe & Sorgfalt in die Gestaltung ihrer Haartracht. Sie flechten Perlen, Blumen, Spielzeugautos oder Wäscheklammern ins Haar oder rasieren bizarre Muster hinein.

Mit derselben Sorgfalt sind sie gekleidet. Mag ihnen auch sonst nichts gehören als die Kleider am Leib, so sind diese doch in makellosem Zustand.

Hirse, Grieß, Geflügel, rohes Fleisch, Dinge, die gekocht werden müssen. Sie zwingen mich, meine Ernährungsgewohnheiten von Grund auf umzustellen & dem hiesigen Angebot anzupassen.

Bei meiner Heimkehr endlich eine Nachricht von Bertie. Der Beginn der Kommissionsarbeit sei für nächsten Dienstag geplant. Am Morgen werde mich ein Wagen des Konzerns abholen & nach Arlit bringen.

»Ein Wagen des Konzerns?«

»Hier gehört alles der Union Bauxit, jeder Wagen, jedes Haus, jeder Quadratmeter Erde, jeder Eingeborene.« – Moldi hat, während er auf meine Rückkehr wartete, das ganze Haus geputzt. Die sauberen Räume sind wie ein stiller Vorwurf: Sieh, wozu ich nützlich bin! oder auch: Sieh, wie du mich mißbrauchst! Du bist auch nicht besser als die anderen! – Ich danke ihm für die Nachricht & bitte ihn, mich nun allein zu lassen. »Colonel Bertie hat mich beauftragt, mich bis zum Beginn der Untersuchung um Ihr Wohlergehen zu kümmern.«

»Du willst dich doch nicht bis Dienstag hier einquartieren!«

»Es ist zu Ihrer eigenen Sicherheit.«

»Das kommt überhaupt nicht in Frage. Richte dem Konsul aus, wenn seine Gastfreundschaft mit einer ständigen Beaufsichtigung verbunden sei, würde ich es vorziehen, mir eine andere Unterkunft zu suchen.«

»Seien Sie nicht kindisch! Sie kennen niemanden in Bir Schinn. Aber jeder kennt inzwischen Sie!« – Ich untersage dem Hausdiener jede weitere Einmischung in meine Angelegenheiten. Es kommt zu einem kurzen heftigen Wortwechsel, immerhin mit dem erfreulichen Ende, Moldi vor die Tür gesetzt & diese von innen mit einem schweren Balken verbarrikadiert zu haben. – Die ganze Nachbarschaft hat dem lautstarken Disput folgen können. Nun gut, mögen sie denken, was sie wollen.

Bir Schinn 29. 9. Habe auf ein Wiedersehen gehofft, obwohl ich wissen müßte, daß es mich eigentlich nur enttäuschen kann. Doch seit der ersten Nacht ging er mir nicht mehr aus dem Kopf. Nun steht Ambari plötzlich vor mir. Er trägt immer noch dasselbe zitronengelbe T-Shirt mit der Aufschrift TAXI. »Du hast Morton nicht nach Arlit begleitet?«

»Monsieur Morton ist nach wie vor in Bir Schinn. Er wohnt im Palast des Emirs.«

»Er ist ein Gast des Beys?«

»Im übrigen hat er mich aus seinem Dienst entlassen.«

»Doch nicht der einen Nacht wegen?«

»Er hat mir keinen Grund genannt.«

Einen quälend langen Augenblick stehen wir schweigsam

da. Ein richtiges Gespräch will nicht recht in Gang kommen. Worüber sollten wir uns auch unterhalten.

»Hat Morton dir genug Geld für die Rückreise in dein Dorf gegeben?«

Er schüttelt den Kopf. »Wollen Sie mich nicht in Ihren Dienst nehmen, Sahib?«

Seit Sonnenuntergang ertönen Trommeln aus dem Hof irgendeines Nachbarhauses. »Hochzeitstrommeln!« erklärt Ambari. »Wenn man Sie fragt, ob Sie verheiratet seien, sagen Sie einfach ja.«

»Warum sollte ich meine Ehelosigkeit verheimlichen?«

»Die Menschen hier schenken Unverheirateten keine besondere Achtung. Sie halten Ledige für unreif oder selbstsüchtig. Und in den Versammlungen der Männer haben Junggesellen kein Recht, das Wort zu ergreifen.«

Die nicht endenden hartledrigen Schläge, untermalt von schrillen Trillern & seltsamen melancholischen Gesängen treiben mich aus dem Haus. Will den Abend nicht allein mit Ambari verbringen. – Das Caféhaus Sidi Baraui ist offenbar der Treffpunkt der jungen Männer meines Viertels. Ich sitze da, eher neben als unter ihnen, ein wenig erstaunt über die angestauten Energien, die sich permanent in kleinen aggressiven oder anzüglichen Szenen entladen. Alle sind sie Schauspieler. Das Spiel ist vermutlich der einzige Rahmen, in dem ihnen ein Ausagieren ihrer Wünsche & Frustrationen erlaubt ist.

Wie gelingt es einer – wenn auch gut bewaffneten & geschulten – Minderheit von Machthabern, diese Energien für ihre eigenen Interessen zu mißbrauchen? Es können nicht die Waffen allein sein. Gegen einen organisierten Aufstand dieser jugendlichen Kräfte käme keine Waffengewalt an. Die Herrschenden müssen etwas vorfinden, das ihren Interessen entgegenarbeitet, einen internalisierten Hang zur Unterordnung, eine innere Überzeugung, die jede Auflehnung verbietet.

Das Café schließt früh. Ich verlasse die nächtliche Stadt &

spaziere in Richtung Fluß. Kein einziger Mensch begegnet mir. Nur das Tamtam der Trommeln verfolgt mich bis ans Ufer. Auf der silbergrünen Oberfläche eine halbe Kalebasse Milch, der weiße Mond, und blauschwarze Haarinseln, ein Geruch nach weiblicher Scham, und auf den Lippen ein herber Geschmack von Teer.

Bir Schinn 30.9. Der Wind hat aufgefrischt. Ein dunkler klebriger Rauch weht durch die Gassen. »Aus Arlit«, sagt Ambari. »Früher hat dieser Wind Regen angekündigt. Doch die Arbeiter in den Gruben halten den Regen zurück. Zumindest so lange, bis sie alles Erz aus der Erde gegraben haben.«

»Glaubst du das wirklich?«

»Zweifellos gibt es Leute, die den Regen aufhalten können. Aber es ist natürlich nicht gut, so etwas zu tun.«

Ambari zeigt entschieden auf dieses & jenes. Und die Frau schöpft ihm die zerkochten Gerichte in die kleinen Töpfe, die wir mitgebracht haben. Ich kann nur der Farbe nach unterscheiden, was sich in den einzelnen Schüsseln befindet. Der Geruch der Speisen vermischt sich unauflöslich mit dem ätzenden Rauch aus der Grubenstadt. Ambari hielt es für einfacher, uns hier aus der kleinen Garküche in meiner Nachbarschaft mit Speisen zu versorgen, als selber zu kochen. – Einfacher ist es gewiß.

»Wieviel hast du für das Essen bezahlt?« frage ich.

»Nein, nein!« ruft er aus. »Darüber spricht man nicht. Das bringt Unglück!«

»Unglück?«

»So haben meine Eltern es mir beigebracht. Und so habe ich es selbst erlebt.«

Als wir nach Hause zurückkehren, finden wir Moldi vor. Bertie habe ihn geschickt, nach mir zu sehen, sagt er mit schwerer Zunge. Er scheint betrunken zu sein. Voller Widerwillen starrt er auf Ambari und die Töpfe. »Monsieur Bertie mag es gar nicht, wenn seine Gäste fremde Leute ins Haus schleppen!«

»Du hast Ambari bereits kennengelernt, Moldi. Er steht in meinem Dienst.«

»Wenn Sie einen Diener brauchen, hätten Sie mich fragen können!«

»Wenn ich dich in meinem Dienst hätte haben wollen, hätte ich dich gefragt, Moldi. Nun verlasse das Haus!«

»Sie haben kein Recht, mich hinauszuwerfen. Ist Monsieur Bertie nicht anwesend, bin ich sein Stellvertreter. Sie hätten mir sagen müssen, daß Sie fremde Männer ins Haus holen.«

»Es reicht jetzt, Moldi. Verschwinde!«

»Sie werden Schwierigkeiten bekommen, wenn ich dem Konsul von Ihrem Besucher erzähle –«

»Erzähle Bertie, was du willst. Hauptsache, du gehst jetzt. Doch laß den Schlüssel hier!«

»Sie haben kein Recht, mir den Schlüssel abzunehmen!«

»Ambari, faß mit an.«

»Sagen Sie diesem Wilden, er soll die Hände von mir lassen, Sie Wahnsinniger! Sie werden noch merken, was Sie angerichtet haben!«

Am Abend im Sidi Baraui, wo neben Tee & türkischem Kaffee auch Softdrinks aus der Union angeboten werden. Weiß der Teufel, wie sie durch Urwald & Savanne ihren Weg hierhergefunden haben. – Schaue den jungen Männern beim Kartenspiel zu. Frauen findet man nicht in den Cafés von Bir Schinn. Der Große Versöhner hätte seine helle Freude an dieser sittenstrengen Kultur gehabt. Sonst gibt es nichts an abendlicher Unterhaltung für die jungen Leute. Sie sind bereits zu alt für die Spiele der Kinder & noch zu jung für die Vergnügungen der Erwachsenen. Sie träumen von Frauen, so heftig & mit Händen greifbar, daß sie enttäuscht sein werden, wenn es schließlich soweit ist.

Bir Schinn 1. 10. Der Lärm der ballspielenden Jungen von der Freifläche vor dem Wehrkloster lockt mich hinaus, ihre Anfeuerungsrufe, ihr Gelächter, neapelgelb, mit Leinöl verdickt. Und immer noch der Geruch nach geschmolzenem Alteisen & brennendem Gummi in der Luft. Arlit.

Ich schaue ihnen eine Weile zu. Und sicher beobachten sie mich ebenso intensiv, auch wenn sie ganz in ihr Spiel versunken scheinen. Auch dieser Blickwechsel zwischen uns ist, wenn schon keine Lüge, so doch ein Spiel: Immer ist ein Mehr gegenwärtig, das geleugnet werden muß.

Hinter dem Wehrkloster, schon außerhalb des Stadttores al-Aid, an dem die Lämmer zum Opferfest geschlachtet werden, liegt der Friedhof von Bir Schinn. Grabsteine gibt es nicht, denn der Boden, so erklärt mir Ambari, gehört niemandem. Trotzdem sind manche Gräber gekennzeichnet: mit einer Obstkiste, einer alten indischen Nähmaschine oder einer ausrangierten Autobatterie statt des Grabsteins.

In der vergangenen Nacht ist in einem Nachbarhaus ein noch junger Mann plötzlich gestorben. Wir konnten von unserer Dachterrasse die Beerdigungsvorbereitungen beobachten, nachdem uns das Klagegeschrei der Weiber, ihren Hochzeitsgesängen nicht unähnlich, aufgeweckt hatte. Die Männer rammten eine Reihe von Pflöcken in den Boden des Hofes, die sie mit Matten behängten. Hinter diesen Paravent legte man den Leichnam. Die Frauen erhitzten Wasser & trugen es in großen Kalebassen zum Toten. Hier, hinter den Matten, wuschen sie den Leichnam & richteten ihn für die Bestattung her.

Dann tragen ihn, in einen Teppich aus Palmblättern gerollt, bereits mehrere Männer hinaus auf den Friedhof. Seit seinem Tod sind kaum 10 Stunden vergangen. Eine kleine Menge folgt den Leichenträgern & murmelt eine Litanei von Koranworten: Gott ist der Größte! Nur bei Ihm finden wir Zuflucht & Kraft! Ihm gehören wir & zu Ihm kehren wir zurück. Gelobt sei Er, Sein Wille geschehe!

Ich folge mit Ambari dem Trauerzug. – Zwei Männer stehen

im Grab, um den Leichnam entgegenzunehmen. Die Hauptgrube nenne man Muttergrab, sagt mir Ambari. Sie legen den Toten in eine Nische auf der östlichen Seite der Grube. Diese nenne man Tochtergrab.

Der Tote liegt nicht auf dem Rücken, sondern auf der Seite, das Antlitz nach Mekka gewandt. Sein Gesicht wird von den Palmzweigen befreit, um der Tradition gemäß ein paar grüne Jujubeblätter in seinen Mund zu stecken, als Wegzehrung ins Reich der Unsterblichkeit.

Beim Ausheben der Grube hatte man die erste & die letzte Schaufel Erde beiseite getan. Nun, da der Leichnam in seiner Grabnische liegt, wirft man die erste Schaufel auf ihn & dann die letzte, so daß, was oben lag, nun nach unten kommt & das Untere zuoberst liegt.

Als das Grab zugeschüttet ist, zeichnet ein Onkel des Toten einige arabische Schriftzeichen in die Graberde. Nein, das sei nicht der Name des Verstorbenen, sondern der Name Fatimas, erklärt Ambari. Sie war die Mutter Alis, Cousin & Schwiegersohn des Propheten. Die Buchstaben ihres Namens, so glaubt man, besäßen die Eigenschaft, die Erde auf dem Körper des Verstorbenen leichter zu machen & sein Herz für die Begegnung mit den Engeln Munkari & Nakir zu stärken, die ihn befragen werden.

Dazugehören – am Abend bin ich wieder im Café Sidi Baraui. Die Regelmäßigkeit meines Besuches schafft eine zunehmende Vertrautheit. Die Gesichter differenzieren sich, Charaktere schälen sich heraus, Verwundbarkeiten werden sichtbar, Narben. Da ist Mehir, der Unsichere, Ruhelose, der sich den ganzen Tag hier aufzuhalten scheint & sich mit dem Gefühl der Erlösung auf jeden Bekannten stürzt, der zufällig das Café passiert. Da ist Sahbi, der nach der Arbeit kommt, mit einer blauen Wollmütze auf dem kurzgeschorenen Kopf, eine Art Narrenkappe. Alles an ihm ist heller, strahlender, unschuldiger als bei seinen Gefährten, die Augen, die Haut, die Stimme, die Worte. Und Salah, sein Busenfreund von Kindesbeinen an, ein gutaussehender, sich seines guten Aussehens gewisser Bursche, der sich nicht scheut, ständig eine effeminierte Parodie seiner selbst zu liefern, so lustvoll und authentisch, daß diese ausgeprägte weibliche Seite oder das, was man in diesem Männerbund dafür hält, ein wesentlicher Teil von ihm sein muß. – Wie Sahbi arbeitet er tagsüber in einer Autowerkstatt.

Ich schaue ihnen bei ihrem allabendlichen Kartenspiel zu. Mit atemberaubender Schnelligkeit haben sie sich einen Überblick über die 13 Karten in ihrer Hand verschafft, ebenso schnell am Ende der Partie die Punkte errechnet. Und am Rand bleibt noch Zeit zum Sprachunterricht für den lernhungrigen Fremden. Natürlich fehlen auch hier nicht die üblichen Wortspiele & -fallen. Schon die kleinste Ungenauigkeit in der Aussprache führt zu Lachsalven, wenn meine ungeübte Zunge aus »gute Besserung« zum Beispiel »gute Bewässerung« oder aus »kleiner Dose« »kleine Möse« formt. – Damit ich ihr Amüsement nicht als ein schadenfrohes, hämisches mißverstehe, übernehmen ihre Hände es, mich ihrer Zuneigung & Fürsorge zu versichern; große, breite Hände, deren ständige Berührungen mich zunächst verstören & ängstigen, dann beruhigen & entspannen & schließlich süchtig machen.

Als ich mich auf der stillen Gasse wiederfinde, um nach Hause zurückzukehren, ist jede Sorge & jede Beschwernis von mir abgefallen.

Bir Schinn 2. 10. Besuch des Dar Asquith, eines alten Patrizierhauses der Stadt, das nun ein Museum sein & Einblick in die traditionelle Lebensweise der großen Familien B.s geben soll. Zur Gasse hin nur die übliche schmucklose Lehmfassade, die Tür allerdings aus kunstvoll geschnitztem & mit Kupferbeschlägen versehenem Zedernholz. Und dahinter finde ich wirklich die unveränderten Prunkräume in ihrem etwas glanzlos gewordenen Schmuck.

Ich bin der einzige Besucher. Weder die Bewohner Bir Schinns noch die Ingenieure der Union Bauxit scheinen sich sehr für Heimatkunde zu interessieren. So komme ich mit dem älteren Mann, Kartenverkäufer, Museumsdiener & -führer, -kurator & -direktor in Personalunion leicht ins Gespräch. Er heißt Sami ibn Salah ibn Sahbi al-Asquith & ist der letzte Sproß dieses ehrwürdigen Geschlechts. Er besitzt & behütet dieses Haus seiner Ahnen nicht nur, er bewohnt es auch noch. In einem der mit Flamingoflügeln, Purpurkissen, Schildpattkämmen & Zedernkästchen geschmückten Alkoven befindet sich unter der taubenblauen, silbersternbestickten Decke sein eigenes profanes Nachtlager. In belebteren Tagen war dieser Raum die Wohnung der Zweitfrau.

Wir setzen uns auf die schmale, kissenbelegte Bank, die zweifellos für ein zierlicheres Geschlecht geschnitzt war. Seine Schwester bringt uns den Tee. Sie führt ihm den Haushalt, wohnt jedoch in einem anderen, weniger musealen Haus der Familie. Der Hausherr selbst ist unverheiratet, gedenkt aber, noch beizeiten für den nötigen Erben zu sorgen. Sein Vater habe seine erste Frau auch erst mit 55 Jahren geheiratet.

»Historiker & Märchenerzähler scheinen sich über die Bedeutung der Frauen im Haus nicht immer im klaren zu sein. Hier & nicht im Versammlungsraum der Männer wird Politik gemacht. Mein Urgroßvater, Bey Abdul Karim ibn Bakr al-Asquith war seinerzeit der mächtigste Mann des Landes. Sein Herrschaftsbereich erstreckte sich vom Rifgebirge bis zur Küste, wo er eine zweite Residenz errichtete. War er auf Reisen, vertrat ihn hier wie dort einer seiner Söhne.

Als er unerwartet starb, kam es zu einem Streit um seine Nachfolge. Schließlich war es die Zweitfrau Salme, die hier, in diesem Zimmer & womöglich auf dieser Bank, die Ansprüche ihres Erstgeborenen gegen die Söhne der Erstfrau durchsetzen konnte, indem sie ihre Rivalin, durch welchen weiblichen Zauber auch immer, für ihre Pläne gewann.«

Die Größe & die Last des Erbes haben ihn ein wenig aufquellen lassen. Das Gesicht aber läßt trotz einer unleugbaren aristokratischen Teigigkeit immer noch die zarten melancholischen Züge eines Jünglings durchschimmern. »Sobald Sie Ihren Tee ausgetrunken haben, zeige ich Ihnen das Herz dieses Hauses!«

»Oh, Sie haben noch eine echte Bibliothek!«

»Selbstverständlich. Wie können wir uns in die Dichtung verlieren ohne die großen & kleinen, die schweren & leichten Bücher in ihren Leder- oder Papiereinbänden, das Rascheln der Seiten, das leise Knacken steif gewordener Rücken, den staubigen Geruch nach Sand, Rinde & Tierhaut? In Bir Schinn wird der Reichtum eines Mannes an der Zahl seiner Bücher gemessen.«

»Das Wesentliche an Büchern sind doch die Daten, die sie transportieren. Dafür bedarf es keines besonderen Gewichts oder Geruchs.«

»Glauben Sie? Wie sehen denn Ihre Bücher aus?«

»Wir haben keine Bücher mehr. Jeder ist durch das Netz mit einer virtuellen Universalbibliothek verbunden.«

»Und was hält der Leser in seinen Händen?«

»Nichts. Er liest das, was Bücher einmal enthalten haben, von einem Monitor ab.«

»Das ganze Werk?«

»Zumindest die Informationen, die ihn interessieren. Man kann ein Stichwort eingeben, und die Maschine wählt selbständig alles Wesentliche aus.«

»Und die Maschine weiß, was für Sie bedeutsam ist?«

»Natürlich. Mit ihr können Sie Texte nicht nur beliebig abrufen, Sie können sie auch verändern, korrigieren oder ergänzen.«

»Oder verfälschen?«

»Verfälschen? Gibt es kein Original, gibt es auch keine Fälschung. Doch wenn Sie von unwahren oder gemeingefährlichen Informationen sprechen, so wacht eine lückenlose Netzpolizei über die Reinheit des Informationsstroms.«

»Es gibt also gar keine Werke mehr?«

»Wenn Sie es so ausdrücken wollen. Das gesamte geistige Wissen ist sozusagen kollektiviert. Es kommt nicht mehr auf die Originalität oder Geschlossenheit eines Werkes an.«

»Jeder Fortschritt ist mit gewissen Verlusten verbunden, finden Sie nicht auch?«

»Ich sehe keinen Verlust. Alle jemals verfaßten & gespeicherten Texte sind für jedermann zu jeder Zeit zugänglich.«

»Nun, wenn denn jeder alles lesen kann – Ihre nackten Informationen kann man ja nicht einfach wie ein verbotenes Buch aus dem Regal nehmen & wegschließen, nicht wahr?«

»Die Informationspolizei ist gewissenhafter & unbestechlicher als jeder Zensor. Sie müssen sich diese elektronische Zensur wie ein engmaschiges Netz aus bestimmten indizierten Wörtern vorstellen. Taucht in einem Text eines dieser Wörter, zum Beispiel pornographischen Inhalts, auf, wird der Text einer genauen Kontrolle unterzogen. Sie können sicher sein, in unserer virtuellen Bibliothek kein einziges obszönes oder blasphemisches Wort zu finden.«

»Ich habe immer angenommen, daß nicht einzelne Wörter obszön oder blasphemisch sind, sondern gewisse Zusammenhänge, Geschichten, Meinungen, die nicht einmal derartiger Wörter bedürfen, um unseren Glauben oder unser Schamgefühl zu verletzen.«

»Ich versichere Ihnen, unsere Netze sind subtiler, als Sie sich vorstellen können. Selbstverständlich beschränken sie sich nicht auf den nackten Begriff.«

»Aber sie schließen ihn ein, nicht wahr, so daß die erotische Lyrik eines Hafis Ihrem elektronischen Zensor zum Opfer fiele.«

»Hafis?«

»Hier, lesen Sie ihn. Eigentlich gehört er seines Inhalts oder, wie Sie sagen würden, seiner Informationen wegen hinter Schloß & Riegel. Ein Wein- & Knabenliebhaber, verstehen Sie? Aber die Form, der vollkommene Rhythmus, der Wohlklang seiner Bilder, wie kann ein Liebhaber der Poesie ihn da seiner moralischen Verfehlungen wegen verurteilen!«

»Sie wollen, daß ich dieses – Buch an mich nehme?«

»Es ist ein kleines, handliches Büchlein, wenn auch schwerer als das flüchtige Flimmern auf Ihren Bildschirmen. Ist es Ihnen bereits zu schwer?«

»Natürlich nicht. Aber was Sie mir über den Lebenswandel dieses Dichters erzählt haben –«

»Sie sind ein weitgereister & erfahrener Mann. Sie werden das Werk eines Menschen doch nicht an seinem Lebenswandel messen! Und falls die Verirrungen einer fremden Seele, aller Zartheit & Musikalität ihrer Stimme zum Trotz, Sie dennoch beleidigen sollte, so klappen Sie das Büchlein einfach zu!«

Arlit 3. 10. Zu Gast im Haus des Sektionschefs Hernando Tyzon. Konsul Bertie hat sich gleich nach seiner Ankunft hier einquartiert, während er mir das Haus in Bir Schinn zur Verfügung stellte. Prachtvolle Villa, kühl, sauber, ruhig. Weißgetünchte Fassade, imposantes Portal mit dorischen Säulen und im weitläufigen Garten mediterrane Fauna, englischer Rasen & der obligatorische Pool. Ein junger Diener nimmt mir das Gepäck aus der Hand & führt mich auf mein Zimmer. Der Hausherr & die anderen Gäste hielten gerade Siesta. Man werde sich um 5 Uhr zum Tee auf der Veranda treffen.

Mein Mittagsschlaf ist voller Unruhe. Vor meinen Augen habe ich ein Blatt Papier, dessen Text ich nur bruchstückhaft entziffern kann. Ich lese ihn den anderen vor, doch denke mir den fehlenden Teil einfach aus. Plötzlich verwirren sich auch die eben noch lesbaren Passagen. Ich kann nichts mehr entziffern oder auch nur zusammenphantasieren. Mein Hals ist wie zugeschnürt. Mir ist, als müsse ich ersticken & erwache schließlich voller Angst.

Der Hausherr spielt mit uns Bridge bis halb 12 in der Nacht. Er läßt uns freundlich gewinnen. Ein hageres Gesicht, die schlaffe Wangenhaut von tiefen Falten zerfurcht, ein verlebtes Gesicht, wie man es in der Union nicht mehr antrifft, Kosmetika, Schönheitschirurgie & Gentherapie tun ihr möglichstes, jeden Anschein von Alter & Verfall zu verwischen. Nicht aus narzißtischen, sondern aus rein sozialen Gründen, wie ich plötzlich verstehe: Solch ein Gesicht ist für jedes Gegenüber eine Zumutung, ein Zerrspiegel der eigenen Verfallenheit. In der Union ist der Tod nur ein innerer Verfallsprozeß. Äußerlich junge, jugendliche Menschen werden nach dem Stillstand ihrer Stoffwechselprozesse den Krematorien überantwortet, selbst in den Glutöfen noch die makellosen Gesichter von Schauspielern, Politikern oder Geistlichen.

Das Gesicht Tyzons hingegen erscheint verwüstet, ohne wirkliche Narben & Verletzungen, einfach durch ein exzessives Leben & mangelnde Sorge um das Erscheinungsbild. Ja, er trägt diese rücksichtslose Vernachlässigung des äußeren Scheins mit einem gewissen lakonischen Stolz zur Schau. Ein Lebenssüchtiger, der den Enthaltsamen erstaunt fragt, wie das Leben denn anders als süchtig zu ertragen sei. Sex, Alkohol, Gewalt, und neben dieser unverantwortlichen Hingabe an den Augenblick eine große Beherrschtheit & Abgeklärtheit, während die Senioren in der Union mit ihrem jugendlichen Teint auch ihr jugendliches Gemüt bewahrt haben, ihre kindliche Ungeduld & Wut über die Unerfüllbarkeit ihrer maßlosen Hoffnungen & Wünsche.

Hier hat sie sich jemand erfüllt, ohne vor dem Preis zurückzuschrecken. Kann nicht behaupten, daß mir sympathisch ist, was sich in seinem Gesicht in aller Nacktheit entblößt. Aber es nötigt mir eine gewisse Achtung & vielleicht sogar Bewunderung ab.

Die Kommissionsmitglieder, d. h. Bertie, Fox & Oriximina, verschieben die Besprechung des weiteren Vorgehens auf morgen.

Arlit 4. 10. Retortenstadt in baum- & strauchloser Steppenlandschaft. Die Temperaturen um 11 bereits 40°. Am Rand der

Bungalowsiedlung für die Angestellten ein offener etwa 3 m breiter Abwasserkanal. Jenseits des Kanals ein chaotisches Konglomerat aus Baracken & Zelten, in denen die Arbeiter, Geschäftemacher & Prostituierten hausen. Neben den Bungalows gibt es im Angestelltensektor einen Club, ein Gästehaus, eine Sanitäts- & eine Missionsstation. Nur den Hausangestellten unter den Eingeborenen ist es erlaubt, dieses Viertel zu betreten. Sie müssen, wenn Sie den einzigen Steg über den Abwasserkanal passieren wollen, eine besondere Genehmigung vorweisen.

»Für den Bau der Bungalowsiedlung«, erklärt mir Padre José Oriximina auf unserem Rundgang, »ist jeder Nagel, jede Schraube, jeder Teller & jeder Löffel von der Union auf dem Seeweg bis nach Cotonou gebracht, dort umgeladen & mehr als 2000 km landeinwärts transportiert worden, größtenteils auf Eselsrücken & Menschenschultern, weil die Pisten aus der Kolonialzeit längst zugewuchert waren.«

Ich frage den Missionar, wie er mit seinem religiösen Auftrag in diesem Land vorankomme.

»Es ist ein schwieriges Feld«, räumt Padre José ein. »Die Leute fragen uns, ob der Glaube an unseren Gott ihnen genausoviel Macht verleihen werde wie den Führern der Union Bauxit. Ich erkläre ihnen, daß die Konzernleiter ihre Macht nicht durch unseren Gott verliehen bekommen haben. Das enttäuscht sie natürlich.«

In dieser Welt des Aberglaubens, der Hungersnöte & des Terrors hat sich der Padre einen tiefen Sinn für Ironie angeeignet. Mitgebracht haben kann er diesen Sinn nicht, denn die Union ist vor allem durch die Abwesenheit jeglicher Ironie gekennzeichnet.

»Arlit ist ein geschlossenes Universum. Hier gibt es nichts anderes als die Mine, nachdem der fruchtbare Boden abgetragen wurde & mit ihm die Dörfer & ihre Existenzgrundlage. Wer heute noch hier leben will, hängt vollkommen von der Union Bauxit ab. Selbst die Missionsstation gehört nicht der Gemeinde, sondern dem Konzern.

Der Konzern kontrolliert alles: die Wohnungen, die Trinkwasserversorgung, den Markt, das Schulwesen, die Gesundheitsversorgung, das alte Telefonnetz. Beim Streik vor einigen Jahren konnte ich mich nicht mit den Streikführern über das Telefon verständigen. Die Konzernleitung hörte immer mit. Und bevor der Ausstand außer Kontrolle geraten konnte, rief sie das Militär aus Bir Schinn herbei. Die ganze Eingeborenenstadt wurde von der Außenwelt abgeschottet, so daß niemand erfuhr, was innerhalb der Stacheldrahtzäune geschah.«

In dem flachen, sachlichen Verwaltungsgebäude des Konzerns, diesseits des Kanals, lassen wir uns bei Henry Lex Gielgud, dem stellvertretenden Sektionschef, melden. Er läßt uns nicht lange warten, scheint aber ein wenig verwundert, den Padre in meiner Begleitung zu sehen. »Padre Oriximina ist offizielles Mitglied der Untersuchungskommission, Herr Gielgud. Wir beginnen unsere Untersuchung hier, im Schaltzentrum Ihres Unternehmens, um zunächst die Verträge mit der hiesigen Regierung einzusehen.«

»Es ehrt mich, daß Sie die Sektionsverwaltung für das Hirn unserer hiesigen Unternehmungen halten. Doch was Ihren Wunsch betrifft, so muß ich Ihnen mitteilen, daß die Vertragsparteien absolute Vertraulichkeit vereinbart haben.«

»Die Verträge unterliegen der Geheimhaltung?«

»Konkurrenzunternehmen & ideologische Gegner würden eine Menge darum geben, Einblick in unsere Geschäftspolitik zu erhalten. Das entspricht weder den Interessen des Konzerns noch denen der Regierung.«

»Und mit den unmittelbar Betroffenen, den lokalen Stämmen, denen das Land traditionellerweise gehört, sind keine gesonderten Vereinbarungen getroffen worden?«

»Wir haben es hier nicht mit den sozialen Strukturen der Union zu tun, Herr Kanchelli. Der überwiegende Teil der hier beheimateten Stämme besteht aus Analphabeten. Und wie können wir als internationaler Konzern Verträge auf der Grundlage oraler Traditionen abschließen. Staatsrechtlich ist der Bey Eigner des Bodens. Nur er besitzt die Vollmacht, Konzessionen zu erteilen. Sollte jemand im Lande anderer Meinung sein, so handelt es sich um einen inneren Konflikt, in den wir uns natürlich nicht einmischen.«

»Wie entschädigen Sie die Regierung für das Recht der Bodennutzung?«

»Ich bezweifle, daß Ihr Untersuchungsauftrag auch den Bereich unserer internen Geschäftsführung einschließt. Ich darf Ihnen aber versichern, daß unsere Geschäftspartner mit unseren Gegenleistungen hoch zufrieden sind.«

»Unser Untersuchungsauftrag bezieht sich vor allem auf die Situation der Arbeiter. Sie erlauben uns sicher eine Inspektion der Arbeitsplätze.«

»Natürlich, jederzeit. Walter Fox, unser Chefingenieur, ist ja für diese Aufgabe in Ihre Kommission entsandt worden. Ich muß Ihnen wohl nicht sagen, daß der Tagebau in diesem höllischen Klima nicht mit einer Bürotätigkeit in Corpus Christi vergleichbar ist.«

»Ich bin in den Territorien aufgewachsen, Herr Gielgud, und mit körperlicher Arbeit durchaus noch vertraut.«

Arlit 5.10. Erfahre heute morgen vom Selbstmord Hector McDonalds. Zwei Jahre gemeinsamer diplomatischer Dienst in Rom. Ich, der Anfänger, er, mein Lehrer & Mentor. Italienliebhaber, Gelegenheitsdichter, Bonvivant – nun angeblich in eine homosexuelle Affäre in Sri Lanka verwickelt. Zurück nach Corpus Christi beordert, um sich vor dem Disziplinarausschuß zu verantworten, erschoß er sich vor wenigen Tagen in einem Hotel in Paris. So zumindest Berties Bericht. Doch das sieht ihm ähnlich: in Rom lieben, in Paris sterben.

Armer Hector. War einer der besten Diplomaten, der unsere Regierung je im Ausland vertrat. Trotz seiner ironischen Distanz zur Großen moralischen Revolution. Trotz? Vielleicht war er deswegen so liebenswert: Hat immer die Menschen gesehen

& nie den Status, die Klasse, die Funktion. Wieviel mediokre oder unfähige Beamte beschäftigt der Auswärtige Dienst & belohnt ihre Ignoranz & ihre Korruptheit noch. Siehe Bertie, der, wenn er von meiner Sympathie für dieses Land & seine Menschen wüßte, mich längst aus der Kommission ausgeschlossen hätte. – Welch eine Tragödie, der Liebe wegen zum Verbrecher erklärt zu werden. So verlieren wir unsere besten & tapfersten Männer.

Arlit 6.10. Tyzons Großzügigkeit bleibt mir fremd. Er stellt uns sein Haus zur Verfügung, ohne ein Entgegenkommen unsererseits zu erwarten. Bei jedem anderen hätte mich diese Geste mißtrauisch gemacht.

Tyzons Gastfreundschaft scheint aber nichts mit dem allgemeinen Pragmatismus in der Union gemein zu haben, der jede soziale Investition an ihrem erkennbaren Gewinn mißt: eine Ethik des Mehrwerts, die selbst Gott nicht ausnimmt. Wir sind deshalb so enthusiastische Anhänger des Großen Versöhners, weil es uns noch erfolgreicher macht. Religiosität ist ein Teil unserer allgemeinen Fitneß & wie alle anderen Teile unseres sozialen Lebens einer darwinistischen Erfolgsmaximierung unterworfen.

Und Tyzon, wie kann er seine Position als Sektionschef behaupten, ohne an diesem alltäglichen Wettbewerb teilzuhaben? In der Union gäbe es für einen derart exzessiven Charakter keinen Raum.

Ich sehe ihn nie essen. Scheint seine ganze Nahrung in flüssiger Form zu sich zu nehmen. Und nicht nur die Nahrung, sondern auch die sozialen & seelischen Lebensmittel. Im Gegensatz zu Bertie & selbst zu Padre José schenkt er den Frauen keine Beachtung. Auch hat er offenbar keinen wirklichen Freund. Arbeitskollegen, Untergebene, Bedienstete, ja, aber keinen ihm nahestehenden Vertrauten.

Er gibt uns Fox als Führer mit, damit wir vor Ort die Technik der Bauxitverhüttung kennenlernen. Alle scheinen auf unseren Besuch vorbereitet: strahlende Gesichter, blitzblanke Öfen.

»Die Hall-Heroult-Technik ist nach wie vor das rentabelste Verfahren für die elektrolytische Reduktion von Aluminat zu Aluminium. Wir verwenden in unseren Betrieben 2 Varianten dieser Technik, einmal die vorgebrannten Öfen, in denen die Anoden außerhalb geformt & gebrannt werden, zum anderen die Söderberg-Öfen, die Sie hier sehen. Bei ihnen werden die Anoden vor Ort in situ gebacken.«

Fox scheint wenig begeistert von der ihm zugewiesenen Rolle als unser technischer Vermittler zu sein. Er entledigt sich dieser Aufgabe mit der teilnahmslosen Routine eines alt gewordenen Studienrats. Und Bertie kommt ihm durch eine unverhohlen gelangweilte, schülerhaft tumbe Miene noch entgegen.

»Diese Ofenreihe nennen wir potline«, fährt Fox, nunmehr vor allem an mich gerichtet, fort. »In den Öfen wird das Aluminiumoxid zerlegt. Durch den Zusatz von Kryolith senken wir den Schmelzpunkt des Oxids von über 2000 Grad auf unter 1000, aber das ist immer noch eine höllische Hitze, wie Sie spüren.«

»Keiner Ihrer Arbeiter trägt irgendeine Schutzkleidung«, bemerke ich.

»Es ist ihnen auch ohne Kleidung weiß Gott warm genug.«

»Verzeihen Sie, aber ich finde die Umstände ganz & gar nicht witzig. Die Leute an den Öfen haben rote, aufgequollene Gesichter. Sie sehen krank aus, was mich nicht wundert. Selbst hier, bei unserem Abstand, fühle ich mich nach diesen wenigen Minuten bereits hitzekrank.«

»Die Eingeborenen sind derartige Temperaturen durchaus gewöhnt. Wir müßten sie in die Schutzanzüge zwingen.«

»Wie lange arbeiten die Männer ohne Pause an den Öfen?«

»Sie können hier nicht die Maßstäbe der Union anlegen. Die Menschen haben ihren eigenen Rhythmus. Sie machen auf jeden Fall mehr Pausen, als jeder Arbeitszeitvertrag erlauben würde.«

»Wie lange lassen Sie die Männer an den Öfen stehen?«

»Da die Leute hier relativ unzuverlässig sind, orientieren wir uns nicht an Zeiten, sondern an Produktionsmengen. Ist das Tagessoll geschafft, dürfen sie Feierabend machen.«

»Sie haben meine Frage immer noch nicht beantwortet, Herr Fox!«

»Sie sind noch nicht lange genug hier«, schaltet sich nun Col. Bertie ein, »um zu verstehen, daß die Einheimischen einen anderen Begriff von Zeit haben als wir, bester Kanchelli.«

»Ich unterstelle einmal«, fahre ich, an Fox gewandt, fort, »daß Sie uns hier nicht die alltäglichen Produktionsbedingungen gezeigt, sondern in Ihren Musterbetrieb geführt haben. Ich würde die nächsten Orte unserer Inspektion gerne selber bestimmen, Herr Fox.«

»Selbstverständlich, Herr Kanchelli, solange sich Ihre Wünsche im Rahmen des Untersuchungsauftrags bewegen.«

Arlit 7. 10. Schlimme Alpträume in der Nacht. Schreie um Hilfe & wecke das ganze Haus auf. Bertie verärgert; Tyzon amüsiert. Dabei spielte ich nur die erste Geige in einem Orchester. Ein Sträflingsorchester? Der Träumende wußte mehr. Ließ sich von der harmlosen Szenerie nicht täuschen.

Tatsächlich können sie Verträge mit den Stammesführern vorlegen, in denen diese der Union Bauxit alle Schürfrechte abtreten. Tyzon hat Gielgud angewiesen, der Kommission Einblick in die geheimen Unterlagen zu gewähren.

Als ich Gielgud frage, was die Stämme als Gegenleistung für die Vergabe der Schürfrechte an die U.B. erhalten hätten, antwortet er mit einem lapidaren Hinweis auf den Stapel vergilbten Papiers. In Isangila, so entziffere ich auf einem der Dokumente, erhielt U.B. ihre Rechte für einen Haufen gebrauchter Armeeuniformen & eine ungenannte Anzahl von Ginflaschen.

Das Wort »Vertrag« für diese Form des Handels ist natürlich

ein Euphemismus. Die meisten Clanführer hatten keine Ahnung von dem, was sie hier unterschrieben. Niemand von ihnen spricht unsere Sprache, kaum einer von ihnen kann lesen & schreiben, wie Padre José mir bestätigt. Von den freundlichen Gästen aufgefordert, irgendein Zeichen unter diese unverständlichen Papiere zu setzen, zeigen sie sich einfach als höfliche Gastgeber & legalisieren so den Raub ihres Landes. »Freundschafts- & Kooperationsverträge zwischen Familien, Dörfern oder Clans«, so erklärt mir Padre José, »sind natürlich auch der hiesigen Bevölkerung vertraut. Die Vorstellung aber, jemandem Rechte an Grund & Boden zu überschreiben, liegt jenseits ihrer Vorstellungskraft. Der Boden ist von alters her gemeinsames Eigentum jener, die ihn bewohnen oder bebauen.«

Keiner dieser Verträge wäre nach Recht & Gesetz der Union gültig, weil nicht einmal die Mindestvoraussetzung jedes Vertragsabschlusses, die Vertragsmündigkeit des Partners, hier gegeben ist: »The undersigned chief promised freely and of his own accord, for himself and his heirs and successors to give up to the said company the souvereignity to all his territories and to assist by labour or otherwise any works which the said company shall cause at any time to be carried out in these territories«, heißt es in dem Dokument, das der Häuptling von Ngombi unterschrieben hat.

»Was bedeutet in der Praxis der zweite Teil dieses Vertrages, Herr Gielgud, by labour or otherwise? Verpflichtet sich der Häuptling damit etwa, für 2 Kisten Gin auch noch die Arbeitskräfte zu stellen, die das eigene Land verwüsten werden?«

»Seitdem Sie hier sind, gibt es Unruhe unter den Arbeitern«, antwortet Gielgud mürrisch. »Gestern wurde einer unserer Ingenieure aus seinem Wagen gezerrt & verprügelt!«

»Und Sie sind sicher, daß es sich um Arbeiter handelte?«

»Natürlich. Wer sonst sollte ein Motiv für einen solchen Überfall haben?«

Arlit 8.10. Schlafe in Tyzons Bett, ruhe auf seinem Kopfkissen, unter seinen Laken, alle mit seinen Initialen, und, so bilde ich mir ein, mit seinem Geruch versehen.

Am Nachmittag bringt der Hausdiener mir meine Wäsche zurück. Frage ihn, was ich für den Dienst zu bezahlen habe. Er antwortet: »Die Frau des Chefs hat Ihre Sachen gewaschen, Sir.«

»Du meinst, Mrs. Tyzon persönlich? Ihr kann ich wohl kaum ein Trinkgeld in die Hand drücken.«

»Ich glaube, es war Mrs. Tyzon Nr. 3. Es gibt im Augenblick 5 oder 6 Mrs. Tyzons. Und jede von ihnen wäre für einige Millimes dankbar.«

»Ist es üblich, daß die Männer hier mehrere Ehefrauen haben?«

»Nur den Sektionschefs & den höheren Angestellten sind mehrere Frauen erlaubt, Sir. Es handelt sich doch um einen christlichen Konzern.«

»Ich verstehe.«

In Wirklichkeit bin ich nicht Tyzons Gast. Alles hier ist den Eingeborenen abgepreßt. Sie haben alles aufgebaut & erwirtschaftet. Die Speisen, die man uns serviert, den Wein, den wir trinken, das Dach, das uns schützt, alles haben wir diesen ausgemergelten & mißbrauchten Leibern zu verdanken. In Wirklichkeit sind wir Gäste der Eingeborenen. – Aber auch dann entkomme ich dem alltäglichen Gift nicht.

Es habe erneut einen Anschlag auf einen Angestellten gegeben, höre ich. Diesmal ist es nicht so glimpflich abgelaufen. Man hat seinen Wagen außerhalb der bewachten Bungalowstadt von der Straße abgedrängt, den leichtsinnigen Fahrer, der alleine unterwegs war, an einen unbekannten Ort verschleppt & dort schwer mißhandelt. Den Mund hat man ihm mit Draht zugenäht & in den Anus sein Funkgerät gesteckt. – Einige Arbeiter wurden sofort, nachdem der Vorfall bekannt wurde, vom Sicherheitsdienst festgenommen. Padre José protestiert: Die meisten hätten sich während des Überfalls in der Stadt befunden. Gielguds lakonische Antwort: »Das heißt nicht, daß sie nicht verantwortlich sind!«

Der Padre: »Haben Sie wenigstens eine Gegenüberstellung der Beschuldigten mit dem Opfer veranlaßt?«

Gielgud: »Was soll das nützen. Sehen doch ohnehin alle gleich aus.«

Ein älterer Franzose, Henry Parr, hat auf der anderen Seite des Kanals, am Rand der Eingeborenenstadt, einen kleinen Laden. Längeres Gespräch mit ihm. Weist mich darauf hin, daß unter den Arbeitern – er nennt sie »Zwangsarbeiter« – auch einige Staatsbürger der Union seien. Ich notiere mir die Namen; bitte Tyzon, sie als Zeugen vor die Kommission zu laden.

Arlit 9. 10. Drei von ihnen haben nichts Ungewöhnliches gesehen. Der vierte aber, Stanley Chase, erzählt, daß Gielgud die Männer bereits auf unsere Befragung vorbereitet habe. Dann berichtet er uns furchtbare Dinge.

Bertie mag überhaupt nicht, was er hier zu hören bekommt. Er wird unruhig, würde den Tag lieber mit Bridge & Whiskey sour auf Tyzons Veranda verbringen.

Zunächst nimmt Chase uns das Versprechen ab, wir mögen ihn hier herausholen & mit uns zurück in die Union nehmen. Dann berichtet er uns, Gielgud habe allen gedroht, sie in die Gruben von Sektionschef Velardes zu schicken, wenn sie ein schlechtes Wort über die Arbeitsbedingungen verlören. Und da die Gruben die Hölle sein sollen & Velardes der Teufel persönlich, hätten alle Angst zu reden.

Bertie bleibt mißgestimmt. Nach der Entlassung der Zeugen warnt er, nicht zu leichtgläubig zu sein: »Ich kenne eine Menge Typen wie diesen Chase, Kriminelle, die sich durch abenteuerliche Geschichten unser Vertrauen erschleichen wollen, um so die Staatsangehörigkeit der Union zu erschwindeln. In Wahrheit ist Chase vermutlich gar kein Bürger der Union, sondern ein waschechter Songhailese, den man wohl irgendwelcher Verbrechen wegen aus seinem Stamm verbannt hat!«

»Ich glaube nicht, daß man den Chicagoer Eastsideslang in irgendeinem Dorf am Niger erlernt, Colonel«, antworte ich ruhig. Bertie starrt mich an, als sei ich nur ein weiterer Typ wie dieser Chase, jemand, der sich illegal in die Union eingeschlichen habe. »Wir sollten besser überlegen, wie wir unsere Informanten schützen können«, fahre ich fort.

»Lieber Kanchelli, dies ist zwar ein barbarischer Kontinent, doch haben wir es hier mit einem Konzern der Union zu tun, geführt von gut ausgebildeten & zivilisierten Landsleuten. Sie glauben doch nicht ernsthaft an die angeblichen Drohungen! Ich lebe nun schon einige Jahre in diesem von Gott verfluchten Lande & glauben Sie mir, Arlit ist das einzige zivilisierte Territorium, das Sie auf diesem grausamen Kontinent finden werden.«

»Sie meinen das Arlit diesseits des Abwasserkanals, nicht wahr, das Villenviertel der weißen Angestellten mit ihren einheimischen Dienstboten & Zweitfrauen.«

»Ich verbitte mir diese Kritik an unseren Landsleuten, Herr Kanchelli. Nur weil die leitenden Angestellten weiß & die Arbeiter schwarz sind, bedeutet das noch keinen Rückfall in die Zeiten der Sklaverei, auch wenn ich ein gewisses Verständnis für Ihre persönlichen Empfindlichkeiten habe.«

Da ist es wieder, das heimliche Ressentiment, die unverheilte Wunde. Jetzt nur meine Verletzung nicht zeigen, meinen Haß auf diese Bande von Kriminellen, auf uns Kollaborateure, auf den bezaubernden Tyzon, dessen Whiskey wir saufen, ein paar Handlanger mehr, die Verbrechen zu decken. Ich schreibe das Wort Sklave & schneide das versklavende Wort aus der Biographie meines Körpers. Nie habe ich mich weniger als ein Bürger der Union gefühlt.

Arlit: 10.10. Habe mich entschlossen, Tyzon zu unserer Zeugenvernehmung einzuladen. Sie findet auf Berties Wunsch ohnehin auf der Terrasse seiner Villa statt. Der Konsul fühle sich so matt, er könne nicht den ganzen Tag über das Werksgelände marschieren. Also müssen die Arbeiter zu uns kommen, mit Sondergenehmigungen, in die Höhle des Löwen. Wofür wurde überhaupt eine Untersuchungskommission eingesetzt? Man hätte doch gleich Gielgud den Bericht schreiben lassen können.

Boston Thomas aus Bannastrand, in Dakar von einem britischen Frachter desertiert, seit 2 Jahren in Arlit, offenkundig ein Lügner, schielt die ganze Zeit zu Tyzon herüber, während er die Arbeitsbedingungen lobt. Erzählt uns, die Striemen auf seinem Rücken stammten von privaten Streitigkeiten zwischen ihm & seinen Arbeitskollegen.

Philip Law aus Jamaica kam mit Velardes als dessen Koch nach Arlit, wurde wegen irgendeiner Meinungsverschiedenheit oder mangelnder Kunst aus der Küche geworfen & zum Minenarbeiter degradiert. Sagt überhaupt nichts. Schüttelt nur stumm den Kopf auf jede unserer Fragen, selbst als wir ihm anbieten, mit uns in die Union zurückzukehren.

Seaford Green, Vorarbeiter an den Öfen, ehemals in den Minen von Velardes. Fühlt sich in der Sektion Tyzons fair behandelt & ausreichend entlohnt. Das einzige Verbrechen, das er in den letzten Jahren hier in Arlit erlebt habe, sei die Erschießung einer songhailesischen Frau durch den Vorarbeiter Cyril Atkins gewesen. Doch Atkins sei nun selber tot, durch irgendwelche Würmer umgebracht, die ihn von innen aufgefressen hätten.

Ein 2. Mal hören wir Stanley Chase an. Hat eine Menge gesehen & berichtet uns freimütig davon: Seit 2 Jahren werde er gegen seinen Willen hier festgehalten. Als er nach Arlit kam, hätte man ihm Kleider, Nahrung & Unterkunft angeboten, was er in der Tat damals dringend benötigt habe. Seither zwinge man ihn, diese Gesten der Gastfreundschaft abzuarbeiten. Sollte er es wagen, sich vom Betriebsgelände zu entfernen, werde regelrecht Jagd auf ihn gemacht, legal, versteht sich, da er dem Konzern ja noch etwas schulde, eine Hose, 2 Dosen Thunfisch. Auspeitschen, Foltern, Töten seien alltägliche Praxis, denn diese Mittel seien die simple Technik, mit der die Öfen in Betrieb gehalten würden.

Bertie schüttelt unwillig den Kopf: Warum er denn aus der Union habe verschwinden müssen. Er habe die Heimat doch sicher nicht aus freien Stücken verlassen –

Tyzons Gesicht ist während der ganzen Geschichte von Chase vollkommen unbewegt geblieben. Nun erhebt er sich & drückt ihm ein Bündel Banknoten in die Hand: »Ich weiß nicht, wieviel Sie uns schulden, junger Mann. Das sollte jedoch genügen, um nach Hause zurückzukehren, wo immer das sein mag. Nicht alle unsere Arbeiter haben das Privileg, aus einem zivilisierten Land zu stammen & dort in angenehmer Weise ihren Lebensunterhalt zu verdienen. Hier sind die Menschen froh, ihr tägliches Brot zu erhalten & anständige Kleidung zu tragen.«

»Ich nehme Ihr Geld gerne an, Mr. Tyzon. Dafür habe ich 20 Monate lang 7 Tage in der Woche vom Sonnenaufgang bis in die Nacht unzählige Schuten Erde auf meinem Rücken geschleppt, unzählige meiner Leidensgefährten darunter zusammenbrechen sehen, für den Zusammenbruch geprügelt, unter den Prügeln zusammengebrochen & so weiter, bis wir die Bewußtlosen oder Toten in den Kanal werfen mußten.«

»Nennen Sie mir Namen, junger Mann. Und ich werde für die Bestrafung der Schuldigen sorgen.«

»Natürlich kann ich Ihnen die Namen von besonders brutalen Aufsehern nennen, doch schuldig ist nicht eine Handvoll Sadisten & Menschenjäger, schuldig ist das ganze System, mit dem Sie hier Ihren Profit erzielen!«

Bertie: »Hab es mir doch gleich gedacht, ein Unruhestifter, ein Aufwiegler! Am besten verschwinden Sie recht bald von hier, Chase. Wenn Sie einmal die Lager der Union kennenlernen würden, die wir für Leute wie Sie eingerichtet haben, käme Ihnen der Aufenthalt hier wie ein Abenteuerurlaub vor. – Mir reicht's für heute! Und ich muß Sie für diese entwürdigende Veranstaltung um Verzeihung bitten, Herr Tyzon. Ihre Großzügigkeit in Ehren, aber dieser Bursche hätte in der Tat jene Züchtigungen verdient, die erlebt zu haben er vorgibt.«

»Es gibt noch einen weiteren Zeugen, Herr Konsul, den die Kommission hören will, bevor sie sich dem allabendlichen Bridgespiel zuwendet. Mister Healy hat 2 Stunden auf diese Aussage gewartet. Richmond Healy ist einer der Aufseher.« Healy, der letzte Zeuge, den ich für heute vor die Kommission laden ließ, ist ein Schwarzer aus Caracas. Er spricht wie ein Ehrenmann & sein häßliches schwarzes Gesicht erwärmt mein Herz, als er die Lippen öffnet & gesteht: Ja, er habe die Arbeiter geschlagen, wieder & immer wieder, oftmals, täglich, in der Sektion Abissinia, in der Sektion Velardes, ja, selbstverständlich mit Wissen der Sektionschefs, sonst wäre er nicht lange Aufseher geblieben; einige Chefs, Velardes & andere, seien mit auf die Jagd nach entlaufenen Arbeitern gegangen; sie hätten nicht selber geschlagen, aber eine bestimmte Anzahl befohlen, 10 Schläge, 20 Schläge, manchmal mehr, mit der Nilpferdpeitsche oder dem Knotenstock, bis das zerfetzte Fleisch auf den Rükken den Hieben keinen Widerstand mehr bot; sie hätten die Schläge angeordnet & manchmal geschossen, auf die Flüchtlinge, die sich nicht ergaben, oder die Schwerverletzten, die nun zur Arbeit nicht mehr taugten; und alle wußten davon, sollten davon wissen, das war ja der Sinn der Bestrafungen.

»Warum erzählen Sie uns das in aller Offenheit?«

»Sie haben mich doch danach gefragt & mich aufgefordert, wahrheitsgemäß zu antworten. Und dies ist die Wahrheit.«

Arlit 11. 10. Beide, Col. Bertie & Padre Oriximina, sind der Meinung, wir brauchten keine weiteren Zeugenaussagen, um die Verbrechen, die hier geschehen sind & immer noch geschehen, zu beweisen. Der Padre befürchtet offenbar, jedes weitere Engagement in der Untersuchungskommission könne seine Missionsarbeit gefährden, die auf das Wohlwollen der Konzernleitung angewiesen ist. Und Walter Fox enthält sich jeden Kommentars. Mit seinem Proseminar über die technischen Aspekte der Aluminiumgewinnung hat er seine Schuldigkeit getan. Als Chefingenieur glaubte er sich ohnehin nur für die Maschinen verantwortlich & nicht für die Menschen, die mit ihnen arbeiten.

Bertie fügt hinzu: »Unsere Untersuchungen haben bereits genug böses Blut geweckt. Weiter zu recherchieren bringt nur die Zeugen & womöglich auch uns selber in Gefahr.«

Das klingt fast wie eine Drohung. Nun ist Bertie zwar der offizielle Leiter der Kommission, doch habe ich als Regierungsvertreter eine gewisse Autonomie: »Ich würde gerne noch den Minen in Matanza einen Besuch abstatten. Nach allem, was wir über die Sektion Velardes gehört haben, besteht, so finde ich, Grund genug für eine genauere Inspektion.«

»Der Weg nach Matanza ist nicht sicher. Er führt durch Gebiete, die sich der Kontrolle der Union Bauxit entziehen.«

»Ich würde Matanza gerne mit eigenen Augen sehen. Ich werde Tyzon um Begleitschutz bitten.«

»Selbst Tyzon wird Ihre Sicherheit nicht garantieren können. Mag sein, daß er Ihnen einen Wagen zur Verfügung stellt. Doch können Sie nicht mit meiner Unterstützung, ja nicht einmal mit meiner Billigung Ihres Vorhabens rechnen. Im Gegenteil, Herr Kanchelli, ich habe Sie gewarnt!«

Arlit 12. 10. Ich wache wieder einmal vor 5 Uhr auf. Als ich auf die Veranda hinaustrete, sehe ich ein junges einheimisches Mädchen aus Berties Zimmer schlüpfen. Sie erblickt mich & senkt den Kopf, als schäme sie sich für das, was sie getan hat oder hat tun müssen. – Nun verstehe ich, warum unser Konsul so viel Anhänglichkeit für dieses Haus hegt.

Ich werde noch zum schwarzen Schaf der Truppe. Jedes Mal wenn ich auf der Kommissionssitzung den Mund öffne, fürchten die anderen neue Verdächtigungen von meinen Lippen oder in meinem Blick. Ich kann nicht anders. Wenn ich jetzt schweige, später aber der Kommissionsbericht veröffentlicht wird (wer weiß!), würden die anderen Mitglieder zu Recht sagen können: Wir waren doch die ganze Zeit mit Kanchelli zusammen, schliefen Tür an Tür, sahen uns jeden Tag, aßen dieselben Speisen, tranken denselben Wein, verhörten dieselben Leute & spielten gemeinsam Bridge, aber nie hat er ein Wort über die jetzt veröffentlichten Anschuldigungen verloren.

Heute, beim Lunch, suchte Bertie geradezu nach Argumenten, dieses System der Zwangsarbeit zu verharmlosen & zu rechtfertigen. Natürlich, er würde nie eigenhändig ein Verbrechen begehen. Im Grunde seines Herzens will er gut sein, wie Tyzon, wie vielleicht sogar Velardes. Er gibt zu, daß die Arbeitsbedingungen den Anschein von Zwang & Härte erwecken könnten. Andererseits, gibt er zu bedenken, handelt es sich bei Union Bauxit um ein profitorientiertes Unternehmen & nicht um ein Entwicklungshilfeprojekt. Die Arbeiter schuldeten dem Konzern zweifellos rechtmäßig ihre Arbeitsleistung.

»Mit welchem Recht wird die Schuld mit Peitschenhieben & Todesdrohungen eingetrieben, Colonel?«

»Selbst bei uns in der Union wird, wenn ein Schuldner seine offenen Rechnungen nicht begleicht, der Gläubiger irgendwann die Geduld verlieren & dem Säumigen mit Zwangsmaßnahmen drohen.«

Padre José läßt sich von diesem völlig unangemessenen Vergleich blenden. Er ist ein wirklich liebenswürdiger & gutmütiger Mensch, doch intellektuell gefangen in einem religiösen Wahnsystem, das kaum weniger schuldbeladen & gewalttätig ist als das von der Union Bauxit installierte. Er will von allen geliebt werden, heißen sie nun Tyzon oder Gott. Da er seine Gemeindemitglieder singen & tanzen & sogar lächeln gesehen hat, hält er sie für im großen & ganzen recht glückliche Menschen, vereinzelten, natürlich beklagenswerten Übergriffen zum Trotz.

»Ein & dasselbe Arbeitsverhältnis kann nicht zugleich auf Sklaverei & auf einem freiwilligen Vertrag beruhen«, fährt Bertie fort. Und der Padre nickt zustimmend: »Es liegt mir fern, die Peitschenhiebe der Aufseher zu verteidigen. Doch die Eingeborenen haben sich zur Arbeit verpflichtet. Und irgendwie müssen sie ja dazu angehalten werden, ihre Verpflichtungen auch zu erfüllen.«

»Ich habe dubiose Pachtverträge mit Clanführern gesehen, meine Herren, aber ich habe keinen einzigen Arbeitsvertrag gesehen.«

»Sie wissen so gut wie ich, daß es hier, wo niemand lesen & schreiben kann, keine Verträge in unserem Sinne gibt. Aber alle haben freiwillig die Vorauszahlungen angenommen, nicht wahr? Die Leute können doch nicht die Großzügigkeit des Konzerns in Anspruch nehmen, ohne entsprechende Gegenleistungen zu erbringen. Mag sein, daß sie unser System des Gebens & Nehmens noch nicht begriffen haben. Im Grunde findet hier eine lobenswerte Erziehungs- & Zivilisierungsarbeit des Konzerns statt!«

Wenn ich müde werde, diesem albernen, wenn nicht gar zynischen Geschwätz weiter zuzuhören & ihm die Wirklichkeit hier vor Ort entgegenzusetzen, rufe ich mir die Bilder der Menschen ins Gedächtnis zurück. Wie kann sich die Reflexion über die hiesigen Zustände so von unseren konkreten Erfahrungen lösen? Die Logik von Argumenten & die der Wirklichkeit können doch nicht 2 verschiedene Dinge sein!

Arlit 13. 10. Velardes lebt nicht mehr. So sagt man uns wenigstens. Wie ein Deus ex machina taucht plötzlich ein Videoband auf, das Velardes' letzte Stunden zeigen soll. Es heißt, aufständische Arbeiter hätten sich des Sektionschefs bemächtigt, ihn grausam zu Tode gefoltert & die Folterszenen gefilmt. – Nun gilt Velardes selbst als einer der brutalsten Menschenschinder. Dementsprechend lückenlos wird sein Personenschutz gewesen sein. Warum der Sicherheitsdienst seine Verschleppung nicht hat verhindern können, weiß der Teufel. Gemeinhin sind die Leibwachen bis an die Zähne mit modernsten Waffen ausgerüstet, während die Arbeiter sich allenfalls mit Machete, Messern oder Stöcken bewaffnet haben können.

Ist natürlich ein willkommenes Geschenk für die Kommission: Velardes' stundenlange Folterung. Soviel ich höre, laufen Kopien des Bandes Tag & Nacht in den Baracken jenseits des Kanals. Die Zuschauer könnten es gar nicht oft genug sehen. Tyzon hält sich ein wenig abseits. Entweder hat er das Video schon gesehen oder will sich durch die dilettantischen & unappetitlichen Szenen die Siesta nicht verderben lassen. Padre José hält größtenteils die Augen geschlossen, Col. Bertie hingegen schaut mit der Abgeklärtheit des Kriegsveteranen & Connaisseurs zu. – Der Rädelsführer sitzt auf einer Art Campingstühlchen, vor ihm, auf den Knien, bereits bis zur Unkenntlichkeit blutig geprügelt & die Hände auf den Rücken gefesselt, angeblich Velardes, von einigen halbnackten & zerlumpten Arbeitern umstanden, halbe Kinder noch, die sich wie Revolutionäre gebärden. Der Anführer fragt den Gefesselten etwas im lokalen Dialekt, das ich nicht verstehen kann. Velardes, oder sein bedauernswertes Double, schüttelt den Kopf, weil er ebenfalls nichts verstanden hat, vielleicht aber auch, weil er nicht mehr sprechen kann. Der Anführer gibt seinen Vasallen ein Zeichen. Eines der Rebellenkinder nimmt eine Machete & trennt Velardes damit ein Ohr vom Kopf, nicht mit einem schnellen Hieb, sondern langsam säbelnd, geradezu genüßlich. Velardes schreit wie ein Tier & spuckt dabei eine Menge Blut aus. Der Schrei nimmt nur den Schmerz der noch zu erwartenden Amputationen vorweg.

So viel Gewalt in diesem Land, so wenig Bedauern. Als sei niemand für irgend etwas verantwortlich, sondern würde alles unausweichlich so geschehen, wie es geschehen muß. Das Leben gibt, das Leben nimmt. - Und doch ist nichts hier im Gleichgewicht. Die Menschen pendeln unvermittelt zwischen Apathie & Unbeherrschtheit, zwischen Zärtlichkeit & Bestialität. Ein zutiefst barbarisches, ein zutiefst religiöses Land, das durch Nachdenken nicht zu begreifen ist.

IX

Gedankenlosigkeit wäre der größte Trost. So hart das Leben für den Durchschnittsmenschen in den Territorien auch sein mag, er hat zumindest das Glück, sein Leben gedankenlos verbringen zu dürfen. Wer nachdenkt, findet keinen Grund mehr zum Glück. Das Denken ist die schlimmste Krankheit des Körpers, ein Krebsgeschwür, das gesundes organisches Gewebe zu krankhaft narzißtischem entarten läßt. Der Schöpfer wußte, was er tat, als er uns alles sehen ließ, nur nicht unser eigenes Gesicht, nur nicht die Augen selbst. Die Krankheit des Denkens beginnt mit der Entdeckung des Spiegels. Die Ebenbildlichkeit Gottes hat uns nicht mehr genügt, uns selber wollen wir nun ähnlich sein.

Wie glücklich sind unsere tierischen Verwandten, weil das Bild im Spiegel für sie nichts anderes als ein Bild geblieben ist. Und diese Ignoranz, die in Wahrheit eine zutiefst philosophische Erkenntnis ist, hindert sie nicht daran, sich in ihrer Umwelt paradiesisch zurechtzufinden.

Keines der wahren Probleme unserer Existenz hat das Nachdenken gelöst. Eine Zeitlang war er davon überzeugt, daß die einzige Hoffnung, unseren unzulänglichen Geist zu vervollkommnen, in der Rückkehr zur Ebenbildlichkeit Gottes bestünde. Nun wäre es ihm bereits ein Trost, wenn der Glaube das Fehlende nicht ergänzte, sondern ihn ganz vom Geist befreite. Wo Geist ist, nistet auch immer der Zweifel. Aber er weiß, so oder so bleibt der Phantomschmerz. Er bedarf des Bewußtseins nicht. Er hat seinen Sitz in tieferen Schichten unserer Existenz.

Er hadert nicht mit dem, was er geworden ist. Das Leben hat ihm alles gegeben, was ein Mensch von ihm erwarten darf. Und es hat alles genommen, was es als Preis dafür verlangen konnte. Jeder Künstler kennt die Leere und Enttäuschung, die sich nach der Vollendung eines Werkes in ihm ausbreitet. Betrachtet er sein Leben als ein von ihm gestaltetes Werk, kann es ihm nicht anders ergehen. Je reicher, je vollkommener dieses Leben, desto größer die Leere, die Enttäuschung. Nur jener kann sich seines Daseins erfreuen, der gewiß ist, Vollkommenheit in diesem Leben nie zu erreichen. Muß er sich eingestehen, daß er alles erreicht, was er sich zu erreichen vorgenommen hat, muß ihn die Erkenntnis, wie wenig diese Lebensfülle und Vervollkommnung eine Antwort geben auf die Fragwürdigkeit seiner Existenz, in tiefste Verzweiflung stürzen.

Nur deswegen ist Gott ihm nah, nur deswegen ist Gott in ihm ein Gott, weil auch er Fehler hat. Allein das Böse ist vollkommen. Allein der Teufel ist fehlerlos. Deshalb ist er unser ärgster Widersacher. Unser schlimmster Versucher.

Ringwabe – wie kommt er jetzt auf dieses Wort? Ein Gedicht von Jeffers, nächtliche Ebbe, Zeit, alt zu werden, hart, leidenschaftslos, Frieden unter dem Kiel, Felsen, Falken, die Singvögel aus dem Abendhimmel schlagen, und nachts die phosphoreszierenden Fischschwärme, das austreibende Netz, ein Geysir aus Flammen, wenn die Schnürleinen zusammengezurrt, silberne Blitze zusammengedrängter Angst.

Sie lebten ständig in Angst, David vermutlich mehr noch als er. Doch an wirklichen Abenteuern war die Kindheit arm. Es war ein Alltag gespannter Stagnation. Da er von jedem Durchbrechen der vertrauten Routine die schlimmsten Folgen befürchtete, war ihm die Monotonie ereignisloser Tage am liebsten.

Immer mangelte es an Geld. In seiner Erinnerung erscheint ihm die Familie bettelarm gewesen zu sein, was sie im Vergleich zu anderen alleinstehenden Müttern mit ihren Kindern in den Territorien nicht war. Die Mutter verdiente als Nachtschwester im Hospital genug, um ihnen die beste in Salem mögliche Schulausbildung zu bieten. Doch jede dieser Ausgaben war, so ließ sie ihre Söhne spüren, nicht nur vom Munde abgespart, sondern aus ihren eigenen Rippen geschnitten, wenn auch die gegenteilige Behauptung zu ihren ständigen Redewendungen gehörte.

Nie wagten sie, um Dinge zu bitten, die nicht für die Schule oder einen äußeren Anschein von Ordnung und Sauberkeit absolut notwendig waren. David trug des Bruders abgelegte Sachen nach, auch wenn sich selbst in den Territorien, ja in den Territorien schneller noch als andernorts die Mode radikal gewandelt hatte. Und je armseliger das Milieu, so lautet wohl die soziologische Regel, um so mehr Wert legen die Heranwachsenden auf Kleidung, Haartracht und Auftreten. – David mußte immer wie ein gerade aus einer Anstalt Entlassener gewirkt haben, der nun, da für ihn die Zeit stehengeblieben ist, immer noch dieselben Kleidungsstücke wie bei seiner Einlieferung trägt. Vermutlich hat er sich wie jedes andere Kind dafür geschämt und ihn, den älteren Bruder, für diesen demütigenden Akt des Nach- und Auftragens gehaßt.

Wünschten sie sich Dinge, die über das Lebensnotwendige hinausgingen, mußten sie das Geld dafür selber verdienen. Daher die ständige Suche nach Gelegenheitsjobs. – Die erste längere Anstellung war wohl die bei Warlord, dem größten und billigsten Supermarkt von Salem. Dort durfte Ephraim am Nachmittag nach der Schule die Einkaufswagen auf dem riesigen Parkplatz einsammeln und ins Geschäft zurückschieben. Der Stundenlohn war lächerlich, trotzdem war er ungeheuer stolz auf dieses selbstverdiente Geld. Nun konnte er sich endlich auch jene Dinge leisten, mit denen seine Klassenkameraden längst prahlten.

Natürlich war David neugierig, zu welchen verantwortungsvollen Ehren der bewunderte Bruder aufgestiegen war. Und selbstverständlich wollte er, ganz uneigennützig, an Ehre und Verantwortung teilhaben und dem Bruder zur Hand gehen. Nun, er war sieben oder acht Jahre alt. Waren für den Dreizehnjährigen die langen Schlangen ineinandergeschobener Einkaufswagen gerade noch zu manövrieren, so war für David ein einzelner Einkaufswagen bereits eine Nummer zu groß. Trotzdem setzte sich sein Nachahmungseifer durch, Wagen in Wagen schob er, bis seine Schlange die des älteren Bruders bei weitem überragte und schier unlenkbar geworden war. Dennoch setzte er diesen chromglänzenden Lindwurm mit kindlicher Verbissenheit in Bewegung. Schon lösten sich die ersten Wagen vom Kopfende auf dem leicht abschüssigen Gelände und nutzten diese kinetische Energie für spielerische Zusammenstöße mit verschiedenen Metallegierungen. David scheint diese anarchistische Selbstbelebung ansonsten harm- und willenloser Gegenstände zunächst großen Spaß zu bereiten. Auf Dauer aber verfehlt das kälteschauererregende Geräusch von scharfkantigem Draht, der über Autolacke kratzt, seine Wirkung auf das kindliche Gemüt nicht. Das Gelächter erstirbt. Von der allmählichen Einsicht ins Geschehen paralysiert, steht er einfach da und schaut den ausschwärmenden Drahtkörben zu, wie sie hier und dort anecken, schrammen, aufkratzen, verbeulen, abknikken und dabei den allerbesten Geschmack ihrer Gattung zeigen und die exklusiven, fabrikneuen und noch makellosen Modelle ihrer automobilen Vettern zur Kopulation bevorzugen.

Der jüngst noch so stolze ältere Bruder sieht dieser infernalischen Orgie aus ohnmächtigem Abstand zu. Im Geiste addiert er Lackschäden, abgerissene Außenspiegel und eingedrückte Rücklichter, rechnet diese astronomische Summe in die entsprechenden Stunden Zwangsarbeit für Warlord um und kommt zu dem Ergebnis, daß ein durchschnittliches Territoriendasein für die Begleichung dieser Schuld bei weitem nicht genügt. Er schnappt sich David, entreißt ihn im letzten Augenblick der durchaus berechtigten Wut von stolzen Neuwagenbesitzern und altgedienten Einkaufswagenparkaufsehern und flieht heimwärts, im klaren Bewußtsein, nur vom Regen in die Traufe zu geraten. Nun steht Ephraim da wie gelähmt, mit Tränen in den Augen, die heißen Tränen der Wut eines Dreizehnjährigen, vor der strengsten Instanz, weil sie über die subtilsten Mittel des Strafvollzugs verfügt, der Mutter. Ohne irgendeine besondere altruistische Absicht übernimmt er die Verantwortung für das große Neuwagenmassaker, ohne die Anwesenheit Davids auch nur zu erwähnen. Und David steht neben ihm, folgt dieser selbstlosen Szene aufmerksam und mischt sich nicht ein, als sei mit dem Schuldeingeständnis des Bruders alles gesagt.

»Fräulein Haynes, benachrichtigen Sie bitte den Chauffeur, er möge sich für eine Fahrt bereithalten.«

»Selbstverständlich, Sir. – Auf der anderen Leitung wartet seine Exzellenz, Herr Sami Asquith, Botschafter der Liga, auf ein Gespräch mit Ihnen. Soll ich ihm mitteilen, Sie hätten Ihr Büro schon verlassen?«

»Stellen Sie ihn durch, Fräulein Haynes. Und gehen Sie dann nach Hause. Milles kümmert sich um alles weitere. Gute Nacht. – Exzellenz?« Ein kultivierter und kluger Mann, soweit er den Botschafter nach den wenigen unvermeidlichen Zusammenkünften zu beurteilen vermag. Doch nun drängt sich der Eindruck einer gewissen gesellschaftlichen Plumpheit auf, das klobige schwarze Brillengestell mit den dicken, die Augen ins Basedowsche verzerrenden Gläsern, der seinem Alter unangemessene grau gewordene Revoluzzerflaum auf der Oberlippe und am Kinn, ein kluges und zugleich äffisches Gesicht, das ihm nicht ohne Sympathie aus dem Bildschirm entgegenblickt.

»Bitte übermitteln Sie Ihrer Regierung unseren Dank, daß sie im Falle David Kanchellis strikte Zurückhaltung und Neutralität gewahrt hat.«

»Wir haben diese Angelegenheit von Anfang an als eine interne Affäre der Union betrachtet. Darf ich fragen, ob Sie schon eine Entscheidung gefällt haben?«

So gut wie alle Beschreibungen Songhais, die ihm bekannt sind, selbst die aktuellen Berichte der militärischen Dienste, porträtieren seine Bewohner als unansehnlich. Natürlich können aus Heiden Christen, aus Barbaren Kulturmenschen werden. Aber an ihrem unattraktiven Äußeren, ihren weichen, an den Rändern fliehenden Gesichtern, ihrem widerspenstigen, unkultivierbaren Haar läßt sich wohl kaum etwas ändern. Und was sein Auge am meisten verletzt, ist die dunkle großporige Haut, der eigenen so ähnlich.

»Der Präsident hat sich, aus naheliegenden Gründen, aus der Urteilsfindung herausgehalten und wird dasselbe auch bei der Urteilsvollstreckung tun.«

»Sie sind ein tapferer Mann, Herr Präsident. Nebenbei bemerkt, unsere Regierung hat Material übermittelt bekommen, bei dem es sich angeblich um Aufzeichnungen aus den Tagebüchern Ihres Bruders handeln soll.«

»Haben Sie einen Blick hineingeworfen?«

»Die Führer der Liga halten es für eine vollkommen überflüssige und unwürdige Kampagne, mögen die Aufzeichnungen echt sein oder nicht.«

»Ich darf Ihnen versichern, daß diese Indiskretion keinesfalls von offizieller Seite geschehen ist oder von ihr auch nur gebilligt wird. Und so aufschlußreich diese Dokumente auch sein mögen, bei der Urteilsfindung haben sie keine entscheidende Rolle gespielt.«

»Sie haben immerhin dazu geführt, daß die Leser, darunter auch einige hochgestellte Persönlichkeiten in meinem Land, die große Sympathien für Ihren Bruder hegten, sich nun jeder Intervention enthalten.«

»Ich kann dieses Ergebnis nur begrüßen, so fragwürdig die Kampagne ansonsten auch gewesen sein mag.«

»Vielleicht erlauben Sie mir eine persönliche Stellungnahme, Sir. Ich spreche jetzt nicht als Botschafter der Liga, sondern als Herr Sami Asquith, der die Ehre hatte, Ihren Bruder persönlich kennen und schätzen gelernt zu haben. Ich bin Diplomat genug zu wissen, daß es in diesem Fall um ein politisches Exempel geht. Doch bin ich zugleich Mensch genug zu wissen, daß es hier am Falschen statuiert wird. Er hat mir von seinen Entdekkungen erzählt.«

»Von welchen Entdeckungen?«

»Den Machenschaften Ihres Geheimdienstes nicht nur in meiner Heimat, sondern auch im eigenen Land.«

»Nicht zuletzt deshalb steht mein Bruder wohl vor Gericht.«

»Sie kennen Ihren Bruder zweifellos besser als ich. Deshalb muß ich Ihnen nicht sagen, daß sein Verhalten alles andere als ein Verrat war, sondern einzig der Versuch einer Ehrenrettung, einer Verteidigung der Heimat, die im Begriff steht, von der anonymen und unkontrollierbaren Macht ihrer angeblichen Verteidiger übernommen zu werden.«

»Exzellenz, darf ich Sie daran erinnern, daß wir über eine amtliche Leitung miteinander sprechen!«

»Fürchten selbst Sie, von Ihrem eigenen Geheimdienst abgehört zu werden?«

»Es ist nicht mein eigener Geheimdienst, wie es womöglich bei einzelnen Potentaten in der Liga der Fall sein mag. Das C.I.D. ist dem Wohl der ganzen Nation verpflichtet.«

Und wieder und immer noch diese Furcht. Es ist wahr, sie müssen keine Übergriffe von Ordnungshütern mehr fürchten, stammen die meisten von ihnen doch selber aus den Territorien. Sie werden in den Cafés und Restaurants der Union nicht später und nicht schlechter bedient als andere, und doch bleibt die Furcht. Und doch bleibt die ständige Wachsamkeit, die andauernde Selbstkontrolle. Es genügt, daß der Ober das Wechselgeld auf den Tisch anstatt in seine Hände legt, damit er ja nicht mit seiner Haut in Berührung kommt, um zu verstehen, daß sie auf eine tiefe mythische Art als anders, als schmutzig, ansteckend, fremd betrachtet werden.

»Bitte entschuldigen Sie, daß ich für einen Augenblick Amt und Würde vergessen habe. Ich möchte dennoch an Sie appellieren, das persönliche Gewissen nicht geringer zu schätzen als die politische Verantwortung.«

»Ich danke Ihnen für Ihre Offenheit, Herr Asquith. Ich hoffe für Sie und Ihre Dienstherren, daß Sie niemals in einen derartigen Konflikt geraten.«

»Die Dramatik der Lage rechtfertigt wohl, nichts unversucht zu lassen, um ein Menschenleben zu retten.«

»Diese neue Wertschätzung eines Menschenlebens von seiten der Liga überrascht mich, Herr Asquith, gibt möglicherweise aber Anlaß zur Hoffnung, unsere Streitigkeiten auf friedlicherem Wege beizulegen. Denn während wir uns hier um einen einzigen Menschen sorgen, fordert der Konflikt zwischen unseren Nationen täglich unzählige andere, von denen jeder einzelne es ungleich mehr verdiente, daß man sich für ihn einsetzen würde, als der Hochverräter David Kanchelli.«

»Ich bitte Sie vielmals, diese nächtliche Störung zu entschuldigen und meine unautorisierte Einmischung in Ihre inneren Angelegenheiten als eine rein private und höchst bedauerliche Anmaßung zu betrachten. Gute Nacht, Sir.«

Bir Schinn 15. 10. Bin nach B. zurückgekehrt, um hier meinen Aufbruch nach Matanza abzuwarten. Habe mich auch durch Velardes' angeblichen Tod nicht davon abbringen lassen, die Minen zu inspizieren. Doch mußte Arlit verlassen, Tyzons Haus, in dem ich zu ersticken drohte.

Tyzon hatte mir einen Fahrer geschickt, der mich nach Matanza bringen sollte, einen Mann mit Gewehr, ein rosafarbenes Schwein direkt aus Circes Palast, das bisher nichts anderes getan hat, als den Eingeborenen bei der Arbeit zuzuschauen. Ich schicke ihn zurück mit der Bitte um einen zivileren Chauffeur.

Nun warte ich auf Pascal Jourhandieu. Sie habe zunächst noch andere Pflichten zu erfüllen, werde mich aber in den nächsten Tagen in B. aufsuchen. Eine absolut friedfertige Person, läßt Tyzon mir ausrichten.

Bin bereits vor unserem Aufbruch erschöpft & müde. Entkräftet von der Hitze & der Trockenheit, vom Klima der Lüge & Gewalt, vom Abscheu & dem Gefühl der Vergeblichkeit. Der letzte Tag unter Tyzons Dach hat mich vor Scham & Selbstekel regelrecht krank gemacht. Berties Gelächter, als Tyzon anmerkt, die Fußfesseln seien der Einfachheit halber nach dem Maß seiner eigenen zarten Knöchel gefertigt worden. Ich hatte ihn gefragt, was die Ketten & Fußfesseln, die ich auf meinem Rundgang mit Padre José gesehen hatte, zu bedeuten hätten.

»Verbrecher gibt es selbst im Paradies«, antwortet er. Sein Profil ähnelt dem Ephraims. Dieselbe Blässe, dieselbe Härte wie bei ihm.

»Sie benutzen die Fesseln nur zur Festsetzung von Delinquenten? Die Schellen sind so eng, daß sie nur mit Gewalt um die Fußgelenke zu schließen sind.«

»Sie hätten wohl kaum Sinn, wenn sie einfach abzustreifen wären.«

»Wir haben viele Arbeiter gesehen mit Fleischwunden oder Narben an den Knöcheln. Wie werden die Fußfesseln geschlossen, wenn die Eisen zu klein sind?« – Chase hat uns erzählt, wie sie geschlossen werden. Einer der Aufseher stellt sich auf die Schellen, bis die Schrauben das Gewinde zu fassen kriegen. Dann werden die Eisen zusammengeschraubt, selbst wenn die Knochen splittern. Tyzon schweigt.

»Chase hat uns noch mehr berichtet. Er hat gesehen, wie in Matanza die Eisen den Arbeitern nicht nur um die Fußgelenke, sondern um den Hals gelegt wurden. Wie müssen wir uns diese Halsfessel vorstellen, diesen Eisenkragen mit dem Durchmesser Ihrer zarten Fußknöchel?«

»Ich kann mir nicht vorstellen, daß irgendein Angestellter der Union Bauxit die Fußfesseln zu etwas anderem benutzt, als sie gedacht sind.«

»Daß es geschehen ist, wurde uns von mehreren Zeugen bestätigt. Allerdings vermag ich mir nicht recht vorzustellen, wie man einen erwachsenen Menschen damit fesseln kann, ohne ihm den Kehlkopf einzudrücken oder das Genick zu brechen.«

Bir Schinn 16. 10. Am Morgen mit einem Rumoren im Bauch aufgewacht. Wäßriger Durchfall. Habe noch kein Medikament genommen. Will abwarten, ob es sich nicht eher um eine psychosomatische Reaktion auf den Ausflug nach Arlit handelt.

Am Nachmittag ein Besuch im Dar Asquith. Sami ibn Salah freut sich über das Wiedersehen. Fragt nicht nach meinen Erfahrungen in den letzten Tagen. Weiß seinen Takt zu schätzen. Erfahre, daß er sowohl mit dem Bey als auch mit Abd el-Kasr, dem höchsten Geistlichen der Stadt, verwandt ist. Falls das Königshaus je wieder diplomatische Beziehungen zur Union aufnehmen werde – offenbar gibt es derartige Überlegungen –, sei er, Sami Asquith, als Gesandter Songhais in C.C. im Gespräch.

»Doch kann ich nicht behaupten, daß ich über eine derartige Berufung glücklich wäre. Ich hasse es zu verreisen. Und noch mehr, mich mit anderen Menschen zu streiten. Am liebsten sind mir Landschaften ohne Menschen. – Haben Sie von dem Marabut gehört, der mitten in der Wüste Wasser gefunden hat? Den Ort der Quelle taufte er Mekka & einen wüsten Fleck in der Nachbarschaft Medina. Seine Welt ist natürlich eine ausgedachte, eine Idee & eine Wirklichkeit zugleich. Dort wäre ich vermutlich ganz gerne der Gesandte.«

Um dem überwältigenden Parfum aus Gummi, Moschus, Räucherstäbchen & Antilopenfellen in Samis Boudoir zu entkommen, schlage ich ihm, seiner Reiseunlust zum Trotz, einen Spaziergang vor. Er zögert. Er wolle nicht auf Schritt & Tritt seine Papiere vorzeigen müssen, sagt er. Ich verstehe nicht.

»Die Polizei sieht nicht gerne Einheimische mit Fremden zusammen.«

»Die Polizei? Ich habe bisher kaum Polizisten in der Stadt gesehen.«

»Sie sind nicht uniformiert. Sie winken mich zur Seite & fragen mich, was ich für Geschäfte mit Ihnen hätte. Und Sie merken vielleicht nicht einmal, daß es sich um eine Polizeikontrolle handelt.«

»Sie sind doch ein bekannter Mann in Bir Schinn!«

»Aber die Polizisten sind keine Männer von hier. Sie kommen aus fernen Dörfern & Stammesgebieten, ohne irgendeine familiäre Bindung in der Stadt.«

»So sind sie vermutlich weniger anfällig für Korruption. Warum nur dieses Mißtrauen, wenn wir nichts anderes tun, als gemeinsam spazieren zu gehen.«

»Es genügt bereits, mit einem Fremden zusammen gesehen zu werden, um in Verdacht zu geraten. Sie wird man nicht behelligen. In gewisser Weise ist unsere Polizei ja ein verlängerter Arm der Union Bauxit.«

Eine Weile ist nur das träge Gesumm der Fliegen um unsere Teegläser zu vernehmen. Schließlich breche ich auf. »Ich hoffe, meine Besuche werden Ihnen keine Unannehmlichkeiten bereiten.«

»Sorgen Sie sich nicht. Die Ibn Asquiths sind eine einflußreiche Familie.«

»Sonst müßte ich mir Sorgen machen?«

»Wenn ich Ihren Auftrag richtig verstanden habe, so besitzen Sie die Macht, viele Männer in diesem Land um ihren Reichtum & ihren Einfluß zu bringen.«

Bir Schinn 17. 10. Hätte nicht gedacht, ihm noch einmal leibhaftig zu begegnen, nach der Szene, die er uns gemacht hat. Nun sitzt er breit grinsend im Atrium & hat augenscheinlich auf mich gewartet. Ambari habe ihn hereingelassen. »Das ganze Haus ist voller Staub«, sagt er vorwurfsvoll. »Was willst du, Moldi?«

»Colonel Bertie läßt ausrichten, Sie sollen mir 20.000 Millimes auszahlen. Sie bekommen das Geld vom Colonel zurück, wenn Sie ihn das nächste Mal treffen.«

»So? Mir hat er gesagt, du bekämst ein monatliches Salär von ihm. Ich würde mit finanziellen Angelegenheiten nicht behelligt.«

»Sonderausgaben, Sidi Kanchelli, unerwartete Sonderausgaben!«

Da ich ihn schnell wieder loswerden will, gebe ich ihm die 20.000. Natürlich glaube ich ihm kein Wort. Wie hat Bertie einen so windigen Kerl zu seinem Hausmeister bestellen können!

Auf einem goldgerahmten Bild im Diwan ist er mit Moldi zusammen zu sehen, Bertie auf der Sofakante, die Arme auf der Brust verschränkt, das Gesicht ein wenig unwillig, vielleicht des Fotografiertwerdens, vielleicht auch der zu großen Nähe Moldis wegen, der, auf dem Sofa hingestreckt, mit seinem feisten Leib den Rücken des Hausherrn stützt (oder ihm in jenen fällt). Bertie wird kaum selber auf die Idee gekommen sein, ein derart kompromittierendes Bild unübersehbar eben über jenes Sofa im Diwan zu hängen. Vermutlich handelt es sich um ein Geschenk Moldis, das sich nicht ohne tiefe Kränkungen & die Gefahr unkalkulierbarer Racheakte einfach abhängen läßt.

Am Abend im Sidi Baraui. Nun habe ich ihnen lange genug zugeschaut. Ihr Spiel weicht nur unwesentlich von den mir vertrauten Regeln ab, obgleich sie mit einem atemberaubenden Tempo spielen. – Ohne Zögern lassen sie mich in ihren Kreis, Mehir, Salah, Hussein, Muhammad. Die Bedingung ist allerdings, daß der Verlierer die gesamte Zeche zahlt.

Brauche eine Weile, bis ich bemerke, daß sie nach allen oder eher gegen alle Regeln der Kunst schummeln. Das erste Spiel lassen sie mich noch gewinnen, damit mein wachsendes Selbstvertrauen meine Wachsamkeit trübe. Dann aber verliere ich ein Spiel nach dem anderen & das haushoch. Nie ist auch nur ein einziger Joker in den an mich ausgeteilten Karten. Und kaum habe ich das aussichtslose Blatt halbwegs anständig geordnet, legt der erste der Schurken das seine schon vollständig ab.

Die Anordnung meiner Karten irritiert sie. Zunächst reißen sie mir das Blatt mehrmals aus der Hand, um es neu zu ordnen. Sie lesen es, so wie sie schreiben, von rechts nach links, und begreifen nicht, wie ich die Ordnung einfach umkehren kann. Kein Wunder, daß ich jedes Spiel verliere.

Paradoxerweise bringt ihr Betrug uns näher. Fast handelt es sich um eine Art Initiation: die ganze Gruppe gegen den Neuen, den Neophyten. Wie bewährt er sich bei dieser Prüfung, allein gelassen, bloßgestellt, der Lächerlichkeit preisgegeben?

Bewahrt er seinen Gleichmut, oder läßt er sich provozieren, verliert er sich im Spiel. Sie alle scheinen geborene Schauspieler zu sein, selbst die Ironie scheint mehrfach gebrochen & wirklich das zu meinen, was sie sagt. Ist der andere im Zweifel, was er von der Attacke halten soll, wird noch eins draufgesetzt, so daß die Direktheit & Gnadenlosigkeit des Angriffs gar keinen anderen Schluß zuläßt, als daß es sich um eine versteckte Zärtlichkeit handeln müsse.

Bir Schinn 18.10. Trügerische Behaglichkeit, falsche Idylle. Nichts geschieht hier unabhängig von der geschickten Inszenierung. Ein wenig mürrisch vom momentanen Leerlauf, sitze ich wieder einmal im Sidi Baraui, diesmal zu ungewohnter Stunde, am späten Vormittag. Entdecke Sahbi mit einem Unbekannten am Tisch & gehe in alter Gewohnheit auf ihn zu, um ihn zu begrüßen. Von Anfang an war er mir der liebste der jungen Männer meines Viertels, voller Verspieltheit & kindlicher Direktheit. Als erster ging er auf mich zu & holte mich in ihre Runde.

Als ich ihn nun beim Namen nenne, blickt er fast erschrokken auf & übersieht meine ausgestreckte Hand. Kühl, fast verächtlich grüßt er zurück, als habe ein fremder Hausierer ihm irgendeinen Schund andrehen wollen. Dann wendet er sich wieder seinem Tischgenossen zu, sagt ein paar mir unverständliche Worte zu ihm, die jener mit einem leichten, wissenden Lächeln quittiert.

Ein wenig linkisch hebe ich die ausgestreckte Hand zum Gruß & trete den Rückzug an, ohne daß mir ein Wort einfiele, dieser kränkenden Situation noch den Anschein einer Farce zu geben. Hier ist es offenbar wie überall: statt zunehmender Vertrautheit wächst nur die Ambivalenz. Beim ersten Zusammentreffen begegnet man dem Fremden mit Neugier, beim ersten Wiedersehen mit Freude, bei einer neuerlichen Begegnung mit Mißtrauen. Was will er eigentlich hier, von uns, unter uns?

»Bei aller Höflichkeit lieben die Menschen hier es nicht, daß Fremde ihre persönlichen Räume betreten & ihre intimen Angelegenheiten durchschauen«, erklärt mir Asquith später.

»Ist der Gast in traditioneller Weise bewirtet & mit Abschiedsgeschenken bedacht worden, zieht er sich zurück, ohne mehr erfahren zu haben, als er bereits gewußt hat. Er hat den Diwan betreten, hat sich über unsere Tracht, unsere Gelenkigkeit beim Sitzen & unsere Höflichkeit verwundert, aber er hat nicht mehr gesehen, als ihm zu sehen erlaubt war. Der Gastgeber hat ihn nur in den Diwan geführt, in das für den Fremden bestimmte Empfangszimmer. Nie sieht er einen anderen, privaten Raum des Hauses. Ja, manchmal vermag er nicht einmal zu sagen, wer denn eigentlich jener Mensch unter dem Schleier der Gastfreundschaft gewesen ist, mit dem er so anregend gesprochen hat.«

Bir Schinn 19. 10. »Würden Sie die Güte haben, mir eine Audienz beim Bey zu vermitteln, Monsieur Asquith?«

»Der Bey wird Ihren Ermittlungen vermutlich mit demselben Unbehagen folgen wie die Konzernleitung. Denn zweifellos läßt er sich die Duldung dieser Machenschaften teuer bezahlen.«

»Möglicherweise ist der Bey nicht über das ganze Ausmaß der Greuel informiert.«

»Der Bau der Eisenbahnlinie hat pro Kilometer 600 Menschenleben gekostet. Wir hätten auf den 2000 Kilometern bis zur Küste, auf denen die Güterwagen der Union Bauxit nun rollen, auch Menschenleiber statt Gleise legen können. – Im übrigen bedarf es meiner Vermittlung nicht. An der Ratsversammlung des Königs kann jeder teilnehmen & das Wort ergreifen. Minister & Staatssekretäre reden, aber auch Männer & Frauen von der Straße. Jeder äußert seine Meinung, alle hören zu, niemand unterbricht den anderen, auch wenn er sich zu wiederholen beginnt. Solch ein Palaver dauert ewig, zumindest so lange, bis aus Einsicht oder Erschöpfung irgendein Konsens erreicht ist.«

»Und der Bey richtet sich nach diesen Beschlüssen?«

»Zumindest hört er diesem Palaver bis zum Ende zu. Nach einer dieser endlosen Versammlungen sagte er mir einmal: Ein kluger Führer ist wie ein Hirt. Er geht hinter der Herde & läßt die Flinken & Eiligen vorweglaufen. Die große Herde folgt, ohne zu erkennen, daß sie die ganze Zeit von hinten gelenkt wird.«

Alle Erzählungen von Auflehnung & Kampf & Herrschaft & Ruhm sind Geschichte. Nun kollaboriert die Stadt mit ihren Unterdrückern in einer seltsamen Mischung aus Überheblichkeit & Resignation. Alle sind stolz auf die ruhmreiche Vergangenheit & edle Herkunft, alle würden sie diese Stadt, dieses Land sofort verlassen, wenn sich ihnen eine Möglichkeit böte. Mit schlechtem Gewissen profitiert sie von den Vollmachten, die sie dem verachteten ausländischen Konzern gewährt. Und der Gebrauch vollzieht sich in ausreichendem Abstand, das tatsächliche Unrecht nicht wahrnehmen zu müssen.

Das alles ist nicht exotisch. Das alles ist alltäglicher Opportunismus, alltägliche Bequemlichkeit & Ignoranz. Niemand von den Notabeln scheint bereit, auf die Annehmlichkeiten, die ihnen die Duldung des Terrors gewährt, für einen so abstrakten Gewinn wie Autonomie oder Stolz zu verzichten.

Bir Schinn 20.10. Ambari zeigt mir den Weg zum königlichen Palast. Wir sind erst wenige Schritte in die Altstadt hineingegangen, da werden wir von 2 Männern in Zivil angehalten. Sie nehmen Ambari beiseite & fordern ihn auf, sich auszuweisen. Natürlich kann er nichts vorzeigen. Sie reden in scheinbar freundschaftlichem Ton zu ihm, der eine aber hält das Handgelenk meines Freundes wie im Schraubstock fest, während der andere mit der Faust immer wieder, scheinbar kumpelhaft, auf

Ambaris Brust & Oberarm schlägt. Obwohl ihm bereits der Schweiß auf der Stirn steht, versucht Ambari immer noch zu lächeln. Ich trete zu der kleinen Gruppe, stelle mich kurz vor & biete den beiden Männern an, meine Papiere zu überprüfen. Ambari sei mein Hausangestellter. Ich könne mich für ihn verbürgen. Die beiden Ordnungshüter nicken mir freundlich zu, fragen, wie mir Bir Schinn gefalle, im harmlosesten Plauderton. Ich bitte Sie noch einmal, meine Papiere zu kontrollieren. Nein, nein, das sei nicht nötig, antworten sie lächelnd & wünschen mir einen schönen Tag.

Ambari zittert ein wenig, als wir unseren Weg fortsetzen. Er antwortet einsilbig, ja, es sei alles in Ordnung, doch jede Unbefangenheit ist aus ihm gewichen. Wir sind nur wenige Schritte gegangen, da werden wir erneut angehalten. Dasselbe Ritual wie zuvor, 2 unscheinbare, aber kräftige Männer in Zivil verlangen, Ambaris Papiere zu sehen. Ich schalte mich sofort ein, sage, Ambari stehe in meinem Dienst, ich würde diese ständige Belästigung nicht dulden. Doch Ambari bedeutet mir mit einer stummen Geste, mich zurückzuhalten. Und einer der Männer antwortet mir höflich, die Stadt sei voller Gesindel. Man wolle nicht, daß irgendein Besucher zu Schaden komme. Ich antworte, ich hätte nicht um diesen besonderen Schutz gebeten & fühlte mich durchaus in der Lage, vertrauenswürdige Personen von Gesindel zu unterscheiden.

Sie notieren sich Ambaris Namen & Herkunftsort & verabschieden sich dann mit gleichbleibender Freundlichkeit von mir. »Ich befürchte, Sie müssen das Haus des Beys allein aufsuchen. Sie sehen Fremde & Einheimische nicht gern zusammen.«

»Wen meinst du mit sie?«

»Die Behörden, die Polizei, was weiß ich. Es ist wohl besser, ich kehre hier um.«

»Kann ich irgend etwas für deine Sicherheit tun?«

»Um mich müssen Sie sich keine Sorgen machen. In ihren Augen bin ich vollkommen unbedeutend. Sie aber sollten vorsichtiger sein. Sie benehmen sich nicht so, wie man es von einem Ausländer erwartet.«

»Was ist an meinem Verhalten merkwürdig?«

»Andere Ausländer bleiben unter sich. Sie spazieren nicht mit ihren Dienstboten durch die Stadt wie mit einem Freund. Sie aber sieht man so gut wie nie mit Ihren Landsleuten zusammen.«

Er ist groß, schlank, schmalgesichtig. Er trägt kurzes schwarzes Haar & einen kurzgeschnittenen, fast jugendlich anmutenden Kinnbart. Er mag ungefähr so alt sein wie ich. Seine Haut ist heller, seine Augen sind schmaler & seine Gliedmaßen sehniger als die seiner Landsleute, die ich bisher traf. Die Geschmeidigkeit seiner Bewegungen ist die des Jägers oder Kriegers. Finde nichts von der Trägheit des wasserpfeiferauchenden Kaufmanns, den ich wohl erwartet habe; älter, behäbiger, jovialer habe ich ihn mir vorgestellt. Nun blicken Beduinenaugen mich ernst & zugleich scheu an. Ich erwidere seinen Blick, obwohl ich weiß, daß diese Direktheit meinem Status nicht geziemt. Statt Herausforderung hineinzulegen oder gar einen Machtkampf der Blicke zu provozieren, versuche ich, offen zu sein. Was empfinde ich in diesem Augenblick, im Diwan des königlichen Palastes, eines im Vergleich zum Hause Asquith geradezu schlichten Gebäudes inmitten der Medina, das sich kaum von den Nachbarhäusern unterscheidet.

Er scheint all dies aus meinem Blick zu lesen & gibt mir mit einer Geste zu verstehen, mich an seine Seite zu setzen. Dann macht er den Bediensteten ein Zeichen, wohl um den Tee bringen zu lassen. Zumindest verlassen sie den Diwan. – Neben ihm sitzend geht unser Blick in dieselbe Richtung & streift nun eher zufällig den anderen. Statt dessen berühren sich jetzt fast unsere nackten Füße. Seine Zehen sind schlank, gerade gewachsen & sorgfältig gepflegt. Seine Fußsohlen aber sind so dick verhornt, als sei er in seiner Kindheit nur barfuß gegangen.

»Seit der Zeit Alis, des Neffen des Propheten, haben unsere

Familien das Land zwischen dem Fluß & der Wüste beherrscht«, beginnt er seine Rede, ohne daß ich ihm erklären konnte, was mich hergeführt hat. »Wir haben die Herden vergrößert, die Städte befestigt, die Straßen gesichert & die Bauern geschützt. Dann kamen die ersten Abgesandten deiner Familien. Zunächst Wißbegierige & Gelehrte, die wir gastfreundlich aufnahmen, dann Prediger & Quacksalber, die wir schweigend duldeten, schließlich Kaufleute & Geschäftemacher, die einigen unwissenden Dorfvorstehern für eine Handvoll Glasperlen & Konservenbüchsen Land- & Bodenrechte abschwatzten. Wir brauchten einige Zeit, um zu verstehen, was diese Papiere mit fremden Buchstaben, unter die unsere Ältesten ihr Siegel drückten, zu bedeuten hatten. Euer Militär hat es uns eindrücklich gelehrt.

Es hat unseren Familien die Waffen genommen & sie den Bauern gegeben. Es hat uns unserer Aufgabe, unserer Tradition, unserer Ehre & nicht zuletzt unseres Brotes beraubt. Wir, die Beschützer der Handelsrouten, der Städte & Dörfer, mußten nun als Straßenbauer, Ziegelbrenner oder Dattelpflücker unser Brot verdienen.

Meinem Vater gelang es schließlich, die alten Familien zu sammeln & zum Widerstand zu bewegen. Sie wissen, wie dieser Aufstand endete. Eure Truppen mußten das Land verlassen und mit ihnen die Händler, die Gelehrten, die Missionare, die Berichterstatter. Und mit der Zeit war die alte Ordnung wiederhergestellt.

Aber die Herrschaft der Krämer und Bauern hat Spuren in uns hinterlassen. In den Jahrzehnten der Kollaboration haben sie die niedrigste Form der Herrschaft ausgeübt: die der Demütigung des Abhängigen.

Wenn nun Ihr Konzern eine Sondergenehmigung für seine Tätigkeit in diesem Land erhalten hat, so beschränkt sie sich auf jene Territorien, die in der Kolonialzeit besonders privilegiert waren. Glauben Sie nicht, ich sei blind für das, was in Arlit & den umliegenden Dörfern geschieht. Aber immer noch leben jene, die sich damals von den Feinden unseres Landes kaufen ließen & sich zu ihren Handlangern gemacht haben. Nun erleben sie, daß derjenige, der mit dem Teufel paktiert, durch den Teufel umkommt.«

»Hoheit, Eure Worte haben den Kern dessen getroffen, was mich bewegte, um eine Audienz zu bitten. Sie wurden mit großer Klarheit gesprochen & bedürfen doch des Nachdenkens. Daher verzeiht mir, daß ich nicht übereilt & unbedacht darauf antworten will. Vielmehr gewährt mir die Erlaubnis, Euch wieder aufsuchen zu dürfen.«

»Das nächste Mal bedarf es der Vermittlung eines Freundes nicht. Kommen Sie, wenn Ihre Bedenken die rechten Worte gefunden haben. Ich werde sie anhören.«

Bir Schinn 21. 10. Mir war bisher nicht klar, daß sich Union Bauxit für den Aufbau seines Ausbeutungsapparates auch alter Gruppen- & Stammeskonflikte bedient hat. Statt den Bey auf die Widersprüche in seiner Rede hinzuweisen – immerhin ist nun er derjenige, der mit dem Teufel paktiert –, erzähle ich ihm von meiner Kindheit & Jugend in den Territorien.

»Euch steht der Aufstand also noch bevor.«

»Der Aufstand? Was kann er uns bringen? Wir hätten keine Chance gegen die Sicherheitskräfte der Union.«

»Stolz kann er euch bringen, neues Selbstbewußtsein & Würde.«

»Wenn Ihr, Hoheit, Union Bauxit aus dem Land werft«, bemerke ich eher in jugendlichem Übermut als im Ernst, »setze ich mich an die Spitze des Kampfes um die Unabhängigkeit der Territorien.«

»Als Diplomat sollten Sie vorsichtiger mit Ihren Worten umgehen, mein Bruder. Ein songhailesisches Sprichwort besagt: Dkok e juok. Das heißt soviel wie: Das Wort ist bereits die Hexerei.«

»Sie glauben doch nicht etwa an Hexerei, Hoheit!«

»Stellen Sie sich vor, im Zorn wünschen Sie ihrem Nächsten den Tod, und kaum hat er sich von Ihnen abgewandt, nimmt ein Büffel ihn auf die Hörner. Natürlich war es nicht Ihr Wort, das ihn getötet hat. Aber Ihr Wort war mehr als nur ein folgenloser Laut.«

»Eines unserer Sprichwörter lautet: Wenn dich jemand gebissen hat, schmiere Hundekot in die Wunde. Dann werden die Zähne des Angreifers verrotten & ausfallen. – Das sagten früher die Mütter zu ihren Kindern, wenn wir nach einem Streit weinend nach Hause liefen. Das sollte uns trösten. Statt dessen hat sich die Wunde nur entzündet.«

»Statt euch selber zu finden, seid ihr immer noch damit beschäftigt, euch zu vergleichen.«

»Uns selber zu finden? Die Territorien sind eine Erfindung der Union, eine Antithese zu ihrer eigenen moralischen Vollkommenheit. Hat es in den Territorien je eine eigene kulturelle Identität gegeben, so ist sie unwiederbringlich verlorengegangen.«

»Erwarten Sie von Ihrer eigenen Kultur nicht mehr als von anderen. In der Union wird auch nicht jeder Supermarktkassierer ein Philosoph sein.«

»In den Geschäften der Union gibt es keine Kassierer mehr. Die Einkäufe werden bargeldlos abgerechnet.«

»Und wie kommt ihr der Pflicht, Almosen zu geben, nach?«

»Es gibt auch keine Bettler mehr. Es herrscht Arbeitspflicht.«

»Ich habe gehört, die Angehörigen eurer Nation seien Wildkatzen. Nun sehen meine Augen doch nur einen jungen sehnigen Mann vor sich.«

»Dank sei dem Großen Versöhner, ja. Sie würden das Land Ihrer Vorstellung nicht finden: saubere & sichere Städte überall, bewohnt von stillen, freundlichen & gottesfürchtigen Menschen.«

Bir Schinn 22.10. Pascal Jourhandieu ist eine Frau! Weiß noch nicht, was ich von diesem Anschlag Tyzons halten soll. Sicher keine zufällige Wahl. Auf meine Frage, was sie in diese rauhe Männerwelt verschlagen habe, antwortet sie mit ihrem bezauberndsten Lächeln: »Die rauhen Männer natürlich!«

Sie hat eine Ausbildung als Psychologin & ist offenbar als eine Art Psychomanager angestellt, um die Sektionschefs & Abteilungsleiter bei der Stange zu halten. Wie hält sie sich selber fit? – Womöglich kennt sie den Alltag jenseits des Abwasserkanals gar nicht, geschweige denn die Hölle von Matanza.

Fahren kann sie zumindest. Gut, daß ich bei der Probefahrt angeschnallt bin. »Bremstest!« ist ihr lakonischer Kommentar. Ehe ich auch nur annähernd begriffen habe, was für eine Art Mensch sie ist, verabschiedet sie sich von mir. »Morgen früh um 7 hole ich Sie ab. Für Wasser & Proviant sorge ich. Ihre Dinge für den persönlichen Gebrauch müssen Sie selber packen, zweckmäßigerweise nicht mehr, als man zur Not auf dem eigenen Rücken schleppen kann. – Und schon ist sie verschwunden, als habe es sich bei ihrem kurzen Auftritt nur um eine Luftspiegelung gehandelt.

X

FERENCZY Hohes Gericht, wir durften in diesem Prozeß Zeuge der außerordentlichen Effizienz unseres Geheimdienstes werden. Wir haben erfahren, daß das C.I.D. buchstäblich über jeden Schritt David Kanchellis bestens informiert war – selbst dann noch, als Herr Kanchelli sich in einer dramatischen Aktion von Henry Morton den GON-Chip aus dem Arm operieren ließ. Wieso behielt das C.I.D. auch weiterhin genaueste Kenntnis vom Aufenthaltsort Herrn Kanchellis? Sollte David Kanchelli, ohne sein Wissen, ein zweiter Ortungschip eingepflanzt worden sein? Wann hätte das geschehen können? Der letzte Krankenhausaufenthalt liegt weit zurück in der Kindheit. Sollte man gleich mit der Blinddarmoperation diesen Eingriff vorgenommen haben, in einem anästhesistischen Abwasch sozusagen? Auf Grund welcher Indikation, mit wessen Wissen oder Einverständnis? Hat man das Kind gefragt, ob es an diese elektronische Leine gelegt werden will, damit es nicht mehr verlorengehen kann? Oder die Mutter, damit sie sich nicht mehr über den Aufenthaltsort ihres Sprößlings sorgen muß? Und warum dieses Kind? Hat man schon die Diplomatenlaufbahn, die vielen weiten, abenteuerlichen Reisen vorausgesehen? Oder genügte die Herkunft aus den Territorien? Wurde vielleicht gar nicht ausgewählt, sondern mit jedem Kind so verfahren? Man weiß ja nie, zu was sich der eine oder andere noch entwickeln wird. Schließlich handelte es sich ja um alles andere als geordnete Verhältnisse. Und je früher ein derartiger Eingriff, um so besser verwächst sich die Wunde, nicht wahr?

SORGE Habe ich Sie richtig verstanden, verehrte Frau Ferenczy, so handelt es sich bei diesem amüsanten Exkurs einmal mehr um Spekulationen aus dem unerschöpflichen Reservoir territorialer Verschwörungstheorien.

FERENCZY Henry Morton scheint mehr als Gerüchte in

der Hand gehabt zu haben. In der Nacht vor seinem Tod berichtete er David Kanchelli über seine Mutmaßungen. Und so unglaublich diese Entdeckung Mortons klingen mag, in Anbetracht aller Umstände ist die Verteidigung davon überzeugt, daß er der Wahrheit sehr nahe kam. Wie nahe, kann uns einmal mehr nur das C.I.D. selber beantworten.

SORGE Um Herrn Kanchellis Spuren nicht zu verlieren, bedarf es wohl keiner neuen Verschwörungstheorien, sondern eines guten Informationsnetzes.

FERENCZY Solch ein Netz mag in den relativ übersichtlichen Territorien die Ansprüche des C.I.D. befriedigen, wohl kaum aber in einem fremden Land, das alle diplomatischen Beziehungen zur Union abgebrochen hat. – Henry Morton fand eine wesentlich plausiblere Antwort auf die rätselhafte Rettung David Kanchellis. Herr Kanchelli, können Sie dem Hohen Gericht wiedergeben, was Ihr Freund Morton Ihnen in jener Nacht mitgeteilt hat?

KANCHELLI Morton hatte eine Fülle von Material gesammelt. Er hat Chirurgen, Kinderärzte und Anästhesisten interviewt, Mütter und Hebammen. Und er hat Dokumente entdeckt, die den Schluß zulassen, daß nicht nur Schwerverbrecher und Verbannte mit einem GON-Chip versehen wurden und werden, sondern systematisch alle Bewohner der Territorien.

SORGE Die Staatsanwaltschaft würde gerne einen Blick auf das Material werfen. Wenn es auch nur den Funken eines Anfangsverdachts gibt, wird sie die erste sein, die sich unnachgiebig der Aufdeckung und Ahndung derartiger illegaler Praktiken annimmt.

KANCHELLI Seit der Nacht von Henry Mortons angeblichem Selbstmord ist das Material spurlos verschwunden.

FERENCZY Was natürlich niemanden wundert, der nicht an die These vom Selbstmord Mortons glaubt.

SORGE Das ist sehr bedauerlich. Nun müßten wir wohl, um Ihre wilden Spekulationen zu beweisen, alle Territorianer einer aufwendigen Schädeloperation unterziehen, nicht wahr?

KANCHELLI In der Tat, Herr Sorge, besteht die Praxis darin, allen Territorianern direkt nach der Geburt, noch in der Entbindungsklinik, einen GON-Chip unter das Schädeldach zu pflanzen. Wie haben Sie so genau erraten können, wofür Henry Morton monatelang recherchieren mußte?

SORGE Genug, Hohes Gericht. Die Anklage verlangt, im Hochverratsprozeß gegen David Kanchelli fortzufahren, anstatt unsere Dienste durch unbeweisbare Gerüchte zu diskreditieren.

FERENCZY Der Verdacht steht im Raum und bestätigt nur, was ohnehin viele Territorianer denken: daß man sie wie Fremde im eigenen Land behandelt.

SORGE Diese Paranoia ist in den Territorien endemisch, seit es die Territorien gibt. Wenn jeder Kriminelle aber seine Taten mit seinem persönlichen Wahn begründen dürfte, wären unsere Gefängnisse leer.

REICH Das Gericht gibt Ihrem Einspruch statt, Herr Generalstaatsanwalt. Frau Ferenczy, ich möchte Sie bitten, in Zukunft bei der Sache zu bleiben. Ich weiß, Anwälte lieben Verschwörungstheorien, doch soweit ich sehen kann, ist die Ihre nicht einmal geeignet, Ihren Mandanten in den wesentlichen Anklagepunkten zu entlasten. Wenn Sie sich, nicht zuletzt im Interesse Ihres Mandanten, wieder auf diese Vorwürfe konzentrieren könnten –

FERENCZY Euer Ehren, ich stelle weder die Notwendigkeit noch die Verdienste des C.I.D. in Frage. Wenn aber nur ein Bruchteil dessen wahr sein sollte, von dem mein Mandant überzeugt ist, dann dürfte die Anklage nicht mehr auf Hochverrat lauten. Herrn Kanchellis Aktivitäten wären dann ein legitimer Akt der Selbstverteidigung, und nicht nur der Selbstverteidigung, sondern der Verteidigung unser aller Grundrechte. Denn eine ganze gesellschaftliche Gruppe nur auf Grund der Herkunft als potentiell kriminell und überwachungsbedürftig zu stigmatisieren, verstößt zweifellos gegen alles, was wir in einem blutigen Bürgerkrieg an moralischer Integrität erstritten zu haben hofften.

SORGE Wenn Sie auch nur einen Bruchteil dessen, von dem Ihr Mandant und offenbar auch Sie, verehrte Kollegin, überzeugt sind, beweisen könnten, würde die Anklage weniger ungeduldig auf Ihre Abschweifungen reagieren.

FERENCZY Sie wissen, daß die Biochips so sehr mit dem sie umgebenden organischen Material verwachsen, daß sie mit herkömmlichen Detektoren nicht nachzuweisen sind. Das bedeutet indessen nicht, daß sie überhaupt nicht nachzuweisen wären.

REICH Frau Ferenczy, wir befinden uns gegenwärtig in einem Krieg. Ich verstehe Ihre Strategie, die Fronten in unser Gemeinwesen selbst zu verlegen und den mutmaßlichen Hochverrat Herrn Kanchellis als einen inneren Konflikt, ja als noblen Rettungsversuch unserer Wertordnung darzustellen. Doch gebe ich der Staatsanwaltschaft recht: Die Zeugen für Ihren abenteuerlichen Versuch sind entweder befangen oder tot, und jeder andere Beweis ist aus technischen oder politischen Gründen nicht lieferbar. Bleiben wir also bei den Fakten.

Mahatma 23. 10. Fahrt durch ein von Meteoriten gepflügtes Land. Nicht gelb oder braun ist die Wüste, sondern von einem milchigen Blau. – Lange Phasen des Schweigens zwischen uns. Sie ganz auf die unebene Piste konzentriert. Sie ist eine sehr attraktive Frau, soviel ist inzwischen klar. Würde dem diplomatischen Corps der Union alle Ehre machen: groß, schlank, blond, klug, selbstsicher und – unnahbar. Alles Dunkle an mir, meine Augen, meine Haare, meine Haut, mein Temperament, läßt sie noch strahlender erscheinen. Wir gäben ein wunderbares Paar für eine Seifenreklame ab.

Sie fährt gut. Ich spüre die Unebenheiten kaum. »Diese Straße haben die Eingeborenen dem Konzern zu verdanken. Was wir jetzt in einer Stunde zurücklegen, war zuvor eine Tagesreise.«

»Seit der Römerzeit bauen die Kolonisatoren zunächst die Verkehrswege aus, um so ihre Truppen schnell vor Ort bringen zu können. Später werden die Heerstraßen natürlich auch als Handelswege genutzt, denn ihr Bau muß sich ja bezahlt machen.«

»Vor 10 Jahren wohnten die Menschen hier noch in Erdhöhlen.«

»Und heute in Wellblechbaracken, die am Tag zu Hochöfen & in der Nacht zu Gefrierschränken werden. Nennen Sie es nicht Fortschritt!«

»Ich nenne es Übergangsstadium.«

»Und jeder Übergang bedeutet auch einen Abschied oder Verlust, nicht wahr? Ich bin mit Ihrem euphemistischen Jargon bestens vertraut.«

In Mahatma steigen wir im Gästehaus des Konzerns ab. Ansonsten gibt es nur die Kasernen des konzerneigenen Sicherheitsdienstes, der hier, fernab der lokalen Behörden, ein Ausbildungslager betreibt, und einige Lehmhütten der alten Oasenstadt. Alles wirkt auf groteske Weise ordentlich & gepflegt wie ein beliebiges Wohnviertel der Union. Statt der Rhododendren Bougainvillea in den Vorgärten der Offiziersvillen, statt der Platanen Dattelpalmen zwischen den Armeebaracken.

Diz 24.10. Am frühen Morgen weckt mich verzweifeltes Geschrei. Nur im Unterhemd & kurzer Hose verlasse ich das Gästehaus & finde auf der »Hauptstraße« vor der Kommandantur eine Gruppe von Kindern, die meisten kaum älter als 7 oder 8 Jahre alt, in einer Reihe angetreten, den erschrockenen Blick auf einen Kameraden gerichtet, der vor ihren Augen geprügelt wird. Vier von ihnen müssen jeweils Arme & Beine des Opfers zu Boden drücken, damit der Scharfrichter, offenbar ein Offizier des Sicherheitsdienstes, ungehindert seines Amtes walten kann. Ich falle dem Prügelnden wütend in den Arm: »Was geht hier vor?«

Er schaut überrascht auf den unbekannten barfüßigen Mann

in seinem Nachtzeug: »Wer sind Sie?« – Ich stelle mich kurz vor. »Wenden Sie sich an den Kommandanten, wenn Sie etwas zu bemängeln haben. Ich führe nur Befehle aus.«

»Wer hat Ihnen befohlen, 7jährige Kinder öffentlich zu züchtigen?« – Nun erfahre ich in knappen Worten, daß der Kommandant persönlich dieses Exempel angeordnet habe. Unbekannte hätten die Blumenbeete vor der Kommandantur verwüstet. Er habe sogleich die fußballspielenden Dorfkinder in Verdacht gehabt & befohlen, alle Burschen, deren man habhaft werden könne, am Morgen vor der Kommandantur, dem Ort der Verwüstung, antreten zu lassen & jedem 20 Hiebe mit dem Rohrstock zu verabreichen.

Ich kann mich nicht entschließen, der Szene den Rücken zu kehren & den Dienstantritt des Kommandanten abzuwarten. Mit dem Gesicht im Dreck liegt der zitternde Knabe da, an Armen & Beinen von seinen nicht weniger zitternden Gefährten festgehalten, seiner spärlichen Kleidung beraubt. Jeder Hieb des Rohrstocks hat zunächst einen roten Streifen auf der Haut hinterlassen, aus dem nun langsam das Blut quillt.

Nach meinem entschiedenen Verbot, mit der Züchtigung fortzufahren, ist die kühle Teilnahmslosigkeit aus der Stimme des Offiziers gewichen: »Sie maßen sich eine Autorität an, die Ihnen nicht zusteht, Herr Kanchelli!«

»Stellen Sie sich eine derartige Mißhandlung von Kindern in einem Wohnviertel von Corpus Christi vor, Herr –«

»Sergeant Lefranc!«

»Herr Lefranc. Wie kann man derart verrohen!«

»Sie können sich offenbar nicht die Anarchie vorstellen, die hier ausbräche, wenn wir in Fragen der Disziplin Nachlässigkeit oder Schwäche zeigten.«

»Das kann doch nicht bedeuten, alle Mindeststandards an Menschlichkeit in der Heimat zurückzulassen!«

»Hätten wir Ihre Skrupel, Herr Kanchelli, wären wir längst nicht mehr hier.«

»Das glaube ich Ihnen gerne, Herr Lefranc. Ich sehe allerdings nicht, daß unsere Abwesenheit ein großes Unglück für die hiesige Bevölkerung wäre.«

Vermutlich wird meine Intervention wenig bewirkt haben. Sergeant Lefranc hat seine »Disziplinierungsmaßnahme« vor meinen Augen zwar nicht fortgesetzt, aber wohl nur an einen weniger öffentlichen Ort verlegt.

»Als ich das erste Mal eine derartige Züchtigung sah«, bemerkt Pascalle nach meinem kurzen Bericht, »war ich selber einer Ohnmacht nahe. Heute gehe ich durch diese unvermeidlichen Schrecken wie durch eine Hochzeitsnacht.«

»Es kann sich bei einem Unternehmen wohl kaum um ein ziviles, friedvolles Gewerbe handeln, das allein in dieser Atmosphäre des Schreckens, der Gewalt & des Verbrechens gedeiht.«

»Sie müssen wissen, in dieser Region gibt es keine Gerichte & keine Polizei. Nicht einmal eine funktionierende Verwaltung existierte. Bestenfalls hat eine Handvoll Dorfältester die Entscheidungen getroffen, meistens aber tyrannisierten bewaffnete Banden die lokale Bevölkerung. Für alle sozialen Angelegenheiten mußte der Konzern eigene Institutionen aufbauen, einen eigenen Staat im Staat sozusagen. Er hat hier erst lernen müssen, daß Unternehmertum in diesem anarchistischen Niemandsland auch die Gesetzgebung, die Strafverfolgung & das Richteramt mit einschließt.«

Ich werde ihrer Gesellschaft langsam überdrüssig. Ihrer kühlen, mäßigenden Interventionen. Fühle mich wie die Figur in einem Spiel, dessen Regeln ich nicht kenne, das aber nach strengem Plan verläuft.

Im Grenzort Diz, dem letzten Versorgungsstützpunkt in der Sektion Tyzons, will sie wieder im Gästehaus des Konzerns absteigen. Zwischen Diz und Matanza liegt der abenteuerliche Teil unserer Fahrt, das Schott al-Milh & die Gebiete jener Stämme, die sich vom Konzern nicht haben kaufen oder militärisch bezwingen lassen.

Die besten Zimmer sind bereits für uns vorbereitet worden.

Diesmal weigere ich mich, in dieser für uns reservierten Retortenidylle am Stadtrand, fern vom alltäglichen Geschehen, mein Quartier aufzuschlagen.

»Niemand zwingt uns, außer dem Wagen auch das Bett miteinander zu teilen. Meinetwegen können Sie sich ruhig ein Zimmer in einer der von Ihnen so geschätzten traditionellen Herbergen suchen.« Der Manager des Gästehauses übermittelt mir mit einem anzüglichen Lächeln sein tiefes Bedauern über diese Wendung der Dinge. Ich verabschiede mich kurz von ihr: »Bis Morgen dann, um 7 hier in der Halle.«

Enge Gassen zwischen fensterlosen lehmgelben Ziegelwänden, sauber, menschenleer, heiß & still, vielleicht der Mittagszeit wegen. Ein nach außen abweisender, verschlossener Ort. Keine Mitte, kein öffentlicher Platz, mißtrauisch bereits den Flaneuren gegenüber.

Obwohl ich niemanden sehe, fühle ich mich beobachtet. Bin froh, endlich ein schäbiges Schild mit der Aufschrift Hotel el-Habib zu finden. Genauso vernachlässigt wie die Hinweistafel das Innere der Herberge. Lethargisch schlurft die Dame von der Rezeption vor mir her, um mir das Zimmer zu zeigen. Vier einfache Betten drängeln sich zwischen den fleckigen, ehemals weißgekalkten Wänden. »Ich brauche nur ein Einzelzimmer.«

»Hier haben alle Zimmer 4 Betten. Suchen Sie sich eins aus. Heute werde ich Ihnen wohl keinen weiteren Gast aufs Zimmer legen müssen.«

»Die Stadt wirkt wie ausgestorben.«

»Die Frauen trauen sich nicht aus den Häusern.«

»Die Frauen?«

»Ja, die Frauen. Und die Kinder lassen sie erst recht nicht auf die Gassen, seitdem die Männer fort sind.«

»Wo sind die Männer hin?«

»Sie sind doch von der Firma, nicht wahr? Sie müssen doch wissen, wohin man sie gebracht hat.«

»Man hat sie fortgebracht?«

»Auf Lastwagen, ja, vor Wochen schon, der Straße wegen –«

»Welcher Straße wegen.«

»Ich weiß nicht genau, von einer Teerstraße nach Matanza war die Rede.«

»Und ihr Mann ist auch fort?«

»Ja, mein Mann, meine 2 Brüder, mein Schwager, mein ältester Sohn.«

»Und Sie wissen nicht, wohin man sie gebracht hat & wann sie zurückkommen?«

»Sie werden wohl zurückkommen, wenn die Straße gebaut ist.«

Am Abend immer noch dieselbe Leere & Stille. Mag sein, es gibt keinen Gott. Aber es gibt seine Stimme. Es gibt ein Gericht, vor das wir uns gestellt finden werden. – Die Wahrheit ist von jeher einheimisch, wie Gott von jeher ein Fremder.

Warum sich niemand auflehnt? Diese lähmende Hitze ist schuld. Diese Backofenglut zwischen den Hofmauern, die von den aufgeheizten Lehmziegeln nun an die einbrechende Nacht abgegeben wird.

Diese Menschenleere ist mir unheimlich. Suche das Gästehaus auf & frage Pascalle, ob sie mich nicht auf meinem kleinen Abendspaziergang begleiten wolle. Sie bindet sich ihr Pistolenhalfter um.

»Es ist niemand auf der Straße, der uns etwas antun könnte.«

»Dieser Ort ist nicht so friedvoll, wie er scheint. Fast die Hälfte der Männer hat sich ihrer Arbeitsverpflichtung entzogen & hält sich irgendwo in der Umgebung versteckt.« Neben Ernst & Sorge höre ich eine gewisse Genugtuung aus ihrer Stimme heraus. Doch nun ist es zu spät, meine Bitte um Begleitung zurückzuziehen.

Wir spazieren aus dem Ort hinaus, auf eine kleine Anhöhe zu. Von hier haben wir einen geradezu idyllischen Blick auf das orangeglühende Dorf. Auf der anderen Seite des Hügels erstreckt sich das ebene salzverkrustete Schott. Nur am Fuß der Erhebung ein kleiner Palmenhain.

Sie nimmt mich an die Hand & führt mich zu den Bäumen hinunter. Einen Augenblick glaube ich, Knabenstimmen & das Geplätscher von Wasser zu hören. Als wir den Palmengarten betreten, umgibt uns, zäh wie das ausgeschwitzte Harz, nur Stille.

»Früher hat sich die Dorfjugend hier vergnügt.« Wir stehen vor einem kleinen Teich. »Wenn Sie wollen, können wir hier morgen früh ein Bad nehmen, bevor wir aufbrechen. Das Wasser stammt aus einer artesischen Quelle & ist sauberer als Ihr Badewasser in Corpus Christi.«

Ich gehe bis an den Teichrand & tauche meine Hand in das kalte klare Wasser. Unter ihr, etwa handgroß, Fußabdrücke im Teichgrund, die sich langsam, vom Rand her, mit dem grobkörnigen Ufersand füllen.

Safran 25.10. Bereits gegen 6 Uhr weckt mich ein energisches Klopfen an meiner 4-Bettzimmertür. Habe das Gefühl, gerade erst eingeschlafen zu sein. Stundenlang hielt mich die nicht weichende Hitze wach.

Ich öffne die Tür einen Spalt weit. Hatte, nachdem ich Pascalle ins Gästehaus zurückbegleitet hatte & in mein billiges Hotel heimgekehrt war, ein Bett vor die Tür geschoben, da sie sich von innen nicht verriegeln ließ.

Es ist Pascalle, ausgeschlafen, doch noch ungeduscht, in leichtem Strandkostüm, unter dessen knappem Acryljäckchen sich die Automatik abzeichnet. – Bin ein wenig überrascht. Kann mich nicht erinnern, ihr den Namen meines Hotels genannt zu haben.

Das Dorf ist so still wie am Tag zuvor. Kein Kindergebrüll, kein Hundegebell, kein Hahnenschrei, nicht einmal der Ruf des Muezzins.

Am Teichrand legt sie ihr Kostüm & ihr Halfter samt Pistole

ab. Ihr ganzer Körper leuchtet nahtlos in einem sanften Pfirsichgelb. Offenbar pflegt sie sich immer hüllenlos zu sonnen.

»Sie dürfen sich ruhig aller Kleidung entledigen«, ermuntert sie mich. »Hier sind wir ungestört.«

»Ich gehöre nicht zu den Anhängern der freien Körperkultur.«

Sie lächelt spöttisch, als ich mit meinem Slip bekleidet in das brunnenkalte Wasser tappe. Ungestört mögen wir sein, aber auch unbeobachtet?

»Sie müssen sich nicht vor mir fürchten. Ich werde erst gar nicht mit Ihrer Verlobten zu konkurrieren versuchen.«

»Sie sind mit meinem Dossier ja bestens vertraut.«

»Das gehört zu meinem Job.«

»Und dieses Badeabenteuer, fällt es unter dienstliche Pflicht, oder handelt es sich um ein privates Vergnügen?«

»Wenn Sie sich Ihrer Nacktheit schämen, David, entledigen Sie sich doch hier im Wasser Ihrer häßlichen Unterhose. Ich verspreche Ihnen, auch nicht hinzuschauen, wenn Sie nachher nackt ans Ufer steigen.«

Hier im Wasser sehe ich jeden Quadratzentimeter ihrer Haut noch klarer, deutlicher, wie unter einem Brennglas.

»Glauben Sie mir, Ihr Körper wird sich erst richtig wohl fühlen, wenn Sie ihm die unmittelbare Berührung mit diesem Urelement aus den Tiefen der Erde erlauben.«

Gerüchte von Unruhen machen die Runde. Der Hotelmanager habe sie vor der Benutzung der direkten Straßenverbindung zwischen Diz & Matanza gewarnt. Wagen der Kompanie seien überfallen, die Insassen mißhandelt & erst für ein hohes Lösegeld wieder freigelassen worden, wenn überhaupt!

Wir beraten uns kurz. Ich bin dafür, trotz der Warnung den direkten Weg zu nehmen & selber zu sehen, was an den Gerüchten dran ist. Sie hält es für klüger, den Umweg über Safran & El Fauar zu wählen, auch wenn sie diese Strecke noch nie gefahren sei. Schließlich sei sie für meine Sicherheit verantwortlich.

»Um meine Sicherheit brauchen Sie sich nicht zu sorgen. Aber selbstverständlich kann ich Sie nicht überreden, Ihr eigenes Leben meinetwegen aufs Spiel zu setzen.«

Safran ist ein unbedeutender Ort, abseits der Interessen des Konzerns gelegen. Wir suchen zunächst den Dorfältesten auf. Der Alte sagt, es gehe ihnen gut, seit die Jungen Arbeit hätten. – Junge Männer haben wir im Dorf noch nicht gesehen. Der Alte versichert uns noch einmal, alles sei gut. Aber er redet nicht wirklich mit uns. Er schaut uns nicht an, weder Pascalle noch mich. Vielleicht aus Respekt, vielleicht aus Furcht. Wir lassen uns zur einzigen Herberge des Ortes führen. Der Wirt ist überaus freundlich. Er macht zunächst Pascalle, dann mir ein kaum mißzuverstehendes Angebot. Die Zimmer sind in einem erbärmlichen Zustand, doch lassen sich Gott sei Dank die Türen von innen verriegeln.

Auf dem kurzen nachmittäglichen Rundgang durch den Ort winkt mir ein Haarschneider oder Barbier zu, in seinen Laden zu treten. Der erste junge Mann, dem wir in Safran begegnen. Er mimt mit seinem Zeigefinger ein Rasiermesser & fährt damit über Wange & Hals. – Ich frage Pascalle, ob ich tatsächlich eine Rasur nötig hätte. Sie lächelt: »Sie sollten diese Gelegenheit nutzen. Wer weiß, wann wir wieder auf einen Vertreter dieser Zunft treffen!« Und mit einer wohl unbewußten Geste fährt sie mit ihrem Handrücken über einige gerötete Stellen auf ihrer pfirsichweichen Gesichtshaut. – Bin mir nicht sicher, ob meine eigene Hand nicht die gründlichere wäre. Der Barbier winkt nun noch eifriger. Er hat meine Unentschiedenheit sofort wahrgenommen & will diesen potentiellen Kunden keinesfalls ungeschoren davonkommen lassen.

Der zuschauenden Dame bietet er einen Tee an. Mir drückt er mit sanfter Gewalt den Kopf auf die Nackenstütze, so daß meine Kehle freiliegt. Dann schärft er an einem schon recht abgewetzten Lederriemen sein Rasiermesser. Während er mir das Gesicht einseift, spüre ich, daß seinen Gesten alles Zarte, Parfümierte eines Barbiers fehlt. Er blinzelt mir schalkhaft zu &

beginnt, mit dem Rasiermesser an meiner Wange entlangzuschaben. Ich ergreife sein Handgelenk und halte es fest umklammert: »Sie wissen, wer wir sind & was wir hier tun?«

»Ich habe nur die Dame bereits gesehen. Ich nehme an, Sie sind Kollegen, nicht wahr?«

»Nein, wir sind keine Kollegen!« Ich lasse seine Hand mit dem Rasiermesser nicht los. »Ich gehöre der Kommission an, die die Verbrechen der Union Bauxit untersuchen soll. Sie haben von ihr gehört?«

»Ich verstehe.« Sein Gesicht verändert sich, das Freundlich-Geschäftsmäßige ist ganz daraus verschwunden. »Ich heiße Abdallah. Sie können sich unbesorgt von mir rasieren lassen. Danach können wir miteinander reden. Unter vier Augen.« Ich lasse sein Handgelenk los. Mit schnellen, sicheren Schnitten fährt sein Messer über meine hartstoppelige Haut. Seine Hände sind eher die eines Straßenarbeiters als die eines Barbiers, schwielig & mit schwarzen Rändern unter den schartigen Fingernägeln.

Im Spiegel sehe ich das Gesicht Pascalles, ein aufmunterndes Lächeln auf den Lippen, als habe sie von unserem kurzen Gespräch kein Wort verstanden.

Die halbe Nacht mit Abdallah verbracht. Weiß nicht, ob Pascalle meine Abwesenheit bemerkt hat. Doch ihr & allen anderen Angestellten der Union Bauxit muß klar sein, daß der Kommissionsbericht das Ende ihres Engagements in Songhai bedeuten kann. Was werden sie tun, außer dem, was sie schon getan haben: die Kommissionsmitglieder bestechen, die Zeugen einschüchtern. Werden sie so weit gehen, meine Rückkehr zu verhindern? Sie müßten mich verschwinden lassen, wie auch immer. In diesem Land des Verbrechens eigentlich kein Problem.

»Wenn es sich nicht um einen Konzern der Union handeln würde, wäre es mir ein Vergnügen, mich den rebellierenden Gruppen anzuschließen & diese Diebes- & Mörderbande aus dem Land zu jagen.« – Sie nickt verständnisvoll. Wäre sie keine

Frau, hätte ich ihr jetzt einen Schlag ins Gesicht verpaßt. – Verrückt, wie Gewalt Gewalt erzeugt & selbst aus einem friedfertigen Mann wie mir einen Gewalttäter zu machen droht.

El Fauar 29. 10. Am Morgen des nächsten Tages finden wir unseren Wagen als Opfer nächtlicher Zerstörungswut vor: Die Seitenspiegel wurden abgebrochen & ins Blech der Kühlerhaube mit einem harten, spitzen Gegenstand Buchstaben oder Zeichen geritzt, die wir nicht entziffern können. Unser Wirt macht eine Geste des Bedauerns & hat natürlich nichts gesehen oder gehört. Einige Alte treten hinzu & fahren mit ihren Fingern über den zerkratzten Lack. Es fällt schwer, hinter diesen lethargischen Masken die Gesichter von Aufrührern zu entdekken.

Auf halber Strecke zwischen Safran & El Fauar bleibt unser Wagen stehen. Erst jetzt bemerken wir die Ölspur. Offenbar hat sich der Ausbruch von Vandalismus nicht auf Oberflächliches beschränkt. – Weder Pascalle noch ich sehen uns in der Lage, den Schaden zu beheben. Sie unterrichtet über Funk den Grenzposten Diz. Der Sicherheitsdienst verspricht, uns Hilfe zu schikken. Wird aber nicht vor morgen mittag eintreffen. Vergeblich suchen wir nach Schatten. Die Sonne steht im Zenit, binnen weniger Minuten hat sich der Wagen in eine glühende Konservendose verwandelt. Und um uns herum erstreckt sich das baum- & strauchlose Schott, eben wie ein Tisch, silbergrau von den Salzablagerungen, die das verdunstete Wasser, das nach starken Regenfällen alle 4, 5 Jahre diese Ebene in einen endlosen See verwandelt, auf dem flachen Grund zurückläßt. Ich zeige auf einen schmalen Streifen Grün, der in erreichbarer Nähe zu sein scheint. »Eine Luftspiegelung«, sagt sie. »Die flimmernde Hitze wirkt wie ein Brennglas. Die Palmengärten gehören zur Oase El Fauar & sind mindestens noch 40 Kilometer entfernt.«

Wir bauen aus unseren Zeltstangen & Decken ein Sonnendach, ein wenig abseits von der Piste, obgleich nicht zu befürchten steht, auf dem holprigen Schotterweg von einem unerwarteten Fahrzeug überrascht zu werden. – Wir legen uns in den Schatten, unsere Wasserflaschen griffbereit & verharren so, müde, mürrisch, maulfaul. Wir könnten einander kaum näher sein. Doch bleibt jeder in seiner eigenen Welt. Unser Wortwechsel beschränkt sich auf das Notwendigste. Jede körperliche Berührung, und sei sie auch nur zufällig, wird sorgfältig vermieden.

Der Himmel nimmt eine milchigtrübe Farbe an, als würde die Sonne immer noch Reste an Feuchtigkeit aus der Salzkruste pressen & die Luft damit sättigen. – Ohne Abendröte schwärzt sich das milchige Blau. Wir bleiben einfach liegen, hüllen uns in unsere Schlafsäcke, ohne Abendessen, Abendtoilette, ohne irgendeines dieser nutzlosen Rituale, uns von den Sukkulenten zu unterscheiden.

Mitten in der Nacht reißt uns eine Explosion aus unruhigem Halbschlaf. Der Wagen steht in Flammen. Mit ihm das Funkgerät und der größte Teil unserer Vorräte. Regungslos bleiben wir liegen & lauschen. Außer dem Knistern des Feuers ist nichts zu hören. »Ein Anschlag?« frage ich. Sie legt mir mahnend die Hand auf die Lippen. Wir liegen still, bis das Feuer niedergebrannt ist. »Hier sind wir nicht sicher«, flüstert sie mir zu. »Wir sollten versuchen, heute nacht noch bis nach El Fauar zu gelangen.«

»Zu Fuß?«

»Sie nehmen nur die Wasserflasche & Ihre wichtigsten Papiere mit. Der Rest bleibt hier.« Es gibt ohnehin kaum mehr als diese fast leere Flasche & mein Tagebuch, das vom Feuer verschont blieb. – Sie bindet sich das Halfter mit ihrer Automatik um. Ich bewundere ihre Ruhe. »Bleiben Sie dicht hinter mir. Wir müssen uns zunächst abseits der Piste halten.«

»Wie sollen die Leute vom Sicherheitsdienst uns finden, wenn wir die Piste verlassen?«

»Sie werden sich schon zusammenreimen, was passiert ist, wenn sie auf den ausgebrannten Wagen stoßen.«

Schweigsam machen wir uns auf den Weg. Schließlich frage ich sie, wie Kinder einander in ihrem ersten Zeltlager fragen: »Glauben Sie an Dschinne?« Sie antwortet nicht. »Hier glaubt jeder an Dschinne«, fahre ich fort. »Besonders Ambari, mein einheimischer Diener. Er hat mir alles von ihnen erzählt. – Wußten Sie, daß Dschinne Wasser brauchen wie wir?« Immer noch antwortet sie nicht. Vielleicht geziemt es sich ja nicht, ein erhabenes Wüstenabenteuer wie das unsere mit derartigem Kindergeschwätz zu entweihen.

»Auch sie kennen den Durst«, rede ich weiter. »Nachts durchstreifen sie das Land, durstig. Entdecken sie ein schlafendes Kind, so halten sie den weichen dunklen Körper oftmals für einen Wassersack & trinken es leer. Glaubt Ambari jedenfalls. Deshalb malt die Mutter mit Khôl einen schwarzen Strich auf die Stirn des Kindes. Die Frauen wissen hier in der Regel besser, wie die bösen Geister zu bannen sind.«

»Es wäre klüger, wenn Sie sowenig wie möglich redeten, Herr Kanchelli, zumindest bis wir weit genug von unserem Lager entfernt sind. In der Wüste hört man kilometerweit & die Nacht verstärkt noch jedes Geräusch.«

Die Nacht ist weiter vorangeschritten, als wir vermutet haben. Wir sind kaum 2 Stunden unterwegs, da rötet sich der Himmel. Und nach kurzer Morgendämmerung nimmt die Sonne mit ihrer ganzen lebensfeindlichen Gewalt ihren Platz am Tageshimmel ein. Und der Grünstreifen am Horizont, der Palmenhain El Fauars, scheint trotz der klaren Luft noch keinen Meter näher gerückt zu sein.

Wir machen eine kurze Rast. Um uns herum absolute Stille & Leere. Selbst von der Piste ist nichts zu sehen. Ertappe mich bei dem defätistischen Gedanken, mich lieber in die Hand irgendwelcher Rebellen gegeben zu haben als in diese uranfängliche Ödnis.

Wir setzen unseren Marsch fort. Wir gehen sparsam mit dem Wasser um, obgleich ich froh wäre, diese Feldflasche endlich loszuwerden. Dann bemerke ich die ersten Symptome meiner Ausgetrocknetheit & Erschöpfung. Vor meinen Augen öffnet sich ein regenbogenfarbener Fächer & nimmt mir jegliche Sicht. Ich muß mich zwingen, unseren letzten Wasservorrat nicht in einem Zug zu leeren.

Zunächst tritt die Erscheinung nur sporadisch auf & läßt sich mit einer Handbewegung über die ausgetrockneten Augäpfel fortwischen. Doch bald erscheint sie so häufig & intensiv, daß ich für Augenblicke stehenbleiben muß. Auch die Zunge gehorcht mir nicht mehr. Sie ist groß & unförmig geworden. Wie ein erstickender Knebel verstopft sie meinen Mund & scheint darin nicht mehr genügend Platz zu finden.

Wir setzen uns nieder & trinken die Feldflasche leer. Quecksilbrig steht die Hitze auf dem Schott. Meiner Schätzung nach haben wir etwa 20 Kilometer zurückgelegt & mindestens noch einmal dieselbe Strecke vor uns, vorausgesetzt, Pascalle hat sich in der Entfernung nicht geirrt. Allerdings fehlt uns nun der Schutz der Nacht. – Durch die kurze Rast sind meine Gliedmaßen schwer & steif geworden & die Gelenke schmerzen. Ich will etwas sagen, doch gelingt mir nur eine angestrengte Geste. Und auch aus Pascalles Kehle dringt nur ein heiseres Röcheln. Schließlich verstehe ich, was sie mir sagen will: Weiter! – Ich nicke. Meine Beine gehorchen mir kaum noch. Vor meinen Augen wird es dunkel. Ist es schon wieder Nacht? Die Luft steht heiß & unbewegt vor uns, eine glühende Ziegelwand, die wir mit jedem Schritt aufs neue durchbrechen müssen.

Irgend etwas schnürt mir mit scharfem Stechen die Luftröhre zusammen & zwingt mich zu heftigem Husten. Das trokkene Bellen, das anfangs die Atemwege zu befreien scheint, wird zu einem krampfhaften Schmerz, bis mir die Sinne schwinden.

Ich komme wieder zu mir, auf der salzverkrusteten Erde kniend, die Beine mit beiden Armen umfaßt, wie im demütigen Gebet. Ich hebe den Kopf & blicke in ein blendendhelles Schwarz. Neben mir Pascalle. Langsam schreibt sie auf die silberne Salztafel: Weiter!

Schläge auf die Brust & ins Gesicht rütteln mich wach. Wieder müssen mir die Sinne geschwunden sein. Sie zerrt an meinen Armen, doch fehlt ihr die Kraft, mich aufzurichten. Mit Entsetzen sehe ich ihre Zunge, die schwarz wie ein Stück verkohltes Leder aus ihrem Mund quillt. Vermeide es, sie anzublicken. Geh! ritze ich mit letzter Kraft in den Boden.

Vergeblich versucht sie, mich wieder zu mir zu bringen. Mein Atem geht hastig & keuchend. Es ist, als würde ich brennenden Staub einatmen. Mein Körper wälzt sich, von Krämpfen geschüttelt, auf der Erde, längst nicht mehr der meine.

Schließlich legt sich bleierne Ruhe über ihn, die Atmung wird flacher, der Herzschlag zögernder.

Ich lausche dem kaum noch merklichen Herzschlag nach, als seien es Lunge & Herz eines Fremden.

Ein schwarzer Schleier, wie der Scharschaff der Frauen, legt sich über mein Bewußtsein. Ich sehe alles, bin ganz Bewußtsein, ohne selbst gesehen zu werden. Körperlos, schmerzlos, der Atem ganz ganz leicht, weltlos.

Ein Geräusch, vergeblich versuche ich mich zu erinnern, ein Lichtstrahl wie von einem Zündholz, die Explosion des Phosphorhütchens unendlich langsam, eine hohe Flamme wie eine Wasserfontäne, Wasser, Raserei.

Morton schleudert die Feldflasche weit von sich & umklammert mich mit eisernem Griff. Streng befiehlt er mir, ruhig zu bleiben, weil ich vorerst noch nicht trinken dürfe. Bin ich denn nicht ruhig? Verwundert schaue ich in die kühlen blauen Augen, die ich nie mehr zu sehen hoffte. Dunkel saust Mortons Faust auf meinen Kopf nieder, daß es mir fast erneut das Bewußtsein raubt. Was habe ich ihm getan?

Nun reißt er mir den Mund auf, stopft einen feuchten Zipfel seines Seidenschals hinein, ist er denn nicht schon vom Durst geknebelt, Wasser, Luft, legt mir das nasse Tuch auf die Lippen, während Ambari mir die Handgelenke & die Brust mit seinem angefeuchteten Hemd abreibt. Totenwäsche.

Nein, nein, nun erinnere ich mich, langsam hinabsteigen, langsam auftauchen, damit es mir nicht das Trommelfell zerreißt, behutsam die Schleimhäute anfeuchten, damit sie nicht anschwellen & mich ersticken, versuche zu sprechen, versuche ihnen zu sagen, daß ich nun verstehe, sie aber halten meine Gebärden für einen erneuten Ausbruch von Raserei, halten mich fest. Gut, so haltet mich denn. Nach jedem Schluck klopft Morton mir wie einem Säugling auf den Rücken, damit das Wasser mir nicht in der Kehle steckenbleibt.

XI

SORGE »Welches sind die Werke der Finsternis? Die Sünden, welche das Licht scheuen!« spricht der Große Versöhner. – Hohes Gericht, Gentlemen der Jury, im Verlauf dieses Prozesses hat die Staatsanwaltschaft aufzuzeigen versucht, daß das Böse in unserem Gemeinwesen nicht verzeihlichen Irrtümern, sondern einem bösartigen Herzen entspringt; daß im Zentrum aller politischen, sozialen und rechtlichen Fragen die geistige, moralische und ethische Integrität steht.

Deshalb müssen wir von allen Repräsentanten der Union erwarten, daß ihr Handeln auf dem Fundament der Wahrheit, des Glaubens und der Loyalität basiert. Und das uneingeschränkt.

Die Union steht für Freiheit, ja. Und wir verteidigen diese Freiheit, hier und überall auf der Welt. Allein der Glaube begrenzt unsere Freiheit. Diese Grenzen aber sind heilige, unantastbare Grenzen.

Sein Amt hat David Kanchelli dazu verpflichtet, unser Volk und unseren Glauben zu repräsentieren. Beides hat er verraten. Und sowohl der Verrat am Wohl unseres Volkes als auch der Verrat an seinen hart erkämpften religiösen und moralischen Werten verdienen härteste Bestrafung.

Was im Herzen dieses Mannes vor sich gegangen ist, ihn vom loyalen Vertreter unseres Volkes zu seinem Verräter werden zu lassen, konnte die Anklage Ihnen womöglich nur unzureichend vermitteln. Das Böse aber bedarf im Grunde keiner Begründung oder Rechtfertigung. – Wie diese Schritte hin zum Hochverrat verliefen, hat sie hingegen lückenlos nachgezeichnet. Während der Krieg bereits tobte und unsere Söhne für die Heimat ihr Leben ließen, Söhne, die, wie wir nun wissen, für den Angeklagten vor allem Objekte niedrigster Begierde sind, hat er sich erlaubt, mit unseren Feinden zu paktieren und mit ihrer Hilfe eine zweite Front in der Heimat selbst zu eröffnen.

Wir haben die abenteuerlichen Theorien der Verteidigung noch im Ohr. Nun müssen Sie entscheiden, Gentlemen der Jury, ob Sie Ihrem Vaterland derartige Verbrechen zutrauen. Sie müssen entscheiden, ob selbst für den unwahrscheinlichen Fall, daß es zu derartigen Vorfällen gekommen sein könnte, diese Umstände David Kanchelli auch nur im geringsten von seiner Verantwortung und Schuld entlasten.

Wenn Sie um ein gerechtes Urteil ringen, vergessen Sie nicht das Geständnis Kanchellis und die damit verbundene Anmaßung. Vergessen Sie nicht die entsprechenden Passagen aus seinen Tagebüchern, in denen er sich bereits innerlich auf die Seite der Aufrührer und Terroristen schlägt. Und erinnern Sie sich der Opfer, die uns die Niederschlagung des Osteraufstands kostete, angezettelt von gewissenlosen Ideologen vom Schlage David Kanchellis, der uns seinen Verrat als Idealismus verkaufen will, einen Idealismus allerdings, der über Leichen geht.

David Kanchelli hat diese Taten nicht nur gestanden, er hat sich ihrer geradezu gebrüstet. Und damit sich sein Urteil selber gesprochen. Von tragischer Verblendung kann keine Rede sein. Warum halten wir dann noch ein besonderes Gericht ab, obgleich das Urteil nach diesem Geständnis offenkundig und unabänderlich ist? Nicht heimlicher Zweifel, nicht mildernder Umstände wegen. Wir halten dieses Gericht ab, damit der Angeklagte Einsicht in seine Verworfenheit erhalte. Damit er die Gerechtigkeit der Strafe verstehe und, als erstes Zeichen der Reue und Umkehr, frohen Herzens annehme.

FERENCZY Ihr gespenstisch herrliches Plädoyer, verehrter Generalstaatsanwalt, wird nicht allein auf Grund seiner Luzidität die Rechtsgeschichte bereichern, sondern auch und vor allem auf Grund seines düsteren Ehrgeizes wegen, in wenigen großen Sätzen das zu leisten, was sonst nur Generationen von Rechtsgelehrten schaffen: die Fakten jeder Wahrheit, das Recht jeder Gerechtigkeit zu entkleiden.

SORGE Sie übertreiben, verehrte Kollegin.

FERENCZY Und Ihre Unfähigkeit als Schauspieler gibt Ihrem Pathos eine geradezu anrührende Ehrlichkeit. – Ich hingegen möchte Ihren Blick, Hohes Gericht, Gentlemen der Jury, zurück auf die Wahrheit hinter den Fakten, auf die Gerechtigkeit hinter dem scheinbaren Unrecht lenken.

David Kanchelli war nicht zuletzt deswegen ein so brillanter Diplomat, weil er sich eine einzigartige Fähigkeit bewahrt hat, die Fähigkeit zum Mitleiden, die ihm nun zum Verhängnis werden soll. Nach seiner Rückkehr aus Songhai legt er einen ausführlichen Bericht über die im Zuge des Bauxitabbaus verübten Verbrechen an der eingeborenen Bevölkerung vor. Seine genauen Angaben über die Rechtsverletzungen durch Konzerne der Union sind von keinerlei Parteilichkeit korrumpiert. Einerseits wird sein Bericht als beispielhaft gepriesen und sein Verfasser mit dem Titel »Commander of the Order of Adam Halfgood« geehrt, andererseits verschwindet der Bericht folgenlos in den Archiven.

Seit Monaten liegen die Fakten vor. Geschehen ist seither nichts. Immer noch treiben die Tyzons und Velardes dort ihr Unwesen. Keiner dieser Verbrecher ist bisher bestraft oder auch nur seiner Verantwortung entbunden worden. Ich darf mir das Leiden der Bevölkerung dort gar nicht vorstellen. Und die Hoffnungen, die sie in die Untersuchungskommission setzten! Die gebrochenen Versprechen! Scham und Schande über uns! Verbrechen auf Verbrechen, ohne Einspruch, ohne Sühne, und nun mit unserem Wissen, die wir einschreiten könnten und müßten! O Gott, was für eine heuchlerische Nation! Pathetisches Gerede über ein sittliches und gottgefälliges Leben allerorten, doch wenn es um das Leben selber geht, feige, unentschlossen, opportunistisch, dem Profit ergeben!

So die zunehmend bitteren Gedanken. Verständlich auch die Sympathie Kanchellis für die betroffenen Eingeborenen, als sie nicht länger auf Hilfe von außen warten, sondern ihr Schicksal selber in die Hand nehmen und sich gegen die fremden Ausbeuter erheben. Union Bauxit wird aus dem Land geworfen, unsere Regierung stellt zynischerweise Entschädigungsansprüche, die das arme Songhai nicht erfüllen kann und will, der Krieg beginnt.

David Kanchelli erträgt diesen Zynismus nicht und verläßt den diplomatischen Dienst. Bei seiner Rückkehr in die Territorien entdeckt er plötzlich die Parallelen zwischen der Situation in seiner Heimat und in Songhai. Wir müssen diese Entdekkung nicht unmittelbar nachvollziehen können, denn weder sind wir in den Territorien aufgewachsen, noch haben uns vergleichbare Erfahrungen des Schreckens, wie Kanchelli sie in Songhai gemacht hat, für die Mechanismen der Ausbeutung und Unterdrückung sensibilisiert. Daß er inzwischen auch die heimische Situation als unerträglich empfand, müssen wir ihm glauben.

Er knüpft an seine alten Kontakte in Songhai an, dem Land seiner Sympathie und unserem jetzigen Kriegsgegner. Er bittet um militärische Unterstützung für eine Erhebung in den Territorien und versucht, Exilanten in Songhai für eine Freiwilligenbrigade zu gewinnen. Alles dies geschieht bereits unter den wachsamen Augen unserer Dienste, die indessen nicht einschreiten. Im Gegenteil.

Als David Kanchelli erkennen muß, daß mit den wenigen Leuten und Waffen kein Aufstand zu gewinnen ist, versucht er, die für Ostern geplante Erhebung zu verhindern. Hier endlich wird das C.I.D. aktiv und unterbindet erfolgreich die Übermittlung dieser Botschaft. Der Osteraufstand beginnt und endet für die Aufständischen in einem Desaster.

In der Tat wollte sich hier ein Mann erheben, aber nicht gegen, sondern für etwas: für mehr Gleichheit und Gerechtigkeit. Doch einmal mehr ist er mißbraucht worden, als Marionette im politischen Intrigenspiel der Mächtigen und um ihren Machterhalt Besorgten. Wenn David Kanchelli etwas verraten hat, dann den Zynismus dieses Spiels, das für den größten Teil der unfreiwilligen Mitspieler ja tödlicher Ernst ist.

Ein skrupelloserer Mensch hätte sich seine Mitwisserschaft teuer bezahlen lassen. Colonel Bertie lebt nun von seinen üppigen Provisionen in einem friedlichen Vorort der Hauptstadt, Tyzon hat inzwischen eine ähnlich repräsentative Villa wie jene in Songhai, allerdings im teuersten Badeort des Südens, bezogen und kann die jungen Mädchen nun generös entlohnen, die er früher aus den umliegenden Dörfern zusammengeraubt hat. Und ein Mann, der zufälligerweise denselben Namen trägt wie der angeblich entführte und zu Tode gefolterte Sektionschef von Matanza, herrscht nun in Arlit.

David Kanchelli aber hat sich als unbestechlich gezeigt. Natürlich ist er kein Heiliger. Niemand von uns kann Vollkommenheit für sich beanspruchen. Alle sind wir in der Unzulänglichkeit unserer Gedanken und Gefühle gefangen. Alle sind wir der Erlösung bedürftig.

Doch jede der dem Angeklagten vorgeworfenen Taten war bestimmt vom drängenden Jetzt, von der Unerträglichkeit des gegenwärtigen Daseins, das jede politische und dienstliche Verantwortung gering erscheinen ließ. »Seltsame Gedanken bestürmen mich«, so schreibt Kanchelli in seinem zweiten, dem weißen Songhai-Tagebuch. »Keine Reue, keine Furcht. Ein Unbehagen vielleicht. Ich denke an die Territorien, an meine Heimatstadt, die ich womöglich nie wiedersehen werde. Nur das Wunder einer Niederlage der Union könnte mich nach Salem zurückbringen. Aber eine solche Niederlage steht nicht zu befürchten. Songhai ist zwar reich an Menschen, an Idealen & an Kampfgeist, aber Geist, welcher Art auch immer, hat noch nie viel vermocht gegen eine überlegene Waffentechnik. – Diese Reise ist weder vernünftig noch erfolgversprechend. Sie folgt einfach einer inneren Notwendigkeit, einer Treue zu mir selbst.«

»Diese Treue macht mich nicht glücklich«, heißt es weiter. »Sie macht mich vor allem eines: einsam. Weder die Vertreter der Liga noch meine eigenen Leute trauen mir. Beide Seiten benutzen mich nur. Ihr Vertrauen reicht gerade so weit, wie es ihren eigenen Interessen dient. Jeder meiner Schritte wird ausspioniert & irgendwann gegen mich verwendet werden. Sie lassen mich gewähren, weil meine Naivität oder mein Idealismus ihnen ungefährlich erscheint. Sollte von ihm wirklich eine politische Gefahr drohen, hätte man mich längst aus dem Verkehr gezogen. Daß ich noch lebe & mich frei bewegen kann, ist wohl das deutlichste Symptom für die Irrelevanz meiner Mission. Und trotzdem! Manchmal können wir eine Idee nur retten, wenn wir uns für sie opfern.«

REICH Ich danke Ihnen, Frau Ferenczy, und Ihnen, Herr Sorge, für Ihre eindringlichen Plädoyers. – Gentlemen der Jury, ehe ich Sie zur Beratung entlasse, obliegt mir die Pflicht, Ihnen folgende Grundsätze in Erinnerung zu rufen: Sie müssen für Ihre Entscheidung alles aus Ihrem Herzen verbannen, was Sie außerhalb des Gerichts über diesen Fall gehört oder gelesen haben. Sie sind durch Ihren Eid gebunden, allein auf Grund der Glaubwürdigkeit der hier vorgebrachten Aussagen zu entscheiden. Und ich möchte Sie daran erinnern, daß trotz der ideologischen Argumente, die von der Verteidigung und dem Angeklagten in diesen Prozeß getragen wurden, Ihre Aufmerksamkeit allein den vorgelegten Beweisen zu gelten hat. Sie haben kein moralisches und kein politisches Urteil zu fällen, sondern ausschließlich nach Recht und Gesetz zu entscheiden. Sie haben darüber zu entscheiden, ob der Angeklagte mit seinen ihm nachgewiesenen oder von ihm gestandenen Taten die Interessen unseres Landes verraten und den Interessen unseres Kriegsgegners gedient hat. Auch wenn die Absicht des Angeklagten hauptsächlich darin bestand, einen gewalttätigen Aufstand innerhalb der Unionsgrenzen zu planen und anzuführen, so erfüllt die Kollaboration mit dem Kriegsgegner zwecks militärischer Unterstützung dieser Revolte bereits den Tatbestand des Hochverrats. Die Ihnen zur Entscheidung vorgelegte Frage lautet also: Ist David Kanchelli im Sinne des Gesetzes des Hochverrats schuldig oder nicht schuldig?

El Fauar 30.10. Wider Erwarten rasch habe ich mich von unserer mißglückten Wüstensafari erholt. Drei Tage lang bin ich von Ambari umsorgt worden, während sich Morton vor allem um die Genesung meiner schönen Gefährtin gekümmert hat. – Am Morgen, als ich es nicht länger auf meinem Lager aushalte, treffe ich ihn das erste Mal nach unserem unerwarteten Wiedersehen vor dem Zelt.

»Schon wieder auf den Beinen, junger Mann?«

»Ich glaube, ich bin Ihnen noch Dank schuldig, Henry.«

»Ich setze es zu den anderen noch offenen Posten auf die Liste, bester Freund.«

»Wie haben Sie uns gefunden?«

»Gefunden? Ich habe Sie seit unserer Ankunft in Bir Schinn nicht aus den Augen gelassen. Übrigens auch andere nicht.«

»Und Ambari war Ihr zweites Augenpaar?«

»Nennen wir ihn ruhig ganz unmetaphorisch meinen Spion. Jemand mußte Sie ja vor Bertie & Co. schützen.«

»Vor Bertie?«

»Colonel Richard Bertie ist einer der Hauptaktionäre der Union Bauxit. Wußten Sie das nicht?«

»Ich hätte es mir denken können.

»Und was haben Sie jetzt vor?«

»Meine Arbeit wieder aufzunehmen natürlich!«

»Nur zu. Wir befinden uns bereits in der Sektion Velardes. Diese friedvollen Ruinen waren einmal das laute & geschäftige Dorf El Fauar, und das süßliche Parfum in der Luft ist der schwere Duft verrottenden Fleisches, das von niemandem beerdigt wurde.«

»Wer hat hier gewütet?«

»Nicht weit von hier befindet sich ein Militärlager von Velardes' Sicherheitsdienst.«

»Sie wollen doch nicht behaupten, die konzerneigene Polizei habe hier gebrandschatzt & gemordet!«

»Vielleicht waren die Dorfbewohner so leichtsinnig, einigen Widerständlern Unterschlupf zu gewähren.«

»Wir werden das Lager aufsuchen & mit dem Kommandanten sprechen.«

»Und Sie glauben, daß Sie dort willkommen sind?«

Ich statte der Hütte, die Morton für Pascalle herrichten ließ, einen Besuch ab. Auch sie ist ausgebrannt. Ambari hat ein provisorisches Dach aus Palmblättern hergestellt.

»Wie geht es Ihnen?« – Sie sitzt auf dem Feldbett, die Füße in einem Wassertrog.

»Sie sind von unserem Spaziergang noch etwas geschwollen. Hatte leider nicht die passenden Schuhe an.« Ihre Stimme ist immer noch heiser & ihre Worte klingen eher angestrengt als heiter.

»Ein Militärlager des Konzerns befindet sich in der Nähe. Dort werden Sie in Sicherheit sein.«

Sie blickt mich müde an.

»Vielleicht sollten wir ihnen besser aus dem Weg gehen.«

»Das wird kaum noch möglich sein. Unsere Anwesenheit ist nicht unbemerkt geblieben.«

Ambari hat unsere Zelte rasch abgebrochen & Säcke, Kästen & Koffer auf der Pritsche des Pick-ups verstaut. Er hockt sich auf die Ladung & überläßt Pascalle & mir den Beifahrersitz im Führerhaus. Morton sitzt am Steuer. »Der Bey war so freundlich, mir den Wagen & einige unentbehrliche Ausrüstungsgegenstände zur Verfügung zu stellen«, erklärt er. »Übrigens trotz seiner Jugend ein überaus kluger & verständiger Mann, finden Sie nicht auch?«

Auf unserem Weg sehen wir weitere niedergebrannte Gehöfte & Hütten & viele zum Teil verstümmelte & verkohlte Leichen.

Pascalle bleibt während der ganzen Fahrt schweigsam, während Morton munter drauflos schwätzt. »Die Menschen hier sind allen Schrecken zum Trotz notorisch religiös. Was ist das für ein Gott, der selber Teil des Schreckens ist? Brächen wir seinen Schädel auf, fänden wir wahrscheinlich ein prähistorisches Gehirn vor. Statt eines inneren Auges ein Faustkeil darin. Aber sie suchen in ihrer Religion auch keine Erlösung. Sie hoffen auch nicht auf eine größere Nähe zu Gott in einem Leben nach dem Tod. Wer beharrt, ist ebenso verloren wie jener, der nachgibt. Welches Los der Mensch auch haben mag, letztlich ist alles nur Strafe.

Überhaupt, der Tod! Man stirbt nicht einfach. Denn es gibt nicht nur den Körper, der aus dem Blut der Mutter gemacht ist. Es gibt auch noch das Sumsum, das wir vom Vater haben, womit so etwas wie Geist gemeint ist, aber wohl kaum Geistreiches in unserem Sinne. Und es gibt das Okra, den Lebensatem, der uns von diesem Primatengott eingehaucht wurde & unser Lebensschicksal enthält.

Wie gesagt, ein Songhailese stirbt nicht einfach. Das Sumsum kann seinen Körper hin und wieder verlassen, zum Beispiel wenn er schläft, geist- oder bewußtlos ist. Wenn das Okra ihn allerdings verläßt – gäbe es da nicht noch die Lebenden-Toten. Das sind Sterbende, deren Prozeß des Sterbens noch nicht abgeschlossen ist. Sie stehen zwischen den Lebenden & den Toten. Sie sprechen beide Sprachen. – Schauen Sie einfach nicht hin, David, wenn Ihnen der Anblick verrottenden Fleisches Übelkeit bereitet!«

Wir finden die Milizionäre in heiterer Stimmung vor. Fast scheint es, als habe man uns bereits erwartet & freue sich nun, daß wir endlich eingetroffen sind.

Der Kommandant begrüßt jeden von uns mit Handschlag. Ja, Pascalle Jourhandieu sei ihm durchaus bekannt. Und auch von mir habe er bereits gehört. Er heißt Norman, Captain Armando Norman. Er führt uns zu einem Feuer in der Mitte des Zeltplatzes, läßt 4 Klappstühlchen bringen & bittet uns Platz zu nehmen.

»Darf ich Ihnen etwas zu trinken anbieten? Leider ist das Bier ein wenig warm.« – Morton schüttelt freundlich den Kopf, ohne seine Verachtung für diese unglaubliche Offerte ganz verhehlen zu können. Normans Augen sind indessen ganz auf Pascalle gerichtet.

Jetzt erst entdecke ich, daß über dem Feuer eine große Anzahl Fleischstücke geräuchert wird. Nicht geschmort oder geröstet, sondern geräuchert, offenbar um sie haltbar zu machen. Ich trete näher an den Rost & muß erkennen, daß es sich um Menschenhände handelt.

Captain Norman tritt an meine Seite & legt mir kameradschaftlich die Hand auf die Schulter: »Wir brauchen natürlich irgendeinen Beweis für unsere Erfolge. Sonst könnten wir unserem Brotherrn ja Gott weiß was erzählen.« Ich wende mich ab, um mich nicht auf die adrette Operettenuniform des Captains zu übergeben. »Wir bringen immer die rechte Hand jedes eliminierten Rebellen mit. Das ist sauberer als ein Skalp oder gar ein ganzer Kopf. Und der gute Ellis hier«, er zeigt auf den feisten Kerl, der uns gerade das Bier bringt, »unser Garnisonskoch, präpariert sie ordentlich, daß sie sich in dieser mörderischen Hitze so lange halten, bis wir zurück in Matanza sind.«

Mit ruppiger Zärtlichkeit nimmt er meinen Kopf in seine Hände, dreht ihn zu sich & schaut mir direkt in das schweißnasse Gesicht: »Wir sind hier im Krieg, verstehen Sie? Die Budjas-Rebellen haben bei ihrem letzten Überfall 30 von meinen Männern getötet. Nur durch die geheime Unterstützung der Dörfer sind sie in der Lage, uns immer wieder zu entwischen. – Ich bin kein grausamer Mensch. Ein zerstörtes Dorf genügt & die anderen kooperieren. Sie werden sehen. Im Grunde mögen sie uns & sind froh, wenn wir sie von dieser Plage befreien. Heute abend veranstalten sie uns zu Ehren ein Fest. Das, was Sie hier sehen, ist einfach die menschlichste Strategie. Ein abschreckendes Beispiel & den anderen bleibt dasselbe Schicksal erspart.«

Schweigend sitzen Morton, Pascalle & ich auf den feldgrünen Stühlchen, während Norman das lauwarme Bier in sich hineinschüttet & mit dröhnender Stimme den unterhaltsamen Gastgeber zu spielen versucht: »Stellen Sie sich vor, dieser Hände wegen halten die Eingeborenen uns für Kannibalen! Verrückt, nicht wahr? Sie nehmen nicht einmal mehr Corned-Beef-Dosen von uns an, weil sie glauben, darin befänden sich die zerhackten Gliedmaßen ihrer Landsleute. Lieber verhungern sie.«

»Auch ich würde lieber verhungern, als Corned Beef aus der Dose zu mir zu nehmen, verehrtester Captain«, merkt Morton in liebenswürdigstem Konversationston an. »Womöglich haben diese Wilden einfach einen unverdorbenen Geschmackssinn.«

Wir schlagen unser Lager außerhalb des Militärcamps auf. Am Abend holt Norman uns ab, damit wir dem Fest zuschauen. Ambari bleibt zur Bewachung des Wagens & der Zelte zurück. Tatsächlich haben sich einige Einheimische im Camp versammelt. Männer, Frauen, Jungen & Mädchen, alle in traditionellen Kleidern, bunte Tücher bei den Frauen, knielange Röcke bei den Männern, alle abgemagert & von Narben & frischen Wunden an allen sichtbaren Körperstellen geradezu geschmückt. – Mit den billigen Hemden & Hosen aus der Union haben sie auch alles Devote & Lethargische abgelegt. Sie schauen uns nicht direkt ins Gesicht, scheinen aber jeden einzelnen genau wahrzunehmen. Noch stehen sie ein wenig befangen & linkisch um das Feuer herum, über dem am Nachmittag die abgeschlagenen Hände ihrer Brüder dörrten. Ein seltsames Fest. Kein Fest der Freude. Auch sicher keines uns zu Ehren. Eher ein Ritual, ein Zauber, uns zu bannen. Wir sind da, schauen zu, als sie zu tanzen beginnen, zugleich sind wir ausgeschlossen, mißachtet, bedeutungslos. Ein Tanz, uns vergessen zu machen, ausgelöscht, nie gewesen.

Der erste, einfachste aller Rhythmen: das schlagende Herz. Die mitgebrachten Trommeln klingen vertraut; scheue, beschämte Blicke der Jungen auf die den ehemals heiligen, ekstatischen Tanzschritt schlurfenden Alten, sklerotische Parodie eines Ritus. Und dennoch sind meine Augen gebannt auf diese Zeremonie gerichtet, den inneren, geheimen Tanz, ein Gesandter aus einer anderen Zivilisation, die sich für die Zivilisation schlechthin hält, auf der Suche nach Schönheit, Würde, Religion. Ein Suchender aus einem Land der Leere.

Sie haben bereits verstanden, daß irgend etwas hier anders ist als erwartet. Immer wieder streifen ihre Blicke Pascalle, Morton & mich. Und während sich die Milizionäre längst in ihre Zelte zurückgezogen haben & Norman uns nur noch aus Höflichkeit Gesellschaft leistet, bin ich ganz auf ihre Bewegungen konzentriert. Auch wenn ich mich nicht ein einziges Mal von meinem Stuhl erhebe, meine Seele tanzt mit.

Und sie schwört, sie würde jeden dieser Verbrecher eigenhändig hängen, hätte sie die Macht dazu. Ich habe niemals ein Lebewesen willentlich verletzt, habe mich nie geprügelt, bin nie auf die Jagd gegangen. Aber sähe ich einen dieser verrohten Soldateska die Hand erheben gegen diese Männer, Frauen & Kinder, ich würde zum Gewehr greifen. Spät in der Nacht, am Ende des Tanzes, als das Feuer bereits niedergebrannt ist & einer nach dem anderen grußlos in der Dunkelheit verschwindet, kommt einer der Alten zu mir. Er legt seinen Kopf an meine Brust & schlingt seine Arme um meine Hüften, ich weiß nicht, warum. So verharrt er einen Augenblick, Morton lächelt amüsiert, Pascalle wendet beschämt ihren Blick ab. Norman reagiert gar nicht, er ist betrunken auf seinem Stühlchen eingeschlafen.

»Ich kenne Malu Malu«, der Alte weist mit seinem Armstumpf auf den Betrunkenen, »seitdem er unser Land betreten hat. Einmal tötete er einen Mann aus meinem Dorf, weil er ihn nicht militärisch gegrüßt hat. Er ließ ihn an einen Baum hängen & schoß zum Vergnügen auf ihn. Er ist ein guter Schütze, euer Malu Malu. Er sagte uns immer, auf was er ziele, und traf es dann auch, zunächst die Arme, dann die Knie, dann den Bauch, dann die Lunge & zum Schluß erst den Kopf.

Ich war Lehrer in unserem Dorf. Nun gibt es das Dorf nicht mehr. Als Malu Malus Soldaten in unser Dorf kamen, versuchte ich, mit den anderen zu fliehen. Doch traf mich eine Kugel im Nacken. Hier können Sie noch die Narbe fühlen. Ich fiel auf die

Erde & die Soldaten hielten mich für tot. Ein Soldat zog sein Messer & hackte mir damit die rechte Hand ab. Ich habe nie zuvor einen solchen Schmerz erlebt. Aber ich rührte mich nicht. Am selben Tag wurden auch mein Bruder, meine 2 Söhne & mein Enkel getötet. Von ihnen allen hat man eine Hand mitgenommen.«

Ich will dem Alten antworten, ihm etwas versprechen, ihn trösten, doch kein Wort kommt über meine Lippen. Wie ein Dschinn löst sich seine Gestalt in der Dunkelheit auf.

»Man sollte seine Anteilnahme selbst an einer Krankheit, an der man stirbt, auf das rein Ästhetische begrenzen«, beschließt Morton das Fest & erhebt sich. »Eine Moral taugt nur insoweit, als sie uns lehrt, uns auch wirklich aufs Spiel zu setzen.«

Auf dem Rückweg zu unseren Zelten beendet Pascalle ihr langes Schweigen. Ihr Gesicht wirkt immer noch müde & mitgenommen, doch ihre Stimme ist fest, als sei sie nach Stunden des Zweifelns endlich zu einem Entschluß gekommen: »Du mußt von hier verschwinden, David, heute nacht noch!«

»Verschwinden? Auf gar keinen Fall, bevor ich Matanza besucht habe.«

»Du wirst Matanza nie erreichen. Deine geräucherte Hand vielleicht. Verstehst du denn nicht: Norman hätte dich diese schrecklichen Dinge nie sehen lassen, wenn er fürchten müßte, du könntest irgend jemandem davon erzählen.«

»Ich werde nicht nur erzählen, was ich gesehen habe. Ich werde dafür sorgen, daß diese Verbrechen ein Ende haben!«

»Mag sein, die meisten Verbrecher hier sind von recht beschränktem Verstand. Dieser Mann ist es nicht. Bitte glaub mir! Er weiß vollkommen über deinen Auftrag & deine Kompetenzen Bescheid. Und ebenso kennt er seine eigenen Verbrechen & die Folgen für ihn & den Konzern, wenn sie bekannt werden.«

»Ich befürchte, Pascalle hat recht, David«, mischt sich nun Morton in unser Gespräch. »Hier sind Sie Ihres Lebens nicht mehr sicher.«

»Haben Sie nicht eben noch für eine Moral des Sich-aufs-Spiel-Setzens plädiert?«

»So oder so ist Ihre Reise hier zu Ende. Wenn Sie allerdings noch etwas für die Menschen hier tun wollen, müssen Sie auf der Stelle umkehren, am besten zurück an den Fluß, zurück nach Okamba. Aufs Spiel setzen kann man sich auch andernorts, mein Bester, vorausgesetzt, man hat noch Sumsum & Okra & Hand & Fuß beisammen. Aber natürlich gibt es da auch noch die Lebenden-Toten –«

Inzwischen haben wir unsere Zelte erreicht. Zu unser aller Schrecken entdecken wir, daß Ambari & der Wagen verschwunden sind.

Léré 1. 11. Auf der Stelle kehrt Morton ins Camp zurück, weckt Norman & bittet den Captain, ihm einige Soldaten zur Verfügung zu stellen. Sein Diener Ambari habe sich mit dem Wagen davongemacht. Die Soldaten mögen ihn wieder zurückbringen, aber bitte lebend. Ambari habe seinen Lohn bereits im voraus erhalten & müsse ihn noch abarbeiten.

Norman braucht eine Weile, bis er zu sich gekommen ist & verstanden hat, was Morton von ihm will. Ist es noch ein Rest an Benommenheit oder ist es bereits ein neues Spiel, auf jeden Fall läßt er 10 seiner Männer wecken & schickt sie in 2 Armeewagen dem Flüchtigen hinterher.

Am frühen Morgen kehren die Menschenjäger mit Ambari & Mortons Wagen ins Camp zurück. Bis dahin sind wir voller Unruhe, um nicht zu sagen: Panik. Nicht so sehr unseretwegen, sondern vor allem Ambaris wegen. Wir können uns nicht vorstellen, daß er einfach davongelaufen ist, obwohl es in dieser Hölle Gründe genug für eine Flucht geben würde. Wenn er aber in die Hände von Normans Milizen geraten sein sollte. – Ich verstehe Mortons Reaktion nicht. Er muß doch dieselben Befürchtungen gehabt haben. Wie konnte er da gerade Norman um Hilfe bitten! – Anstatt uns sein Verhalten zu erklären, versteigt er sich in die Rolle des empörten Herrn, der von seinem Diener im Stich gelassen & bestohlen wurde.

Die Soldaten sagen uns nicht, wo sie Ambari aufgegriffen haben. Und Ambari unternimmt keinen Versuch, sich zu rechtfertigen oder zu entschuldigen. Er zittert am ganzen Leib. Das genügt Morton als Eingeständnis seiner Schuld. Als Norman zu uns tritt, unausgeschlafen, aber hellwach, fragt Morton ihn: »Was machen wir nun mit dem Deserteur, Captain?«

»Mir scheint er durch die Gefangennahme & die Ungewißheit, was meine Männer mit ihm anstellen werden, bestraft genug, finden Sie nicht auch, Monsieur Morton?«

»Wer seine Diener liebt, züchtigt sie! Als ich ihn in meinen Dienst nahm, hat er einen großzügigen Vorschuß verlangt & erhalten. Und ich glaube nicht, daß ich Unzumutbares von ihm verlangt habe. Es gibt also gar keinen Anlaß für seine Treulosigkeit. Schon allein aus dem Grund, daß seine Tat keine Nachahmer finde, gehört sie streng bestraft.«

Norman grinst: »Sie sollten den Jungen nur nicht so zusammenprügeln lassen, daß er nicht mehr zu seinem Dienst taugt.«

»Ich werde die Züchtigung selber in die Hand nehmen & die Schläge so dosieren, daß sie sowohl der höheren Gerechtigkeit als auch meinen niederen Interessen dienen. Würden Sie so freundlich sein, mir aus Ihrem Arsenal der Bestrafungswerkzeuge Stricke & einen tauglichen Stock zur Verfügung zu stellen?«

»Mit Vergnügen, Monsieur Morton. Und darf ich fragen, was Ihre weiteren Pläne sind?«

»Wir werden uns wohl noch heute auf den Weg nach Matanza machen.«

»Wenn Sie wünschen, gebe ich Ihnen eine Eskorte mit. Allerdings sind wohl nirgendwo auf dem Gebiet der Union Bauxit die Straßen sicherer als in unserer Sektion.«

»Ich danke Ihnen für Ihr Angebot, Captain. Ich glaube, es genügt, Sie in unserem Rücken zu wissen.«

Am späten Nachmittag treffen wir in Léré ein. Die Sonne steht schon tief, aber es ist noch hell genug, einen ersten Eindruck von diesem Ort zu gewinnen. Durch die staubgrauen flachen Lehmhäuser wirkt er nahezu farblos. Die Wege sind breit, ungepflastert, teils staubig, teils von tiefen Pfützen unterbrochen & kaum passierbar. Wir nähern uns bereits wieder dem Fluß. Und Ambari kennt hier jeden Fleck.

Auf dem zentralen Platz steht ein Wald kahler knochiger Holzstangen, die brüchige Dächer aus Binsengeflecht oder Palmblättern tragen. Hier findet mehrmals in der Woche ein Markt statt. Heute abend liegt der Platz verwaist da. Alles wirkt still & friedlich. – Wir sind bereits 8 Autostunden von Normans Camp entfernt.

Das Gehöft befindet sich am nördlichen Dorfrand: 2 langgestreckte Lehmbauten mit Wirtschafts- & Wohnräumen, davor ein großer, von einer schulterhohen Lehmmauer umgebener Platz, auf dem ein schattiges Zelt aus schwarzem Kamelhaar steht. In einer Ecke, den Wohnräumen gegenüber, ein traditioneller unbedachter Hammam mit Wasserkrügen & einem Waschstein. Einige Verwandte Ambaris sitzen auf den Teppichen unter dem Zeltdach. Sie springen auf, als unser Wagen in den Hof fährt & kommen uns entgegen.

Fast stürze ich, als ich aus dem Fahrerhaus klettere. Meine Beine sind gefühllos & schmerzverbrannt zugleich. Schreibe es der Enge des Beifahrersitzes zu, den ich 8 Stunden mit Pascalle teilen mußte. Sie geben einfach nach, als ich sie auf die Erde aus gestampftem Lehm stelle. Mit zusammengebissenen Zähnen halte ich mich an der Wagentür fest, bis ich meinen Körper wieder unter Kontrolle habe. »Alles in Ordnung, David?« fragt Pascalle. »Nur ein Krampf in den Beinen«, antworte ich. »Mir scheint, du hast Fieber.«

Hussein, der Hausherr, führt uns zu den Wohnräumen. Vollkommen erschöpft sinke ich auf eine der Matratzen. Die anderen blicken mich besorgt an. Meine Lippen sind aufgeplatzt, der Mund & Rachen trotz ständigen Trinkens immer noch wund. »Hauptsache, wir sind hier in Sicherheit.« Das Reden strengt mich an. Trotz aller Anstrengung kommen meine Worte nur noch als heiseres Flüstern heraus.

»Sie haben Ihre Kräfte ein wenig überschätzt, mein Lieber«, sagt Morton leichthin. »So schnell erholt man sich nicht vom Tod durch Verdursten.«

Hussein bringt uns etwas zu essen, Reis mit Huhn. Ich zwinge mich, aufzustehen & mit den anderen ein paar Bissen zu mir zu nehmen. Wir haben vor 24 Stunden das letzte Mal gegessen. Bekomme aber kaum etwas herunter.

»Ambari hat Wachen aufstellen lassen«, beruhigt Morton uns. »Es ist allerdings unwahrscheinlich, daß es Normans Leuten gelingt, unserer Spur bis hierher zu folgen. Im übrigen befänden sie sich hier nicht auf konzerneigenem Territorium.«

»Ich glaube kaum, daß sie sich um derlei Dinge scheren. Ihnen genügt, im Besitz der besseren Waffen zu sein.«

»Natürlich dürfen wir uns keinen falschen Hoffnungen hingeben. In Sicherheit sind wir erst, wenn wir in Okamba das Flugzeug nach Paris bestiegen haben.«

Léré 2.11. Das Fieber ist ein wenig gesunken, doch die Atemnot & die Wundheit in Mund & Rachen haben noch zugenommen. Ich frage Ambari, ob es im Ort irgendein Geschäft gebe. – Wir gehen langsam. Ambari geht dicht neben mir, ohne mich zu berühren, aber bereit, sofort zuzugreifen, falls meine Beine mich nicht mehr tragen wollen. Hält mir die Kinder vom Leib, die mich neugierig anblicken & sich längst mit der Bitte um ein Geschenk auf mich gestürzt hätten.

In einer »Boutique« erstehe ich Trockenmilch & Kinderbrei. Frisches Obst gibt es derzeit im ganzen Dorf nicht. Vielleicht am nächsten Markttag, aber auch dann nur, wenn sich ein Händler aus dem fruchtbaren Süden die Mühe gemacht hat, es den Fluß herauf & durch Savanne & Wüstensteppe bis hierher zu bringen.

Wie ein Greis wanke ich an Ambaris Seite zum Gehöft zurück. Kurz vor der Hofeinfahrt holt uns der Ladenbesitzer ein. Er sei mir noch Wechselgeld schuldig, keucht er ganz außer Atem. Ein bärtiger Mann aus dem Norden, ganz in weißes Baumwolltuch gekleidet, vielleicht der Angehörige einer strenggläubigen Sekte. Sein asketisches Gesicht erweckt den Eindruck, als habe der Kaufmann in ihm zunächst den landesunkundlichen Gast übers Ohr hauen wollen, doch dann der Strenggläubige den Sieg über den Geschäftemacher davongetragen.

Ich reiche das Wechselgeld an Ambari weiter. Er steckt es wie selbstverständlich ein, ohne einen weiteren Blick auf die genaue Summe zu werfen.

»Sollen wir noch einen Tag hierbleiben? Sie sehen nicht aus, als seien Sie reisetauglich.«

»Nein, nein, Morton. Geben Sie mir etwas Zeit, mich frisch zu machen. Dann brechen wir auf.«

Ambari führt mich in den Hammam. Ich setze mich auf den blankgescheuerten Waschstein & lasse mich von ihm mit mehreren Krügen frischen, in der Nacht eiskalt gewordenen Wassers übergießen. Mein Körper erscheint mir wie aus dünnem Glas, durchsichtig, zerbrechlich, doch bis in die letzte Faser bewußt & klar.

Mit glühenden Wangen & glänzenden Augen sitze ich an unserem »Frühstückstisch«, der nackten gestampften Erde, trinke übersüßten Tee, esse einige Löffel mit Wasser & Trockenmilch zubereiteten Kinderbrei, der noch einigermaßen schmerzfrei meinen wunden Rachen zu passieren vermag, als ein Bote in den Hof stürmt & uns mitteilt, ein Konvoi aus 20 Armeefahrzeugen & etwa 200 bewaffneten Männern käme auf Léré zu.

Es gibt nicht viel zu verladen. Der Abschied ist kurz, aber herzlich. Ambaris Clan verspricht uns, die Milizionäre so lange wie möglich aufzuhalten & auf eine falsche Fährte zu locken. Ambari setzt sich ans Steuer, Pascalle & Morton machen es sich, so gut es geht, auf der Pritsche zwischen Zeltstangen & Benzinkanistern bequem.

Ambari wählt einen Weg über Fels & Geröll, wo selbst einheimische Spurenleser Mühe hätten, unserer Spur zu folgen. – Wir haben Léré kaum verlassen, als ich Ambari bitten muß zu halten. Das magere Frühstück verabschiedet sich von meinen Innereien. Kurzzeitige Entlastung. Morton bittet Ambari, langsam zu fahren, bis mein Magen sich etwas beruhigt hat. Aber es nützt nichts. Ein kalter Schweißausbruch, Hyperventilation, ein weißer, erstickender Nebel im Kopf & eine unerbittliche Faust im Gedärm, ich übergebe mich ein 2. Mal, auch wenn ich nur noch blutige Galle spucke. Der Magen ist leer, verdaut sich selbst. Trotzdem knie ich im glasscharfen Geröll, von Würgereiz & Bauchkrämpfen geschüttelt.

Morton reicht mir, hilflos & wohl auch ein wenig angewidert, eines seiner Batisttaschentücher. Niemand läßt sich den Druck anmerken, unter dem wir stehen. Statt mit einer abenteuerlichen Flucht haben sie es nun mit einem schleppenden Krankentransport zu tun. Ambari nutzt geschickt die ihm vertraute Topographie, die beschränkte Geschwindigkeit durch ein vollständiges Verschwinden in Bodensenken & Trockentälern zu kompensieren.

Einmal passieren wir eine größere Ortschaft. Ambari fährt zügig & ohne Halt an ihr vorbei. Hier sind während einer Rekrutierungsaktion des Konzerns zwei Familienmitglieder ermordet worden. Sein Großvater hielt sich zu Verhandlungen in der Stadt auf. Mitten aus der Versammlung der Scheichs & Dorfältesten haben Soldaten ihn herausgezerrt & auf die Straße gestoßen & dort mit ihren Gewehrkolben zu Tode geprügelt. Sein ältester Sohn, ein Onkel Ambaris, der zunächst entkommen konnte, wurde von den Milizionären gejagt, schließlich eingefangen, gefesselt & von einem Armeelaster zu Tode geschleift. Kein Mitglied seiner Familie hat seither diese Stadt wieder betreten.

Er redet über jene Vorfälle, als seien es die Erinnerungen eines Fremden. Abrupt wechselt er das Thema. In diesem Land ist es nicht üblich, über Verstorbene oder den Tod zu reden. Selbst der Name eines Verstorbenen ist tabu. – Inzwischen verstehe ich dieses Verhalten. Der Tod ist hier so allgegenwärtig, daß man sich mit aller Kraft vor seinem Schatten schützen muß.

Ich denke an die vielen Gesichter des Todes. Nicht alle tragen die Züge roher Gewalt & namenlosen Schreckens. Im Grunde gibt es nur zwei: den fremden, gewaltsamen, uns beraubenden Tod & den eigenen, aus uns selbst geborenen & mit uns gewachsenen Tod, der unsere eigenen Züge trägt & unser Double ist seit unserer Geburt. Er überfällt uns nicht. Er tritt mit uns in ein Selbstgespräch, wenn es an der Zeit ist. –

Am Mittag erreichen wir ohne weitere Zwischenfälle Tonka.

Tonka liegt am Fluß. Unser Wagen hält dicht am Ufer. Von einer größeren Ortschaft ist nichts zu sehen. Ein einzelnes Gebäude, eine Art Versammlungshaus, steht verloren im kargen Ufergras. Ambari steigt aus & begrüßt eine Handvoll Männer, die von Gott weiß wo plötzlich aufgetaucht sind, Fischer, Hirten oder Bauern. Sie laden uns in das große Haus ein.

Es besteht nur aus einem einzigen großen Raum, der mit Teppichen, Matratzen & Kissen ausgelegt ist. Die Männer machen den Eindruck, als lebten sie sonst in Zelten. – Während das Essen aufgetragen wird, liege ich erschöpft in der hintersten Ecke des Raumes. Schon der Geruch der Speisen bereitet mir Übelkeit.

Auch Morton & Pascalle beteiligen sich nicht am Mahl, das aber kaum aus Solidarität mit meiner Unpäßlichkeit. Ambari & die anderen Männer essen mit den Händen aus einer großen Schüssel. Was immer sie enthalten mag, ein Blick auf diese Hände genügt den beiden, an den eigenen zivilisatorischen Standards festzuhalten. Sie haben in diesem Land nur überleben können, indem sie sich standhaft allen sozialen Ritualen verweigerten, die den Fremden zwar ehren, aber auch seine Gesundheit gefährden.

Ich versuche, die Augen offenzuhalten, mustere die Gesichter dieser Männer, junge & alte, glatte & bärtige Gesichter, die Augen groß, dunkel, die Haut von verschiedenem Braun. Dieser Menschen wegen bin ich hergekommen. Nun bin ich auf dem Rückweg, auf der Flucht. Was habe ich in der kurzen Zeit meines Aufenthalts über sie erfahren? Nichts! Wir sehen eine Farbe, einigen uns auf einen Namen, aber womöglich hat sie für jeden von uns eine unterschiedliche Bedeutung. Ich bin mir nicht einmal sicher, ob der andere überhaupt dieselbe Farbe sieht.

Vielleicht hat Morton recht, und es ist wahrhaftiger, unter allen Umständen das Eigene zu behaupten & auf die Anerkennung der Fremdheit zu bestehen. Es gibt keine wirkliche Nähe, Vertrautheit oder gar Ebenbürtigkeit. Jedes Verständnis füreinander ist eine Illusion.

Die Ankunft eines Kundschafters oder Boten unterbricht das schweigsame Mahl. Unruhe breitet sich unter den Versammelten aus. Nach kurzem, heftigem Palaver wendet sich Ambari an uns: Eine Rebellengruppe aus der Region liefere sich im Wadi Dhar, das wir selber erst vor kaum 2 Stunden passiert haben, ein Gefecht mit einer Miliz aus der Sektion Velardes. »Zweifellos handelt es sich um Normans Truppe. Allerdings verstehe ich nicht, wie sie trotz aller Täuschungsmanöver auf unserer Fährte bleiben konnte.«

Alle Augen richten sich auf Pascalle. »Ihr glaubt doch nicht im Ernst, daß ich weiterhin mit Normans Mörderbande in Verbindung stehe!«

»Inzwischen scheint mir nichts mehr unglaublich in diesem Land der Hexen, Teufel & Dschinne, Madame Jourhandieu«, erwidert Morton.

»Der Chip!« fällt es mir plötzlich ein.

»Welcher Chip?« Nun wenden sich alle Blicke der stillen Ecke zu, in die ich mich verkrochen habe.

»Ich wurde vor dem Beginn dieser Reise ans Globale Ortungsnetz angeschlossen. Womöglich hat die Miliz des Konzerns Zugang zu den Daten unserer Dienste.«

»Mit Sicherheit hat sie das! Wo tragen Sie das verfluchte Ding?«

»Unter der Haut.«

»Dann wird wohl ein kleiner chirurgischer Eingriff unvermeidlich sein. – Wann, glaubst du, wird Norman hier sein, Ambari?«

»Unsere Freunde haben die Piste vermint. Doch sobald Norman ein paar Bauern zusammengetrieben hat, die ihm den Weg frei räumen, wird ihn das Dutzend alter Flinten aus dem Befreiungskrieg nicht lange aufhalten.«

»Schwester Pascalle, den Alkohol & mein Necessaire bitte!«

Selbst hier, so wird mir klar, ist die Welt der Union die einzige, die existiert. Das Lokale ist für die Hauptakteure nur eine exotische Kulisse.

Morton schüttet ein wenig von der goldbraunen Flüssigkeit über seine Hände & die Rasierklinge. Dann reicht er mir die Flasche: »Nehmen Sie einen kräftigen Zug, alter Freund!«

»Glenfiddich?«

»Guter alter irischer Whiskey. So etwas bekommt man nicht alle Tage angeboten.«

»So tief liegt der Chip nicht.«

»Tief genug, um einen solch verschwenderischen Umgang mit diesem flüssigen Gold zu rechtfertigen.« Er tastet meinen Arm ab. Von der alten Operationsnarbe ist nur noch ein hauchdünner, fingernagellanger Strich zu sehen, ein Schnitt, gerade lang & tief genug, den Sender unter die Haut zu schieben.

»Diese Operation wird auf jeden Fall eine häßlichere Narbe hinterlassen. Vermutlich wird das Ding bereits ins Unterhautgewebe eingewachsen sein, so daß ich es wohl nicht so einfach herausziehen kann, wie es dort deponiert wurde.«

»Nur zu! Es wird auf jeden Fall leichter zu entfernen sein als Normans Unterhautgeschosse.«

Er tupft den Oberarm noch einmal mit Alkohol ab & fährt dann mit der Rasierklinge an der alten, gutgeklebten Naht entlang. Am Ende der Naht setzt er zu einem 2. Schnitt an, im rechten Winkel zum vorangegangenen, um das Hautstück aufklappen zu können.

»Wollen Sie den Arm nicht besser abbinden?« – Pascalle ist aschfahl geworden.

»Das erhöht nur die Gefahr einer Blutvergiftung«, entgegnet Morton kühl. »Im übrigen sieht es schlimmer aus, als es ist. Ein kleiner Aderlaß hat einem gesunden Menschen noch nie geschadet.« – Obgleich der Schnitt kaum tiefer als die Haut ging, ist mein ganzer Arm binnen weniger Sekunden blutüberströmt. »Sie sehen aus, als sei es Ihr Blut, das hier vergossen wird, Schwester. Bevor ich mein medizinisches Laientum auch noch auf Ihren Fall anzuwenden habe, lassen Sie besser Ambari mir zur Hand gehen.«

Ambari tupft mit Mortons blütenweißen Batisttaschentüchern das Blut von der Operationswunde, während Morton versucht, die Hautecke mit seiner Pinzette aufzuklappen. Doch ist sie fest mit dem darunter liegenden Gewebe verwachsen & läßt sich nicht einfach zurückziehen.

»Nehmen Sie noch einen kräftigen Schluck, alter Freund. So einen edlen Tropfen werden Sie in der Union so schnell nicht wieder angeboten bekommen.« – Er verlängert den Schnitt & versucht, die Haut mit der Klinge vom Fleisch zu schneiden, etwa so, wie ein Metzger die Schwarte vom Schinken säbelt. – Ich schaue nicht mehr hin.

»Da haben wir es endlich, das teuflische Ding. Harmlos wie ein Blütenblatt sieht es aus & hätte uns doch fast das Leben gekostet.« Er reicht das Stückchen Fleisch mit dem eingewachsenen Chip Ambari: »Am besten schickst du es gleich auf die Reise, den Fluß hinab, auf irgendeinem Stück Treibgut!«

Ich selber steige in den gelben toten Strom. Immer weiter. Ein kranker Elefant, der den Weg zurück ans Ufer nicht mehr schafft. Treibgut. Nur die Rinde zeigt sich an der Oberfläche. Hornhaut. Ein kleiner nackter siamesischer Zwilling, Beine & Unterleib beiden gemeinsam, ein Junge mit zwei Köpfen, zwei Jungen mit einem Darm & einem Geschlecht, ich strecke die Hand nach ihm aus, ergreife einen der 4 Arme, warm wie der gelbe Strom, doch fester, lebendiger, die Augen offen, sie blikken mich an, sie leben. Ich kehre um, schwimme mit ihnen ans Ufer zurück. Das Wasser hat mich nicht abgekühlt, die Frauen mit ihren Wäschebündeln auf den Köpfen beobachten mich, mit zunehmendem Schrecken in den Gesichtern, als sie erkennen, was ich ans Ufer trage, ein doppelköpfiges Kind, vielleicht zwei Jahre alt, wie ein Sack junger Hunde in den Fluß geworfen, stumm, aber lebendig.

(3.48 Uhr. Rückkehr der Jury nach dreiundfünfzigminütiger Beratung.)

REICH Ich bitte die Jury um die Mitteilung ihrer Entscheidung.

SPRECHER DER JURY Schuldig, Sir.

REICH Ist dieses Urteil einstimmig gefallen?

SPRECHER DER JURY Ja, Sir.

REICH Herr David Kanchelli, Sie sind des Hochverrats schuldig gesprochen worden. Gibt es von Ihnen irgendeinen Einwand, warum das Gericht die für dieses Verbrechen vorgeschriebene Strafe nicht verhängen darf?

KANCHELLI In den zwanzig Tagen meiner Gefangenschaft hatte ich viel Zeit nachzudenken.

Ich bin als ein Angehöriger der Union nach Songhai gekommen, als ein mit dem Unionsgesicht maskierter. Die Erfahrungen dort haben diese Maske nach und nach zersetzt, und darunter fand ich nichts. Wer war ich?

Zum ersten Mal habe ich mich gespürt, das Nichts, die Nicht-Identität. Und gab es die Maske, die Person David Kanchelli nicht mehr, so gab es immerhin diesen Schmerz, und ein

Selbst, das diesen Schmerz empfindet. Dieser Schmerz war das Selbst. Das erste Selbst, das ich jemals empfand.

Und ich begriff, sowenig wie mein altes Ich gibt es die Territorien in der Union. Es gibt die Union und die Nicht-Union. Das Recht, nach dem man mich verurteilt, ist allein das Recht der Union. Was aber bedeutet dieses Recht für uns, die Bevölkerung der Nicht-Union?

Sie haben recht. Ich bin ein Verräter. Trotzdem glaube ich nicht, daß irgendeiner hier mir wirklich Gerechtigkeit widerfahren lassen könnte. Ein wirklicher Verräter ist ein Verräter aus Liebe. Ich bin nur ein Verräter aus Eifersucht.

Der wirkliche Verräter sitzt mitten unter Ihnen, einmal hat er Seite an Seite mit uns für die Interessen der Territorien gekämpft. Artemus Fenichel hatte bereits auf unser beider gemeinsames Engagement für ihre Unabhängigkeit aufmerksam gemacht. Eine Jugendtorheit, gewiß. Zu Recht vermochte das Gericht darin keinen hinlänglichen Grund für eine Befangenheit des Herrn Generalstaatsanwaltes zu erkennen, wie der Verlauf dieses Prozesses bestätigt. Du hast ein geradezu erstaunliches Verständnis für meinen inneren Prozeß gezeigt, Frederick. Schon damals warst du ein brillanter Anwalt, du erinnerst dich sicher, wenn auch noch nicht für die Dinge, die dir jetzt wichtig sind: Karriere, soziale Anerkennung, Wohlstand. Sie rechtfertigen zweifellos mehr als ein ominöser Phantomschmerz jeden Verrat. Ich wußte bereits damals, daß sich unsere Wege irgendwann wieder kreuzen werden. Ich wußte auch, daß wir uns dann auf verschiedenen Seiten der Barrikade wiederfinden werden. Du gehörtest zu jenen Männern, die ihre Kindheit wie Wilde und ihre Jugend wie Territorianer verbringen, um sich im Erwachsenenalter schließlich auf die Rechte und Privilegien eines Unionisten zurückzubesinnen.

Damals habe ich dich bewundert, den Älteren, Entschiedeneren, wahrscheinlich sogar ein wenig gefürchtet, wie nicht nur die Kommilitonen, sondern auch unsere Professoren dich gefürchtet haben. Deine wirksamste Waffe war das Schweigen.

Aufmerksam hast du zugehört und mit dem Zeigefinger deiner rechten Hand Haarsträhnen zu Löckchen gedreht. Wenn man dich endlich um eine Antwort oder einen Kommentar bat, hast du nur verächtlich den Kopf geschüttelt, so daß dein Gegenüber verunsichert darüber nachgrübelte, mit welchem unsinnigen Geschwätz er nun schon wieder deine Verachtung auf sich gezogen habe.

Du standest nicht eigentlich im Mittelpunkt, doch jede Partei wußte dich gerne auf ihrer Seite, damit sie nicht auch noch gegen dein Schweigen anzukämpfen hatte.

Diese Pose der Welt- und vielleicht auch Selbstverachtung hat mich so beeindruckt, daß ich zumindest die subtile Geste des schweigsamen Löckchendrehens eine Weile übernommen hatte und mir nur mit äußerster Selbstdisziplin wieder abgewöhnen konnte. Vermutlich war dieses Nachäffen eines unerreichbaren Idols nur ein Aspekt unter vielen, daß du meiner ergebenen Anhängerschaft bald überdrüssig wurdest. Dieser Überdruß äußerte sich zunächst, wie könnte es anders sein, vor allem schweigend: indem du mich beim Boxtraining wie absichtslos ernsthaft zusammenschlugst oder beim Schwimmen spaßeshalber einige Atemzüge zu lange unter Wasser drücktest.

Als sich meine hündische Ergebenheit durch diese spielerischen Quälereien eher noch vertiefte, ließest du mich endlich auch materiell dafür bezahlen: mal ein Abendessen, mal eine durchzechte Nacht oder andere verbotene Genüsse, die wir uns teilten, ich alleine aber zu begleichen hatte. Das war in der Tat eine gut gewählte Strategie, zwang sie mich doch bald, zunächst meinen Bruder und meine Mutter und schließlich sogar meine Kommilitonen zu bestehlen.

Ich habe mich in Grund und Boden geschämt und war zugleich stolz auf die Größe des Opfers.

Endlich kam der unvermeidliche Schluß. Nach einem gemeinsamen Aktionswochenende in Salem haben wir zusammen im Haus meiner Mutter übernachtet. Du erinnerst dich, du hast die Enge und die Schäbigkeit des Hauses gehaßt, aber es war zu spät, um noch ins Studentenwohnheim zurückzukehren. Ein Engagement für die Territorien ist eben etwas anderes als ein Leben in den Territorien.

Beide liegen wir lange wach, schweigsam. Ich habe mich längst an dein Schweigen gewöhnt und es in gewissem Sinne sogar genießen gelernt. Plötzlich fragst du in die Stille hinein: Was willst du eigentlich von mir? – Diese Frage überrascht mich. Obwohl sie so nahe liegt, habe ich nie darüber nachgedacht. Als dir das Warten auf eine Antwort zu lang wird, fährst du fort: Du langweilst mich, verstehst du? Ich kann nicht einmal sagen, daß ich etwas gegen dich hätte, aber du sagst mir einfach nichts! – Das waren wohl die Stiftungsworte für meine brillante, nichtssagende Diplomatenkarriere. Aber es brauchte noch weitere zehn Jahre, um die ganze Wahrheit in diesem Urteil zu begreifen: Man kann nur verraten, was man liebt.

REICH David Kanchelli, da das Hohe Gericht Sie pflichtschuldig bis zu Ende angehört hat, in Ihrer Stellungnahme aber keinen einsehbaren Grund findet, die für den Fall eines Schuldspruchs vorgeschriebene Strafe auszusetzen, wird es nun die Ihnen auferlegte Strafe verkünden: Sie werden in den Todestrakt von Fort Kossuth verbracht und dort binnen achtundvierzig Stunden nach Verkündigung dieses Urteils gehenkt, bis der Tod eintritt. Möge Gott Ihrer Seele gnädig sein.

XII

Alles, was geschaffen wurde, weist Mängel auf: fehlerhafte Perspektiven, Symptome schlechten Geschmacks, Unaufmerksamkeiten und Schlampereien. So auch diese Stadt, die das Neue Jerusalem ihrer auserwählten Nation werden sollte. Er staunt über ihre Größe, ihre Anmaßung, hat in ihr aber nie ganz heimisch werden können. Niemand besitzt die göttliche Kraft, so groß zu planen, daß auch das Werk groß wird.

Jede neugegründete und auf dem Reißbrett geplante Stadt wollte vollkommen sein. Das Wesentliche, was sie von anderen Städten unterscheidet, besteht darin, daß sie nicht organisch gewachsen ist. Irrtümer und Geschmacklosigkeiten eines Baumeisters oder einer Epoche verlieren sich nicht in der Masse verschiedener Stile und Geschmäcker, sondern potenzieren sich, sofern es sich um einen Baron Haussmann handelt, zu einem bewunderns- oder verabscheuungswürdigen, auf jeden Fall unübersehbaren Attribut dieser Stadt.

In Corpus Christi ist dieses unübersehbare Attribut die Aggressivität der Bauwerke, mit der sie einander spitze Winkel und stumpfe, fensterlose Versorgungsschächte zuwenden. Jedes Gebäude steht in Konkurrenz zu allen anderen. Nichts fügt sich zu einem homogenen Straßenbild. Ihm kommt es vor, als führe er durch eine vom Bürgerkrieg gezeichnete Stadt.

Vor allem das viele Glas ist schuld. Es behauptet zwar Transparenz, doch ist es ein kaltes, scharfkantiges, unflexibles und zugleich fragiles Material: eine zerbrechliche und verletzende Stadt ist das Gegenteil jener Standfestigkeit und Geborgenheit, die dieses Neue Jerusalem ihren Bewohnern vermitteln sollte. Offenbar stand der solide gemauerte Stein bei den gegenwärtigen Architekten in geringem Kurs, und doch scheint ihm der Stein der humanste Baustoff. Nicht zufällig hat er sich über die Jahrhunderte als das ideale Material für die komplexen, widersprüchlichen Bedürfnisse nach Sicherheit und Durchlässigkeit, individueller Form und Anpassung, Repräsentanz und Behaglichkeit herausgestellt.

»Sie können mir sicher die Tür öffnen, nicht wahr?«

»Ich habe einen Werkzeugkasten im Kofferraum, Sir.«

»Das wird genügen.«

Sie gehen die wenigen Schritte bis zum Haupteingang des Apartmentgebäudes. Ein feiner Staub gechlorten Wassers weht ihnen von der Brunnenanlage auf dem Vorplatz in den Nacken. Ständig pfeift ein böiger Wind durch die Straßenschluchten. Der Portier grüßt respektvoll. Hat er den Bruder David Kanchellis oder den Präsidenten der Union erkannt? Der Fahrstuhl bringt sie rasch in das gewünschte Stockwerk. Vor der Wohnungstür setzt Milles den Werkzeugkasten ab. »Die Tür ist unverschlossen, Sir.«

»Das ist die typische Sorglosigkeit meines Bruders. – Bitte warten Sie hier, Milles. Ich finde mich nun allein zurecht.«

»Wie Sie wünschen, Sir.«

Er ist nicht häufig bei seinem Bruder zu Besuch gewesen. Diese kleine Wohnung in Corpus Christi schien ihm immer zu karg, zu kalt, um sich darin wohlzufühlen. David hatte alles nicht wirklich Lebensnotwendige daraus entfernen lassen, die Einbauschränke, die Video- und Audiogeräte, selbst die Polarisationsscheiben hat er ausbauen und durch normale Glasfenster ersetzen lassen, »damit ich gelegentlich ein Stück Himmel sehe«, wie er seine exzentrische Maßnahme begründete. Wen wundert es, daß er an langen trüben Winterabenden in eine tiefe Depression verfiel. – Darin gleicht er seiner Mutter. Auch sie hat sich nie an die modernen Errungenschaften vollmeteorologisierter Räume gewöhnen können und so lange an der kinderleichten Fernbedienung herumhantiert, bis alle Geräte defekt waren und die Hausleitung ihr das eigentlich für Komapatienten gedachte Zimmer zuwies, das diese sonst übliche technische Grundausstattung entbehrte.

Er hätte dieses Ausräumen noch verstehen können, wenn

David die Standardeinrichtung der Regierungsapartments durch Antiquitäten oder folkloristische Fundstücke von seinen Auslandsreisen ersetzt und sich so eine neue individuelle Behaglichkeit geschaffen hätte. Statt dessen hat er den Wohnraum bis auf ein altmodisches Bücherregal, einen kleinen Holztisch und den dazu passenden harten und unbequemen Holzstuhl unmöbliert gelassen.

Ephraim hat Bücher immer als reine Dekoration betrachtet, da jede beliebige Information ja schnell und bequem aus dem Netz abrufbar ist. David aber scheint wirklich in ihnen gelesen zu haben. In manchen von ihnen stecken Textilabfälle zwischen den Seiten, wohl als Ersatz für das, was sie in ihrer Kindheit »Lesezeichen« nannten. »Nichts / Schaum / jungfräulicher Vers / ein Gruß, voll Zuversicht / Sirenen / Ungeheuer / ein Gruß dem Meer, das stürmt und bricht...« »Gruß« heißt das Gedicht. Wie merkwürdig. Er stellt das Buch zurück.

Tisch und Stuhl stehen vor dem seltsam farblosen Glasfenster. Hatte er einmal einen Gast, bot er ihm diesen an und blieb während dessen Aufenthalt die ganze Zeit am Fenster oder vor der Bücherwand stehen. Weder der harte Stuhl noch der stehende Gastgeber luden einen Besucher zu längerem Bleiben ein. Diese Wohnung war nicht für Gäste da. Und selbst der eine Bewohner sollte sich hier nicht zu Hause oder als Gast fühlen.

Die Küche ist mit nostalgischem Krimskrams vollgestopft. Ein altmodischer Herd, allen Brandschutzbestimmungen zum Trotz, Töpfe, Pfannen, Reiben, Pressen, Gewürze – er hat hier wirklich noch gekocht, anstatt die Mahlzeiten einfach aus dem Angebot der Cuisine du Monde zu wählen. Majoran, Thymian, Rosmarin – wie lange hat Ephraim derartige Kräuter nicht mehr gerochen. Er wüßte nicht einmal, wo er sie heute noch auftreiben könnte. David hat sie auf irgendeinem Markt in den unterentwickelten Regionen der Liga erstanden. Es ist verstörend, welch ein Assoziationsgewitter dieser Rosmarinduft in ihm auslöst. Rosmarin, Meertau, der billige Badezusatz von Warlord roch danach, womöglich enthielt er einige Tropfen Rosmarinextrakt, oder ein so perfekt hergestelltes Imitat, daß sich selbst ein so unbestechliches Sinnesorgan wie die Nase davon betrügen läßt. Sie sollten sparsam damit umgehen, doch als Kinder liebten sie den Schaum. Warum den Schaum, während sie das Baden doch eher verabscheuten? Er hat ihren Körper verborgen, hat ihn mit einer weißen warmen Eisschicht bedeckt.

Und die Räucherkerzen rochen so. Er hatte ihren kopfschmerzerregenden Duft zunächst für Giftgas gehalten. Während des Bürgerkrieges war er zufällig bei seinem Bruder zu Besuch, als die Rebellen Luftangriffe gegen die neue Hauptstadt flogen. Sein Bruder hatte einige Freunde zu Gast, zu einer »Bombenparty«, wie es in der Einladung hieß. Ephraim wäre nicht bis zum Abend geblieben, hätte der Luftalarm ihn nicht in der Wohnung Davids festgehalten. Er hatte kein besonderes Interesse, die Freunde seines Bruders kennenzulernen. So verbrachte er hier eher unfreiwillig eine der schrecklichsten Nächte seines Lebens.

Anstatt seine einfach verglasten Fenster gegen den erwarteten Gasangriff zu isolieren, hatte er sie weit aufgerissen, »um noch einmal frische Luft zu tanken, ehe der Vorrat zur Neige geht«. Diese Provokation wurde ergänzt durch den Konsum verbotener Alkoholika und psychotischer Musik. Selbstverständlich beteiligte sich Ephraim nicht an diesem morbiden Fest. Er schließt die Fenster und versiegelt sie, auch auf die Gefahr hin, über kurz oder lang in dem kleinen, von verrückten, hemmungslos tanzenden und laut und unbeschwert palavernden Leuten überfüllten Apartment zu ersticken. Der Tod durch Sauerstoffmangel aber ist, nach allem, was er von den Waffen der Republikaner weiß, den letzten Atemzügen in eine von Phosgen verätzte Lunge vorzuziehen.

Und wirklich schlagen wenig später die ersten Bomben in unmittelbarer Nähe des Apartmentblocks ein. Der Strom fällt aus, es wird dunkel und still, was die jungen Leute sogleich veranlaßt, in ein albernes Gekreische vorgetäuschter Angst auszubrechen, als gäbe es nicht Grund genug zu wahrer Furcht.

Statt sich zu besinnen und Trost im Gebet zu suchen, zündet David zwei Dutzend Teelichter und ebenjene nach Phosphor und Rosmarin duftenden Räucherkerzen an, die den Sauerstoffgehalt der Räume zusätzlich reduzieren. Die Gäste kehren zu ihrem sorglosen Geschwätz zurück, stoßen auf das prächtige Feuerwerk an und schließen Wetten ab, welcher Block wohl der nächsten Angriffswelle zum Opfer fallen werde, und das mit derselben pubertären Leidenschaft, mit der sie sich als Schüler in den Geschichtsstunden mit heimlichem »Schiffeversenken« die Zeit vertrieben.

Und nach seiner Rückkehr aus der Gefangenschaft rochen Davids Kleider, die er sechs Wochen nicht wechseln konnte, seine Hände und sein ungewaschenes Haar nach Rosmarin. Während der gewalttätigen Studentenproteste in Isfahan fiel er bei der Erstürmung der Botschaft mit zwei weiteren Diplomaten in die Hände der militanten Studenten. Vierzig Tage werden die drei an einem geheimen Ort festgehalten, ohne daß al-Rabbanis Geheimpolizei, der doch sonst kein einziges illegales Flugblatt verborgen bleibt, in der Lage ist, unsere Leute aufzuspüren und zu befreien. – David hat nie viele Worte über diese vierzig Tage verloren, die er gefesselt und geknebelt im Apartment eines Studentenwohnheims, vielleicht diesem hier nicht unähnlich, verbringen mußte.

Sie befanden sich mitten im Präsidentschaftswahlkampf. Eigentlich war der Terminplan voll, und Ephraim als damaliger Sekretär des Wohlfahrtsausschusses der Partei geriet über diese aberwitzige Aktion des Großen Versöhners geradezu in Panik. Trotz des Embargos der damaligen Regierung reist Halfgood unbeirrt nach Isfahan, »wenn ich an Ihn glaube, wird Er meine Sache führen«, schüttelt dem verhaßten al-Rabbani vor laufenden Kameras die Hand, so daß sich die Parteigenossen sicher sind, ihr monatelanger Einsatz für Halfgoods Kandidatur sei mit diesem einen Handschlag zunichte gemacht. Als er aber nach zähen, geduldigen Verhandlungen die Verschleppten endlich freibekommt und mit ihnen in die Union heimkehrt, denkt niemand mehr daran, ihn wegen der Verletzung des Embargos noch auf dem Flughafen festzunehmen. Im Gegenteil, dieser Triumph der Unerschütterlichkeit und des Gottvertrauens gibt ihrer Kampagne den nötigen, den entscheidenden Auftrieb. Niemand kann mehr an ihrem Wahlsieg zweifeln, bis die tödlichen Schüsse in Linkoln fallen.

»Lauft und ermattet nicht! Kämpft und werdet nicht müde! Eure Tränen vergesse ich nicht, doch haltet durch. Das Weinen dauert eine Nacht, aber der Morgen bringt Freude. Freude für alle, die glauben und vertrauen!«

Dem stillen Atrium des Gebäudes zugewandt liegt das Schlafzimmer. Ephraim hat es bisher nie betreten. Doch ist ihm der Grundriß dieser Standardwohnungen vertraut. Hier wird David nicht viel verändert haben können, da es in der Regel nur mit einer Schrankwand und einem Latexbett möbliert ist und mehr als ein Stuhl oder Sessel dort nicht hineinpaßt.

Es ist dunkel im Schlafzimmer, und trotz seines Eintretens bleibt es dunkel. Offenbar hat David die Bewegungssensoren unterbrochen. Nur aus dem Atrium dringt das fahle Licht der Polarisationskuppel ins Zimmer. Nie hätte man in den schwülen Sommern von Corpus Christi einen derartig klaren Blick auf den Nachthimmel, wie es unsere Atriumskuppeln naturgetreu simulieren.

Ehe noch seine Augen sich an das nächtliche Licht gewöhnt haben, alarmieren ihn andere Sinne, daß in diesem Raum irgend etwas nicht stimmt. Er steht als gut sichtbare Silhouette in der Türschleuse zum hellerleuchteten Wohnraum und gibt das denkbar beste Ziel ab. Dennoch rührt er sich nicht von der Stelle. Er hält den Atem an. Ja, ein weiterer Mensch atmet hier. Das Erschrecken über die Anwesenheit eines anderen wird durch weitere Sinneseindrücke gemildert, ein bekannter Geruch, eine vertraute Aura, nicht gerade Wohlwollen erweckend, aber noch weniger Besorgnis oder gar Furcht.

»Mutter?«

Diré 3.II. Als ich erwache, finde ich Ambari an meinem Lager sitzend. Ich frage ihn gleich nach dem Kind. »Welches Kind?« fragt er. Ich beschreibe ihm die siamesischen Zwillinge. Er schüttelt den Kopf. Das sei nur ein böser Traum gewesen. Ich hätte sie nicht retten sollen. Solche Mißgeburten brächten nur Unglück.

Pascalle & Morton treten ins Zimmer. Sie haben unsere Stimmen gehört. »Du bist wach?« fragt sie mich lächelnd. »Ich bin mir nicht sicher.«

»Wundfieber?« Morton sieht besorgt aus. Sie legt mir ihren Handrücken auf die Stirn.

»Malaria, befürchte ich.« Morton scheint erleichtert. Ich bezweifle Pascalles Diagnose. Habe mich an die verordnete Prophylaxe gehalten, auch wenn das keine 100prozentige Garantie ist. Die Hitze in mir ist kein Wechselfieber. Sie ist seit dem Beginn meiner Reise ständig gestiegen. Hinzu kommt Atemnot, als seien meine Lungen in ein stählernes Korsett gezwungen, das jeden Tag enger geschraubt wird. – Mir fehlt die Kraft, ihre zufriedenen Gesichter zu enttäuschen. Morton läßt sich von Ambari seine Reiseapotheke bringen & Pascalle flößt mir unerbittlich das Notfallmedikament ein. Ich befürchte, daß mir diese radikale Fehltherapie den Rest geben wird, doch bleibe der ergebene Patient & drücke ihr dankbar die Hand.

Beruhigt lassen sie mich allein. Mein Gesicht glüht vom Fieber, meine Augen glänzen wie 2 zugefrorene Gebirgsseen, meine Sätze sind klar & deutlich, wenn auch leise & mühsam gesprochen. Es gibt keinen wirklichen Grund zur Beunruhigung.

Nicht einschlafen! Wenn ich einschlafe, werde ich ersticken. Atmen, trinken, mich wachhalten. Ein unfreiwilliger Bettgenosse hilft dabei: ein etwa pantoffelgroßer Kakerlak hat sich in mein Moskitonetz geschlichen, dunkelbraun, flink, wendig, mit unangenehmem Eigengeruch, den ich trotz der ausgetrockneten Schleimhäute wahrnehme. Habe Muße, das Insekt genau zu studieren, kauert es doch, 50 cm von meinen Augen entfernt, in der oberen Zeltnaht. Wartet, daß meine Aufmerksamkeit erlahmt, damit es wieder im Affentempo über meinen Schlafsack, meine Arme, Hände & freigestrampelten Beine sprinten kann, ein länglich abgeflachter Körper wie ein verrostetes UFO, den roboterhaften Kopf unter einem großen Halsschild verborgen, grobe mechanische Mundwerkzeuge, lange borstenförmige Antennen, dünnhäutige Hinterflügel, unter den lederartigen Vorderflügeln zusammengefaltet, kein einziges Mal auf seiner Flucht vor meinen Versuchen, es einzufangen & aus dem Zelt zu werfen, breitet es die Flügel aus, äußerst präzise berechnet es meine Bewegungen voraus & weicht ihnen mit unglaublicher Wendigkeit & Schnelle aus. Obgleich ich die Reißverschlüsse des Zeltes öffne & die Bahnen zurückschlage, läßt es sich weder zwingen noch verführen, durch die aufgerissene Zeltwand ins Freie zu entschlüpfen. Statt dessen nutzt eine kleine Moskitobrigade die Gelegenheit, der monströsen Schabe bei ihrem Bemühen, mich wachzuhalten, unter die Flügel zu greifen.

Morton fragt, ob ich bereits wieder etwas Appetit verspüre. Er habe Ambari gebeten, eine kükenleichte Consommé de volaille zuzubereiten. Ich schüttle bedauernd den Kopf. Als ich meinen nächtlichen Schutzgeist erwähne, muß er mich mißverstanden haben & ihn für den an meiner Appetitlosigkeit Schuldigen halten. Sogleich spürt er den als Schabe verkleideten Engel im Fußteil meines Schlafsacks auf, läßt ihm einen kleinen Vorsprung auf dem Wettrennen zur Tür, um ihm kurz vor der Schwelle den rotbraunen Panzer zu zerbrechen & eine mittelgroße Sauerei auf dem Lehmboden anzurichten, für dessen Beseitigung Ambari 2 Eimer Wasser benötigt.

Die Sonne heizt das Zimmer so sehr auf, daß ich das Zelt verlasse & mich direkt in den kühlenden Luftstrom vor der Tür lege. Ambari bringt eine Kanne Tee. Er scheint nicht überrascht, mich wie einen Hund auf der Schwelle zu finden. Er ist vielleicht der einzige, der weiß, was mir fehlt: Luft. – Ich bin zu Tode erschöpft, doch unbesorgt. Mein Kopf ist trotz des Fiebers & der Müdigkeit vollkommen klar. Er weiß, in diesem abgeschiedenen Ort am Fluß, mehrere Tagesreisen von Bir Schinn & Arlit entfernt, wird mich nichts mehr retten. Warum mich also sorgen. Das Ziel der Reise ist erreicht. Und wenn ich es recht bedenke, so lief von Anfang an alles auf dieses Ziel hinaus.

Ich nehme meine letzten Kräfte zusammen, stehe auf & trete hinaus ins Freie. Von einer Dachterrasse blicke ich direkt auf den Fluß. Ich taste mich die steile Treppe zum Hof hinab & gehe die wenigen Schritte bis ans Ufer. Wäschewaschende Frauen, badende Kinder. Ein vielleicht 10- oder 11jähriges Mädchen verschränkt empört die Arme vor der kindlichen Brust & ruft den anderen warnende Worte zu. Ihre Gefährtinnen zeigen sich von meinem Auftauchen unbeeindruckt & gehen weiter ihren Beschäftigungen nach. Verärgert über diese Mißachtung, wirft sie einen Stein nach mir.

Ich wende mich vom Waschplatz der Frauen ab. Ein wenig entfernt von ihnen, an der Anlegestelle der Flußschiffe, befindet sich der Badeplatz der jungen Männer. Unmittelbar am Wasser steigen sie aus ihren Kleidern & springen in den Fluß. Die älteren Jungen bedecken mit einer Hand ihre Scham, bis das Wasser ihre sehnigen Körper umspült. Manche waschen ihre Kleider, bis zur Hüfte im Wasser, am Ufer & ziehen sie nach dem Bad ungetrocknet über die nasse Haut.

Je jünger die Burschen, um so ausgelassener ihre Stimmung. Sie raufen miteinander, schwimmen um die Wette, tauchen einander unter, saufen eimerweise Flußwasser, lachen, weinen, schreien. Ohne Scham legen sie sich nackt auf die Uferböschung. Die Älteren hingegen strafen meinen Voyeurismus mit bewußter Mißachtung, allenfalls spannen sie ein wenig mehr ihre Sehnen, straffen sie ihre Muskeln, ganz der stolze Krieger oder Jäger, der an der Wasserstelle der Löwen & Antilopen sein einsames Bad nimmt. Ihre Nacktheit gehört einer anderen Welt an.

Ich sitze auf dem Eisenpoller, an dem die anlandenden Schiffe vertäut werden. Die Sonne hat fast den Horizont erreicht, doch brennt mir noch immer heiß ins Gesicht. Hose & Hemd kleben mir am Körper, meine Brust ist wie in Beton gegossen, kommt nur noch eingeschränkt ihrer Aufgabe nach, meinen Körper mit Sauerstoff zu versorgen. Würde mir gerne wie die anderen Burschen die Kleider vom Leib reißen & diesen Betonmantel & zu ihnen in den Fluß steigen, mein eigener schwarzer Leib, nackt zwischen ihren mageren Körpern, mit einer Hand sein Geschlecht verbergend, bis das Wasser ihm an den Bauchnabel reicht, frei nun, berührbar, angerührt, ihre hellen rauhen Handflächen auf meinem erhitzten Gesicht, ihre schlanken Arme um meine Schultern, schwimmen, untertauchen.

Diré 4.11. Ich lasse mein Moskitozelt auf der Dachterrasse aufstellen & warte, bis die anderen sich in ihre Räume zurückgezogen haben. Lege mich auf die Seite, stelle die Hyperventilation ein & lasse den Atem zur Ruhe kommen, auch wenn mein Herz jetzt wie rasend schlägt & das Fieber einen Hitzeschauer nach dem anderen durch meinen Körper jagt. Aber es reicht nun, ich bin müde, die letzte Reise kann beginnen.

Bilder durchstürmen meinen Kopf in einem schmerzhaften Tempo, ich bin nach wie vor hellwach, meine rechte Hand liegt auf meinem wild pochenden Herzen, ich versuche, die sich jagenden Szenen mit ihren abrupten Schnitten zu bremsen. Und wirklich beruhigt sich der Strom der Bilder ein wenig. – Ich spüre, wie die unteren Gliedmaßen taub werden & Herz & Lunge sich auf die Sauerstoffversorgung der lebenswichtigen Organe konzentrieren. Ich verfolge die Vorgänge in meinem Körper & meinem Bewußtsein mit der Neugier & Distanz eines Ethnologen.

Das Herz bleibt stehen. Von einem Augenblick zum anderen. Ich bin ruhig, wach, beobachte, was mit mir geschieht. Der Raum in meinem Bewußtsein öffnet sich, wird weit, grenzenlos. Er hat eine andere, neue Dimension, es ist nicht der Raum des Traumes oder der Halluzination. Es fehlt ihm das Zentrum, das ich war, es fehlt ihm der Rahmen, der Rand oder Abgrund. Ich fliege durch diese Weite, deren Landschaften beständig wechseln: Seen & Wälder werden abgelöst von grellen, blitzenden Masken, die wie Stromstöße alle Sinne in Panik versetzen, Himmel & Hölle, ich will nicht, daß mich am Ende doch noch die Mythen der Kindheit einholen. Versuche, die Bilder zu manipulieren, ihren unversöhnlichen Gegensatz aufzuheben, ich will die Wälder & Seen, will fliegen, gleiten, schwimmen, einfach gehen, ich will die Fratzen nicht, die Stromstöße, die schmerzhaften Blitze, will nicht von religiösen Heils- & Verdammungsvisionen überwältigt werden, will nicht am Ende noch einen Gott! Aber es gibt eine Stimme, ich höre sie klar & deutlich, sie erfüllt den ganzen Raum: Hier geschieht nicht, was du willst, hier geschieht, was du verdienst! – Ich bin erstaunt über diese unerwartete Zurechtweisung, eine Stimme ohne besonderen persönlichen Charakter oder Ton, aber durchaus eine klare, unüberhörbare Stimme, die keinen Widerspruch duldet.

Die Panik fällt schlagartig von mir ab, ich gewinne Distanz, ironische Gelassenheit zurück. Nehme die neue Spielregel zur Kenntnis & warte ab, was nun geschieht. Bin wieder Zuschauer.

Der irrwitzige Flug endet abrupt vor einem großen gelbbraunen Fels. Ein Tor? Ein Grabstein? Wer bist du, fragt mich die Stimme, ohne Pathos, aber eindringlich, als verlange sie wirklich eine Antwort. – Wer bist du, daß du mich zur Rede stellen, mich prüfen darfst? – Hier geschieht nicht, was du willst! wiederholt sie. Wer bist du? – Soll ich mir mein eigenes Epitaph in den Fels meißeln? Lächerlich! Alles ist bereits gesagt. Nun ist es doch vollkommen egal, wer ich bin.

Wer bist du? Die Stimme ist ohne jeden Zweifel, jede Ironie, jedes Entgegenkommen, jede Milde. Sie ist einfach & klar & verlangt eine einfache & klare Antwort. Eine absurde Situation. Ich wollte nie für etwas gut sein. Das Gute, dem man verfällt, unterscheidet sich nicht mehr vom Bösen. Was ist, könnte auch anders sein. Es ist ohne Bedeutung. Wir sind doch nur ein Ding unter Dingen.

Und nun die Frage: Wer ich bin. Die einzige Frage, die gestellt wird. Die einzige, deren Beantwortung zählt. Laß mich durch! – Hier geschieht nicht, was du willst! – Pah, ich habe keine Angst! – Hier geschieht, was du verdienst! – Der Tod ist ein Fest, solange wir die Trauer auf Abstand halten. – Wer bist du? – Nun, wenn du es denn wissen willst: Ich bin ein Kind der Territorien. Meißel das in deinen Stein! Nun laß mich durch!

Unter meiner rechten Hand beginnt mein Herz wie wild zu pochen. Zurückgewiesen! denke ich amüsiert. Womöglich auf Bewährung. – Ich atme tief durch, belebe meine blau gefärbten Gliedmaßen, schlage die Augen auf, blicke durch das zarte Gewebe des Zeltes in den schwarzen Nachthimmel hinauf. Sehe keinen einzigen Stern. Und nun? Soll ich hier eine Kirche bauen? Ein Gelübde ablegen? Eine neue Religion begründen? – Unter Schmerzen nehme ich die Hyperventilation wieder auf. Es kann nur eine kurze Frist sein. Lange halte ich dieses angestrengte Atmen nicht mehr durch. Alles in mir ist ausgetrocknet, blutig, wund. Ein Kind der Territorien. Warum diese Zurückweisung. Was soll ich denn noch tun?

Gut, wenn das der Preis ist, mich auf die andere Seite zu lassen, bitte! Quäle ich mich noch eine Zeitlang in diesem Fegefeuer, zur Buße für meine Selbstüberschätzung, meine Selbstverleugnung. Wann fing es an, mir zu entgleiten, das eigene Leben, das Leben selbst? Ab wann war es nur noch Wille & Inszenierung? Hätte mir ein trivialeres Finale gewünscht! Nun sieht es ganz so aus, als würde die Tragödie in einer Farce enden.

Ich rufe nach Pascalle. Es mag inzwischen weit nach Mitternacht sein. Schlaftrunken kommt sie an mein Zelt. Möglicherweise bedauert sie bereits, mir am Abend angeboten zu haben, ich solle sie herbeirufen, wann immer ich Hilfe benötigte.

»Ich brauche dringend Sauerstoff!« Irritiert schaut sie mich an. Wir alle brauchen Sauerstoff.

»Ich brauche Sauerstoff & Antibiotika.« – Endlich versteht

sie. Ein wenig ungehalten antwortet sie: »Wo sollen wir hier Sauerstoff herbekommen. Du hast hohes Fieber, du hast schwere Medikamente eingenommen. Am besten versuchst du, ein wenig zu schlafen.«

»Ich darf nicht einschlafen, Pascalle. Ich habe eine akute Lungenentzündung. Die Zyanose hat bereits eingesetzt.« – Nun sind auch Morton & Ambari aufgewacht & an mein Zelt getreten. Pascalle versucht, sie & sich selbst zu beschwichtigen: »Er phantasiert. Das Fieber & das Lariam! Er sollte sich wieder hinlegen!«

»Ich bekomme keine Luft mehr! Ich werde ersticken, wenn ich mich wieder hinlege!« – Die drei stehen verunsichert da. Ich bedauere bereits, sie aus dem Schlaf gerissen zu haben.

»Seht ihr denn nicht, daß meine Fingernägel & Lippen schon ganz blau sind!« Morton leuchtet mir mit seiner Taschenlampe ins Gesicht. Ist es die schwache Glühbirne, ist es das Fieber – mein Gesicht erglänzt in gesunder Bräune, das blühende Leben selbst.

»Ich kann in Ihrem Gesicht nichts Ungewöhnliches erkennen«, sagt Morton, nicht ohne eine gewisse Anteilnahme. Zu den bekannten Nebenwirkungen des hochdosierten Antimalariamittels gehört auch die Auslösung schwerer Psychosen.

»Geht wieder schlafen!« schreie ich die 3 Gefährten an. Gieße mir den Rest der Wasserflasche über den Kopf & bleibe, an die Brüstung gelehnt, auf der Terrasse sitzen. Zufrieden mit dieser Farce? frage ich die Stimme. Muß ich mich bis auf die Knochen lächerlich machen? Genügt der physische Schmerz nicht?

»Hier können wir tatsächlich nichts tun, David. Wir können dich allenfalls nach Arlit bringen, in die Krankenstation des Konzerns. Dort gibt es zumindest einen Arzt & Medikamente.«

Die Fahrt nach Arlit dauert 3 Tage. Und vermutlich werde ich kaum die Nacht überleben, denke ich. »Du hast recht, Morton, warten wir den Morgen ab. Legt euch wieder hin!«

Ihm fällt kein passendes Wort der Ermutigung ein. Ironie bedarf eines gewissen Abstands. Er drückt mir stumm die Hand & kehrt zu seinem Lager zurück.

Pascalle ist hin- & hergerissen. Das alles klingt der tropen- & psychoseerfahrenen Therapeutin zu dramatisch, zu hysterisch, zu übertrieben, als daß sie es wirklich ernst nehmen könnte. »Versuch, bis morgen durchzuhalten«, sagt sie mit falscher Krankenschwesternmunterkeit & geht in ihre Kammer. – Ambari ist die ganze Zeit stumm geblieben. Er verschwindet kurz, um mit seiner Strohmatte zurückzukehren. Er legt sich in einiger Entfernung von mir auf der Terrasse nieder. Stille senkt sich über das Haus. Alle liegen wach, lauschen, beunruhigt über das Geschehen, beunruhigt über die unklare Rolle, die sie darin spielen.

Gundam 5.11. Ich friere in meinen nassen Kleidern. Meine Fingernägel sind blauviolett angelaufen, vermutlich ebenso meine Lippen. Anhaltende Zyanose. Der Atem geht flach & schnell, jeder Atemzug schmerzt. Ich wollte, es wäre zu Ende, ehe sie aufstehen & mich wie ein trotziges Kind in jener Pose vorfinden, in der sie mich verlassen haben. Doch hier geschieht nicht, was ich will!

Mit einer gewissen Genugtuung registriert Pascalle, daß ich noch lebe & daß sogar das Fieber ein wenig gesunken ist. Sie & Morton verrichten in größter Ruhe ihre Morgentoilette, frühstücken, bringen mir eine Tasse Tee, während Ambari schon zusammenpackt & alles für die Abfahrt vorbereitet.

Auf Morton gestützt, schleppe ich mich zum Wagen. Nun bin ich also ein zweites Mal auf dem Weg nach Arlit, diesmal nicht als Untersuchungsbeamter, sondern als Bittsteller. – Pascalle & Morton wechseln sich mit dem Fahren ab. Hin & wieder versuchen sie, ein Gespräch zu beginnen, doch erschöpft sich mein Beitrag in einem zustimmenden Nicken. Ich atme, trinke, nur vom Sicherheitsgurt in meinem Sitz gehalten.

Am Nachmittag erreichen wir Gundam, Ambaris Heimatdorf. Es liegt auf einer kleinen Anhöhe, durch einen Seitenarm mit dem Fluß verbunden. Alle Männer des Dorfes strömen vor dem Haus Ambaris zusammen, nicht mehr unser Diener, sondern unser Gastgeber. Pascalle, Morton & ich geben allen die Hand. Ich wundere mich, daß ich das Defilee bis zum Ende durchstehe. Wie sich die Rollen gewandelt haben. Deutlich habe ich noch die Rekrutierung Ambaris im Gedächtnis.

Ich nehme jede einzelne Hand wahr. Erinnere mich an die Warnung vor einem festen Händedruck, da das kräftige Zufassen hier als unhöflich gelte. Nun ergreift jeder dieser Männer beherzt meine Hand & hält sie länger umschlungen, als zum Austausch der üblichen Begrüßungsworte notwendig gewesen wäre.

Morton will sich hier nicht lange aufhalten. Doch nach einem prüfenden Blick auf mich erlaubt Ambari uns die Weiterfahrt nicht. Morton hält sich mit jedem Kommentar, jeder sichtbaren Gefühlsregung zurück. Pascalle hingegen ist der Unmut anzusehen. Für sie ist vielleicht mehr noch als für mich diese Fahrt zu einem Höllentrip geworden. »Ist es wirklich ernst, sollten wir ihn so schnell wie möglich nach Arlit bringen.« – Ich könnte ihr sagen, daß ich es nicht bis Arlit schaffen werde. Ambari weiß es. Er ist nicht mehr unser Domestik. Anstatt zu antworten, bringt er mich in sein Haus. Ich schäme mich, den Tod hierhergebracht zu haben.

Nachdem die Sonne untergegangen ist, bereitet er mir ein Lager im Hof. Hier kühlt es rascher ab als im Haus. Dennoch ziehen Morton & Pascalle es vor, ihre Moskitonetze in Ambaris Diwan aufzuspannen. »Gibt es noch irgend etwas, was wir tun können?«

»Ihr könnt mir helfen, wach zu bleiben.«

»Gut. Ich übernehme die erste Wache. Pascalle löst mich in 2 Stunden ab.«

Und wirklich bleibt er 2 Stunden bei mir sitzen. Ohne ein weiteres Wort mit mir zu wechseln. – Ich verstehe sein Schweigen & unterbreche es nicht. Alles Ablenkende, Unterhaltsame oder Entschuldigende würde ihn nur wütend machen. Das, was er hier tut, ist humanitäre Pflicht. Es hat nichts mit persönlicher Anteilnahme oder Sympathie zu tun.

Nach 2 Stunden weckt er Pascalle. Sie zieht Mortons Matte ein wenig von meinem Lager fort & setzt sich fröstelnd darauf nieder.

Ihr Schweigen ist anders. Deswegen bin ich nicht erstaunt, als sie nach 10 Minuten empört aufschreit: »Ich bin schon ganz zerstochen! Wer hat dich überhaupt gebeten hierherzukommen! Ich gehe zurück ins Haus.«

»Ja, leg dich wieder hin, Pascalle. Ich komme schon alleine klar.« – Die Moskitos haben mich bisher verschont & meiden mich auch für den Rest der Nacht. Statt dessen fällt ein Myriadenheer von kleinen grüngelben, fast durchsichtigen Käfern über mich her. Sie dringen in meinen Schlafsack ein, krabbeln mir über die Beine & den Bauch, kitzeln mich an den Füßen, in den Ohren, im Nacken & halten mich für den Rest der Nacht in Atem. Eher vergnügt als angewidert schaufel ich sie auf meiner Haut zusammen, lese sie aus den Haaren & den Falten des Schlafsacks & werfe sie fort in den Hof, von wo sie erneut zum Angriff auf meine glühende Haut starten, um im Mantel ihrer Wärme ihre heiteren Bacchanalien zu feiern.

Am Morgen ist der Lehmboden um mich herum von Millionen gelbgrüner Chitinleiber bedeckt. Angeekelt fegt Pascalle die gepanzerten Kobolde, die unter jedem ihrer Schritte wie Glassplitter knirschen, zusammen & fragt sich, was sie wohl angezogen haben mag.

Gundam 6.11. Sobald die Sonne über dem flachen Hausdach erscheint, wird es rasch heiß im Hof. Ambari trägt mich in den Gästeraum oder Diwan seines Hauses. Er nimmt sich nun meiner Versorgung an. Von einer Weiterfahrt ist nicht mehr die Rede.

Ich kann & will mich nicht mehr wachhalten, den Atem kontrollieren, das Wasser hält schon lange nicht mehr die Schleimhäute feucht, ich lasse das Trinken sein, mein Herz hämmert laut & wütend in meiner Brust; stelle ich die Hyperventilation ein, so sichert es zumindest die Versorgung des Gehirns, so daß ich bei klarem Bewußtsein das langsame Ersticken & Versagen meiner inneren Organe verfolgen darf. – Ich blicke in Ambaris heiteres Gesicht. Ja, er lächelt, ohne jedes Mitleid, aber auch ohne jede Häme, jeden Spott. Unwillkürlich lächle ich zurück. »Bald ist es zu Ende«, sage ich. Er legt mir die Hand auf die Stirn; das erste Mal, seitdem ich erkrankt bin, daß mich jemand nicht rein mechanisch oder fürsorglich, sondern einfach um der Berührung willen anfaßt.

Pascalle sitzt mit dem Rücken zu mir an der Tür & schaut hinaus auf den staubigen Platz vor Ambaris Haus. Ambari flößt mir irgendeinen Kräutersud ein. »Es ist zu spät, Ambari«, sage ich. Er lächelt, weder zustimmend noch abwiegelnd. Dann massiert er mit geschickten Handgriffen meine Arme & Beine, um ihre Durchblutung zu stärken. Pascalle sieht kurz herüber & dann wieder hinaus. Diese körperlichen Berührungen zwischen 2 Männern bereiten ihr Unbehagen.

Ich bitte Ambari, Pascalle fortzuschicken & niemanden mehr hereinzulassen, auch Morton nicht. Dann wende ich mich von ihm ab, lege mich auf die Seite, damit er mein Gesicht nicht sieht, wenn es sich verfärbt. Er hält mich nicht zurück, läßt seine Hand aber auf meiner Schulter liegen.

Die Wände des Raumes, in den sich mein Bewußtsein zurückzieht, sind tiefschwarz, ein Fenster, der Rahmen asymmetrisch, eher in die Wand gebrochen als gemauert & statt des Glases farbiges Transparentpapier, dahinter ein mattes violettes Licht. Diesmal also nur ein dünnes Blatt Papier, das mich von der Welt dahinter trennt, will es mit den Händen zerreißen, doch bin wie gelähmt, kann meine Beine nicht bewegen, um diesen letzten Schritt zu gehen, die Hände nicht ausstrecken, um sie durch die papierne Wand zu stoßen. Immer noch willst du, wo dein Wille nichts gilt, immer noch hast du nicht verstanden. Wer bist du? – Ist das noch wichtig? Wie kann ich jemand sein & nichts wollen? – Du siehst dich nicht, weil man dich nicht sieht. Man sieht dich nicht, weil du dich verbirgst. Du verbirgst dich, damit du dich nicht schämen mußt. – Ist etwa die Scham die Anerkennung, daß ich bin? Muß ich überhaupt ich selber sein, ein Gefangener des Blicks, beschämt, verurteilt? – Keine Antwort. – Mit wem spreche ich? Schweigen. Ein weiteres Mal atme ich tief durch, mobilisiere die letzte Kraft, richte mich auf, schaue in das lächelnde Gesicht Ambaris: »So einfach läßt man mich nicht gehen!«

Er flößt mir ein wenig von seinem Hexentee ein, erneuert die kalten Umschläge. »Ein Wagen aus Arlit ist eingetroffen«, teilt er mir beiläufig mit.

»Ein Wagen aus Arlit?«

»Ja. Einer der Männer sagt, er sei Arzt. Er will zu Ihnen gelassen werden.«

Die Zeit ist abgelaufen. Sie war nie eine geeichte Bewegung im Raum, sie war immer schon ein zäher körperlicher Prozeß, ein Stoffwechselvorgang, Aufbau, Austausch, Verfall. Nun gehört der Körper mir nicht mehr, und die Zeit hat jede Bedeutung verloren. Wie unachtsam bin ich mit ihm umgegangen. Er war doch das Werkzeug meines Selbst.

»David Kanchelli? Dr. Lee. Sektionschef Tyzon schickt mich. Ich bin froh, rechtzeitig bei Ihnen eingetroffen zu sein.«

»Wie haben Sie mich finden können?«

»Sie wurden doch prophylaktisch ans GON angeschlossen.«

»An das GON?«

»Sobald Corpus Christi über Ihren Gesundheitszustand informiert war, hat es sich mit Arlit in Verbindung gesetzt, wo Monsieur Tyzon sofort die nötigen Maßnahmen zu Ihrer Rettung ergriffen hat.«

»Aber der Chip –«

»Über Funk hat Arlit uns ständig über Ihre aktuelle Position auf dem laufenden gehalten, gewiß, ein Wettrennen gegen die Zeit, aber wir scheinen es gewonnen zu haben.«

»Ach ja, natürlich. Nun verstehe ich.«

Sie sitzt regungslos in dem alten Korbsessel, den David aus ihrem Haus in Salem hierhergebracht hat.

»Was machst du hier, Mutter?« – Er hört das Ächzen des alten Weidengeflechts.

»Ich wollte ihm nahe sein.«

»Warum hast du kein Licht gemacht?«

»Man hat mich nicht zu ihm gelassen, Ephraim. Man hat die eigene Mutter nicht zu ihrem Sohn gelassen.«

»Es muß doch in diesem Raum irgendwo eine Lampe geben!«

»Neben dem Bett. Doch laß sie bitte aus.«

Er setzt sich auf das Bett. Langsam gewöhnen sich seine Augen an das virtuelle Nachtlicht.

»Hast du das Urteil schon unterschrieben?«

»Es ist eine reine Formsache. Ich habe mit diesem Prozeß nichts zu tun.«

»Und doch kann ohne deine Unterschrift das Urteil nicht vollstreckt werden.«

»Das Urteil ist gesprochen. Ich kann es nicht aufheben.«

»Du könntest ihn begnadigen.«

»Ja, ich könnte ihn begnadigen. Dann dürfte ich aber nicht länger Präsident dieses Landes sein. Ich habe geschworen, uneigennützig meinem Vaterland zu dienen.«

»Und nur Gott und deinem Gewissen gegenüber verantwortlich.«

»Ich kann keinen Hochverräter begnadigen!«

»Selbst wenn es dein eigener Bruder ist?«

»Gerade weil es mein eigener Bruder ist!«

»Was wirst du tun?«

»Je höher eine Person gestellt ist, spricht der Große Versöhner, desto größer sei seine Ohnmacht. – Wie bist du hergekommen?«

»Zu Fuß. Es ist ja kein weiter Weg vom Seniorenwohnheim bis hierher«

»Und wer hat dich hereingelassen?«

»Ich kenne den Türcode. Wann immer ich kein Krankenschwesterngesicht mehr sehen könne, meinte David, dürfe ich hierherflüchten. – Und wie du siehst, gibt es in der ganzen Wohnung keinen einzigen Spiegel.«

»So hat er es wohl nicht gemeint.« – Er kann ihr Gesicht nur undeutlich sehen. Das fahle, künstliche Sternenlicht glättet die Züge und läßt es zwanzig Jahre jünger erscheinen. Ihre Stimme klingt ruhig, wenn auch ein wenig dissonant und brüchig, wie das Alter überhaupt viele Frauenstimmen denen pubertierender Jünglinge gleichen läßt.

Ihre Anwesenheit löst in ihm eine tiefe Müdigkeit aus. Anstatt eine Brücke zu seinem Bruder herzustellen, verstellt sie nun den Weg zu ihm. Er, der Ältere, war ihr immer verständlicher und unentbehrlicher als David, wenn auch nicht näher. Er war ihr bereits der unentbehrlichste Mensch, als es den Gatten und Vater noch gab. David, dessen ist er sicher, war ihr genauso unheimlich und fremd wie ihm selber. Warum war sie ihm trotzdem so nahe?

Die Gewißheit des Unentbehrlichseins hat ihn sich dem jüngeren Bruder gegenüber lange großmütig und geduldig zeigen lassen. Und nun ist es gerade diese Unberechenbarkeit der mütterlichen Liebe, jeder mütterlichen Liebe, die in ihm eine plötzliche Wut gegen diese alte Frau hervorruft. Er wollte diese Bevorzugung nicht. War es überhaupt eine Bevorzugung? Mag sie ihre Liebe doch dem Jüngsten zuwenden! Einmal mehr wird sie an ihrer Liebe leiden.

»Seit seiner Festnahme habe ich mich um eine Besuchserlaubnis bemüht. Sie wurde mir nicht gewährt.«

»Bei schweren Verbrechen gegen den Staat muß es dem Staat erlaubt sein, sich selber zu schützen.«

»Nur Herrn Fenichel und Frau Ferenczy hat man zu ihm gelassen.«

»Man hätte auch einen Geistlichen zu ihm gelassen, wenn er nach einem verlangt hätte.«

»Natürlich. Wir sind ja eine christliche Nation.«

»Du sagst es in einem Ton, als zweifeltest du daran.«

»Herr Fenichel hat ihn kaum wiedererkannt. Seine Kleidung war alt und verdreckt. Offenbar hat man mein Paket nicht an ihn weitergegeben.«

»Die Vorschriften für politische Häftlinge sind sehr streng. Du hättest nicht einmal den Ort seiner Inhaftierung wissen dürfen.«

»Er konnte sich nicht rasieren, seine Augen waren entzündet. Er konnte kaum sprechen, machte immer wieder lange Pausen, fand die passenden Worte nicht und konnte sich selbst an vertraute Namen und Orte kaum erinnern.«

»Er war von der Festnahme traumatisiert. Inzwischen hat er sich aber gut erholt.«

»Seine Krawatte, seinen Gürtel, sein Rasierzeug hat man ihm abgenommen. Die Hose rutschte ihm dauernd in die Kniekehlen.«

»Das ist nicht aus Schikane geschehen, sondern eine reine Vorsichtsmaßnahme, damit er sich nicht das Leben nimmt.«

»Frau Ferenczy sagt, es gebe kein Fenster in seiner Zelle. Tag und Nacht würde das Licht brennen. Tag und Nacht würde er beobachtet. Nicht einmal seine Notdurft könne er unbeobachtet verrichten.«

»Ich verstehe deine Anteilnahme. Doch ein Gefängnis ist kein Hotel. Und David befindet sich in Fort Kossuth nicht zur Kur.«

»Und wo ist deine Anteilnahme, Ephraim?«

»Glaube nicht, daß mich diese Geschichte unberührt läßt. Doch was soll ich tun?«

»Er hat mir einen Brief an dich zukommen lassen.« Sie reicht ihm einen zusammengefalteten Bogen Papier, von den Händen der Zensoren ganz zerknittert und befleckt.

»Wie gerne hätte ich dich auf meine Reisen mitgenommen«, liest er, »aber auch diese letzte Reise mache ich ohne dich –« Nach seiner Rückkehr aus der Liga schien noch alles offen, alles möglich zu sein, selbst eine Versöhnung, ein Neuanfang. Welche Verblendung! Alles war nur ein wahnhafter Augenblick, der sentimentalen Erinnerung geschuldet, als sie allein gelassen die Christnacht durchwachten. Erinnerungen an Kindheitsträume, er und David gemeinsam auf Entdeckungsreise in der Liga, die handkolorierten Zigarettenbildchen im Kopf, die ihnen aus einem Sammelband des Salemer Großvaters »Zu den Quellen des Nils« oder »Über die Geheimnisse des Schwarzen Kontinents« entgegenleuchteten. Wir wollten zu diesen Quellen, wir wollten die Geheimnisse lüften, wir wollten erforschen, entdecken, helfen, uns verlieren, uns gewinnen, was weiß ich, diffuse Erwartungen von Abenteuern, Jagden, Rettungen, vielleicht auch schon eine erste missionarische Ahnung, Kultur zu bringen, Segen, Heil und ein Gefühl der Omnipotenz, die wir zu repräsentieren glaubten und dessen Abglanz noch die Sendboten erhebt, Erwählte. Für eine Zeit unsere mediokre Herkunft vergessen, transzendieren, aus eigenem Vermögen, aus jugendlichem Größenwahn zumindest. Eine Regression in diese pubertäre Wahnwelt noch zwei Jahrzehnte später, wenn du mich drängst, mein Amt aufzugeben und dich als Arzt in die Liga zu begleiten.

»Alles im Stich lassen und einfach mit dir fortgehen? Das meinst du doch nicht im Ernst!« – »Du mußt es mit eigenen Augen sehen. Kein Bericht kann dir vermitteln, wie es dort wirklich aussieht.« Doch kann ich es mir vorstellen. Albert Schweitzer in Begleitung eines Flamingos, aus diesem Territorium aus Kohle in ein Land der Aquarelle, der roten Sümpfe und grünen Nebel, der silbernen Termitenstädte und weißen Krähenfriedhöfe, der schwärenden Wunden und leprösen

Stümpfe, den Boubou des Medizinmannes übergestreift, blauviolettchargierender Samt, in weichen Büffelledersandalen über die goldglänzenden Wellen der Savanne wandelnd, um den Ibissen zu predigen, den heiligen Vögeln einer älteren, unversöhnlicheren Religion, trunken, ohne Gift genommen zu haben, berauscht, ganz aus sich selbst heraus, einem geheimen Trieb, einem blasphemischen Fernweh, wir, in jugendlichem Wechselfieber, auf ein Floß aus Chininrinde gebunden, auf die Trommel aus Antilopenfell, zitternd, vibrierend, krank.

In dieser Nacht hast du mich für Augenblicke zum Zweifel verführen können, zur Träumerei und zum Verrat. Fortgehen, ein Feuerwerk entzünden, eine hysterische Revolution aus Wunderkerzen und Blendgranaten, eine tropische Passion. Die Liga war immer schon ein Kindheitskontinent, ein Archipel der Angst und der Zuflucht, ein Utopia für Meuternde, Wilde, Kannibalen. Sie ist das Hinterland der Territorien, mehr noch, ihr Urgrund, ihr unerforschliches Sediment. Urwälder liegen hier zu Steinkohle zusammengepreßt, Muscheln und Korallen zu Kalkflözen zermahlen, und das Salz, das nach Myriaden Sonnenstunden vom Urozean zurückgeblieben ist.

»– aber auch diese letzte Reise mache ich ohne dich. Kümmere dich um das, was zurückbleibt, meinen Körper, der nun wirklich deiner Hilfe bedarf. Laß ihn nicht in dieser fremden Erde liegen. Bring ihn zurück in die Territorien und beerdige ihn auf dem Friedhof in Salem. Bring ihn nach Hause, setze ihn in Freiheit, wie es der Geist längst ist.«

Mühsam hat er die wenigen Worte im künstlichen Streulicht, das aus der Atriumskuppel ins Apartment dringt, entziffern können. Nach längerem Schweigen, beiläufig: »Du hast mich daheim geboren, nicht wahr?«

»Warum fragst du?«

»Du hast doch damals schon im Salem City Hospital gearbeitet. Hattest du kein Vertrauen zu den Ärzten und Hebammen dort?«

»Eine Geburt ist keine Krankheit. Warum sollte ich zum

Gebären in ein Krankenhaus gehen? Die Schwangerschaft war normal verlaufen, und ich war vollkommen gesund.«

»Es hätte Komplikationen geben können. Es war deine erste Geburt.«

»Es gab keine Komplikationen.«

»David hingegen hast du im Krankenhaus zur Welt gebracht.«

»Im Jahr von Davids Geburt wurde dieses Gesetz erlassen, das alle Hausgeburten in den Territorien verbot.«

»Du hältst nicht viel von diesem Gesetz?«

»Es hat zumindest nichts mit Gesundheitsfürsorge zu tun.«

»Womit dann?«

»Ich vermute, man will damit einfach besser kontrollieren, was in den Territorien vor sich geht.«

»Erinnerst du dich noch an die genauen Umstände?«

»Selbstverständlich. Man wollte mir eine Vollnarkose geben. Welch ein Unsinn! Das Kind sollte mir doch nicht aus dem Leib geschnitten werden.«

»Und die Geburt verlief normal?«

»Sicher. Die Ärzte nahmen es mir zwar eine Weile fort, um es von Kopf bis Fuß zu untersuchen, aber das ist inzwischen ja Routine.«

»Sie nahmen es dir fort?«

»Ja. Diese Untersuchungen sind ebenfalls im Gesetz vorgeschrieben.«

»Und sie gaben dir das Baby unversehrt zurück?«

»Unversehrt? Was hätten sie ihm antun sollen?«

»Ich weiß nicht. Du hast doch jahrzehntelang in diesem Hospital gearbeitet.«

»Nachtwache auf der Urologischen, ja. Mit der Säuglingsstation hatte ich nie irgend etwas zu tun. Sie befand sich sogar in einem separaten Gebäude. Wohl damit dort keine Keime von anderen Stationen eingeschleppt werden.«

Er betrachtet sie, nun ganz ohne irgendeine Empfindung. Er sieht eine gewöhnliche alte, abgearbeitete, müde und verbrauchte Frau vor sich. War sie nach ihrer Pensionierung ein wenig dick geworden, so hat ihr die gesunde Diät der Wohnheimküche die Schlankheit der jungen Frau zurückgegeben. Ihre Augen sind in den letzten Jahren stumpf geworden. Gut, daß er ihre Augen nicht sieht, nicht einmal ein Funkeln, ein schwacher Reflex des künstlichen Mondes auf der feuchten Pupille. Vielleicht hat sie die Augen ja geschlossen.

»Warum interessierst du dich gerade jetzt dafür?«

»Liegt das nicht nahe, Anfang und Ende, Geburt und –«

»Übrigens warst du ja selbst einmal im Kinderhaus, später. Erinnerst du dich nicht? Du warst mit dem Fahrrad gestürzt und hattest dir den Kopf aufgeschlagen.«

»Den Kopf aufgeschlagen? Ich erinnere mich nicht.«

»Du warst fünf oder sechs. Nachbarn hatten dich stürzen gesehen, und ein Streifenwagen hat dich ins Hospital gefahren. Ich bekam erst Nachricht, als die Wunde schon genäht war.«

»Eine Wunde am Kopf?«

»Ja, genau dort, wo dein Haarwirbel ist. Sie haben es aber so gut zusammengeflickt, daß kaum eine Narbe zu sehen ist.«

»Nun, für einen erfahrenen Unfallchirurgen keine große Kunst.«

Schweigen.

»Eine seltsame Stelle, sich bei einem Sturz mit dem Rad zu verletzen, nicht wahr?«

»Ich habe es nicht gesehen. Aber ein Kind fällt sicher anders als ein Erwachsener.«

»Sicher.«

Wie alle Mütter hat sie ihren Ältesten gebraucht und hingenommen, ohne ihn je genau zu betrachten. Der vertraute Geruch genügte ihr. Ganz im Gegensatz zu David, den sie manchmal mit ausgestreckten Armen von sich weghielt und erstaunt musterte. Das Schauen war für sie eigentlich eine unübliche Form der Weltwahrnehmung. Gibt es Menschen, die mit ihren Augen denken, oder mit ihren Ohren, so dachte sie ganz und gar mit ihren Händen. Doch David ließ sich nicht gerne berühren. Er zuckte jedesmal zurück, wenn sie ihm beiläufig durch das Haar fuhr, und entzog sich sofort, wenn ihn jemand an die Hand nahm. Ephraim mußte sich schon mit dem Jüngeren prügeln, um Davids Haut an der seinen zu spüren. Und bei derlei kindlichen Raufereien entfaltete David eine Wut und Brutalität, die den Älteren jedesmal erschrak. Er schlug so hemmungslos zu, daß auch Ephraim schließlich alle brüderliche Fürsorge vergaß. Und hatte er ihn schließlich unter sich liegen, liefen eher Tränen des Zorns denn Tränen des Schmerzes über seine Wangen. Er verstand nicht, warum David mit so unkontrollierter Wildheit um sich schlug. Er hatte doch ohnehin keine Chance gegen den älteren Bruder.

Er wurde überhaupt nicht müde an diesem Heiligen Abend. Elizabeth und die Kinder waren längst zu Bett gegangen. David aber, selbst aufgedreht und überwach wie ein Kind, das auf die Bescherung wartet, ignoriert hartnäckig die Ermattung seines Bruders und fordert rücksichtslos die ganze Aufmerksamkeit des Gastgebers von ihm. »Erinnerst du dich noch an unsere abenteuerlichen Reisen in die Liga?« Damit meint er die Traumreisen unserer Kindheit, angeregt durch jene Sammelbänder mit Zigarettenbildchen, die aus dem Nachlaß unserer Großeltern in unsere Bilderbuchbibliothek überwechselten. Hätte Mutter von der Grausamkeit der Bilder gewußt – nachkolorierte Schwarzweißfotografien aus vorkolonialer Zeit, Pygmäen und Menschenfresser bei ihren Gelagen, Riesen in Bambusröcken, tanzend oder auf der Jagd, Raubtiere, in den Eingeweiden ihrer Opfer wühlend, und kahlköpfige Aasvögel in Erwartung der Reste, vom Hunger aufgeblähte Bäuche, weiße Maden in eiternden Wunden, pockennarbige Gesichter und Pestbeulen, und da, wo Gesichter und Gliedmaßen verschont, Initiationsnarben und Tätowierungen und tellergroße Ohrgehänge aus Mahagoni und giraffenhalslange Krausen aus Kupferringen, Zeit der Mutproben und der Selbstüberschätzung. Du erfindest zu den grausamen Bildern noch grausamere Geschichten. Und am selben Tag noch setzt du sie in die Tat um, fügst dir Brandwunden an den Armen zu oder versuchst, dich mit deinem Taschenmesser zu beschneiden. Diese Selbstverstümmelungsrituale sind das eigentliche, uneingestandene Zentrum unserer Neugier und Phantasie, Männer in Frauengewändern, berauscht vom Tanz, von Giftpilzen oder vergorenem Harz, sonnengegerbte Alte, die um einen Knaben knien, ihn an Armen und Beinen auf die gestampfte Erde zwingen und im Dunkel ihrer Schatten Namenloses an ihm vollziehen, kalkbestäubte Heranwachsende, die nach dem Tod durch Fasten als Männer wiedergeboren werden, oder als Raubvögel oder einsam streunende Wildkatzen, als smaragdgrüne Natter oder altersträger Stör.

Du erzählst mir von diesen Reisen, als wären sie tatsächlich geschehen. Und ich höre zu und reise tatsächlich.

Und nun forderst du mich auf, dich zu begleiten. Und für einen Augenblick lasse ich mich verführen, deiner Aufforderung zu folgen, ein Augenblick der Übermüdung, der Schwäche, vielleicht auch des tiefen Mitgefühls für deine Müdigkeit und Schwäche.

»Wir wollten immer die Räuber sein, nie die Gendarmen. Merkwürdig, nicht wahr?«

»Und soviel ich von deinen Abenteuern bereits erzählt bekam, hast du dich nicht geändert!«

Wir brechen am frühen Morgen auf, beide mit wenigem und leichtem Gepäck, als wüßten wir bereits, daß wir es überwiegend auf dem eigenen Rücken tragen müßten. Für mich ist es das erste Mal, daß ich diesen fremden Kontinent betrete. Diesmal bist du trotz deiner geringeren Lebensjahre der Erfahrenere. Immer scheinst du genau zu wissen, wo es langgeht. Zumindest zeigst du an keiner Stelle ein Zögern oder Zweifeln. Und soweit ich die Karten studiert habe, gibt es keinen Grund, deiner Zielstrebigkeit zu mißtrauen.

Ein Vorhof der Hölle. Eine Hitze, die sich wie brennendes Gummi um unsere Haut schlingt, eine zähe zweite atmungsundurchlässige Haut. Wir ziehen durch eine graue baumlose Steppenlandschaft, schleppen uns unter einem staubgrauen

Himmel dahin, der sich im gelbgrauen uferlosen Strom spiegelt, passieren aschgraue Lehmdörfer, die sich mit letzter Willensanstrengung gegen die Schwerkraft stemmen, ehe die nächste Regenzeit sie wieder dem Erdboden gleichmacht oder der über die Ufer tretende Fluß sie fortspült. Kultur braucht Städte, dauerhafte Bauwerke auf soliden Fundamenten. Ich erschrecke über die Verletzlichkeit, die Vergänglichkeit alles von Menschenhand Geschaffenen hier. Ist es das, was du mir zeigen willst?

Die Abenteuer, die wir als Kinder in der Liga erlebten, hatten mehr mit dem Alltag in den Territorien gemein als mit den Gegebenheiten dieses fernen Kontinents. Sie entsprangen unseren Köpfen. Gerade weil wir so gut wie gar nichts über die Liga wußten, eignete sie sich so gut für unsere Projektionen. Und nun sind wir auf der Flucht vor ihnen. Vergeblich. Sie treiben uns in die Enge, schneiden uns den Rückweg ab. Ich will mich nicht kampflos ergeben, schieße mir trotz ihrer Überzahl den Weg frei. Sie sind nur mit Speeren bewaffnet. Ohne auf nennenswerten Widerstand zu stoßen, nehmen sie dich gefangen und schleppen dich in ihr Dorf.

Sie entzünden ein großes Feuer für die Toten. Dir schieben sie Splitter unter die Haut, dann Holzkeile durch zwei Schnitte ober- und unterhalb deiner Brustwarzen. Sie binden Hanfseile an die Enden und ziehen dich an ihrem Festgalgen hinauf. Obgleich deine durchstoßenen Brustmuskeln bereits zu zerreißen drohen, hängen sie noch zusätzliche Gewichte an deine Finger, Zehen und Geschlechtsteile.

Ich stecke ihre Hütten in Brand. Dieser Augenblick allgemeiner Panik genügt, sie von ihrem Opfer abzulenken und dich vom Galgen zu schneiden. Auf dem Rücken trage ich dich zu meinem Versteck am Flußufer, einem großen Reihernest im Röhricht, vor den Blicken der Wilden sicher. Ich versorge deine Wunden, beobachtet und beargwöhnt allein von den Fregatttauchern und heiligen Krokodilen.

Sobald du dich ein wenig erholt hast, machen wir uns erneut

auf den Weg. Nur fort von hier, weiter, die Augen geradeaus, der Schritt im Rhythmus des Atems, warme modrige Erde im Mund, Schlamm auf der Zunge, der Himmel grau und naß. Der Ruderschlag zerreißt mir die Schläfe, Musik, ja, wir singen, wie hechelnde Hunde, und in unserem Haar raschelt der Wind, braunbrüchiges welkes Haar, froschlaichverklebt, ein erhabener Tod, der unaufhörliche Auferstehung bedeutet, Königsreiher am Ufer, von den Wasserbüffeln im Schilfgürtel aufgescheucht, ein entwurzelter Baum treibt vorbei, ein Mädchen modert im blattlosen Geäst, die Füße nackt, zwischen Binsen und Schlamm die Hütten der Störfischer, unser Floß gleitet lautlos über das Wasser, still weicht das Schilf vor den Stämmen zurück, es gleitet wie der Kormoran durch die Wolken kleiner Fliegen, die Flügel schwarz gegen den milchigen Himmel, bleiweiße Kathedrale aus Fliegenschwärmen, nur das Flüstern ihrer Flügel untermalt unseren Gesang, das Summen des ewigen Sommers.

Wir lassen die letzte Stadt am Ufer zurück, die Bauten der Grünfinken, Regenpfeifer, Fischotter und Marabus, die Bibliotheken der Miszellen und Euphorbien, in eine Welt der Entomologen und Pflanzenfreunde, fort von Geschichte und Geschichten, hinein in Gerüche, Farben, Stimmungen, bewegte Schatten auf der Oberfläche, aber Schatten nur, Reflexe, ein Schimmer flüssigen Lebens, das zwischen den Fingern zerrinnt, so gleiten wir, Festbarke, Kriegsschiff, durch die Unzulänglichkeit unserer Wahrnehmung, prähistorische Vögel über diese aleatorische Musik des Wassers, der Tag ist hell, gewichtslos, unser Schiff geschmeidig wie ein Tier, hier, wo der Schlamm sich allmählich zum Schwemmland verfestigt, zunächst grundlos noch, bis Brombeer- und Tamariskensträucher die weißen und gelben Seerosengräber überwuchern und Ställe, Hütten und Koben das Reich der Ottern und Kröten bilden, nur von den epischen Überschwemmungen bedroht, die in den Erzählungen der Alten ganze Zivilisationen in den uferlosen Strom gespült. Ihre schwarzen Boote dösen wie behäbige Flußpferde im Schilf, scheinbar träge nur, auf die geringste Beunruhigung hin bereit, sich in die schlammigen Fluten zu stürzen und unterzutauchen. Die Farben dieser Menschen sind schwarz und grau, sie grüßen melancholisch und bitten uns, wir mögen bei ihnen einkehren. Sie bereiten frischen Fisch zu, auf den glühenden Steinen unter der scheinbar erkalteten Asche. Wir schaukeln auf der Binsenmatte, als gäbe es keine Grenze zwischen Wasser und festgetretener Erde. Ihre Gesichter sind offen, unbefangen, leer; liebenswürdige, aber ungesprächige Gastgeber. Du hast mir davon erzählt, und so habe ich es erwartet, ein sich Treibenlassen, ohne jede erotische Phantasie.

Die Luft brennt in der Lunge, ich habe Durst, die Frau reicht mir einen Krug mit irgendeinem Getränk, das ich nicht kenne. Vor dem Haus scharren magere staubgrauzerzauste Hühner im Dreck, graben nach Wurzelresten in den schiefen Mündern der Verstorbenen. Und am Dorfrand springen nackte Kinder in jenes dunkle brackige Wasser, das einen Geschmack nach Büffelkot und Baobabasche im Mund hinterläßt. Es fließt nicht mehr, es steht, eine große graue Pfütze, die im Nichts versickert.

Abrupt steht er auf und wendet sich zur Tür. »Du wirst sicher als eine der ersten vom Fortgang der Ereignisse erfahren, Mutter. Doch solltest du dir keine falschen Hoffnungen machen. Lebe wohl.«

DANKSAGUNG

Ich danke der Stiftung Preußische Seehandlung für ihre großzügige finanzielle Unterstützung meiner Arbeit an diesem Roman.

Ich danke Mamadou Diawara vom Institut Point Sud in Bamako und Barbara und Henner Papendieck vom Programm Mali Nord für ihre unersetzliche logistische und menschliche Unterstützung.

Ich danke meinem Bruder Frank Roes, der mir durch seine Unerschrockenheit das Leben gerettet hat.

Tilman Spengler

Lenins Hirn

Roman

Dr. Vogt macht sich auf die Suche nach dem Genialen und hat bald nur noch eines im Kopf: Lenins Hirn. Das Lebensschicksal eines der bedeutendsten Neurologen des 20. Jahrhunderts in einem Roman von diabolischer Komik.

»Hätte es diesen Oskar Vogt, den Typus des wilhelminischen Forschers und Naturwissenschaftlers, nicht gegeben – Tilman Spengler hätte ihn erfinden müssen. Und er hätte ihn nicht besser erfinden können. (...)
Der Roman, der zeigt, wie Kommunisten ganz und gar unkommunistische Eitelkeiten an den Tag legen, wie Forscher ungerührt in die Taschen ihrer Mäzene langen, wie neue Ideologien die alten Kleider der Gefallsucht anlegen, dieser Roman zeigt nur einen Trieb, der alle Wendungen und Umwälzungen der Epoche unbeschadet überlebt: den Sexualtrieb.«
Hellmuth Karasek in *Der Spiegel*

Berliner Taschenbuch Verlag